KB212890

하이라이트

내 생에 가장 빛나는 순간

하이라이트
내 생에 가장 빛나는 순간

초판 1쇄 찍은 날 ┃ 2012년 1월 25일
초판 1쇄 펴낸 날 ┃ 2012년 1월 31일

지은이 ┃ 김선민
펴낸이 ┃ 서경석

편집장 ┃ 권태완
편집책임 ┃ 이수민
본문 디자인 ┃ 이혜정

펴낸곳 ┃ 도서출판 청어람
등록번호 ┃ 제1081-1-89호
등록일자 ┃ 1999. 5. 31
어람번호 ┃ 제5-0296호

주소 ┃ 경기도 부천시 원미구 심곡2동 163-2 서경B/D 3F (우) 420-822
전화 ┃ 032-656-4452 팩스 ┃ 032-656-4453
http://www.chungeoram.com
E-mail ┃ chungeoram@chungeoram.com

ⓒ 김선민, 2012

ISBN 978-89-251-2761-3 03810

※ 파본은 구입하신 서점에서 교환하여 드립니다.
※ 저자와 협의하여 인지를 붙이지 않습니다.
※ 이 책은 도서출판 청어람과 저작자의 계약에 의해 출판된 것이므로,
　무단 전재 및 유포 · 공유를 금합니다.

Chungeoram romance novel

김선민 장편 소설

하이라이트

내 생에 가장 빛나는 순간

청어람

Contents

01

　너무 급하게 마신 탓인지, 평소보다 한 병이나 덜 마셨는데도 발끝에서부터 취기가 밀려 올라왔다. 작정하고 달리면 서른여섯 시간 동안 술잔을 기울이는 재희였지만, 오늘처럼 쉬지 않고 두 시간 내내 정신없이 술잔을 꺾어대는 자리에선 맥을 못 추었다. 결국 재희는 마지막까지 아름다운 사람으로 기억에 남고 싶은 욕심에, 추한 꼴을 보이지 않으려 일찌감치 자리를 털고 일어나 집으로 향했다.

　재희가 음악감독을 맡았던 영화 〈언젠가 우린〉의 100만 관객 돌파를 기념해 가진 조촐한 술자리엔 남녀 주연배우와 감독, 그리고 제작사 대표를 비롯한 스텝들이 함께했다. 허름한 곱창집에 오순도순 둘러앉아 머리카락을 쥐어뜯으며 고통스러워했던 그때를 떠올리기도 하고, 앞을 내다보기 힘들 만큼 침체된 영화시장에 대해 이야길 할 때면 땅이 꺼져라 한숨을 쉬며 암담함을 감추지 못하기도 했다. 추석 대목을 앞두고 대형 배급사를 통해 개봉될 대작들이 하나둘 상영관을 독점하자, 〈언젠가 우린〉 역시 다른 영화들과 마찬가지로 상영관을 60% 이상 줄여야만 했다. 좀 더 좋은 성적을 낼 수 있음에도 불구하고 슬슬 막을 내리려니 제작을 한 입장에서는 아쉬움 그 이상의 격한 감정을 토해낼 수밖에 없었다. 한 배를 타고 같은 목적지를 바라보며 함께 항해했던 사람들이었기에, 그들의 푸념에 재희도 함께 고개를 끄덕여 주며 함께 술잔을 기울였다.

"도착했습니다, 손님."

"수고하셨어요!"

대리운전기사의 말에 빙긋 웃으며 지갑에서 지폐를 꺼내 건넨 재희는 차에서 내려 기지개를 쭉 켜고 긴 한숨을 내뱉었다.

가을이 오고 있었다. 여전히 날씨는 덥고 끈끈하지만 옅게나마 느낄 수 있었다. 손가락 사이로 스치는 희미한 바람에서도, 숨을 크게 들이쉴 때마다 은은하게 다가오는 가을만이 가지고 있는 향기에서도. 겨울을 좋아하는 재희에게 가을은 반가운 계절이었다. 겨울로 향하는 길목, 차가운 밤바람과 유난히 높아 보이는 하늘이 재희를 늘 웃게 만들었다.

"어?"

주머니에서 라이터를 꺼낸 재희는 아까 대리운전기사를 기다리면서 마지막 남은 담배 한 개비를 태워 버렸다는 걸 그제야 알아

차렸다. 아까 집을 나설 때 한 갑뿐인 담배를 들고 나왔으니 집에 들어가도 담배는 없을 것이다. 하는 수 없이 편의점에서 담배를 사가지고 들어가기로 결정한 재희는 느릿한 걸음으로 길을 건넜다.

"평생 대리운전이나 해먹고 살아, 새끼야!"

그때, 재희의 귀에 날카로운 고성이 파고들었다. 재희는 소리가 들려온 곳을 향해 자동으로 고개를 돌렸고, 그곳에는 제 또래의 젊은 남자가 말쑥한 중년의 신사에게 삿대질을 하며 쌍욕을 퍼붓고 있었다. 바지 주머니에 양손을 꽂고 편의점으로 향하던 재희는 그들과 편의점을 몇 번이나 번갈아가며 바라보다 길 가운데 우뚝 멈춰 섰다.

"2만 원 주세요!"

"싫어, 새끼야! 운전은 개떡같이 해놓고 돈 달란 소리가 나와? 거지 같은 새끼! 없어!"

아버지뻘 되는 남자에게 젊은 사내는 철저히 하대를 하고 있었다. 중년의 남자는 미련스럽게도 존댓말을 고수했고, 그런 그들을 지켜보고 있자니 재희는 피가 거꾸로 솟는 기분이었다.

젊은 남자가 휘청이며 돌아서자 중년의 신사가 남자의 손목을 잡아챘다. 하지만 젊은 남자는 거칠게 팔을 뿌리치며 양손으로 중년 신사의 가슴팍을 밀어냈고, 중년의 신사는 그대로 바닥에 주저앉아 엉덩방아를 찧고 말았다.

어떤 이유에선지 잘은 모르겠지만 젊은 사내는 대리요금을 떼어먹을 수작을 부리고 있었다. 그의 말대로 기사분이 운전을 엉망으로 해서 요금보다 더 많은 딱지를 떼었다거나 했다면 몰라도, 고의적으로 취객이란 것을 빌미로 요금을 떼어먹으려 진상을 부리는 것이라면 따끔하게 혼을 내줘야 할 듯했다. 재희는 고개를 갸웃거리다가 슬금슬금 그들을 향해 걸음을 옮겼다. 평소 같았다면 남의 일에 관심조차 갖지 않고 지나쳤겠지만 왠지 단단히 혼쭐을 내줘야만 할 것 같은 쓸데없는 의무감이 불타올라 난생처음 오지랖 넓은 짓을 저지를 준비를 하고 있었다.

두 남자에게 제법 가깝게 다가갔지만 두 남자는 재희의 등장에는 그다지 관심이 없었다. 젊은 사내는 서너 발자국 떨어진 곳에서도 술 냄새가 풍겨올 정도로 머리끝까지 취해 있었고, 중년의 신사는 난처함 가득한 얼굴로 억울해하고 있었다.

"이봐요. 남들 다 자는 새벽에 골목 한가운데서 이렇게 욕하고 소리 지르면 어떡합니까?"

"넌 뭐야?"

젊은 사내의 동공은 이미 풀려 있었고, 혀는 잔뜩 꼬부라져 있었다. 재희는 남자의 어깨를 손가락 끝으로 슬쩍 밀어보았다.

"얼른 2만 원 드리고 댁도 집에 들어가요. 돈 없으면 빌려줘요? 나 저기 빨간 벽돌집에 사는 사람인데."

"뭐? 이 자식이 누굴 거지로 아나! 남의 일에 관심 끄고 가던 길이나 가, 이 새끼야!"

재희는 엄지와 검지로 코를 틀어막으며 젊은 남자에게 가까이 다가가서 눈을 맞추었다.

"어린놈의 자식이 어디서 꼬박꼬박 이 새끼 저 새끼 타령이야.

주둥이 확 찢어버리기 전에 얼른 돈 드리고 들어가라."

"이 개새끼가!"

사내가 눈을 희번덕거리며 달려들었지만, 그 사내보다 조금 덜 취한 재희가 휙 피하자 사내는 그대로 아스팔트 위에 고꾸라져 버렸다. 쭈욱 미끄러지는 바람에 뺨이 쓸린 것도 같았지만, 재희가 그런 남자의 사정 같은 것에 관심이 있을 리가 없었다. 제발에 제가 걸려 넘어진 아둔한 남자의 허리춤을 발끝으로 툭툭 차보던 재희는 곁에 다가가 쪼그려 앉았다.

"너, 이 동네 살면서 맨 정신으로 내 얼굴 어떻게 보려고 이러니. 자리 정리하고 각자 집으로 가자. 어?"

밀려드는 통증에 한껏 인상을 찌푸렸던 남자는 그제야 주섬주섬 바지 주머니에서 돈을 꺼냈다. 꼬깃꼬깃해진 만 원짜리 두 장을 내밀자 재희는 냉큼 그것을 잡아채곤 자리에서 일어섰다.

"다음부턴 이런 놈 태워주지 마세요."

재희는 지갑에서 2만 원을 꺼내 중년의 남자에게 건네고 사내에게 받은 돈을 지갑 안에 넣었다.

"저런 자식 돈 가지고 있으면 부정 타니까 저놈 돈은 제가 가질게요. 기사님은 이거 받으세요."

돈을 건네받은 아저씨의 표정이 왠지 금방이라도 울어버릴 것만 같아 괜스레 마음이 짠해졌다. 머쓱해진 재희는 가늘고 기다란 손가락으로 이마를 문지르며 어색하게 웃었다.

"이 일 시작하신 지 얼마 안 되셨나 봐요?"

아저씨는 마음을 다스리고 계시는지 어깨가 들썩일 정도로 크게 숨을 고를 뿐 쉽게 입을 떼지 못했다. 재희는 고개를 돌려 애먼 곳을 바라보았다.

"감사합니다. 정말, 정말 감사합니다."

아저씨는 고개가 부러질 정도로, 머리가 땅에 닿을 정도로 허리를 숙여 재희에게 인사를 했다. 재희가 그런 아저씨의 팔을 붙잡아 억지로 일으켜 세워도 소용없었다.

"이러시지 말고 저 명함 한 장 주세요."

"네, 드려야죠. 언제든지 전화주세요."

아저씨는 바지 뒷주머니에서 주섬주섬 명함을 꺼냈다. 귀퉁이가 구겨진 노란 명함에는 대리운전회사의 대표번호가 큼지막하게 적혀 있었고, 그 아래 아저씨의 개인 연락처가 자그맣게 써 있었다. 살며시 스친 아저씨의 손이 무척이나 거칠다는 생각이 들 무렵, 재희는 시큰해진 코끝을 손가락으로 쓱쓱 문지르며 눈썹을 찡그렸다.

"또 일하러 가세요?"

"아닙니다. 마지막 손님이셨어요."

손님은 무슨. 욕먹은 만큼 도로 퍼부어줘도 시원찮을 판에, 아저씨는 끝까지 손님 대접 해주고 계셨다. 재희는 아스팔트를 이불 삼아 널브러진 사내를 한심하단 눈으로 바라보며 혀를 쯧쯧 찼다.

"그럼 조심해서 들어가세요. 다음에 꼭 이용할게요."

"감사합니다. 감사합니다. 살펴가세요. 감사합니다."

먼저 자리를 뜨지 않으면 아저씨가 계속해서 인사를 하실 것만 같아 재희는 서둘러 집 쪽으로 걸음을 옮겼다. 처연했던 아저씨의 얼굴이 자꾸만 머릿속에 떠돌아 눈을 질끈 감아보아도 잔상은 쉽게 사라지질 않았다. 결국 재희는 힐끔거리며 뒤를 돌아보았고, 아저씨는 짐작했던 대로 아까 그 자리에 계속해서 서 계셨다.

"괜히 나섰네."

이 골목을 걸을 때마다 생각날 것 같았다. 코가 닳은 낡은 갈색 구두를 신은, 비록 행색은 초라해도 사람에게서 풍겨지는 고유의 느낌만큼은 당당하고 젠틀했던 그분의 모습이 당분간 머릿속을 떠나지 않을 듯했다.

집 대문 앞에 다다른 재희는 지갑 안에 아저씨의 명함을 챙겨 꽂고 주머니에서 열쇠를 꺼냈다. 열쇠 홈에 막 열쇠를 밀어 넣으려던 재희는 가로등 불빛에 아른거리는 낯선 그림자에 멈칫하곤 고개를 돌려 옆을 바라보았다.

담 아래 세워진 가로등 아래를 한 여자가 환히 웃으며 스쳐 지나갔다. 가느다란 다리 선이 고스란히 드러나는 물이 예쁘게 빠진 청바지에 소매를 걷어 올린 하얀색 셔츠를 입은 여자. 이상하게도 찰나의 그 모습이 눈에 콕 박혀들었다. 여자라기에는 조금 여자 냄새가 덜 나는, 소녀와 숙녀의 애매모호한 경계에 있는 여성이었다. 짧게 스쳐 간 순간에도 시선을 멈추게 만들 만큼 눈길이 가는 외모를 가진 그 여자는, 크로스로 멘 가방 끈을 왼손으로 꼭 쥐고 가벼운 걸음으로 어두운 길을 가로질렀다.

낯선 여자에게서 시선을 떼지 못한 채 한참 눈을 끔벅이고 있던 재희는 고개를 절레절레 흔들었다. 지금 같은 정재희답지 않은 행동은 술을 너무 많이 마셨기 때문일 수도 있고, 깊은 밤이라서, 혹은 가로등의 노란 조명이 마법을 발휘한 건지도 모른다고 생각했다. 난다 긴다 하는 최정상급의 여배우를 보아도 흔들리지 않았던 시선인데…….

그때.

"아빠!"

곁을 스쳐 지나갔던 그 여자가 큰 소리로 아빠를 외치며 빠르게 달려 길을 건넜다. 재희의 시선은 그녀의 뒷모습에 고정되고 말았다. 놀라운 건 그녀의 목적지였다. 그녀가 아빠라고 칭한 사람은 아까 그 대리운전기사. 여자는 무척이나 활발한 음성으로 아빠에게 다가가 활짝 웃었고, 그 아저씨 역시 언제 울먹였냐는 듯 방긋 웃으며 딸을 향해 손까지 흔들어주었다.

담에 기대서서 부녀지간의 상봉을 지켜보던 재희는 피식 웃고 말았다.

"오! 우리 딸! 오늘도 수고 많았지?"

"수고는 뭘. 얼른 집에 가자!"

아저씨는 괜찮은 척하려 안간힘을 쓰고 있었다. 그런 그의 모습에 왜 이리 가슴이 저미는 건지, 재희는 여전히 길바닥에 누워 있는 저 잡놈의 명치를 발꿈치로 콱 밟아버리고 싶은 충동을 간신히 억누르며 턱이 아프도록 이를 악다물었다.

다행히도 아까 그 광경을 딸이라는 여자는 보지 못한 모양이다. 만약 여자가 3분, 아니, 1분만 빨리 나타났다면 어떻게 되었을까 하는 생각에까지 미치자 재희는 미간을 구겼다. 여자는 아마도 억장이 무너지고 다리가 후들거려서 제대로 서 있기도 힘겨웠을 것이다.

절로 긴 한숨이 토해졌다. 갑갑한 마음에 담배 한 모금이 절실해져 주머니를 뒤지던 재희는 문득 길을 건너려 했던 본래의 목적이 떠올라, 다시 길을 건너 편의점으로 향했다.

담배를 사가지고 대문 앞에 선 재희는 터덜터덜 걸어 대문을 열고 안으로 들어섰다. 빨간 벽돌로 지은 2층짜리 단독주택이 바로 8년 전부터 재희가 혼자 지내고 있는 곳이었다. 2층으로 짓긴 했지만 정작 2층은 삼분의 이 이상을 테라스로 만들어 버려 옥상이 넓은 1층짜리 집으로 보였다.

작은 마당을 지나고, 현관을 지나 무사히 집 안에 도착한 재희는 거실 조명 대신 주방 조명만 밝히고 소파에 털썩 주저앉았다. 그리곤 내내 고팠던 담배에 불을 붙이고 길게 한 모금 빨아들이며 두 눈을 질끈 감았다.

"하아, 살겠다."

머리가 핑해질 정도로 독한 담배가 간절히 생각나는 밤이었다. 벌써부터 쉽게 잠을 이룰 수 있을지가 걱정되긴 했지만, 일단은 울렁거리는 마음부터 잠재워야 했다.

휑한 거실 한가운데에는 수억 원을 호가하는 스타인웨이 피아노가 덩그러니 놓여 있고, 그 위엔 악보 종이가 어지럽게 늘어져 있었다. 보통 티비가 있게 마련인 곳엔 천장까지 닿는 높이의 커다란 책장이 벽면 전체를 차지했고, 책장 안의 절반은 음반CD가, 나머지 절반에는 책들이 빼곡히 꽂혀 있었다. 재희의 집 거실 살림은 그것들이 전부였다.

약간의 기력을 회복한 재희가 일어나 오른손으로 목을 받치고 목을 핑그르르 돌리며 느릿하게 주방으로 향했다. 냉장고 홈바를 열어 시원한 생수 한 병을 꺼내 들이켜고 드레스 룸으로 간 재희는 데님 셔츠를 훌렁 벗어 던지고 하얀색 티셔츠를 꺼내 머리를 밀어 넣었다. 흐트러진 머리칼을 손으로 툭툭 털며 드레스 룸을 빠져나와 서재에서 노트북을 챙겨 다시 거실로 나온 재희는 한참 동안 문서함을 뒤지다 자신이 만든 노래를 재생시켰다.

보통 음악가들은 자기가 만든 노래는 잘 듣지 않는다지만, 재희는 자신이 만든 음악을 세상에서 가장 좋아했다. 처음 작곡을 시작했던 열아홉 살 때부터 말이다.

재희가 처음 음악을 접했던 건 일곱 살 때였다. 네 살 많았던 형이 어느 순간부터 자신과 놀아주지 않고 피아노학원이란 곳을 다니자, 재희도 덩달아 학원을 다니기 시작했다. 이내 재희는 동네에서 피아노 꽤나 치는 어린이로 유명해졌다. 형이 피아노학원을 그만둔 후에도 재희는 계속해서 피아노를 배웠고, 어느 순간부터는 피아노학원 원장님도 재희가 감당이 되지 않는 경지에 이르러 일찌감치 유명 대학교 교수진들의 레슨을 받기 시작했다.

그렇게 시간이 흘러 열다섯 살이 되던 해에, 재희는 형이 메고 다니는 기타에 관심을 갖기 시작했다. 형은 피아노의 절반 값도 안 되는 기타 따위를 만지지도 못하게 했고, 그 때문에 더욱 기타에 관심을 갖게 되었다. 어깨너머로 코드 잡는 법을 배운 재희는 형 몰래 기타를 들고 나가 미취학 아동들이 우글거리는 동네 놀이터 구석에 앉아 독학으로 기타를 연주를 했다. 클래식에 미쳐 있었던 재희는, 조금씩 클래식 이외의 음악에도 눈을 뜨게 되었다.

결론적으로 재희는 클래식 전공을 선택했다. 열아홉 살이 된 재희는 연주에서 작곡으로 방향을 바꾸고 국내 최고의 명문대 음대 작곡과에 입학을 했다. 재희의 인생에 있어서 음악은 늘 탄탄대로였고, 실패나 좌절을 맛보게 만들진 못했다. 콩쿠르에선 언제나 1위를 차지했고, 좀 더 큰 음악 세상을 접하고자 스물두 살, 군에서 제대하자마자 오스트리아 유학길에 올랐다.

그러나 그 후 2년의 시간이 흐른 스물네 살 정재희에게 인생에서 가장 견뎌내기 고통스러운 순간이 찾아왔다. 세상을 살아가며 배워야 할 모든 것을 알려주었던 형이 두 번 다신 만날 수 없는 곳으로 인사도 없이 떠나 버린 것이다. 영화음악감독이란 꿈을 향해 쉼없이 달렸던 형은, 꿈이 이루어지는 순간을 끝내 보지 못하고 너무도 일찍 곁을 떠났다.

재희에게 불면증이 찾아온 건 그즈음부터다. 형을 대신해서 작업을 마무리 짓고 영화 개봉 날 엔딩 크레디트에서 형의 이름 석 자를 확인하고 난 후, 영화음악감독이 되기로 결심한 후부터 불면증과의 사투가 시작되었다.

뮤지션으로서의 본격적인 삶을 시작한 재희는 8년의 세월이 흐른 지금까지 단 한 번도 한눈팔지 않고 뮤지션으로 살고 있었다. 매일 심야에 진행하는 라디오프로그램이나 토요일 밤에 방송되는 음악프로그램 역시 재희에겐 음악 활동의 연장선상에 있는 일이었다. 음악을 소개하고, 음악에 관해 이야기 나누는 일은 재희에겐 창작 활동을 하는 것만큼이나 중요한 일이었고, 대중을 통해 세상을 만나는 유일한 소통 창구였다.

"아직 안 끝났나?"

재희는 오디오 리모컨을 눌러 라디오를 틀었다. 매주 토요일에는 금요일에 미리 녹음을 해둔 분량이 방송된다. 재희가 사람들에게 들려주고 싶은 곡들을 마음껏 들려주는 날. 일주일 동안 선곡을 하며 가슴 설레어했던 결과물이 사람들에게 전해지는 날이었다.

저도 모르게 빙긋 웃으며 방송을 듣던 재희는 담배 한 개비를 더 꺼내려 고개를 돌리다가 책장 한구석에 놓인 형의 사진과 눈이 딱 마주쳤다. 얄미울 정도로 환히 웃고 있는 모습이 유난히 눈에 거슬렸다. 재희는 자리에서 벌떡 일어서서 성큼성큼 걸어 사진 앞에 우뚝 섰다.

"오늘 밤엔 푹 자게 좀 해주라, 형아."

'형아'라고 부르면 '형'이라고 하라고 엄하게 가르치던 형. 하지만 재희에게 형은 여전히 '형아'였다. 아마 머리칼이 하얗게 변해도 재희는 영원히 '형아'라고 부를 것이다.

다시 소파로 돌아온 재희는 넓고 튼튼한 침대 대신 좁고 딱딱한 소파에 웅크리고 누워 눈을 질끈 감고 잠을 청했다.

잠이 든 아빠의 손을 가만히 바라보던 다정은 코를 찡긋거렸다. 빠끔한 데 없이 데이고 찢어진 상처투성이 아빠의 손, 그리고 뭉

뚝한 손톱이 눈에 거슬렸다.

제 손도 만만치 않은 손이었다. 하루 종일 물에 닿아 퉁퉁 부은 손은 밤이 되면 손끝이 아릴 정도로 부어 손톱이 벌어지기 일쑤였다. 그나마 겨울이 아니라 손끝이 갈라지진 않았으니 그게 얼마나 다행인지.

안방을 빠져나온 다정은 노란 등 하나가 켜진 어둑한 주방 식탁에 앉아 잘 마른 빨래를 개켰다. 네모반듯하게 접은 수건들은 한쪽에 잘 쌓아두고, 특별히 신경 써서 빤 아빠의 손수건을 다리기 위해 다리미를 집어들었다. 네 귀퉁이가 닳아버린 낡은 손수건이지만 다정이 첫 월급을 받아 선물한 것이라며 아빠는 죽어도 버리지 않겠다고 고집을 부리셨다.

"됐다."

예쁘게 갠 손수건을 아빠의 지갑 위에 올려둔 다정은 주방 불을 끄고 거실이라고 부르기 민망한 좁은 곳에 앉아 벽에 등을 기댔다. 무릎을 세워 양팔로 끌어안은 다정은 팔 위에 얼굴을 묻고 아무도 듣지 못하게 아주 작은 소리로 길고 가는 숨을 뱉었다.

아빠의 얼굴, 아니, 아빠라는 단어만 떠올려도 다정은 서글퍼졌다. 낮에는 세탁소 일, 밤에는 대리운전 일을 하며 세상 그 누구보다 성실하고 정직하게 사시는 분인데, 세상은 그런 아빠에게 너무나 모질고 차가웠다. 상처받고 할퀴어진 마음, 술이나 담배로도 달래지 못해 그대로 생채기가 남아버릴 아빠의 가슴이 걱정스러워 다정의 눈가엔 오늘도 결국 눈물이 맺히고 말았다.

다정은 최선을 다해서 열심히 살고 있었다. 6개월 벌어서 한 학기 학비를 마련하기가 버거워, 지난 학기에 결국 자퇴를 한 다정의 사정을 딱하게 여긴 대표님께서 정식사원으로 채용해 준 덕에 다정은 지금 국내 최고의 디저트 카페라 손꼽히는 〈다비드〉에서 바리스타 보조로 근무 중이었다. 하지만 배우라는 꿈만은 절대 포기할 수가 없어서 밤에는 극단 생활을 계속하고 있었다.

극단 〈캥거루〉. 다정에게 극단은 꿈 그 자체이자 비상구였다. 연극영화과에 입학한 다정은 교수님들 사이에서 늘 화제가 되는 아이였다. 타고난 재능도 재능이지만, 배우가 되고자 하는 열의에서 느껴지는 간절함이 너무나 진실되고 순수했기에 모두가 한목소리로 다정의 성공을 기원해 주었다. 비록 세상살이가 쉽지만은 않아서 학업을 포기해야 했지만, 많은 사람들의 도움으로 극단 생활을 시작할 수 있었다.

극단 〈캥거루〉는 다정이 다니던 학교 출신의 배우들이 모인 극단으로, 대학로에선 티켓 파워가 가장 센 극단 중 한 곳이었다. 그랬기에 영화나 드라마의 제작자들이 캐스팅을 하기 위해선 1순위로 들르는 극단이 되었고, 실제로 〈캥거루〉 소속의 배우들이 데뷔를 하는 일이 많았다. 최근에는 다정의 한 해 선배인 최서한이 J미디어에서 제작하는 영화 〈그대〉의 주연급으로 캐스팅이 되어 한바탕 떠들썩해지기도 했고, 많은 배우 지망생들이 〈캥거루〉의 문을 두드렸다. 그렇기 때문에 그런 곳에 속할 수 있다는 것만으로도 다정은 늘 감사했다. 고된 근무에 금방이라도 쓰러질 듯 몸 곳곳이 아파도, 아프단 내색 한 번 하지 않고 씩씩하게 극단 생활을 병행하고 있었다.

다음 주로 다가온 새 연극 공연을 앞두고 요즘 거의 매일 늦은 새벽까지 연습을 하게 되어 아빠와 만나서 함께 집으로 들어오는 일이 늘고 있었다. 늦은 시간까지 다 큰 딸이 밖에 있는 것이 늘 걱정스러운 아빠는 딸과 함께 귀가를 하기 위해 대리운전 근무 시간을 한 시간 단축해야 했다.

다정은 주섬주섬 주머니에서 휴대폰을 꺼내 문자메시지를 적기 시작했다. 이젠 습관이 되어버린, 그에게 문자를 보내는 일.

"아참, 오늘 토요일이지."

입술을 쭉 내민 다정이 보내지 못한 문자메시지를 지우며 고개를 가로저었다. 다정이 문자메시지를 보내려 했던 곳은 다름 아닌 심야 라디오프로그램 〈감성충전소—WITH〉. 토요일 방송은 녹음 방송이기 때문에 문자메시지를 보내도 받아줄 사람, 즉 DJ 정재희가 없는 날이었다.

정재희. 다정에게 정재희는 국내 최정상의 영화음악감독이자 유명 뮤지션 그 이상의 존재였다. 라디오를 통해 우울한 청춘을 따스하게 보듬어주고, 위로를 건네주며, 꿈을 키워도 된다고 희망을 북돋아주었다. 물론 정재희가 그런 사실을 알 리 없지만 다정에겐 각별한 사람이었다.

그래서 다정에겐 커다란 꿈이 하나 있다. 바로 정재희가 자신이 출연하는 작품의 음악감독이 되어주는 것. 언제 배우로 데뷔를 하게 될지, 과연 그날이 오긴 할지 자신할 순 없지만 그래도 언젠가 그날이 오면 그가 음악감독이 되어주길 간절히 소망하며 힘겨운 하루하루를 밀어내고 있었다. 그런 희망마저 꿈꾸지 못한다면 견딜 수 없을 것만 같아서, 쉽게 주저앉아 버릴 것만 같아서 다정은 그 꿈을 꼭 붙잡고 이겨내는 중이었다.

다정은 휴대폰 배경화면에 띄워진 정재희의 사진을 보며 딱 봐도 음악 하는 사람 같아 보이는 그의 모습이 봐도 봐도 반가워서 저도 모르게 배시시 웃고 말았다. 예술가 느낌이 물씬 풍기는 자유분방한 헤어스타일과 모델 뺨치는 길쭉하고 마른 몸매, '나 예민해요'라고 써 있는 섬세하고 갸름한 외모, 가슴 떨리게 만드는 길고 곧은 손가락, 여자보다도 더 말간 피부는 볼 때마다 간혹 그가 음악가가 아닌 배우가 아닐까 하는 생각이 들게 할 정도였다. 거기에 어딘지 모르게 깐깐해 보이는 날카로운 눈빛과 그 안의 예리함, 굳게 다문 입술에서 느껴지는 특유의 도도함은 그 어떤 사람도 갖지 못한 독보적인 매력이었다.

"꼼짝 말고 기다려, 정재희."

오늘도 다정은 가장 오만하고 건방진 어투로 사진 속 그에게 말을 건넸다.

그날이 반드시 올 거라고…….

#02

"아빠! 아침 꼭 먹고 출근해!"

아침 7시 40분, 출근 준비를 마친 다정은 밀폐용기에 꾹꾹 눌러 담은 도시락을 가방 안에 넣으며 운동화를 챙겨 신었다. 서너 시간의 짧은 수면으로 피로가 풀릴 턱이 없는 아빠는 오늘도 이불과 씨름 중이었다. 간신히 이불을 박차고 일어난 아빠는 떨어지지 않은 눈을 손등으로 비비며 방을 나와 주방으로 향했다. 빈속으로 출근하지 않게, 초라하지만 든든한 아침상을 차려놓은 딸 다정을 바라보는 아빠의 시선에는 고마움과 미안함이 그득했다.

"오늘도 힘찬 하루!"

"넵! 다녀오겠습니다!"

다정은 아빠에게 손을 흔들며 현관을 나섰다. 방 두 칸에 거실

겸 주방이 딸린 작고 낡은 빌라를 벗어나 골목으로 나온 다정이 활기찬 걸음으로 성큼성큼 걸었다.

다정이 고등학교에 입학할 때만 하더라도 다정이네 가족이 살던 집은 여느 가정과 크게 다르지 않은 아파트였다. 대기업까진 아니더라도 건실한 회사에 다니던 아빠 덕에 경제적으로 어려움 같은 건 겪어보지 않았고, 가정적이고 다정한 성품의 아빠 때문에 집안은 늘 화목했다. 엄마와 아빠가 언성을 높여가며 싸우는 모습을 본 적도, 술에 잔뜩 취에 소리를 지르는 것도 본 적 없었다. 그런 다정이네를 볼 때마다 이웃사람들은 늘 그렇게 말했다. 하늘도 질투할 만큼 행복한 가족이라고.

하늘의 질투는 예상외로 빨리 찾아왔다. 다정이 고 1 여름 방학이 시작될 무렵, 엄마가 심장병 진단을 받게 되면서부터 가세는 급속도로 기울었다. 세 번의 큰 수술과 입원 치료가 거듭될수록 눈덩이처럼 불어나는 막대한 병원비를 마련하기 위해 아빠는 1, 2 금융권에서 최대한의 돈을 끌어모아야 했고, 치료 기간이 길어질수록 돈 나올 구멍이 없어지자 절박한 마음에 집도 팔아 작은 전세로, 그러다 더 줄여서 월세로 이사를 거듭해야 했다. 월급에 차압이 들어가기 시작할 때쯤, 아빠는 하는 수 없이 퇴직을 해야 했고 퇴직금까지 몽땅 치료비로 쓴 후 사채에까지 손을 뻗을 무렵 엄마는 하늘로 떠나셨다.

물론 안타까운 마음이 커서 그랬겠지만, 사람들은 아빠에게 살리지도 못할 사람 때문에 너무 많은 돈을 버렸다며 앞으로 어쩔 생각이냐고 한숨을 내쉬었다. 그럴 때마다 아빠는 평생 사랑했던 사람이었기에 죽어도 여한이 없을 때까지 최선을 다해보고 싶었다고, 그렇게라도 마지막까지 붙잡고 싶었다고 담담히 말했다. 정말 바닥에 티끌 하나 남지 않을 만큼 모든 걸 다 쏟아부은 후에도 아빠는 엄마에게 미안해했다.

3년여의 뒷바라지 끝에 남은 건 감당 안 될 정도의 빚뿐이었다. 끝도 없는 빚잔치에 아빠는 하루 종일 빚쟁이들에게 시달려야 했고, 신용불량자라는 낙인이 찍혀 구직 활동도 마음대로 할 수가 없었다. 이십 년 넘게 쌓아온 커리어는 모두 물거품이 되었고, 가장 바닥에서부터 다시 시작해야만 했던 것이다.

다정은 아빠의 짐을 함께 짊어졌다. 한 학기 다니고 한 학기 휴학하길 반복하며 2년간은 패밀리 레스토랑에서 아침 8시부터 저녁 7시까지 하루 종일 서서 일하고 받은 돈의 절반 이상을 빚 갚는 데 보태고, 나머지는 알뜰하게 모아 학비를 마련했었다. 더 이상 몸이 견뎌내질 못해 1년 전부터 디저트 카페 〈다비드〉의 매장에서 근무를 하다가 결국 지난 학기를 끝으로 학교는 자퇴했고, 대표의 제안으로 일반 매장 직원들보다는 보수가 좋은 바리스타의 보조일을 시작하면서 얼른 빚을 정리하고 싶은 마음에 월급의 대부분을 빚 갚는 데 쓰고 있었다.

앞으로 얼마나 더 긴 시간 동안 이렇게 살아야 할지 막막하지만 다정은 일부러 잊으려고 노력했다. 그저 최선을 다해 일하고, 절대 꿈을 포기하지 않고 묵묵히 걸어가면 언젠간 끝이 날 것이라 믿을 뿐. 희망마저 포기한다면 견딜 수가 없기에 다정은 스스로를 다독였다.

아빠는 '헌신'이란 단어와 꼭 맞아떨어지는 사람이었다. 아팠던 아내를 위해, 너무 일찍 세상을 경험하게 된 가여운 딸을 위해 아빠는 늘 헌신했다. 아침부터 저녁까지 세탁소에서 배달과 세탁 일을 하시는 아빠는 밤에는 대리운전까지 하고 있었다. 고생을 하면 아빠가 저보단 두 배 이상 더 많이 하고 있었기에 다정은 아빠에게 투정 한 번 부리지 않았다. 미안해하는 아빠의 얼굴을 보고 싶지 않았기 때문이다. 우리가 함께 감당해야 할 몫이니까. 남들 노는 빨간 날에 일을 나갈 때면 한 번씩 속이 상하기도 하지만, 그래도 돈을 벌 수 있는 직장이 있는 것만으로도 감사히 생각하려 노력했다.

가방에서 대본을 꺼낸 다정은 일주일도 채 남지 않은 연극 초연 생각에 저도 모르게 빙긋 웃고 말았다. 생각지도 못했는데 제법 비중있는 역을 맡아 아직도 꿈인지 생신지 분간이 안 되었다. 하도 넘겨보아서 귀퉁이가 닳아버린 대본집은 온갖 색의 형광펜으로 죽죽 그어 컬러풀해졌고, 대사 옆에 적어둔 사소한 체크 포인트가 빽빽하게 적혀 있어서 너덜너덜해져 있었다.

늘 '다 잘될 거야'라고 주문을 걸어주는 아빠 덕분에 정말 모두 다 잘될 것만 같은 기분 좋은 예감이 들었다. 하늘을 올려다보던 다정은 구름 한 점 없는 아침 하늘을 향해 말간 미소를 지어 보이곤 어깨를 으쓱이며 걸음을 재촉했다.

〈다비드〉의 매장 뒤편에 위치한 직원 전용 출입구로 출근을 한 다정은 곧장 직원 탈의실로 향했다. 그곳엔 이제 막 출근한 2층 카페 직원들과 1층 매장 판매 직원들이 꺄르륵 웃어대며 옷을 갈아입고 있었다.

"뭐가 그렇게 재밌어?"

가게가 오픈한 지 1년이 조금 지난 〈다비드〉의 직원들은 90% 이상이 오픈 멤버들이었다. 직원들이 자주 바뀌지 않는다는 것은 그만큼 일하는 환경이 좋다는 뜻이고, 그런 환경을 만들어주는 대표님에게 직원들의 신임이 무척이나 크다는 뜻이었다. 거기다 많아야 위로 두어 살 차이가 나는 또래들이다 보니 〈다비드〉의 직원들 대부분은 친구처럼 즐겁게 지내고 있었다.

"언니, 어젯밤에 우리 대표님이 또 한 건 했대!"

"어느 대표님?"

"당연히 함 사장님이지!"

〈다비드〉에는 사장님이 두 분이시다. 함태경 사장님과 다비드 사장님. 함 사장님의 경우에는 하루에 서너 시간 정도 매장에 잠시 머물다 떠나는 한량 대표였고, 다비드 사장님은 제품 개발에서부터 직원 관리에 이르기까지, 〈다비드〉의 실질적인 운영을 도맡고 계신 분이었다. 다른 듯하면서도 닮은 두 분의 공통점이라면 직원을 무척이나 아끼는 자상함 정도랄까.

명품 브랜드의 패션쇼에 서는 슬림한 남자 모델 느낌의 함 사장님과 프랑스 이름 그대로 다비드 조각상 같은 다비드 사장님이 연인 사이라는 소문이 〈다비드〉 안에서는 정설로 통하고 있었다. 함 사장님은 그런 소문을 무마시키려 넉 달 전 결혼도 하시고, 집들이도 하시고 많은 노력을 하고 계시지만 다비드 사장님을 바라보는 끈적한 시선은 숨기지 못하고 계셨다.

함 사장님은 매장에 나왔다 하면 사고를 치는 케이스고, 다비드 사장님은 그런 함 사장님의 사고처리반이었다. 함 사장님이 유난히 참지 못하는 경우는 무례한 손님이었다. 아마도 어젯밤 무척이나 무례한 손님이 함 사장님의 속을 뒤집어놓은 모양이다.

옷을 갈아입고 거울 앞에 선 다정은 머리카락을 하나로 모아 꼭대기에 묶고 껍질이 일어난 입술 위에 입술보호제를 발랐다.

"여자 손님 둘이 냅킨 한 통을 죄다 써버렸나 봐. 그것도 써서 쓴 게 아니라 죽죽 찢어놓고, 접어놓고, 돌돌 말아놓고, 장난친 거지."

"그래서?"

"나가는 사람 붙잡아서 갖고 논 냅킨 원상복귀해 놓고 가라고 했대."

"손님들이 시킨다고 해?"

"당연히 서비스가 이따위냐고, 당장 인터넷에 올리겠다고 난리를 쳤지. 그런데 우리 사장님이 그런 거에 눈 깜박할 사람이야? 계속 원상복귀해 놓으란 말만 반복했대. 못 도망가게 경호팀 문에 쫙 세워두고."

다정은 고개를 절레절레 저으며 혀를 쏙 내밀었다. 그러자 곁에 있던 다른 직원들이 배꼽을 쥐고 웃으며 통쾌해했다.

"잘못 걸렸네. 후훗."

"그렇긴 하지만, 혼날 짓 하긴 했지. 돈 드는 건 둘째치더라도.

아까운 줄 모르고⋯⋯."

무릎을 덮는 길이의 갈색 앞치마를 매고 최종 점검을 마친 다정이 문을 나서려다 다시 뒤를 돌았다.

"갈아입고 올라와. 오늘 로스팅한 원두 오는 날이라 커피 무진장 맛있을 거야."

"와! 얼른 갈게!"

탈의실을 빠져나온 다정은 매장을 가로질러 2층 카페로 이어지는 나선형 계단을 올랐다. 지나치는 동안 수많은 직원들과 눈이 마주쳤고, 그때마다 고개를 끄덕여 가벼운 아침 인사를 건네며 오늘 하루 일하는 데 원동력이 되어줄 힘찬 기운을 불어 넣었다. 출근부터 몸이 무겁긴 했지만 커피 한잔하고 나면 좀 나아질 거라는 희망을 품고 씩씩하게 계단을 올랐다.

2층에 거의 도달했을 때쯤, 위에서부터 한 남자가 내려왔다. 다정은 난간 쪽에 기대서 상대방이 내려가길 기다리다 그 남자가 다름 아닌 다비드 사장이란 것을 확인하곤 고개를 숙여 인사를 건넸다.

"피곤해 보이네."

"아닌데⋯⋯."

머쓱해진 다정이 뒤통수를 긁적이며 쑥스럽게 웃자 그도 핏 하며 웃었다. 가장 일찍 가게에 나와 〈다비드〉를 여는 사람. 그는 참으로 한결같은 사람이었다.

"연습 막바지라 힘든가 봐?"

"조금요."

다정은 또 한 번 어색하게 웃었다. 직원들 대부분 다정이 극단 생활을 병행하고 있다는 사실을 알고 있었지만 괜히 쑥스러운 건 어쩔 수가 없었다.

"나 어제 예매했는데."

"어휴! 왜 그러셨어요. 제가 티켓 드리려고 했는데."

"나중에 유명한 배우 되면 그때 꼬박꼬박 챙겨줘. '누구세요?' 하면서 정색하면 용서 안 해."

"걱정 마세요! 그날이 언제 올진 모르겠지만요, 사장님 티켓은 제가 책임지고 챙기겠습니다!"

다정의 씩씩한 대답에 다비드가 웃었다. 다정은 그런 다비드의 모습을 바라보며 눈이 정화되는 것을 넘어서서 영혼이 정화되는 기분을 느꼈다. 부담스럽게 잘생긴 타입이 아니라, 보고 나면 흐뭇한 미소가 절로 그려지는 타입이라 보고 또 봐도 질리지가 않았다.

"원두 왔더라. 한 잔 부탁해."

"네!"

다비드가 계단을 내려가자 다정도 다시 걸음을 재촉했다. 처음 〈다비드〉에 들어와 매장 일부터 시작을 한 다정은 시선을 사로잡는 외모 탓에 2층 카페 웨이트리스로 발탁이 되었지만, 사람을 상대하는 것에 약간의 거부감이 있었던 탓에 다비드의 배려로 바리스타 보조로 자리를 옮겼다.

2층에 도착한 다정은 양쪽으로 늘어선 객석을 지나 커피를 제조하는 공간으로 들어갔다. 배달된 원두를 먼저 확인하고 보관함에 정리를 마친 후 에스프레소 머신 전원을 켜는 일은 바리스타가 출근하기 전 다정이 가장 먼저 해두는 일이었다.

카페 직원들이 하나둘 올라오자 다정이 환하게 인사를 건네며 쟁반 위에 머그컵을 잔뜩 올렸다. 6구짜리 에스프레소 머신에서 동시에 샷이 추출되며 향기로운 커피 향이 2층을 가득 메웠고, 직원들은 너나 할 것 없이 자기 먼저 달라며 다정에게 애교를 부렸다.

오늘 하루도 함께할 직원들에게 따뜻한 모닝커피를 선물하며 다정의 하루도 시작되었다.

비록 연습이었지만 본공연 못지않게 격한 감정을 토해내고 마룻바닥에 그대로 뻗어버린 다정은 울어서 빨개진 눈을 손등으로 슥슥 비비며 호흡을 골랐다. 이마 위엔 땀이 송골송골 맺혀 올랐고 두 볼은 발그레 상기되어 있었다. 무대 여기저기, 극단 소속 배우들이 무너지듯 주저앉아 있는 것에 반해 유독 한 사람은 말짱했다.

"김다정, 안 가?"

유일하게 말짱한 한 사람은 다름 아닌 최서한이었다. 막 영화 촬영을 마치고 도착한 그는 말쑥한 슈트를 차려입고 뒷짐을 지고 서서 바닥에 누워 있는 다정을 내려다보았다.

"가야죠."

"계속 누워 있을 거야?"

"일어나야죠. 근데 몸이 말을 안 들어요."

다정이 답하자 서한이 웃으며 손을 내밀었다. 다정은 서한이 내민 손을 잡고 몸을 일으키며 저도 모르게 자그만 신음을 뱉어냈다.

"으으, 허리야."

"젊은 애가 별소릴 다한다."

　아홉 시간 꼬박 서서 일하고 와서 일곱 시간이나 연습을 강행했으니 금방이라도 피를 토할 지경이었다. 하지만 장난 삼아 힘들다며 투정은 부려도, 진심으로 정색하며 힘들다 소린 할 수가 없었다. 이 무대 위에서 함께할 수 있다는 것 자체가 너무나 감지덕지한 일이기 때문이다. 힘들어서 못하겠다고 하는 순간 다정의 자리를 차지하려 눈이 벌게질 배우들이 수두룩했다. 그랬기에 다정은 이를 한 번 악물고 아무렇지 않은 척 배시시 웃었다.

　서한은 다정의 1년 선배지만 나이는 세 살이 많았다. 연극으로 시작한 그의 탄탄한 연기력을 바탕으로 무려 J미디어에서 제작하는 영화의 주인공이 되었다는 것은 극단 〈캥거루〉에겐 크나큰 자랑이었다. 〈캥거루〉를 거친 수많은 배우들이 존재하지만, 까마득한 기수 차이의 선배가 아니라 함께 공부했던 기수의 선배였기에 소속 배우들에겐 롤모델과 같은 존재였다. 그것은 다정에게도 마찬가지였다. 늘 멋지고 든든한 선배이긴 했지만, 이젠 배우로서 나가야 할 방향을 제시해 주는 스승과도 같은 선배가 된 것이다.

　"막차 시간 아슬아슬 하겠는데? 데려다 줄까?"

　"괜찮아요. 달려가면 탈 수 있어요. 웃차!"

다정은 자리에서 벌떡 일어나 엉덩이를 툭툭 털고 객석에 던져 두었던 가방을 챙겨 멨다. 하나둘 소속 배우들도 갈 준비를 마쳤고 막내들이 무대 정리를 하고 있었다.

"저 먼저 가보겠습니다! 수고하셨습니다!"

허리를 반으로 접어 숙이며 인사를 건네자 여기저기서 잘 가라고, 수고했다고들 인사를 보내왔다. 저 멀리서 서한이 손을 흔들자 다정도 손을 흔들어준 후 극단 연습실을 빠져나와 달리기 시작했다.

무사히 지하철역을 빠져나온 다정은 귀에 이어폰을 꽂고 느린 걸음으로 길을 걸었다. 1부 방송을 놓친 게 너무나 아쉬워 눈물이 날 것만 같았다. 이렇게 힘들고 피곤할 땐 그 사람의 음성이 큰 힘이 되어주는데…….

2부의 시작을 알리는 시그널 음악이 흘렀다. 숨죽여 그의 음성을 기다리던 다정은 저도 모르고 양손을 기도하듯 감싸 쥐고 가슴 위에 얹었다.

─〈감성충전소─WITH〉, 2부 시작합니다. 2부 첫 곡으로 들려드릴 음악은 쿠엔틴 타란티노 감독의 영화 킬빌에 삽입되었던 곡이죠? 낸시 시나트라의 〈뱅뱅〉. 잠시 후에 다시 만나요.

그의 나긋한 목소리를 들으니 하루 동안 쌓였던 피로가 사르르 녹아내리는 기분이 들었다. 비로소 안식처를 찾아낸 듯했다. 마음이 편해지고 몸이 노곤해졌다. 누군가 어깨를 두들겨 주며 달래주는 것 같았다. 이야기를 하는 건 내가 아니라 그쪽인데, 오히려 그가 내 이야기를 들어주는 것 같았다.

　그가 선곡한 음악에 맞춰 턱을 끄덕이던 다정은 가방에서 휴대폰을 꺼냈다. 거의 매일 보내는 문자메시지 사연. 소개가 되는 날도 있고 그냥 지나가는 날도 많지만 이젠 습관이 되어버려 사연을 보내지 않으면 가슴이 허할 정도로 허전했다. 사람들이 이래서 매주 로또를 사는 건가?

　[오늘 유난히 재희 오빠의 목소리가 그리웠어요. 남들 노는 일요일에 일을 한다는 것이 가끔 마음을 우울하게 만들기도 하지만, 그래도 오늘 하루 무사히 견뎌내서 행복합니다. 우리 아빠가 늘 하는 말, '다 잘될 거야'라고 오빠가 말해주시면 정말 다 잘될 것 같아요.]

　전송버튼을 누르고 떨리는 가슴을 다독이며 도로 휴대폰을 가방에 넣은 다정은 저도 모르게 볼이 발그레해져서는 수줍게 미소를 지었다. 마치 그와 단둘이 문자라도 주고받은 사람처럼 말이다.

✳

　음악이 흐르는 사이, 오후에 있었던 연주 연습 때 잘 맞지 않았던 부분을 생각하느라 멍하니 앉아 있던 재희는 작가가 종이 한 장을 건네자 그제야 정신을 차리고 눈을 끔벅였다. 그간 작업했던 영화음악들, 다큐음악들을 가지고 올 겨울 콘서트를 열 준비를 하고 있었다. 함께할 연주자를 모으고, 조금씩 호흡을 맞춘 지 한 달. 삼 개월밖에 남지 않은 공연 준비 때문에 재희는 라디오 진행

도중 종종 멍 때리곤 했다.

"오늘 다들 일찍 자나 봐. 사연이 적어."

"더 많으면 감당 안 돼. 이 정도가 딱 좋아."

문자메시지 사연이 쭉쭉 올라오고 있는 모니터를 바라보던 재희는 노래가 끝나자 멘트를 시작하려 준비를 하고 있었다. 그 순간, 낯익은 번호를 발견한 재희가 피식 하고 웃었다.

늘 문자 사연을 보내주는 반가운 번호. 어느 순간부터는 기다리게 된 그 번호. 늦은 시간까지 청춘을 불태우는 그 청취자의 번호가 눈에 확 들어와 머릿속에 떠돌던 잡생각들이 싹 사라져 버렸다. 가끔씩 힘들다는 투정도 하지만 그간 보내줬던 사연으로 종합해 봤을 때 고단하고 슬퍼도 최선을 다해 열심히 살아가는 20대 초반의 씩씩한 여자였다.

맞은편에 앉은 담당 피디가 슬쩍 손짓을 하자 그제야 재희가 생각을 정리하고 입술을 뗐다.

"'오늘 유난히 재희 오빠의 목소리가 그리웠어요. 남들 노는 일요일에 일을 한다는 것이 가끔 마음을 우울하게 만들기도 하지만, 그래도 오늘 하루 무사히 견뎌내서 행복합니다. 우리 아빠가 늘 하는 말, '다 잘될 거야'라고 오빠가 말해주시면 정말 다 잘될 것 같아요'라고 2455님께서 보내주셨네요. 참 먹고살기 힘들죠? 열심히 하는 방법밖에 없어서 죽을힘을 다해 열심히 해봐도, 돌아보면 늘 그 자리에 있는 것 같은 기분······. 음, 살아보니까 어쩔 수 없더라고요. 뭐 별수 있나? 더 열심히 살아봐야죠. 이 오빠 목소리나 실컷 들어."

지난 3년여간 거의 매일 사연을 보내주는 청취자였다. 처음엔 인터넷으로 종종 사연을 보내더니 언젠가부턴 문자로 거의 매일 사연을 보내주었다. 사연이라고 해봤자 대단할 것도 없었다. 하루 동안 있었던 일들, 주변 사람들 이야기, 이루고픈 꿈에 대한 희망, 듣고 싶은 음악 이야기 등 가볍지만 반대로 가볍지 않은 사연들이었다. 하루 평균 3,000개 내외로 들어오는 문자메시지 중에서도 어느 순간부터 자연스레 눈에 들어왔고, 이젠 기억할 수 있게 된 것이다.

"음······. 잠깐만."

재희가 자리에서 일어나 피아노로 향했다. 그러자 담당 피디가 부랴부랴 마이크를 설치해 주며 놀란 눈으로 재희를 바라보았다.

"옥상달빛이란 여성 듀오 곡인데, 제목은 〈하드코어 인생아〉고."

재희가 피아노로 전주를 연주하자 스튜디오 안에 있던 모든 제작진들 눈이 왕방울만 해졌다. 그도 그럴 것이 제발 한 번만 연주해 달라고 통 사정을 해도 피아노 근처에 가지도 않던 재희가 피아노 연주로도 모자라 노래를 부르려 준비하니 놀라지 않고는 못 배기는 것이었다.

"라디오에서 노래하는 거 처음 같은데······ 불러볼게요. 2455님, 힘내! 다 잘될 거다."

단조로운 반주 위에 재희의 음성이 얹어졌다. 담담하고 차분한 음성으로 조심스레 음을 짚어가던 재희는 말로 다 표현하지 못한 위로와 희망을 가사에 실어 2455번의 청취자뿐 아니라 다른 사람들에게도 선물을 했다. 그들의 지친 마음을 고작 노래 한 곡으로 충분히 다독여 줄 순 없지만, 그래도 어디선가 이렇게라도 응원하고 있는 한 사람이 있다는 걸 알아줬으면 하는 마음이었다.

노래가 끝나고, 담당 피디가 자연스레 광고를 틀었다. 여전히 제작진들은 놀란 마음에 재희에게 뭐라고 선뜻 말을 건네지 못했지만 재희는 덤덤하게 다시 제자리로 돌아가 앉아 원고를 뒤적였다.

"갑자기 왜 그랬어?"

피디의 물음에 재희는 어깨를 으쓱이곤 핏 하며 웃었다.

"지친 것 같아서. 이럴 땐 어설픈 위로가 최고거든."

"얼씨구. 착한 디제이 나셨네."

"이 친구 선물 보내줘. 오늘 유난히 내가 그리웠다잖아. 얘 진짜 괜찮다. 후훗."

재희의 말에 여기저기서 웃음보가 터졌고, 재희는 뻔뻔하게 모니터를 보며 마우스로 스크롤을 내렸다. 라이브 공연의 여파로 문자메시지 사연들이 미친 듯이 쭉쭉 올라왔지만 재희는 끈질기게 스크롤을 내려 2455번이 보낸 문자 사연을 반복해서 읽었다.

다 잘될 거야.

그 말이 이상하게도 입술에서 떠나질 않았다.

스튜디오를 나선 재희는 엘리베이터로 향하며 오른손으로 뒷목을 주물렀다. 라디오방송 진행 3년차. 혀에 뇌가 달렸다는 평가를 받는 모 디제이 정도까진 못 되어도, 그에 뒤지지 않을 정도의 말

솜씨로 서글픈 청춘들의 늦은 밤을 달래주고 있었다.

두 시간 동안 쉬지 않고 누군가에게 이야길 한다는 건 상상 이상의 체력이 소모되곤 했다. 물론 심야 음악방송 녹화날인 화요일과 일주일 중 유일한 휴일인 토요일에는 전날 녹음을 해두어 쉴 수가 있긴 하지만, 본업이 영화음악감독이다 보니 작품을 하고 있지 않는 동안에도 꾸준히 창작 활동을 해야 하기에 때때론 부담이 되었다. 처음 1년 동안에는 틀이 잡힌 규칙적인 생활에 적응하지 못해 까탈을 부리고 예민하게 굴어 제작진들을 힘들게 하기도 했으나 이젠 제작진들이 재희 다루는 법을 간파하여 어르고 달래며 함께하고 있었다.

엘리베이터 문이 열리길 기다리는데, 그 순간 손에 들려 있던 휴대폰이 요란스레 울어댔다. 발신자는 오랜 친구 경진이었다.

"안 잤어?"

[네가 이제 하다하다 별짓을 다하는구나? 손가락이 오그라들어서 전화도 간신히 걸었어!]

경진의 타박에 재희는 옅게 웃으며 엘리베이터를 지나 창가에 섰다.

"좋아 죽는구만."

[어으! 노래도 못 부르는 게 놀고 있다.]

"내가 가수야? 이 정도면 충분하지 뭘 더 바라?"

[아오!]

익숙한 괴성이 무척이나 정겹고 반가웠다. 재희는 손목에 채워진 시계를 보며 저도 모르게 미간을 구겼다. 저와 달리 직장 생활을 하는 경진이 이렇게 늦은 시간에 전화할 녀석이 아닌데 라디오를 들은 걸로도 모자라 전화까지 걸었다는 것이 뭔가 수상쩍었다.

　[삼청동인데, 올래?]

　"금방 갈게."

　통화를 마친 재희는 무슨 일인지 더 묻지도 않고 곧장 걸음을 옮겼다. 경진과 친구가 된 건 12년 전 대학교 1학년 때였다. 과는 달랐지만 재희는 영화음악으로, 경진은 영화 제작으로 각각 영화에 대해 관심이 많았고, 둘은 학교 영화 제작 동아리에서 만나 우정을 키웠다.

　12년 동안 친구로 지내온 경진은 오래전 형의 연인이었다. 형이 떠난 지 벌써 8년, 그럼에도 그녀는 여전히 혼자 지내고 있었다.

　경진의 시계는 8년 전 그때에 머물러 있는 것만 같았다. 고인 물 같은 그녀를 지켜보는 일은 이젠 재희의 일상이자 생활이 돼버렸다. 재희는 경진의 이름 석 자만 들어도 마음이 답답해지고, 안쓰럽고, 못마땅했다. 그래서 더욱 경진을 챙겼다. 부르면 언제든 달려가고, 지치면 곁을 내주고, 그렇게 친구처럼 오빠처럼 경진과 함께했다. 물론 재희가 이렇게 말하면 경진은 누가 누굴 챙겼냐며 인정하려 하지 않는다.

　시간이 흘러 재희는 영화음악감독이 되었고, 경진은 배우를 발굴하고 관리하는 캐스팅 디렉터가 되었다. 국내 굴지의 미디어사인 J미디어에서 수석 캐스팅 디렉터로 일하고 있는 경진과 재희는 사회에 나와서 한층 더 가까워졌다. 일하는 분야가 공통되다 보니 서로에게 많은 도움을 주기도 하고 받기도 했다.

라디오 디제이를 시작하게 된 것도 경진의 영향이 컸다. 재희의 재능을 높이 평가한 경진이 용기를 북돋아주어 선뜻 디제이 제의를 수락했고, 예상했던 것보다 라디오프로그램이 인기를 얻게 되어 지난해부터는 공중파에서 심야 음악프로그램 〈정재희의 그루터기〉를 진행하게 되어 방송인이라는 타이틀까지 추가했다.

함께 자주 가던 단골 치킨집의 문을 열고 안으로 들어서자, 혼자 사이다를 마시며 닭다리를 들고 있는 한 여자가 눈에 들어왔다. 이 늦은 밤에 여자가 혼자서 간도 크지. 재희는 주인아주머니에게 미소로 인사를 대신하며 경진의 앞자리에 자리를 잡았다.

"한잔할래?"

"맥주로."

"사장님! 여기 생맥 하나 주세요!"

테이블 위엔 초록색 사이다 빈 병이 세 개나 있었다. 술을 전혀 하지 않는 경진에게 사이다는 소주 대신이었다. 세 병이나 깨끗이 비웠다는 건, 경진의 심경이 편치 못하다는 것이었다. 재희는 그 이유를 알 것 같았지만 먼저 말을 꺼내지 않기로 했다.

"이제 월요일 됐으니까 5일 남았다."

형의 기일이 돌아오는 금요일이었다. 유난히 늦여름을 많이 타는 경진이 가장 견디기 힘들어하는 한 주가 시작된 것이다.

"너 안 데려갈 거야."

"네가 안 데려간다고 내가 안 갈 사람이야?"

"그건 그렇지만 그래도 안 데려갈 거야. 너 오지 마라."

주인아주머니가 건넨 생맥주를 쉬지 않고 들이켜 반이나 비워 낸 재희가 코끝을 찡그리며 닭 날개 하나를 집어들었다.

　지난 8년 동안 한 해도 거르지 않고 형을 흘려보낸 강가에 경진과 함께 가곤 했었다. 그러나 더 이상 데려가고 싶지 않았다. 이젠 추억에서 벗어나 잊었음 싶었다. 새로운 사람을 만나 사랑도 하고, 결혼도 하고, 좀 더 이경진이 행복해졌음 싶었다. 반짝이며 빛을 내던 오래전 이경진의 모습을 다시 보고 싶었다. 이렇게 마지못해서 사는 모습은 더 이상 보고 싶지 않았다.

　"너나 가지 마. 난 갈 거야."

　네 병째 사이다 뚜껑을 연 경진이 다부진 표정으로 재희를 노려보았다.

　"그만 좀 해. 언제까지 그럴래?"

　"나라도 잊지 않고 기억해 줘야지. 모두 다 잊는다면 오빠가 너무 불쌍하잖아. 외로운 걸 못 견디는 사람이었어."

　"사장님! 한 잔 더 주세요!"

　재희는 서둘러 잔을 비우고 손등으로 입술을 닦아냈다. 저런 미련한 인간과 말을 섞으려니 화가 부글부글 끓어올라 속이 바싹 타버렸다. 아무렇지 않은 척하며 닭을 뜯어 먹는 저 화상의 머리통을 콕 쥐어박고 싶었지만 재희는 고개를 가로저으며 연거푸 생맥주만 들이켰다.

　"재희야, 우리 그냥 절교할래?"

　"유치하게 절교는 무슨. 안 보면 그만이지."

　"그래, 그럼 우리 앞으로 보지 말고 살자."

"그게 내 소원이다."

"자식, 말도 참 예쁘게 하지."

경진의 말에 재희가 눈썹을 확 구기며 노려보았지만 경진은 눈도 끔쩍하지 않았다. 절대 서로 보지 않고 견디지 못한다는 걸 누구보다도 잘 알기에, 이 질기고 질긴 인연에 신물이 나도 풋 하고 웃으며 또다시 마주할 수밖에 없다는 사실이 가끔은 마음을 무겁게 만들었다.

"일어나. 얼른 집에 가자."

"데려다 줘?"

"차 가져왔어. 대리 부를 거야. 너는?"

"나도 가져왔지. 에휴, 그래, 가자. 가서 잠이나 자야지."

재희의 재촉에 경진이 힘겹게 자리를 털고 일어나 느리게 걸었다.

"계산 좀 해라."

그렇게 경진이 먼저 가게를 빠져나간 후, 뒤따르던 재희가 투덜거리며 계산을 마치고 가게를 나섰다. 재희는 계속해서 경진의 뒤를 따라 걸으며 그녀의 차가 주차된 곳으로 향했다.

"나 먼저 간다."

"그래. 얼른 가서 쉬어."

"요즘 잠은 잘 와?"

"그냥 그렇지 뭐."

"작업 끝낸 지가 언젠데 왜 그러지? 콘서트 준비 때문에 신경 써서 그런가?"

"내가 알아서 할 테니까 넌 얼른 들어가기나 해."

재희가 운전석 문을 열어 어서 들어가라 재촉하자 경진이 마지못해 몸을 밀어 넣었다.

"잠 안 오면 전화해. 누나가 너보다 노래는 좀 되잖니. 자장가라도 불러줄게."

"시끄러."

문을 탁 닫아버린 재희가 차 지붕을 톡톡 치자 이내 경진이 시동을 걸고 차를 출발시켰다. 경진의 차가 골목을 벗어나 사거리를 지나 좌회전을 할 때까지 서서 지켜보고 있던 재희는 천천히 돌아서서 차가 주차된 곳으로 걸었다.

"아, 그분."

대리를 부르려 휴대전화 통화목록을 뒤지던 재희는 문득 떠오른 생각에 지갑에서 명함을 찾기 시작했다. 지난 토요일 밤에 보았던 그 아저씨. 머니 클립 사이에 끼워둔 귀퉁이가 구겨진 노란 명함을 꺼내 든 재희는 개인 휴대폰 번호로 전화를 걸었다.

[여보세요.]

"대리운전이 필요해서 전화드렸습니다."

뭐라고 더 설명을 할까 말까 잠시 망설이던 재희는 괜한 기억을 끄집어내는 짓이 될까 봐 말을 더 하지 않았다.

[어디시죠?]

"여기 삼청동인데, 눈나무집 근처예요."

[잘됐네요, 저 정독도서관 근처에 있는데. 5분도 안 걸릴 거예요. 금방 가겠습니다!]

아저씨의 씩씩한 음성에 이상한 안도감이 찾아왔다. 아무렇지 않은 척하기 일인자인 아저씨의 그날 밤 그 모습이 눈앞에 아른거렸다. 그날 부녀는 집에 가면서 어떤 대화를 나누었을까? 잠들기 전 아저씨는 이불 위에 누워 무슨 생각을 했을까?

재희는 결국 독한 담배 한 개비를 꺼내 물었다. 길게 한 모금 빨아들이고 한참 동안 숨을 참다가 후 하고 길고 가늘게 조금씩 숨을 뱉자 절로 미간이 구겨졌다.

"안녕하세요!"

담배를 다 태우기도 전에 아저씨가 도착했다. 달려왔는지, 활짝 웃고 있는 아저씨의 얼굴은 땀범벅이었다.

"어, 그때 뵈었던 분이네요."

"네. 혹시나 하고 전화했는데 정말 빨리 오셨네요."

"전화 주셔서 고맙습니다. 차는 어디에 있죠?"

"저기요."

허리를 숙여 꾸벅 인사를 건넨 아저씨 때문에 재희도 덩달아 꾸벅 인사를 하고 두 손으로 공손히 차 키를 건넸다. 씩씩하게 앞장서서 걷는 아저씨의 뒤를 따라 걷는 동안 살짝 어색한 기운이 감돌기도 했지만 희한하게 반가운 마음이 앞섰다.

뒷좌석에 앉은 재희는 운전석에 앉아 안전벨트를 단단히 메고 조심스레 차를 출발시키는 아저씨의 어깨를 보며 아무리 봐도 이런 고생스러운 일과는 전혀 어울려 보이지 않는다는 생각을 거듭했다.

"담배 독한 거 태우시네요."

"하하, 네."

담배 피우다 걸린 고등학생이 된 기분에 재희는 순간 머쓱했다.

"가끔씩 머리가 띵해질 정도로 독한 담배가 필요해지더라고요."

"그렇죠. 전 평생 술 담배 안 하고 살았는데요, 가끔 피워보지도 않았던 담배 한 대가 간절히 생각날 때가 있어요."

"자제력이 대단하시네요."

"와이프가 술 담배 하는 남자를 무척이나 싫어했거든요."

보기 좋게 입매를 늘인 아저씨의 모습이 룸미러에 비쳤다. 재희는 저도 모르게 그를 따라 웃고 말았다.

"자제분은 어떻게 되세요?"

"아, 딸 하납니다. 올해 스물둘인데 연극배우예요. 절 안 닮아서 얼마나 예쁜지 몰라요."

그날 밤 자세히 뜯어보진 못했지만 어렴풋이 보았던 딸의 모습이 머릿속에 떠올랐다. 스물둘. 예상했던 것보단 나이가 많았다. 스물도 채 안 된 줄 알았는데. 청바지에 하얀 셔츠, 꽤 수수한 차림이었지만 이틀이 지난 지금까지 또렷하게 기억이 날 정도로 눈에 띄는 외모였다. 쌍꺼풀은 없지만 길고 큰 시원한 눈매에 하얗다 못해 빛이 날 정도로 말간 얼굴. 전형적으로 예쁜 얼굴이라곤 할 수 없지만 눈길을 사로잡는 매력이 있었다. 그런 그녀가 배우라는 사실이 재희는 괜히 반가웠다.

"자랑스러우시겠어요."

"제가 사는 이유죠."

딸에 관해 이야길 하니 아저씨의 표정은 더할 나위 없이 밝아졌다.

"따님 이름이 어떻게 돼요? 배우라고 하시니까 궁금한데요?"

"김다정이라고, 이제 막 시작해서 모르실 거예요. 돌아오는 금요일부터 〈오래된 연인〉이라고 새 연극 시작하는데, 큰 역은 아니지만 비중이 영 작진 않아요."

〈오래된 연인〉이라. 흔한 제목이라 그런지 왠지 누군가에게 한 번쯤 그 제목을 들었던 것만 같았다. 누가 말해줬는지, 왜 말해줬는지 기억을 할 수 없어 그냥 스치듯 들었구나 하고 만 재희는 휴대폰 메모장에 아저씨가 알려준 딸의 이름과 연극 제목을 기록해두었다.

김다정. 참 예쁜 이름이었다. 이름처럼 다정할 것만 같았다. 그러고 보니 이름도 왠지 낯익은 것 같고.

"우리 딸은 언젠간 가장 크고 반짝이는 별이 될 거예요."

"꼭 그렇게 될 겁니다."

우습게도 재희는 생각했다. 아저씨와 그의 딸이 행복해졌으면 좋겠다는 생각. 그들에 대해 아는 것 하나 없으면서 밑도 끝도 없이 그저 무진장 행복해지길 빌고 있었다.

"우리 딸은 나중에 작품의 주인공이 되는 날이 오면 음악감독을 정재희라는 사람이 해주는 게 소원이래요. 웃기지 않아요? 다른 사람 같으면 상을 받거나 돈을 많이 벌거나 유명해지는 게 소원일 텐데 말이죠. 걘 오직 그 꿈을 품고 있어요."

이런 보배로운 영혼이 다 있나. 재희는 어깨를 으쓱이며 충분히 이해한다는 듯 고개를 끄덕였다.

"그런 훌륭한 음악감독과 함께 작업하는 게 명예나 돈보다 더 영광스럽긴 할 거예요."

"아, 그 정도로 그 정재희란 사람이 대단한가요? 제가 잘 몰라서. 하핫."

말실수라도 했나 싶어 놀란 아저씨가 머쓱해하며 뒤통수를 긁적였다. 아마도 아저씨는 뒷좌석에 앉아 있는 사람이 바로 그 정재희라는 사실을 모르고 계신 듯했다. 좀 더 많은 방송에 나가 얼굴이라도 비춰 인지도를 늘려야 하나 하는 생각을 하며 재희는 창밖을 바라보았다.

7시도 안 된 이른 시각, 아침 일찍부터 출근한 다정이 메모지에 뭔가를 꼼꼼히 기록하고 있었다. 저가 없다고 해서 중차대한 일이 터지는 것도 아닌데, 일을 벌여가며 하는 성격상 A부터 Z까지 만반의 준비를 마쳐 두고 다른 직원들에게 수도 없이 가르쳐 주었던 사항들을 메모해 둔 것이다.

오늘은 드디어 첫 공연이 열리는 금요일. 그래서 다정은 오늘 하루 바리스타가 근무하는 것에 차질이 없도록 필요한 것들을 미리 챙겨두고 만반의 준비를 해주었다. 제 공백이 느껴지지 않도록 말이다.

뭐 또 빠진 게 없을까 싶어 계속해서 두리번거리던 다정은 1층으로 향하는 계단을 내디디면서도 뒤를 돌아보고 또 돌아보았다.

"떨리겠네?"

그때, 다정은 2층으로 올라오던 다비드와 딱 마주쳤다.

"네, 심장이 터질 것 같아요."

"저녁에 시간 맞춰서 갈게."

"보고 웃으시면 안 돼요."

다정이 쑥스러워하자 다비드가 어깨를 토닥여 주며 환한 미소를 보여주었다.

"아참, 이해리 씨도 같이 갈 거야."

"어! 정말요?"

"이번에 시작한 영화에 나오는 배우가 거기에도 나온다며?"

이해리라면 J미디어 영화사업본부의 본부장이자 함태경 사장님의 아내였다. 아마도 J미디어에서 제작 중인 영화 〈그대〉의 주연배우 최서한 선배의 연기를 모니터하기 위해 오시는 듯했다. 서한은 영화 촬영이 시작되었음에도 불구하고 연극 공연을 강행해 매니지먼트사와 약간의 마찰을 겪기도 했지만, 제작사인 J미디어 이해리 본부장이 본인이 소화할 수 있다면 더블 스케줄도 상관없다고 해서 그녀의 배려 덕에 이번 공연에서도 함께할 수 있게 된 것이다. 아마도 '너 얼마나 잘하는지 두고 보자!' 이런 마음으로 보러 오실 확률이 크긴 했다.

이상하네. 날 보러 오는 것도 아닌데 왜 내가 설레지?

괜한 김칫국을 마신게 부끄러워 다정은 손끝으로 이마를 긁적였다. 워낙 극단 〈캥거루〉에 소속된 배우들에게 관심을 갖는 영화나 드라마의 캐스팅 담당자들이 많기 때문에 공연이 있을 때면 많은 관계자들이 공연을 보러 오긴 했다. 다정 역시 극단에서 허드렛일을 하면서 아주 작은 단역으로 활동할 때부터 최근까지 여러 기획사에서 관심을 보내기도 했었지만, 경험이 많은 좋은 선배들의 신중해서 나쁠 것 없다는 조언 덕에 냉큼 발을 들이진 않았다.

"잘해봐. 혹시 알아? 다정이도 제수씨 눈에 띄어서 영화에 캐스팅될지?"

"에이, 그런 행운은 바라지도 않아요."

선배들이 술자리에서 충고해 주길, 언감생심 그런 욕심을 품고 연기를 한다면 마음이 흐려져 빛을 낼 수가 없다고 했었다. 다정 역시 그 말에 동감했다. 많이 부족하고 아직 멀었다는 걸 누구보다 잘 알고 있기 때문이다.

"얼른 가봐. 기대할게."

"네, 이따 뵈어요. 가보겠습니다!"

그의 배려가 진심으로 고마웠다. 공연이 있는 3개월간 일주일 중 가장 장사가 잘되고 바쁜 금, 토, 일 근무를 모두 빼준 것도, 마주칠 때마다 기운을 북돋아준 것 모두. 계속해서 꿈을 꿀 수 있게 해준 그가 아니었다면 절대로 오늘 같은 날은 오지 않았을 것이다.

계단을 내려와 매장을 빠져나온 다정은 흘러가는 일 분 일 초가 아까워 달리기 시작했다. 내 꿈을 응원해 주는 고마운 사람들을 위해서 최선을 다해야 한다는 다짐을 거듭하며 힘차게 발을 내디뎠다.

✳

서울로 돌아가지 않으려 늦장을 부린 경진 때문에 예상보다 시간이 많이 지체가 되었다. 늦은 김에 아예 혼잡한 퇴근 시간을 지나 출발했더니 저녁때를 넘겨 배가 너무나 고팠다.

재희는 경진을 형에게 데려가지 않으려 눈 뜨자마자 출발하려는 계획을 세웠지만, 대문 앞에 지키고 서 있는 경진을 결국 떼어놓지 못하고 함께 가고 말았다. 일 년 중 경진이 가장 예쁜 옷을 입고 예쁘게 화장을 하는 날. 머리부터 발끝까지 힘을 잔뜩 주고 온 경진을 차마 돌려보낼 수가 없었다.

혼자 가면 한 시간도 안 있고 돌아오는데, 경진과 함께 가면 머무는 시간이 길어진다. 뭐 그리도 할 말이 많은지 도통 이해가 가질 않았다.

"못 놓는 게 아니라 그냥 오래 기억하고 싶어서 그런 거야. 그때가 너무 좋아서……."

"그게 집착이야."

경진의 말을 단칼에 잘라 버린 재희가 에어컨을 끄고 창문을 열었다. 한 주만 지나면 9월인데도 어찌나 더운지 핸들을 움켜쥔 손에 땀이 차올랐지만 오랫동안 에어컨을 틀어놨더니 목이 칼칼해지는 것 같아 어쩔 수가 없었다.

"아무것도 생각할 겨를 없이 몸과 마음을 불태울 격정적인 사랑 정도는 돼야 오빠 생각 안 날 것 같아."

"뭘 하든 안 말릴 테니까 노력 좀 해. 불타는 연애를 하든 결혼을 하든."

"이젠…… 나도 그러고 싶다."

누가 뭐래도 본인이 가장 답답할 것이다. 그걸 알면서도 다그쳐야 하는 재희의 마음도 편치만은 않았다. 하지만 저밖에 할 수 있는 사람이 없으니까.

경진에게 전화가 걸려와 통화를 하는 동안 재희는 최대한 속력을 높였다. 열린 창문 새로 거침없이 바람이 파고들어 머리카락을 날렸지만 에어컨 바람과 비교할 수 없을 만큼 시원했다. 통화에 방해가 됐는지 경진이 창문을 올렸지만 재희는 도로 창문을 내렸다. 결국 통화를 마친 경진에게 팔뚝을 꼬집히고 나서야 창문을 올린 재희는 헝클어진 경진의 머리를 보며 소리 내어 웃고 말았다.

"무슨 전화야?"

"우리 본부장님. 연극 보러 가셨는데 괜찮은 친구 있다고 와서 보라고. 너도 같이 갈래?"

"제목이 뭔데?"

"〈오래된 연인〉이라고, 지금 진행 중인 영화 남자배우가 거기 출연하거든. 그 극단에 워낙 인물이 많아서 그런가? 대표님 눈에 누가 또 들었나 봐."

〈오래된 연인〉. 제목을 듣는 순간 재희는 김다정이란 이름을 떠올렸고, 저도 모르게 빙긋 웃었다.

"그래."

장차 큰 배우가 되어 제 작품에 정재희가 음악감독이 되어주는 게 꿈이라는 그 아이. 쫄쫄 굶어 라디오방송에서 꼬르륵 소리를 내보내는 한이 있어도 그 아이는 꼭 만나봐야 했다. 정재희가 만든 음악이 나오는 영화에 출연할 수 있는 그릇이 되는지, 아니면 허튼 꿈을 꾸고 있는 건지 확인이 필요했으니까.

＊

110분 동안 다정은 가진 건 사랑뿐인 착한 남자주인공을 매몰차게 버리고 돈을 선택한 대가로 외롭고 쓸쓸한 시간을 보내는 여자가 되었다. 가시 같은 말을 쏟아내고 가증스러운 얼굴로 남자주인공의 순애보를 유린하고 떠난 여자는 남자주인공이 따뜻한 사랑을 찾아 해피엔딩으로 치닫는 동안 사랑의 실패자가 되어 스스로를 원망하다 세상을 등지는, 에너지 소모가 많은 배역이었다.

배역에 어울리는 화려한 분장을 한 다정은 거울 앞에 앉아 클렌징 오일로 화장을 지워내며 멍하니 거울에 비친 제 얼굴을 바라보았다. 이렇게 극적인 캐릭터, 뭔가를 쏟아낼 수 있는 캐릭터는 표현하기가 편하기도 하지만 반대로 가장 어렵기도 했다. 가슴이 뻥 뚫려 버린 것처럼 허했다. 정신이 딴 데로 팔려간 것 같다는 표현이 적당할 것 같았다. 초연이다 보니 부족한 부분들이 꽤 많이 드러나 연출진들의 표정이 그다지 밝지만은 않았지만 제작진과 배우들은 괜찮다, 잘했다를 연호하며 서로에게 기운을 북돋아주었다.

"김다정!"

티슈로 얼굴을 닦아내고 있던 다정은 낯익은 목소리에 대기실 문을 바라보았다. 그곳엔 다비드가 꽃다발을 들고 환히 웃으며 서 있었다.

"어! 사장님!"

다정은 자리에서 벌떡 일어나 다비드에게 다가갔다. 그런데 다비드 혼자 온 것은 아니었다. J미디어 이해리 본부장과 한껏 차려입은 다른 한 여자도 함께였다.

"잘 봤다. 너한테 그런 면이 있는 줄 몰랐어!"

"헤헤, 고맙습니다."

수줍게 웃자 곁에 서 있던 분들도 덩달아 미소를 지었다.

"나도 잘 봤어요. 매장에서 봤을 때랑 전혀 다르던데요? 인사해요. 이쪽은 우리 회사 수석 디렉터 이경진 실장."

해리를 통해 동행한 다른 한 분의 신원을 확인한 다정은 고개를 끄덕이며 악수를 청했다.

"저도 잘 봤어요. J미디어 캐스팅 디렉터 이경진이라고 합니다."

"감사합니다. 공연 첫날이라 실수가 많아서……."

이렇게 인사라도 나누게 될 줄 알았더라면 좀 더 집중력을 가지고 했어야 했는데. 아쉬움이 밀려들어 다정은 아랫입술을 질끈 깨물었다.

"최서한 씨는 어디 갔나 봐요?"

"방금까지 있었는데, 금방 돌아올 거예요. 아직 분장도 안 지웠거든요."

혹시나 하고 품었던 기대는 역시나로 끝을 맺었다. 하지만 다정은 괘념치 않았다. 좀 더 실력을 기르며 때를 기다리다 보면 분명 좋은 기회가 찾아올 것이란 걸 알고 있고, 설령 찾아오지 않는다면 직접 찾아 나설 거라고 다짐하고 또 다짐해 왔기 때문이다.

"어? 본부장님 오셨네요?"

대기실에 돌아온 서한이 해리와 경진에게 차례로 인사를 건네며 다정의 옆자리에 앉았다. 그러자 다른 배우들은 부러움이 가득 담긴 시선으로 다정과 서한, 해리와 경진이 함께 있는 곳을 바라보았다.

"뒤풀이 어디서 해? 나랑 경진 씨랑 따라가도 되나?"

"그러세요. 감독님, 그래도 되죠?"

서한의 물음에 감독님은 당연한 걸 뭘 묻냐는 듯 격하게 오케이 사인을 보냈다. 확답을 받은 해리와 경진, 다비드가 대기실을 빠져나가자 그제야 숨통이 트인 배우들이 저마다 이해리란 여자에게서 뿜어져 나오는 엄청난 포스에 대해 엄지를 치켜세우며 멋있다는 말을 연발했다.

"잘될 것 같다."

"뭐가요?"

다정의 화장대 위에 놓인 클렌징 오일을 가져다 얼굴에 바르기 시작한 서한이 알 듯 말 듯한 미소를 지으며 다정을 바라보았다.

"너 잘될 것 같다고."

"그런 헛된 욕망은 마음을 흐리게 만든다면서요?"

"두고 봐. 내 말이 맞는지 틀리는지."

뭐가 그리도 자신 있는지 서한은 뻔뻔한 얼굴로 장담했다. 다정은 내심 기분이 좋으면서도 내색하지 않으며 말간 얼굴에 로션을 찍어 발랐다.

정말…… 나에게 좋은 일이 생길까?

선배들은 일찌감치 뒤풀이 장소인 막창집으로 향했지만 다정은 막내들을 챙겨 극장 뒷정리를 마치느라 제법 늦게 도착했다. 지금부터 달리기 시작해서 아침 해가 뜨는 꼴을 보고서야 자리가 정리될 것 같은 예감에 다정은 편의점에 달려가 술 깨는 약부터 미리 원샷으로 비우고 심호흡을 하며 마음을 가다듬었다.

"크흡."

그때, 불쑥 독한 담배 연기가 끼어들어 숨을 타고 그대로 목 안으로 넘어갔다. 두어 번 더 헛기침을 한 다정은 살짝 미간을 구기며 주변을 둘러보다 곁에 서 있는 남자의 얼굴을 확인하곤 그 자리에 얼어붙어 버렸다.

정재희였다. 분명 정재희였다. 막창집 화단에 나른하게 기대고 서서 담배를 물고 있는 남자는 정재희였다. 숨이 턱 하고 막혀 침도 삼킬 수가 없었다.

어떡하지? 인사라도 할까? 사인을 부탁해 볼까? 거절하면 어쩌지? 무시하면 어쩌지? 내가 알고 있는 정재희는 그러고도 남을 새침한 남잔데. 어쩌지? 어쩌지?

"저, 저기……."

다정은 없는 용기까지 몽땅 쥐어짜 슬금슬금 재희의 곁에 다가갔다. 목소리가 너무 작았는지 그는 미동도 하지 않았지만 상관없었다. 그가 제 눈앞에 서 있는 것 자체가 믿겨지지 않아, 너무 피곤해서 헛것을 본 것이라 해도 서운하지 않을 듯했다. 다정은 달달 떨리는 손으로 가방에서 주섬주섬 다이어리를 꺼내 그의 앞에 바짝 다가섰다.

"저기…… 오빠 팬인데 사인 하나만 해주시면 안 돼요?"

"이름."

어후, 숨 막혀 죽겠네. 태어나 처음 무대에 올랐을 때보다도 더 떨렸다.

다정은 소리가 나도록 침을 꼴깍 삼키곤 그의 얼굴을 빤히 올려다보았다. 그는 방송에서 봤을 때보다 훨씬 키가 크고 더 말라 보였다. 펜과 다이어리를 건네받는 그의 손을 보는 순간 다정은 또 한 번 흡 하고 숨을 들이켰다. 이것이 정녕 사람의 손인지. 이 가늘고 긴 손가락으로 피아노 건반을 오르내리던 모습이 머릿속에 그려져 다정은 그만 정신줄을 놓고 말았다.

"이름."

"아, 김다정이요. 김, 다, 정."

눈을 뗄 수가 없었다. 그가 사인을 하는 동안 그의 손과 얼굴을 마음껏 훔쳐보던 다정은 가슴팍에 손을 얹고 터질 듯이 두근대는 심장을 다독이며 오늘이 아니면 언제 다시 만나겠냐는 심정에 뱉어지는 대로 말을 쏟아냈다.

"저 오빠 라디오 만날 듣구요, 사연도 거의 매일 보내는데. 아! 그리고 그루터기도 재방송 계속 돌려보고……. 저기 겨울에 콘서트하신다고 하셔서 저 그거 꼭 보러 갈 건데……."

이렇게 말을 조리없게 하는 줄 몰랐는데……. 숨고 싶을 정도로 창피했지만 그렇다고 멈출 순 없었다. 사인을 마친 그가 다이어리를 건네주고 펜은 자신의 재킷 안쪽 주머니에 꽂아 넣었다.

이런 영광이! 내 펜을 정재희가 가져갔다!

피우고 있던 담배를 비벼 끈 그가 계속 쳐다보고 있을 거냐는 듯 노려보자 다정은 말아 쥔 주먹으로 이마를 콩콩 치며 허리를 숙여 꾸벅 인사를 건넸다.

"고맙습니다! 평생 간직할 거예요!"

그가 웃었다. 티가 나게 웃진 않았지만 입매를 슬쩍 올리며 분명 미소를 지었다. 다정은 그에게 또 한 번 인사를 하곤 걸음아 나 살려라 막창집 안으로 뛰어들어 갔다.

도무지 진정이 되지 않았다. 가게 입구에 설치된 전신거울에 비친 제 모습을 확인한 다정은 터질 듯 붉게 타오른 뺨을 두 손으로 감싸며 고개를 절레절레 흔들었다. 어쩐지 화장을 하고 오고 싶더라니. 슬쩍 고개를 돌려 거울을 다시 한 번 보던 다정은 거울 끄트머리에 비친 재희의 모습에 또 한 번 기겁을 하며 서둘러 걸음을 옮겼다.

여기서 약속이라도 있는 걸까? 벌써 11신데, 방송 안 가시나?

별의별 걱정이 다 들었다.

"다정아, 이쪽으로 와!"

서한이 다정을 부르지 않았더라면 계속 정재희만 훔쳐보았을 것이다. 다정은 서한이 마련해 준 자리에 앉으며 고개를 빼꼼히 내밀어 그가 있을 만한 자리를 찾기 시작했다.

그런데 그가 이쪽 테이블로 걸어오는 것이 아닌가. 바지 주머니에 양손을 꽂아 넣고 느릿한 걸음으로 점점 더 가까이 다가오고 있었다. 그를 알아본 사람들이 여기저기서 수군대자 그는 고개를 살짝 끄덕이며 인사를 건넨 후 경진의 곁에 다가갔다.

"방송 때문에 먼저 가봐야겠다."

"어, 그래. 얼른 가봐."

그리곤 뒤도 돌아보지 않고 그대로 가게를 빠져나갔다. 그런 재희의 뒷모습을 넋을 잃고 바라보던 다정은 입까지 헤벌리고 바보처럼 눈만 끔벅였다.

"다정 씨 재희 팬인가 봐요?"

"네!"

경진의 물음에 숨도 안 고르고 씩씩하게 대답을 한 다정은 그제야 모든 사람들의 시선이 저에게 향하고 있다는 걸 알아채고 얼굴을 붉혔다.

"하핫, 그렇구나. 재희가 오늘 공연 너무 잘 봤다고 전해달랬어요."

"오! 정말요? 공연을 보셨어요?"

아마 서 있었다면 다리가 풀려 그 자리에 주저앉았을지도 모를 일이었다. 다정은 경진의 대답에 기절할 것만 같았다.

　말도 안 돼. 정재희가 내 공연을 보았다니.

　아무리 손을 뻗어보아도 닿지 않을 것만 같았던, 어두운 밤하늘을 밝히고 있는 가장 반짝이는 별 하나가 금방이라도 잡힐 듯 가까이 다가온 듯했다.

03

　방송 5분 전. 부스 안으로 들어가려던 재희는 막내 작가가 수줍
게 건넨 커피를 받아 들고 느릿하게 걸음을 옮겼다. 담당 피디와
메인 작가에게 손을 흔들어 인사를 건네고 자리에 앉은 재희는 커
피 한 모금을 머금곤 이내 인상을 찌푸렸다.

　"아우, 써."

　테이블 위에 컵을 탁 내려놓고 저만치 물려 버린 재희가 유리
너머에서 놀란 토끼 눈을 하고 서 있는 막내 작가에게 삿대질을
했다.

　"막내! 너 아직도 내가 어떤 커피 마시는지 몰라? 너 죽었어."

　타박을 하자 막내 작가의 얼굴이 잘 익은 토마토처럼 빨개졌다.

　"생긴 건 에스프레소 샷 추가인데, 입맛은 완전 다방이라니까."

"커피는 단 게 최고야."

재희는 다시 한 번 막내를 노려본 후 담당 피디가 들고 있던 아이스라떼와 제 커피를 바꾼 다음에야 대본을 검토하기 시작했다. 메인 작가가 어제 소개팅을 한 탓에 1, 2부 오프닝 멘트가 모두 사랑에 관련된 이야기였다. 느끼하게 웬 사랑 타령인지. 재희는 오프닝 멘트를 읽다가 저도 모르게 피식 웃고 말았다.

아무래도 감수성이 예민해지는 늦은 밤에 진행되는 라디오프로그램이다 보니 사연의 절반이 사랑 이야기였다. 사랑을 하고 있는, 혹은 사랑을 하고 싶어하는, 또는 사랑에 아파하는 청춘들이 참 많았다. 누군가를 열렬히 사랑해 본 적도, 사랑하고 싶었던 적도, 사랑 때문에 아파해 본 적도 없는 재희로서는 따뜻하게 마음을 보듬어줄 수 없었다. 그렇다 보니 재희는 새침때기 디제이로 캐릭터가 잡혀 버렸고, 희한하게도 청취자들은 그런 재희의 캐릭터를 무척이나 아끼고 사랑해 주었다.

"오빠, 오빠는 마지막 연애가 언제였어요?"

"알아서 뭐 하게."

"그냥 궁금해서요. 3년 동안 오빠 연애하는 거 한 번도 못 본 것 같은데 소개팅도 하고 그래요?"

"소개팅 한 번하고 오더니 완전 사랑에 자신감이 붙었나 봐?"

"말 돌리지 말고 대답이나 해줘요."

재희는 메인 작가의 보챔에도 끄떡하지 않고 대본을 훑었다.

"오빠 여자를 보고 첫눈에 반했던 적 있어요?"

"없어."

"그럼 오빠 어떤 여자를 보면 마음이 흔들려요?"

"좀 더 신선한 질문 없어?"

자꾸만 요리조리 피하는 재희가 얄미웠던지 메인 작가가 콧방귀를 뀌며 홱 하니 돌아앉았다. 재희는 그제야 만족스러운 듯 미소를 지으며 다시 대본을 읽었다.

여자에게 관심을 갖고 사랑을 하고 싶을 만큼의 마음에 여유가 없었다. 다른 사람들이 들으면 믿지 않겠지만, 여자보다 피아노가 더 좋았고, 사랑보다 곡을 쓰는 게 더 좋았다. 물론 여자를 만나 연애 비슷한 것도 해보았지만, 정신을 차릴 수 없을 만큼 푹 빠져서 순수한 마음으로 사랑을 해보진 못했다. 그런 사랑, 죽기 전에 꼭 한 번 해보고 싶긴 하지만 그게 과연 가능할지 스스로를 믿지 못했다.

"후훗."

그 순간, 고작 사인 한 장에 아이처럼 천진난만하게 팔짝 뛰며 기뻐하던 김다정의 모습이 눈앞에 아른거렸다. 자꾸만 웃음이 났다. 방송국으로 향하는 차 안에서도, 엘리베이터 안에서도, 화장실에서도, 스튜디오에 들어와서도 자꾸 실없이 웃어댔다. 왜 갑자기 김다정의 얼굴이 떠오른 건지 이유를 알 순 없었다.

"오늘 선곡 내가 다 해도 돼?"

"안 될 건 없지. 대신 지난번처럼 '뭐 들려주지? 뭐로 하지?' 이러면서 버벅거리진 마라."

담당 피디의 걱정에 재희는 걱정 말라는 듯 손사래를 치며 휴대폰 메모장에 틈틈이 적어두었던 노래 제목을 하얀 종이에 옮겨 적었다.

 금요일은 게스트 없이 청취자들이 보내주는 사연과 신청곡으로 1, 2부를 진행하는 날이었다. 하지만 간간히 선곡표나 신청곡을 접고 디제이 마음 가는 대로 노래를 트는 날도 있었다. 유난히 맑은 날이라던가, 혹은 크리스마스이브나 발렌타인데이 같은 온 세상이 행복에 젖는 그런 날, 재희는 감정을 바닥으로 떨어뜨리게 만드는 음악을 들려주며 업된 분위기를 잔잔하게 만들어주곤 했다.

 재희는 두 팔을 머리 위로 뻗어 몸을 길게 늘이며 기지개를 켜곤 홈페이지 게시판에 올라온 사연들을 하나씩 확인했다.

 "피곤해 보이는데, 녹음 내일 할까?"

 담당 피디의 마음에도 없는 제안에 재희가 코웃음을 쳤다. 물론 몸이 많이 지쳐 있긴 하지만 녹음을 미룰 만큼은 아니었기에 달콤한 커피를 영양제 삼아 벌컥벌컥 들이켜곤 선곡한 곡을 적은 종이를 메인 작가에게 건넸다.

 "갑자기 왜 그렇게 생각해 주는 척하고 그래? 웃겨."

 금요일은 토요일 방송분까지 녹음을 하기 때문에 새벽 3시를 넘겨서야 일이 끝난다. 보통은 본방송 전에 녹음방송분을 만들어두곤 하지만 야행성인 디제이 덕에 모든 스텝들이 고생을 하는 중이었다.

 "오올, 오늘 우리 디제이님 감수성 굉장한데요?"

 곡명을 확인한 메인 작가가 휘파람을 불자 재희는 어깨를 으쓱이며 이어폰을 귀에 꽂았다. 방송 시작 10초 전. 마른 입술 위에 침을 바르고 미지근한 물 한 모금을 마신 재희가 차분하게 목소리를 골랐다. 이내 담당 피디의 큐 사인이 떨어졌고, 재희는 조심스레 입을 열었다.

"〈감성충전소―WITH〉, 정재희입니다."

재희가 작곡한 시그널 음악이 잔잔하게 울려 퍼지고, 드디어 방송이 시작되었다. 재희는 입술을 야무지게 다물어보곤 다시 천천히 입술을 떼었다.

"여러분은 사랑에 빠지면 어떤 사람으로 변하시나요? 제가 아는 어떤 분은 하던 일도 내팽개칠 만큼 사랑에 올인하는 스타일인데요, 그래서 그분은 사랑이 하는 것이 늘 두렵다고 말합니다. 사랑은 늘 힘들고, 뜨겁고, 벅차다네요. 사랑이 시작되면 모든 걸 다 버리게 되고, 아무것도 생각이 나질 않고, 제어가 되지 않는답니다. 일도 하기 싫고 밥도 먹기 싫다나요? 그 열정이 참…… 부럽네요."

짧은 순간, 시그널 음악의 볼륨이 높아졌다. 그사이 잠시 숨을 고른 재희가 고개를 세 번 끄덕이곤 말을 이었다.

"그래서 곰곰이 생각해 봤어요. 난 사랑에 빠졌을 때 어떤 사람이 되었지? 하고요. 음……. 전 사랑을 해본 적이 없어서 모르겠네요. 제 첫사랑이 되어주실 분, 어디 계신가요? 어서 나타나 주세요, 어서요."

메인 작가가 써준 대본에는 '난 사랑에 빠졌을 때 어떤 사람이 되었지? 하고요. 음, 저는 (정재희 씨는 어떤 사람이 되는지 직접 말해주세요).' 라고 적혀 있었다. 방송 시작 전 대본을 읽었을 때 재희는 잠시 망설였다. 정재희란 인간은 사랑에 빠졌다고 해서 달라지지 않는 사람인데, 청취자들은 뭔가 달라진 정재희의 모습을 기대할 게 뻔했기 때문이다. 사랑 앞에서는 열정적으로 변하는 남자? 아니면 로맨틱한 남자? 순정적인 남자? 하지만 그런 대답은 뻔하고 진실되지 못하기에 거짓말을 하고 싶진 않았다. 다른 것도 아닌 사랑에 관한 것이기에 더더욱. 그래서 재희는 전혀 다른 답안을 제출했다. 가볍게 웃어넘길 수 있는 이야기로.

음악이 시작되자 스튜디오 안에 있던 모든 스텝들이 일제히 손등으로 입을 틀어막고 몸을 떨며 키득거렸다. 반면 재희는 덤덤한 표정으로 태연하게 노래를 따라 불렀다. 노래가 끝날 때까지 메인 작가가 서운하단 눈으로 저를 보았지만 재희는 무시해 버렸다.

"〈감성충전소—WITH〉, 오늘은 브로콜리 너마저의 〈보편적인 노래〉로 문을 열었습니다. 다들 좋은 하루 보내셨나요? 갑작스러운 사랑 타령에 몸서리를 치는 분들이 많으실 것 같은데, 우리 신애 작가가 어제 소개팅을 하고 와서 그런지 사랑에 대해 폭풍 자신감을 드러내고 있어요. 아까부터 계속 저보고 사랑에 대한 진지한 대화를 나누자고 요청하는데……. 신애야, 정신 차려라. 아직까지 연락 없는 거 보니까 글렀다."

결국 얼굴이 불타는 고구마가 되어버린 메인 작가 때문에 담당 피디와 엔지니어가 배꼽을 붙잡고 숨이 넘어가라 꺽꺽대며 웃었다. 메인 작가는 복수를 다짐하며 주먹을 불끈 쥐어 보였지만 재희는 대수롭지 않다는 듯 어깨를 으쓱였다.

"전 오늘 방송 오기 전에 연극 한 편을 보고 왔어요. 제목 말해도 되나? 〈오래된 연인〉이라고, 오늘 초연한 작품인데 사랑에 대해 깊이 생각해 볼 수 있는 공연이었네요. 모든 걸 주기만 하는 착한 사랑과 욕망이 부글부글 끓는 못된 사랑 이야긴데 제 취향이 좀 남다른가 봐요. 전 못된 사랑이 더 끌리더라고요. 제가 나쁜 남자라 그런가 봐요. 후훗."

이기적이고 계산적인 사랑. 다정이 표현하려 했던 못된 사랑은 착한 사랑보다 오히려 더 설득력이 있었다. 세상에 모든 사랑이 핑크빛일 수만 없으니까. 각기 다른 사람들이 만나 각기 다른 사랑을 하기에 그중 어느 사랑이 옳고 그르다고 함부로 판단할 순 없을 듯했다.

사랑에 대해 이렇게 고민했던 적이 있었던가. 간만에 사랑에 대한 생각을 깊이 했더니 자꾸만 정신이 다른 쪽으로 쏠렸다.

"오늘은 신청곡 대신 제가 선곡한 곡들 위주로 들려 드릴 겁니다. 그러니 신청곡 대신 사연 많이 보내주세요. 어……. 0089님, '재희 오빠! 갑자기 사랑 타령하는 게 수상한데요? 혹시 연애하시나요? 그러시면 안 돼요'라고……. 음, 오빠 서른둘이다. 연애 정도는 허락해 주라."

재희의 팬 층은 주로 이, 삼십대 여성들이었다. 십대 팬들의 막무가내 열정보다 이, 삼십대 팬들의 은근하면서도 쉽게 식지 않는 열정이 더 좋았다. 한 번 시작된 인연은 쉽게 끊어지지 않았고, 그렇게 함께 나이 들어가는 듯했다.

스크롤바를 내리며 사연을 확인하던 재희의 눈에 낯익은 번호가 들어왔다. 2455. 시선이 확 꽂혔다. 번호를 확인하는 순간 마우스를 쥐고 있던 손이 주먹이 쥐어질 정도로 반가웠다.

"2455님. '오늘 오빠를 직접 뵈었어요. 아까 사인도 받았는데, 실제로 보고 심장 터지는 줄 알았어요. 공연 보고 가셨다니 너무 너무 행복합니다' 라고……."

사연을 읽으면서 점점 미간을 구기던 재희가 결국 고개를 갸웃거렸다. 사인, 공연…… 공연이라……. 공연이라면 혹시…… 김다정? 2455가 김다정?

"저 오빠 라디오 만날 듣구요, 사연도 거의 매일 보내는데. 아! 그리고 그루터기도 재방송 계속 돌려보고……. 저기 겨울에 콘서트 하신다고 해서서 저 그거 꼭 보러 갈 건데……."

순간 머릿속에 전구가 켜진 듯 띵해졌다. 재희는 허탈한 웃음을 흘리며 손끝으로 이마를 긁적였다.

"절 실물로 보신 분들 반응이 대부분 2455님과 비슷하더라고요. 뒤태가 숨 막힌다, 아찔하다, 재희 님의 향기에 취할 것 같다, 뭐 기타 등등. 어쨌건 반가웠습니다, 2455님. 공연 멋졌어요. 어……. 노래 하나 듣고 올까요? 음……. 보자, 요게 좋겠다. 제목이 참 좋네요. 어제 소개팅을 성공리에 마치고 돌아왔다고 믿고 있는 신애 작가를 위해 정재형의 〈사랑은 이제 싫다〉. 이어서 Fiona Apple이 부른 〈Across The Universe〉까지 쭉 듣고 광고까지 마저 듣고 오겠습니다."

이어폰을 뺀 재희는 의자에 등을 붙이고 한껏 뒤로 젖히며 짧은 한숨을 토해냈다. 그리곤 알 듯 모를 듯한 오묘한 표정을 지으며 까슬하게 올라온 턱수염을 손끝으로 매만지다 다시 그녀가 보낸 사연을 읽고 또 읽었다. 2455번, 아니, 김다정이 보낸 사연을 여섯 번쯤 다시 읽은 재희는 메모지에 다정의 휴대폰 번호를 옮겨 적고 고개를 갸웃거리며 헛웃음을 뱉었다.

담담하게 읽었지만 손바닥에 살짝 땀이 밸 정도로 긴장했다. 이렇게까지 당황할 일이 아닌데 이러한 반응이 나오는 걸 제어할 수 없다는 게 더 당황스러웠다. '세상 참 좁네. 이런 인연이?' 하며 자연스럽게 넘어갈 수도 있는 일인데 왜 이렇게 놀랍고 신기한 건지. 재희는 재킷 안에 꽂아두었던 다정의 펜을 꺼내 종이 위에 '김다정=2455'라는 식을 세워두고 밖에 동그라미를 그렸다. 한참 동안 오묘한 표정으로 종이를 뚫어져라 바라보던 재희는 물을 한 모금 마신 후에야 진정할 수 있었다.

"2455번이 오빠가 보고 오신 연극에 출연한 배우였어요?"

메인 작가의 물음에 재희는 대답을 하지 못하고 고개만 끄덕였다.

"우와, 대박이다! 그 작품이 같은 제목의 베스트셀러 소설로도 유명한 작품이잖아요."

"나도 그 공연 보러 갈래요! 너무 보고 싶다! 궁금해! 예뻐요? 예뻐?"

스텝들에겐 그저 늘 사연을 보내주던 청취자가 배우였다는 사실이 놀라웠을 뿐이지만 재희가 체감하는 놀라움은 남달랐다. 그날 밤 보았던 그 여자가, 그 아저씨의 딸이, 오늘 보았던 연극에 출연했던 배우 김다정이 바로 그 청취자였다는 사실은 재희에겐 제법 큰 크기의 놀라움으로 다가왔다.

그간 그녀가 보내왔던 사연들이 어렴풋이 떠올랐다. 지난 3년 간 힘든 시간을 씩씩하게 이겨내 참으로 기특하고 대견하단 생각을 했던 것이 여러 번이었다. 그녀의 일상이었던 그 사연들. 사연을 통해서 만났던 그녀를 오늘, 아니, 며칠 전부터 직접 만났다는 생각을 하니 재희는 만감이 교차하는 것 같았다.

환히 웃으며 아빠를 향해 달려가던 그녀의 모습이, 사인해 달라고 다이어리와 펜을 내밀며 볼을 붉히고 수줍어하던 그녀의 모습이 생생하게 떠올랐다.

"막내! 커피 취향 못 맞힌 벌로 2455번이 그동안 보냈던 사연 모레까지 싹 뽑아와. 그전에 홈페이지로 보냈던 사연도 있으니까 그것도 싹 다. 알았지?"

갑자기 떨어진 날벼락에 막내 작가가 죽을상을 했지만 재희는 눈도 끔쩍하지 않았다.

이유를 알 수 없는 끌림이었다. 수많은 팬들 중의 한 사람일 뿐 인데, 매일 보내주던 사연 탓에 그냥 좀 더 눈에 많이 띄었을 뿐 이고, 정재희가 음악감독을 해주는 게 꿈인 배우라기에 가서 출연하는 연극을 본 것뿐이고, 사인 한 장에 날아갈 것처럼 기뻐하는 모습을 잠시 봤을 뿐인데…… 그냥 그랬을 뿐인데 왜 김다정이라는 인간 자체에 대해 호기심이 생기는 건지, 참 정재희답지 않았다.

그냥 자꾸만 얽히는 희한한 인연이 궁금해서일 뿐이라고 쿨하게 생각하고 넘기려 해봐도 무언가가 더 있을지도 모른다는 막연한 기대감이 가슴 한구석에서 들끓어 마음을 완벽하게 속일 순 없었다. 그저, 이 호기심이 적당할 때 홀연히 사라지길 바라는 것밖에는 방법이 없을 듯했다.

✳

담에 기대서서 2부 마지막 곡까지 다 들은 다정이 활짝 웃으며 빌라의 공동현관으로 향했다. 방송이 시작될 때쯤 슬쩍 도망치려다가 한 번 붙잡히긴 했지만, 일찍부터 코가 비뚤어진 선배들과 연출팀 덕에 다행히 금방 빠져나올 수 있었다.

"난 몰라. 히잉."

현관문에 열쇠를 넣고 돌린 다정이 몸을 배배 꼬며 빙긋 웃었다. 남들은 모르는 우리만의 대화가 생긴 것 같아서 가슴이 터질 것만 같았다. 마음만은 이미 정재희의 애인이 된 것 같은 기분이랄까.

그가 사연을 소개해 줄 거라곤 기대도 하지 않았다. 수많은 사연 중에 눈에 띄지 않을 평범한 사연 하나일 뿐이니까. 그런데 그가 선택해 주었다. 혹시 그가 그동안 사연을 보냈던 2455번이 오늘 보았던 연극 속의 배우 김다정이란 걸 알았을까?

"에휴, 꿈 깨. 그건 오버야."

그것까진 모르겠지. 청취자의 사연을 모두 기억할 리가 없으니까. 그리고 멘트를 곰곰이 떠올려보아도 '아, 2455님이 그분이셨구나.' 그 비슷한 소리도 하지 않았으니 알아차리지 못했을 것이다.

다정은 가방에서 다이어리를 꺼내 그가 남겨준 사인을 보고 또 보았다. 아까 지하철 안에서 수백 번은 더 보았지만 볼 때마다 처음 보는 것처럼 설레고 떨렸다. 펜을 쥐고 있던 그 손이 자꾸만 떠올라 황홀해 미칠 지경이었다.

그래, 사인 받은 것만 해도 어디야. 정재희가 내 공연을 봐줬다는 것만 해도 소원 성취한 거지.

다정은 힘차게 현관문을 열고 들어갔다. 아무도 없을 줄 알았는데 거실에 불이 켜져 있었다. 아마도 아빠가 일찍 집에 들어온 듯했다. 다정은 기쁜 마음에 가방을 휙 집어 던지고 집 안 곳곳을 두리번거렸다.

"아빠!"

행주로 방을 닦고 계신 아빠를 발견한 다정이 펄쩍 뛰어가 아빠의 등에 업혔다.

"어이구! 아빠 허리 부러지겠다."

"아빠, 아빠! 이거 봐라?"

다정은 다짜고짜 아빠의 얼굴에 그가 사인을 해준 다이어리를 들이밀었다.

"이게 뭔데?"

"정재희 사인! 꺄악! 정재희가 내 공연 보러 왔었어! 직접 만났다?"

다정이 다이어리를 품에 안고 빙글빙글 돌자 아빠가 혀를 끌끌 차며 다시 방을 닦았다.

"공연 잘해서 신난 게 아니라 정재희 만나서 신난 거구나?"

격하게 고개를 끄덕이는 딸의 모습을 바라보던 아빠는 못 말리겠다는 듯 웃으며 고개를 가로저었다.

"너무 좋아, 어떡해. 나 오늘 잠 못 잘 것 같아!"

"녀석도 참. 정재희가 그렇게 좋아?"

"당연하지! 아빠, 우리 안 쓰는 액자 없어? 이거 액자에 끼워놓을래!"

"잠깐만 기다려 봐."

다이어리를 끌어안고 신이 나서 동동거리는 다정을 뒤로한 채 아빠는 낡은 책장을 뒤적였다. 이내 아빠는 플라스틱 액자를 들고 나왔고, 다정은 그것을 냉큼 받았다. 사인이 담긴 귀한 종이를 조심스레 찢어, 가위로 반듯하게 잘라 액자에 끼운 다정은 액자를 품에 안고 진심으로 행복해했다.

"아빠, 나 진짜 열심히 하려고. 3년 내내 간절히 빌었더니 이렇게 만났잖아! 3년 정도 더 열심히 빌면 진짜로 내 작품에 음악감독이 되어주지 않을까?"

"그래. 뭐가 됐든 지금처럼 열심히 해봐. 다 잘될 거야."

'다 잘될 거야'라는 아빠의 주문에 다정은 연방 고개를 주억거리며 아주 작은 제 방으로 향했다. 삐걱삐걱 소리가 나는 낡은 탁자 위에 서너 개가 전부인 화장품을 한곳에 모아놓고 정중앙에 사인 액자를 놓아둔 다정은 맞은편에 무릎을 두 팔로 감싸고 앉아 손을 뻗어 그가 그려준 사인을 손끝으로 따라가 보았다.

바람을 타고 은은하게 맴돌던 그의 향기가 아직도 코끝에 남아 있는 것 같았다. 향수 냄새와 담배 냄새가 뒤섞인 그의 향기. 성숙한 남자에게서만 나는 그의 향기를 아무래도 절대 잊을 수 없을 것만 같았다.

✳

여름의 끝자락인지 가을의 이른 시작인지 잘 분간이 되지 않는 덥지만 끈적이지 않는 날. 두 시간가량 눈 깜박일 틈도 주지 않고 정신을 쏙 빼놓던 손님들이 한꺼번에 밀물처럼 빠져나간 후, 다정은 한 평 남짓한 작은 휴게실에 엉덩이를 붙이고 앉아 붓기 시작하는 종아리를 주무르고 있었다. 금, 토, 일 사흘 동안 공연을 하고 난 후 월요일 출근이 가장 곤욕스러웠다. 퇴근 시간까지 아직 세 시간이나 남았는데 벌써부터 지치니 큰일이었다.

"다정아."

"어, 사장님."

다정은 자리에서 벌떡 일어나 앞으로 쏟아진 머리칼을 귀 뒤로 넘겼다. 이쪽으로 나오라는 다비드의 손짓에 다정은 다른 직원에게 마무리를 부탁하고 그의 뒤를 따랐다.

"누가 널 좀 만나고 싶다고 해서."

"저를요?"

누구지? 찾아올 사람은 없는데?

떨리는 가슴을 애써 진정시키며 말없이 다비드의 뒤를 따르던 다정은 도착한 곳이 함태경 사장님의 사장실이라는 사실에 의아했다.

"사장님, 혹시 무슨 일인지 말씀해 주시면 안 될까요?"

"들어가 보면 알아."

웃으며 이야기하는 걸 보면 나쁜 일 때문인 것 같진 않아 다행스러웠다. 다정은 침을 꿀꺽 삼키며 천천히 사무실 문을 열고 들어섰다. 그곳에는 〈다비드〉의 명물, 옥수수를 까먹는 살찐 치와와 팥쥐가 소파에 나른하게 누워 있었고 그 곁에 함 사장과 그의 아내 이해리 본부장, 그리고 첫 공연 날 보았던 이경진 실장과 또 다른 여자 한 분이 계셨다.

"이쪽으로 와요."

허리를 숙여 꾸벅 인사를 하자 태경과 다비드가 자리를 피해주었다. 다정은 해리의 맞은편, 낯선 여자 옆에 자리를 잡았다.

"왜 그렇게 긴장을 하고 그래. 놀랐나 봐요?"

"네, 갑자기 부르셔서."

다정이 어색하게 웃자 세 여자가 환하게 웃었다.

"이 실장은 며칠 전에 봐서 알 테고, 이쪽은 지민 씨."

"안녕하세요, 황지민이에요."

곁에 앉아 있던 황지민이라는 여자에게 명함을 건네받은 다정은 또 한 번 고개를 꾸벅 숙여 인사를 건네고 그녀의 명함을 찬찬히 들여다보았다. J미디어 매니지먼트본부 2팀장이라……. 무슨 일로 J미디어 사람들이 세 명이나 찾아왔을까 싶어 다정은 바짝 마른 입술에 침을 발랐다.

"탐색은 나중에 하고, 일 얘기 먼저 하자. 이거 한번 읽어볼래요?"

다정은 해리가 건넨 하얀 서류봉투를 집어들고 조심스레 열어보았다. 표지에 적힌 전속계약서란 문구에 다정은 벌어진 입을 다물지 못하고 서류와 해리의 얼굴을 번갈아가며 바라보았다.

"다정 씨랑 계약을 하고 싶은데, 다정 씨 생각은 어때요?"

"예에? 저랑요?"

너무 놀란 탓인지 목소리가 뒤집어져 우스꽝스러운 소리가 났지만 분위기는 무척 진지했다. 이미 페이스를 잃은 심장박동은 금방이라도 터져 버릴 듯 맹렬하게 내달렸고, 이대로 숨이 멎는 건 아닐까 싶어 걱정스러울 지경이었다.

"1회부터 어제 17회 공연까지 안 빼놓고 다 봤어요. 대학 다닐 때 찍었던 단편영화 두 편도 모니터했고요. 최서한 씨 통해서 그전 연극들 캠코더 촬영 화면도 다 확인해 봤어요. 음…… 객관적으로 외모도 흠잡을 데 없고, 또래 배우들에게는 없는 진지함이나 순수함이 좋았어요. 무엇보다 본부장님이 다정 씨한테 첫눈에 반한 이유도 있고요. 조금 더 다듬으면 좋은 배우가 될 수 있을 것 같아요."

표정 없는 얼굴로 딱딱하게 말하는 경진 때문에 다정의 어깨가 점점 더 굳어졌다. 갑자기 찾아온 꿈만 같은 순간이 낯설어서 다정의 표정 역시 경직되기 시작했다.

"말은 이렇게 해도 이 실장이 얼마나 깐깐한 사람인데. 내가 마음에 들어한다고 무조건 오케이할 사람은 아니거든요. 난 이 실장의 선택을 믿고 가는 거예요."

분위기를 풀어주려 해리가 말을 꺼냈지만 잔뜩 긴장한 다정의 얼굴을 좀처럼 풀어질 줄을 몰랐다.

"지금 공연하고 있는 작품 반응이 아주 뜨겁던데, 1회만 빼고 계속해서 예매율 1위라면서요? 여기저기서 연락 많이 오지 않아요?"

바로 전에 했던 작품보다 배역이 커진 탓인지, 아니면 작품이 큰 인기를 끌며 관객 몰이를 하고 있는 탓인지 귀에 익은 이름의 기획사에서 계약 제의를 하는 일이 몇 번 있긴 했었다. 하지만 다정은 앞으로 어떠한 배우가 될 것인지에 대한 계획을 분명하게 세우고 그 길을 따라 흐트러짐없이 충실히 걷고 있었기에 거듭 신중을 기하고 있었다. 그리고 무엇보다도 다정이 체감하는 인기는 솔직히 예전이나 지금이나 별반 다르지 않았다.

"여주인공보다 조연인 김다정 씨한테 눈독 들이고 있는 기획사가 어디어딘지 얘기 다 듣고 왔어요. 탁 까놓고 거기보단 우리가 훨씬 낫잖아요. 그쵸? 후훗."

다정이 뭐라고 대답을 해야 할지 몰라 볼을 붉히며 어색하게 웃기만 하자 해리도 덩달아 웃었다.

"계약서 한번 훑어보고, 지민 씨가 담당이니까 모르는 거 있음 뭐든 물어봐요. 마음 정해지면 부담 갖지 말고 연락하고요. 개인적으로 난 다정 씨가 계약서를 들고 우리 회사에 와줬으면 싶어요."

"근데…… 이 제안 진짜죠? 거짓말 아니죠?"

보통의 기획사도 아닌 J미디어 소속 매니지먼트다. 그래서 다정은 그들의 제안이 믿어지질 않아 확인하고 또 확인하고 싶었다. 그 순간 머릿속을 스쳐 지나가는 J미디어 소속 배우들, 그리고 그들의 필모그래피. 정녕 이게 꿈인지 생시인지…….

다정의 진지한 물음이 끝나자마자 세 여자가 동시에 웃음을 터뜨렸고, 그제야 다정의 얼굴에도 긴장감이 가셨다.

"당연하지. 다정 씨 몰래카메라 하려고 J미디어 영화사업 본부장, 수석 캐스팅 디렉터, 매니지먼트 팀장이 여기까지 찾아온 줄 알아요?"

말도 안 되는 일이 벌어지고 있었다. 정식으로 오디션을 본 것도 아닌데, J미디어에서 이런 제안을 한다는 게 꿈만 같았다.

"미리 말해두는데, 너무 큰 기대는 말아요. J미디어 매니지먼트 소속이 되는 거지 곧장 주인공급의 여배우를 만들어주는 건 아니니까. 달라지는 건 크게 없을 거예요. 배역을 얻으려면 공정하게 오디션도 봐야 하고요."

"당연하죠. 그거야 당연하죠…….”

"우린 다정 씨를 우리 입맛대로 만들려는 게 아니라, 진짜 배우가 될 수 있게 도움을 주는 역할을 할 거예요. 체계적으로 연기 수업도 받게 해줄 거고, 좋은 환경에서 배우 생활할 수 있도록 해줄 거고요. 객관적으로 말해서, 다정 씨 위치에서 이런 기회 쉽게 오지 않는다는 거 잘 알죠?"

다정이 원하던 것이 바로 그것이었다. 진짜 배우가 되는 것!

다정은 주먹을 꼭 움켜쥐고 다시 한 번 계약서를 보았다. 뒷장을 넘기기가 겁났다. 아빠랑 함께 읽어봐야지, 도저히 혼자서는 읽지 못할 것 같았다.

"좋은 소식 기다리고 있을게요."

"감사합니다."

다정은 자리에서 일어나 세 여자에게 인사를 건넨 후 사무실을 나섰다. 2층 카페로 향하는 동안 다리가 후들거려 두 번이나 넘어질 뻔했다. 땀이 차오른 손바닥은 흥건히 젖어 있었고, 어찌나 긴장을 했는지 등줄기에서도 땀이 흘렀다.

자그만 휴게실로 돌아온 다정은 벽에 걸린 작은 거울 앞에 서서 제 얼굴을 가만히 들여다보았다. 얼굴에서 빛이 나는 것 같은 착각이 들었다.

"괜찮아? 좋은 일인데 왜 그렇게 넋 나간 얼굴을 하고 있어?"

다정은 느릿하게 고개를 돌려 다가와 말을 거는 다비드를 바라보았다. 뭐가 그리도 기쁜지 그는 활짝 웃고 있었다.

"잘될 줄 알았어. 장하다, 김다정."

"사장님……."

뭔가 목구멍에서 울컥 치밀어 올랐다. 그리곤 막을 새도 없이 눈물인지 설움인지 모를 뭔가가 흘러내렸다. 손바닥으로 아무리 훔쳐 봐도 그것은 멈출 줄을 몰랐다.

"저 정말 열심히 살았거든요. 정말 열심히 살았는데……. 백만 원 벌어서 칠십만 원 빚 갚아가며 진짜 열심히 살았거든요……. 또래 여자애들 칠천 원짜리 아메리카노 마실 때 전 커피 한 잔 안 사 마시고 정말 열심히 벌어서 빚 갚고 일했거든요……. 학비가 없어서 학교 그만두던 날 저 정말 많이 울었는데……. 그날 그렇게 울면서 다신 안 울겠다고 다짐했는데……. 그랬는데……."

숨이 넘어갈 듯 끅끅대며 울음을 토해내던 다정은 결국 바닥에 주저앉아 버렸다. 발버둥 칠수록 더욱더 진득한 곳에 빠져 벗어날 수 없을 것만 같던 그 순간들이 다정의 자그만 가슴을 짓눌렀다. 힘겨운 순간은 금방 지나갈 거라고, 모두 다 괜찮을 거라고 거짓된 위로로 애써 마음을 다독이며 피식 웃어버렸지만, 할퀴고 간 상처들은 결국 흉터가 되어버렸다.

젊어서 고생은 사서도 한다고, 아프니까 청춘이라고 하지만 다정의 성장통은 너무나 가혹했다. 꽃 같은 스무 살, 욱신대는 허리 위에 싸구려 파스 한 장 붙여 버티고, 늘 물이 닿는 손톱에 예쁜 색 매니큐어 한 번 바르지 못하고 보냈다. 누군가를 원망해서 그 설움을 지울 수 있다면, 그 원망 모두 아빠와 엄마가 받아야 했기에 다정은 남의 탓으로 돌릴 수도 없었다.

"이제부터 시작이야. 고생 많았어."

그의 말이 맞았다. 이제부터가 진짜 시작이었다. 다정은 흠흠, 헛기침을 크게 하곤 씩씩하게 눈물을 닦아냈다.

"이제 진짜로 다신 안 울 거예요. 다신."

좀 더 큰 보폭으로 한 걸음 내디뎠을 뿐이다. 여전히 주 4일 바리스타 보조 일을 하고, 주 3일 연극배우로 살아가고, 낡은 빌라에 아빠와 단둘이 사는 스물두 살의 김다정이었다. 아직 아무것도 변한 것은 없고, 단지 변화할 수 있는 작은 물꼬가 터진 것뿐이었다.

일찍부터 샴페인을 터뜨릴 여유는 없었다. 다시 한 번 심기일전하여 한 걸음 더 도약해야 했다. 다정은 다부지게 입술을 다물며 눈물로 얼룩진 뺨을 손바닥으로 닦았다.

✳

　새벽 3시가 되어서야 라디오 생방송과 화요일 방송분 녹음을 마친 재희는 집으로 가지 않고 곧장 연습실로 향했다. 며칠째 속을 썩이고 있는 스트링 편곡을 오늘은 반드시 마무리를 짓겠다는 일념하에 눈을 부릅뜨고 악보와 씨름하던 재희는 복잡한 머릿속을 정화하기 위해 결국 피아노 앞에 앉았다. 저녁에 있을 음악프로그램 〈그루터기〉 녹화 때 단정한 피부 톤을 선보이려면 잠깐이라도 눈을 붙여야 하지만 아무래도 쉽지 않을 것만 같았다.

　재희가 선택한 곡은 정확히 이십 년 전 콩쿠르에 나가서 연주했던 드뷔시의 아라베스크였다. 연주 실력이 확실히 예전만은 못했지만 그래도 영 못 쓸 정도는 아니었기에 재희는 스스로를 위로하며 한 음 한 음 정성을 다해 두드렸다.

　똑똑.

　새벽 5시에 연습실 문을 두드릴 사람이 누가 있을까 곰곰이 생각하던 재희는 다시 연주를 이어갔다. 연습실 건물 근처 술집에서 늦게까지 술잔을 기울이던 취객이 화장실인가 싶어 지하까지 내려와 문을 두드리는 경우가 허다했기에 대꾸도 하지 않았다.

　똑똑.

　결국 재희가 연주를 멈췄다. 방해꾼의 등장에 심기가 불편해진 재희는 빠른 걸음으로 걸어 문고리를 움켜쥐고 홱 잡아당겼다.

"아직 안 잔 거야, 아님 일찍 일어난 거야?"

문을 밀고 들어온 방해꾼은 다름 아닌 경진이었다.

"어떻게 알고 왔어?"

"어제 네가 그랬잖아, 밤새도록 연습실에서 작업해야 한다고."

"내가 그랬나? 근데 이 시간에 웬일이야? 너야말로 아직 안 잔 거야, 아님 일찍 일어난 거야?"

"나이를 먹을수록 아침잠이 없어지네. 운동 가는 길에 들러봤어."

재희는 믿을 수 없다는 듯 고개를 가로저으며 다시 피아노 앞으로 향했다. 주섬주섬 악보를 챙겨 피아노 위에 올려둔 재희는 새끼손가락보다도 짧은 몽당연필을 귓등에 얹고 뒤통수를 긁적였다.

"전에 봤던 그 연극배우 있잖아, 네 팬이라던……."

경진의 말에 멈칫한 재희가 금세 자연스럽게 피아노를 연주했다.

"어."

"우리랑 곧 계약할 것 같아. 어제 미팅했는데, 거절할 것 같진 않더라."

"그래?"

재희는 이미 알고 있었다. 단 하루도 빠짐없이 꼬박꼬박 사연을 보내주는 다정이 이같이 기쁜 소식을 전하지 않을 리가 없으니까. 2455번 사연을 너무 자주 소개한다는 메인 작가의 눈총을 가볍게 무시하고 재희는 오늘도 그녀의 사연을 소개해 주고, 축하해 주고, 신청곡도 틀어주고, 선물도 보내주었다.

협찬사의 선물이 아닌 재희의 개인적인 선물. 오늘 저녁에 녹화할 음악방송 〈그루터기〉에 초대한 것이다. 혹시나 외간 남자의 손을 잡고 공개홀에 찾아오는 만일의 사태에 대비해 재희는 아빠와 꼭 함께 오라고 못까지 확실히 박아둔 참이다.

"그렇게 재능 있어?"

"공연 같이 봤으니까 너도 느꼈을 거 아냐. 그리고 내 눈썰미를 몰라서 그래? 나 이경진이야. 내가 선택했던 배우들 입 아프게 또 읊어줘야 해?"

경진이 오만하게 거드름을 필 만하다. J미디어의 수석 캐스팅 디렉터 이경진이 선택한 배우들이 지금 한국 영화계에 어떠한 존재가 되었는지 너무도 잘 알고 있기 때문이다. 그리고 재희 또한 다정의 재능을 단 한 번의 공연을 통해서 확실히 확인했으니 경진의 선택에 이의란 없었다. 그저 다정이 경진의 눈에 들 만큼 외모뿐 아니라 재능까지 갖춰줘서 고마울 뿐이었다.

"근데 너 좀 너무한 거 아냐? 어떻게 차 한잔을 안 권해?"

"네가 사가지고 왔어야지."

"어련하실까. 에잇, 나 갈래."

"멀리 안 나간다."

재희는 정말로 멀리 나가지 않고 피아노 앞에 앉아 손만 흔들었다. 경진은 그런 재희를 찌릿 한 번 노려본 후 연습실을 나섰다. 다시 연습실에 홀로 남은 재희는 멍하니 시계를 바라보며 한참 동안 눈을 끔벅였다. 떠오를 듯 말 듯한 스트링 라인이 애를 태웠지만 재희는 인내심을 가지고 기다리기로 마음먹었다. 어서 완성하고 조금이라도 수면을 취한 후 상큼한 모습으로 녹화장에 가겠다는 다짐을 하면서 말이다.

✻

계약서가 담긴 봉투가 마치 당첨된 로또라도 되는 양 다정이네 부녀지간은 벌써 십 분째 탁자 위에 그것을 올려놓고 경건히 무릎을 꿇고 앉아 눈만 끔벅이고 있었다.

"아빠가 열어봐."

"네가 열어봐. 네 거잖아."

"허으, 떨려서 못 보겠어."

다정이 눈을 질끈 감으며 고개를 휙 돌리자 아빠가 용기를 내어 봉투 안에 든 얄팍한 서류를 꺼냈다. 종잇장이 넘어가는 소리에 슬쩍 실눈을 뜬 다정은 조심스레 아빠의 표정을 살폈다.

"뭐라고 쓰여 있어?"

다정의 물음에 아빠는 대답없이 서류를 읽기만 했다. 그렇게 한참 동안이나 서류를 꼼꼼히 읽어 내려가던 아빠는 마지막 장을 넘기곤 봉투 안에 도로 서류를 집어넣고 탁자 위에 올려놓았다.

"왜? 이상한 거 막 적혀 있어?"

혹시 노예계약 뭐, 그런 비슷한 이야기라도 적혀 있는 걸까? 골똘히 생각에 잠긴 아빠의 표정은 확실히 좀 전보다 어두워져 있었다. 애가 탄 다정은 아빠의 팔을 붙잡고 흔들었다.

"아무래도 잘못 쓴 것 같애. 아니면 서류가 바뀐 걸지도 모르고."

"이상해?"

다정은 서둘러 서류를 꺼내보았다. 침을 한 번 꿀꺽 삼킨 후 찬찬히 계약서를 읽던 다정은 이내 계약금이 명시된 부분에서 숨이 턱 하고 막혀 더 이상 읽지 못했다. 그 부분만 읽고 또 읽고, 또 읽었지만 계약금이라고 적인 숫자는 변할 기미가 보이지 않았다.

"세상에……."

어마어마한 금액이었다. 5년 동안 안 쓰고 안 먹고 숨만 쉬면 이 정도 돈을 만져나 볼 순 있을까 싶었다.

"이게 말이 돼? 나한테 왜? 왜 이렇게 큰돈을 준대?"

"그러니까. 이건 뭐가 잘못된 거라니까?"

"전화해 보자."

다정은 담당자라는 여자의 명함을 찾기 위해 가방을 홀랑 뒤집어 쏟았다. 우왕좌왕하며 짐들을 뒤적이던 다정은 금세 팀장이라던 사람의 명함을 찾아냈고, 곧장 휴대폰으로 전화를 걸었다. 어마어마한 계약금도 놀라웠지만, 수익 배분 부분도 가히 입이 떡 벌어질 만했다. 그동안 이 정도 계약이면 신인에겐 파격적인 대우라며 거드름 피우며 내밀었던 다른 기획사들의 계약 내용과는 물론이고, 선배들에게 들어왔던 다른 대형 기획사들의 계약 내용과도 확연한 차이가 있었기 때문이다.

[여보세요?]

"안녕하세요. 저, 김다정이라고 합니다."

[아! 다정 씨!]

혹시 모른다고는 하지 않을까 조마조마해하던 다정은 한 번에 알아채 주는 그녀가 고마워서 허공에 대고 고개를 꾸벅 숙이며 인사를 건넸다.

"그게 저기, 계약서를 읽어봤는데요, 여쭤볼 게 있어서요."

[얼마든지요.]

후 하고 숨을 크게 한 번 고른 다정이 계약서에 적힌 금액을 다시 한 번 확인해 보았다.

"계약금이요, 이거 잘못 적으신 것 같아요. 아니면 다른 분 거랑 바뀐 것 같기도 하고……."

[아니에요. 그거 다정 씨 것 맞아요. 다른 신인배우들보다 특별히 플러스된 건 없어요. J미디어 매니지먼트에선 다들 그런 조건으로 계약합니다. 다른 곳과 많이 다르죠?]

뭘 그런 거 가지고 놀라냐는 듯한 그녀의 대답에 다정은 벌어진 입을 다물지 못했다. 다정은 대답을 기다리고 있는 아빠를 향해 고개를 끄덕였고, 그러자 아빠도 덩달아 입을 쩍 벌린 채 말을 잇지 못했다.

[또 궁금한 거 있으면 말해요. 설명해 줄게요.]

"아, 아니에요. 다른 건 괜찮아요."

[기다리고 있을 테니까 언제든 오세요. 난 다정 씨가 마음에 쏙 들었거든요.]

"정말 감사합니다. 내일 근무 마치고 최대한 빨리 갈게요."

[잘 생각했어요. 그럼 내일 저녁에 봐요.]

통화를 마친 다정은 슬금슬금 아빠의 곁에 다가가 등에 얼굴을 묻고 양손으로 아빠의 허리를 끌어안았다. 소리라도 지르고 싶었지만 방음이 부실한 집에서 차마 그럴 순 없었다.

"아빠만 몰라봤구나. 우리 딸 재능이 어느 정도인지 아빠만 몰라봤어."

거칠게 갈라진 아빠의 손끝이 손등에 닿았다. 어느 순간부터는 고생이란 단어 자체가 일상이 되어버려 고생인지도, 힘든 건지도 모른 채 다 잊고 살아온 지난 순간들이 파노라마 필름이 되어 머릿속을 스쳐 지나갔다. 이 낡은 빌라에 이사 오던 날, 자장라면 하나를 끓여 나눠 먹을 때만 하더라도 이런 순간이 찾아올 줄은 감히 상상치도 못했다.

다신 울지 않겠다고 다짐했던 다정은 아랫입술을 꾹 깨물고 울음을 참았다. 이렇게 기쁜 날 바보처럼 울고 싶지 않았다.

"아빠, 고마워."

"공부도 끝까지 못 시켜준 못난 아빠가 뭐가 고마워. 아빠가 미안하다. 너무너무 미안해, 다정아."

다정은 두 팔에 더욱 세게 힘을 주어 아빠를 끌어안았다.

"자꾸 거짓말 같은 일들만 생겨서 기쁜데……. 실은 나 불안해, 아빠. 전에도 그랬잖아. 우리가 제일 행복할 때, 그때 가장 견디기 힘든 일이 생겼잖아."

"뭐든지 마음먹기 나름이야. 오랫동안 기다려 온 순간이니까 지금은 마음껏 누려도 돼. 우리 다정이는 자격 있어."

다정은 생각했다. 만약 엄마가 아프지 않았다면, 그래서 일찍부터 돈을 벌지 않아도 되고 아무 걱정 없이 학교를 다니다가 이런 순간이 찾아왔다면, 그때도 이렇게 세상 모든 것에 감사하며 기뻐할 수 있었을까?

지금 이 순간 찾아온 믿을 수 없는 행복들이 조금은 불안하기도 하고, 아직 완벽히 내 것이 아닌 것만 같아 다정은 얼떨떨했다. 언제쯤 이 모든 것들이 현실감 있게 다가올지 알 순 없지만, 그간 좌절하지 않고 열심히 노력한 시간들에 대한 작은 보상이라고 생각하기로 했다.

누가 뭐래도 난 정말 열심히 살았으니까. 최선을 다해서, 죽을 힘을 다해서 힘을 냈으니까.

"아빠가 뭐랬어, 다 잘될 거라고 했잖아. 다 잘될 거야, 다정아. 다…… 잘될 거야."

모두 다 잘될 거라던 아빠의 말이, 아무도 눈치채지 못하는 사이 현실로 다가오고 있었다.

길고 곧은 다리 라인이 한층 더 돋보이는 블랙 팬츠에 새하얀 셔츠를 받쳐 입은 재희가 거울 앞에 서서 잠을 제대로 못 자 푸석해진 얼굴을 보며 못마땅한 듯 눈썹을 구기고 있었다. 셔츠 소매에 채워진 단추를 풀어 두어 번 접어 끌어 올리고, 목까지 채워진 앞단추도 세 개쯤 풀고 나니 그제야 정재희다웠다. 굳이 힘을 주지 않아도 잘 차려입은 듯하고, 자연스러운 멋이 나는 코디네이션. 패션에 관심이 많은 편은 아니지만, 직업상 남 앞에 서는 일이 많다 보니 자연스레 차림새가 좋아진 케이스였다.

의상까지 완벽하게 준비를 마친 재희는 조연출에게 큐시트를 건네받고 시계를 확인했다. 녹화 시작까지는 두 시간이 채 남아 있지 않았다. 무대에서는 오늘 출연하는 게스트들의 최종 리허설이 한창이었고, 그 소리는 재희가 머물고 있는 대기실까지 그대로 전해졌다.

"준성아, 내가 말해둔 자리 준비됐지?"

"그럼요. 준비 다 해놨어요. 그분께는 은혜 작가가 직접 연락드렸을 거예요."

김다정과 그녀의 아버지를 위해 특별히 자리를 마련해 둔 재희는 혹시나 엉뚱한 자리에 먼저 가서 앉아 있을까 봐 걱정이 돼 조연출에게 책임지고 그 자리에 앉히라고 귀에 인이 박히도록 얘기해 둔 참이었다. 다행히도 작가 중 한 사람이 먼저 연락을 취해 따로 안내를 해줄 거라고 하니 그제야 마음이 놓였다.

"흐음."

의자에 앉아 물을 한 모금 마신 재희가 눈에 잘 들어오지도 않는 큐시트를 들여다보며 긴 다리를 획 하니 꼬았다. 그러자 그 모습을 지켜보고 있던 조연출이 피식 하고 소리를 내며 웃었다.

"너 왜 웃어?"

"형, 혹시 긴장하셨어요?"

아무렇지 않은 척하고 있었는데 아무래도 티가 났던 모양이다.

재희가 능청스럽게 고개를 저었지만, 눈치 빠른 조연출은 재희의 말을 믿지 않았다.

"그분이랑 무슨 사인지 물어봐도 돼요?"

"아니, 물어보지 마."

재희는 큐시트를 저만치 밀어내고 악보노트를 끌어다가 주섬주섬 음표를 그려 넣었다. 턱을 괴고 비스듬히 엎드리듯 앉은 재희는 완성하지 못한 스트링 편곡을 겨우겨우 끄집어내며 자꾸만 건방지게 끼어드는 다른 생각들에게 틈을 주지 않으려 애를 썼다.

특히 2455, 김다정에 관한 생각은 신상에 해가 되고 있었다. 예고도 없이 불쑥 끼어들어 머릿속을 헤집어 버리는 탓에 작업에 집중을 할 수가 없었다. 녹화에 괜히 초대를 한 건가 수십 번도 더 후회를 했지만 그렇다고 갑자기 '너 오지 마' 할 수도 없으니, 이 모든 건 쓸데없는 오지랖이 불러온 처참한 말로라고나 할 수 있겠다. 그냥 축하에서 끝냈어야 했는데 왜 굳이 여기까지 초대를 해가지고 일을 만들었을까. 거기다, 불렀으니 뭔가 특별한 추억을 만들어주고 싶은 욕심까지 들끓으니 재희는 무척이나 난감했다.

"나 이따가 노래 한 곡 할까?"

"지난번에 라디오에서도 노래하셨다면서요. 재미 들렸어요?"

"그렇게 못 들어줄 정도는 아니지 않아?"

그날 방송에서 라이브로 노래를 하고 난 후, 그다지 나쁜 평을 듣진 않은 터라 재희의 가슴속에서 보컬에 대한 욕망이 마구마구

피어나고 있는 참이었다. 이 기회에 연주 앨범 말고 노래 앨범도 내볼까 하는 생각도 하고 있었는데, 감히 조연출 따위가 손바닥으로 입을 막아가며 키득거렸다. 기분이 확 상해 버린 재희는 조연출을 노려보며 미간을 찌푸렸다.

"뭐야, 그 웃음은."

"굳이 말리진 않겠지만요, 그렇게 자신감을 가질 정도는 아니거든요?"

"너!"

자리를 박차고 일어서자 조연출이 총알처럼 대기실을 달려나갔다. 앞으로 좀 더 피곤하게 굴어줘야겠다고 다짐한 재희는 다시 자리에 앉아 마음을 차분하게 가라앉히며 거울을 바라보았다.

오늘처럼 녹화를 기다리는 시간이 지루했던 적은 없었던 것 같다. 평정심을 유지하기 위해 노트북을 열어 음악을 재생시켜 보아도, 의미없는 클릭질로 실시간 인터넷 뉴스를 몽땅 확인을 해봐도, 뱃멀미를 하는 것처럼 울렁거리는 마음을 어찌할 수가 없었다. 태어나 처음으로 작곡한 곡을 가지고 콩쿠르에 나갔을 때도 이런 비슷한 느낌이 들었던 것도 같았지만 뭐라고 콕 집어낼 수 없는 묘한 차이점이 있었다.

설마…… 2455 김다정을 초대한 것 때문에 설레고 그런 건 아니겠지?

✲

방송국 입구까지 마중을 나온 작가의 안내를 받으며 공개홀 안으로 입장한 다정은 아빠와 팔짱을 끼고 그녀가 안내해 준 자리에 착석했다. 티비에서 볼 땐 엄청 커보였던 무대가 실제로 보니 작아서 조금 놀라웠을 뿐, 재방, 삼방까지 시도 때도 없이 봐왔던 프로그램이었기에 무대가 전혀 낯설지가 않았다.

  "정재희 씨가 잘 챙겨 드리라고 신신당부하셨어요."

  "아, 정말요? 헤헷."

  정말 특별한 사이가 된 것만 같아 가슴이 두근두근 거렸다. 어젯밤, 정말 배우가 될 수 있는 기회가 왔다는 사연을 보내고 혹시나 하는 마음에 마음을 졸이며 기다리던 다정은 축하한다며 신청곡도 틀어주고, 선물로 〈그루터기〉의 공개녹화에 초대하겠다고 말한 재희 때문에 밤새 잠을 한숨도 이루지 못했다. 계약으로도 모자라 방청 초대까지 받은 다정은 오늘이 생일인 것만 같았다.

  하루도 빠짐없이 사연을 보내던 단골 청취자에게 좋은 일이 생겨 축하해 주고픈 디제이의 마음이라고 매도해 버리기엔 재희를 향한 다정의 마음이 순수하지 못했다. 어떻게 보면 다정에게 재희는 존경이나 선망의 대상이기도 하지만, 긴 시간 짝사랑해 온 남자이기도 하니까. 조그만 틈이라도 있다면 가차없이 파고들 마음의 준비도 이미 오래전에 마친 다정이었다.

  정재희와 따로 만나 이야길 나눌 기회가 생긴다면 얼마나 좋을까……. 다정의 머릿속엔 온통 그 생각뿐이었다. 다정은 혹시나 그를 만나게 되면 건네주려고 뜬눈으로 밤을 새며 적어 내려간 팬

레터를 만지작거리며 그가 늘 등장하는 무대 쪽을 뚫어져라 바라보았다.

"어쩌면 녹화 중간에 재희 씨가 인터뷰 요청 하게 될지도 몰라요. 너무 긴장하지 마시고 자연스럽게 이야기 나누시면 돼요."

"네, 그럴게요."

과연 그럴 수 있을까. 사인 한 장 받으면서도 사시나무처럼 달달 떨었는데.

다정은 걱정 말라는 듯 씩씩하게 웃으며 작가를 진정시켰지만 내심 걱정이 되기 시작했다. 카메라 앞에서까지 벌벌 떨면 두 번 다신 그가 제 사연을 읽어주지 않을 것만 같았다.

다정은 멀어져 가는 친절한 작가의 뒷모습을 보며 저도 모르게 푹 한숨을 내쉬었다. 저 작가는 얼마나 좋을까. 일주일에 한 번씩 정재희를 만날 수 있으니 말이다.

그사이 무대 위에는 밴드 세션들이 먼저 나와 자리를 잡고 튜닝을 했다. 뒤따라 무대 위로 올라온 조연출이 녹화 중에 지켜줘야 할 에티켓 등에 대해 이야길 했지만 다정의 귀에 제대로 들어올 리가 만무했다. 모든 신경이 정재희의 등장에 집중되어 있었기 때문이다.

"그렇게 좋아?"

다정이 격하게 고개를 끄덕이자 아빠는 못 말리겠다며 고개를 가로저었다.

어느새 공개홀 안에는 관객들로 꽉 찼고, 객석에 자리를 못 잡은 일부 관객들은 객석과 객석 사이의 계단에 앉기도 했다. 다정이네 부녀는 재희의 배려로 음향도 가장 좋고 정재희도 가장 잘 보이는 무대 왼쪽 맨 앞자리에 앉게 되어 많은 관객들의 부러움을 사고 있었다.

"녹화 시작하겠습니다!"

조연출이 박수를 유도하며 무대 아래로 내려가자 하나둘, 홀 안쪽 조명이 꺼지면서 무대 조명만이 무대를 비추었다. 그리고 얼마 지나지 않아 다정이 애타게 기다리던 그 남자, 정재희가 마이크를 들고 성큼성큼 걸어나와 무대 중앙에 섰다. 귀가 아플 정도로 큰 환호성과 박수를 보내는 관객들 사이로 다정이 가장 큰 환호와 박수를 보냈다.

그의 음악을 좋아하던 팬은 어느새 그의 모든 것까지 좋아하게 되었고, 의미없는 작은 몸짓에도 행복해하고 있었다. 티비를 통해 만나는 것과는 비교가 불가능했다. 다섯 걸음도 채 떨어지지 않는 곳에 서서 자신을 반겨주는 관객들을 향해 환히 웃어 보이는 그의 모습은 정말 숨이 막힐 정도로 멋졌다.

"와아······."

한 달 전 막창집 앞에서 보았을 때보다 더욱더 멋있었다. 물론 방송을 위해 약간의 분장을 하고 좀 더 좋은 옷을 입은 탓도 있겠지만 부드러움 속에서도 옅게나마 느껴지는 아티스트만의 날카로움이 무대 위에서 빛을 발하는 것 같았다.

"어······. 저 사람······."

"왜, 아빠?"

눈을 잔뜩 찌푸린 채 집중해서 그의 얼굴을 보던 아빠가 고개를 갸웃거리더니 방긋 미소를 지었다. 그가 언제 입을 열까 집중하고 있느라 다정은 아빠에게 왜 그러냐고 제대로 묻지 못했다.

"아……. 저 사람이 정재희였구나. 세상에나……."

아빠는 그제야 그에게 힘찬 박수를 보내주었다. 그 순간, 그가 슬쩍 손을 들며 고개를 끄덕였고 그것이 다정과 아빠에게 건넨 인사라곤 확신할 수 없었지만 그래도 상관없었다. 이렇게 가까이에서 지켜볼 수 있는 것만 해도, 직접 초대를 해준 것만 해도 너무나 감사한 일이니까. 일에 지치고, 사람에 지친 아빠에게 즐거운 시간을 선물해 줄 수 있어서 다정은 그게 가장 고맙고 행복했다.

"반갑습니다. 언제든지 쉬어갈 수 있는 튼튼한 그루터기의 관리자, 정재희입니다."

허리를 숙여 공손히 인사를 하는 모습도 너무나 멋졌다. 무대 위의 정재희는 더 이상 말이 필요없는, 압도적인 존재였다. 자신에게 집중된 모든 관객들의 시선을 부드럽게 포용하며 능숙한 대화로 분위기를 이끌어간다는 것은 전문 진행자라고 해도 쉽게 컨트롤할 수 있는 부분이 아닌데 그는 언제나 그랬듯 오늘도 잘해내고 있었다.

이대로 시간이 멈추는 것도 나쁘지 않을 것 같았다. 그가 전해주는 말 한마디 한마디에 온 신경을 곤두세워 귀 기울이던 다정은 숨쉬는 것도 방해되는 사람처럼 양손을 가슴팍에 모으고 두 눈을 반짝였다.

그의 소개를 받고 무대에 오른 첫 번째 게스트가 두 곡을 부르는 동안에도 다정의 시선은 오직 재희에게 고정되어 있었다. 무대

오른쪽 아래에 내려가 큐시트를 확인하던 그가 곁에 선 스텝과 이야기를 나누며 웃을 때면 덩달아 웃기도 하고, 그가 노래를 따라 부르면 함께 따라 부르기도 했다.

"사람 인연이란 게 참 희한하지, 어떻게 이렇게 인연이 닿았을까."

"응? 무슨 소리야, 아빠?"

아빠는 대답 대신 미소를 지으며 열과 성을 다해 노래하고 있는 무대 위의 가수에게 따스한 시선을 건넸다. 그동안 도대체 정재희가 누구기에 그렇게 죽고 못 사냐며 질투를 하던 아빠였지만, 오늘부로 정재희의 팬이 될 것만 같은 기분 좋은 예감이 들었다.

두 팀의 공연이 끝나고, 드디어 재희가 가장 좋아하는 코너 〈막장드라마—재희의 유혹〉이 시작되었다. 방청을 신청한 관객들의 사연을 드라마 대본으로 각색해서 고정게스트인 여성가수와 연기를 선보이는 이 코너를 통해 재희는 아티스트 출신의 연기파 재연배우로 떠오르고 있었다. 진지하면서도 우스꽝스러운 저질 연기로 관객들에게 웃음을 주며, 자칫하면 축 처질 수 있는 녹화 분위기를 한 번 쑥 하고 끌어올리는 시간.

오늘도 어김없이 혼신을 다한 연기로 공개홀을 웃음바다로 만들어 버린 재희는 사연의 주인공, 김다정과 그녀의 아버지가 앉은 곳으로 시선을 던졌다. 조연출이 달려가 그들에게 마이크를 건네는 것을 확인한 재희는 머쓱한 듯 이마를 긁적이며 힘겹게 입술을 떼었다. 늘 이순간이 곤혹스러웠다. 개그 연기는 어떻게

든 하겠는데, 연기가 끝난 후에 찾아드는 민망함을 이겨낼 재간이 없었다.

"창피하니까 바로 사연 소개할게요. 오늘 사연의 주인공은 정재희, 바로 접니다."

재희가 정색하자 관객들이 환호와 박수를 보내주었다. 재희는 자꾸만 터지려는 웃음을 꾹꾹 누르며 큐시트에 적힌 예쁜 사연을 천천히 읽어 내려갔다.

"모두가 잠든 늦은 시간까지 쉬지 않고 세상을 움직이는 중년의 신사분에겐 모든 걸 다 주어도 아깝지 않은 따님이 한 분 있습니다. 아무리 힘이 들고 지쳐도 씩씩하게 이겨내는, 그 이름도 참 다정한 김다정 양. 알고 보니 그 김다정 양, 지난 3년간 제가 진행하고 있는 라디오프로그램에 거의 매일 사연을 보내주고 있는 정재희 빠순이었습니다."

객석에서 웃음보가 터졌지만, 재희는 차분함을 잃지 않았다. 그녀와 그녀의 아버지가 앉아 있는 쪽으로 돌아앉은 재희는 다시 목을 가다듬고 사연에 집중했다.

"그런 김다정 양에게 꿈이 하나 있다고 합니다. 지금은 대학로에서 연극을 하는 그녀, 훗날 작품의 주인공이 되면 자신이 출연하는 영화의 음악감독을 정재희가 해주는 거래요. 참 기특하지 않습니까?"

큐시트를 바닥에 내려놓은 재희가 손을 뻗어 다정을 향해 손짓했다. 그러자 당황한 기색이 역력한 다정이 붉게 달아오른 볼을 양손으로 감싸며 배시시 웃었다.

"배우 하겠다는 사람이 그렇게 수줍음을 타면 어떡합니까. 김다정 양, 이쪽으로 올라와요."

재희가 박수를 치자 관객들도 다정에게 용기를 주려 박수를 건넸다. 마지못해 자리에서 일어난 다정이 쭈뼛거리며 무대 위로 올라왔고, 객석에선 좀 전보다 더 큰 박수갈채가 쏟아졌다.

"얼굴 알아서 가려라. 나중에 내 팬들이 널 테러할지도 모르니까."

재희의 밑도 끝도 없는 농담에 다정이 그제야 살짝 긴장을 풀었다. 재희는 다정의 손목을 잡아끌어 스텝들이 번개같이 세팅해 둔 의자에 앉혔다.

"반갑습니다. 인사하세요."

'어떡하지'를 연발하며 난감해하던 다정이 갑자기 마음을 고쳐먹은 듯 헛기침을 한 번하곤 마이크를 단단히 움켜쥐었다. 그리곤 자리에서 벌떡 일어나더니 허리를 꾸벅 숙이곤 씩씩하게 인사를 건넸다.

"안녕하세요! 김다정입니다!"

참 기특했다. 그 어떤 상황이 닥쳐도 도망치지 않고 극복하는 모습이 대견하고 예뻤다.

"현재 전회 매진을 기록 중이고, 6주째 예매순위 1위에 빛나는 연극 〈오래된 연인〉의 배우 김다정 양입니다. 여러분, 잘 봐두세요. 나중에 전도연, 하지원보다 더 유명한 배우가 될 사람이니까."

많은 사람들에게 소개하고 싶었다. 김다정이란 사람이 가진 씩씩한 에너지를, 언제나 당당하고 활기찬 그녀만의 기운을 지치고 힘든 사람들에게 전해주고 위로해 주고 싶었다. 정재희가 음악을 통해 사람들의 마음을 다독인다면, 김다정은 그 존재만으로도 사람들의 마음을 움직이니까.

"아버지랑 같이 오셨어요?"

"네, 저기 계세요."

아저씨가 머리 높이 손을 들어 흔들었고, 재희도 손을 흔들며 인사를 건넸다.

"언제부터 정재희란 사람을 미친 듯이 사랑하게 되었나요?"

능청스럽게 건넨 질문에 다정이 두 눈을 초롱초롱 빛내며 생글생글 웃었다.

"오빠가 진행하시는 라디오방송에서 이상한 야한 농담하실 때부터요."

여기저기서 공감의 박수와 환호가 쏟아졌지만 재희는 흔들리지 않았다. 고개를 가로저으며 현실을 부정했다.

"공연하고 계신 작품 반응이 좋다고 들었어요. 혹시 오늘 오신 관객분들 중에 보신 분 계신가요? 한번 손들어보실래요?"

조명 때문에 잘 확인할 순 없었지만 그래도 드문드문 가뭄에 콩 나듯 몇몇 사람들이 손을 번쩍 들었다. 그나마 인기 작품이니 이 정도겠지. 올해 초연된 작품이니 일반인들이 인기작이라고 체감하기엔 무리가 있긴 했다.

괜한 질문을 한 건가 싶어 살짝 눈썹이 일그러진 재희가 미안한 마음을 담아 다정을 바라보았다. 하지만 그 순간, 재희에 눈에 들어온 건 환히 웃고 있는 다정의 모습이었다. 정말 진심으로 기쁜 듯해 보였다. 채 열 명도 되지 않는 사람들이 손을 들었는데도 말이다. 이상한 아이였다.

"와! 정말 감사합니다."

그러더니 자리에서 벌떡 일어나 허리를 숙여 인사까지 해댔다. 많든 적든 어쨌든 와준 것 자체가 고마운 모양이다. 다정의 그런 초긍정 마인드에 재희는 이질감 비슷한 것을 느꼈지만, 무대에서 공연을 한다는 한 가지의 공통점이 있었기에 그런 다정을 이해할 순 있었다. 사소한 행동에서도 묻어나는 김다정의 열정이 재희에겐 오랜만에 신선한 자극을 준 것이다.

"김다정 씨, 시간이 흘러서, 정말 최고의 배우가 되면 그때 또 그루터기에 와주실 수 있어요?"

"당연하죠. 저 꼭 나올 거예요."

"그때 가서 모른 척하면 진짜 가만 안 둔다."

다정이 손등으로 입을 가리며 수줍게 웃었다. 그 나이 때에 가질 수 있는 발랄함이 눈부실 정도로 아름다웠다.

"김다정 양, 좋은 배우 되라고 큰 박수 한번 주세요!"

재희가 느꼈던 다정의 에너지를 관객분들도 똑같이 느꼈는지, 그들이 건네는 박수와 환호에 진심이 담뿍 담겨 있었다. 혹시나 다정과 아저씨에겐 무례한 짓이 아닐까 잠시 걱정했었지만, 재희는 오늘 저지른 일에 대해 후회하지 않기로 했다. 훗날 다정이 대배우가 되어 옛날 사진들을 보다가 '내가 저렇게 촌스러웠나?' 하고 오늘 방송에 출연한 것을 후회할지도 모르겠지만, 뭐, 그건 걔 사정이고.

처음 눈을 마주치지 못하던 다정이 어느 순간부터는 시선을 피하지 않고, 오히려 뚫어져라 바라보았다. 당돌한 눈빛이었다. 기분 탓인지 모르겠지만, 다정의 눈빛이 순수하지만은 않은 듯해 재희는 내심 흐뭇했다.

세 시간 가까이 진행되었던 녹화가 끝이 났지만 다정은 다른 관객들처럼 쉽게 자리를 뜨지 못했다. 도무지 발이 떨어지질 않아 홀을 빠져나가는 다른 관객들의 뒷모습을 지켜보기만 했다.

그에게 무대 위에 세워줘서 고맙단 인사도 하지 못했고, 정성껏 써온 편지도 아직 전해주지 못했으니 아쉬움이 남을 수밖에.

"아빠 먼저 일어나야겠다. 바로 연습 갈 거니?"

"응. 잠깐이라도 들러야 할 것 같아."

"그래, 그럼. 조심해서 가고, 이따 집에서 보자."

"어! 아빠, 수고해!"

마지막으로 함께 남아주었던 아빠마저 손을 흔들며 홀을 빠져나가자 무대 위를 정리하던 스텝들이 다정을 힐끔거리고 있었다. 더 이상 버틸 수가 없어 하는 수 없이 자리에서 일어난 다정은 미련이 남아 계속해서 무대를 돌아보았다.

"잠깐만요!"

그때, 누군가 다정을 붙잡아 세웠다.

"김다정 씨 맞으시죠?"

"네, 그런데요?"

"정재희 씨가 잠깐 대기실로 모셔오라고 해서요. 시간 괜찮으세요?"

"그럼요!"

대답이 너무 빨랐는지, 남자가 핏 하고 웃었다.

"같이 가시죠."

이게 웬 횡재야. 남자의 뒤를 따르던 다정은 머리칼을 단정히 정돈하고 옷매무새도 고치며 설레는 마음을 감추지 못했다. 이러려고 발이 안 떨어졌던 걸까?

대기실 문에 적인 '정재희 님 대기실'이란 글자를 확인한 순간, 다정은 후 하고 길게 숨을 내쉬며 사납게 들썩이는 가슴을 진정시켰다. 드라마처럼, 자꾸 이렇게 만나다가 눈이라도 맞으면 소원이 없겠다는 엄청난 상상을 하며 조심스레 문고리를 잡아 내렸다.

"어, 왔어?"

"안녕하세요."

"아까 봐놓고 무슨 인사를 또 해. 앉아."

세수라도 한 것인지, 그의 얼굴은 아까보다 더 말간했다. 다정은 그가 지정해 준 자리에 앉아 그의 얼굴을 빤히 올려다보았다. 불과 얼마 전까지만 하더라도 이렇게 가까이에서 그를 마주하게 될 날이 있을까 싶었는데, 나중에 유명한 배우가 되어야만 볼 수 있을 거라 생각했는데 믿을 수 없는 일이 근래 들어 너무 자주 일어나고 있었다.

"그만 봐. 얼굴 닳아."

"네, 히힛."

다정은 그저 좋았다. 한 공간에 있는 것만으로도 행복했다.

"혹시, 아까 녹화 때 마음 상하거나 그런 거 있으면 지금 말해. 피디한테 편집하라고 하면 되니까."

"아니요! 방송해 주세요."

그와 한 무대에 나란히 설 순간이 언제 또 올 줄 알고. 그럴 순 없었다. 절대로 묵힐 수 없었다.

"아빠는 먼저 가셨어?"

"네, 일이 있으셔서요. 근데, 저희 아빠는 어떻게 아세요?"

그는 물음에 대답하지 않고 갑자기 부지런하게 짐을 챙겼다.

"바로 집에 갈 거야?"

설마, 데려다 주려는 걸까? 다정은 웃음을 감추지 못하고 활짝 핀 얼굴로 고개를 가로저었다.

"아뇨. 연습이 있어서 극단 연습실에 가봐야 해요."

"그래, 그럼. 조심해서 가."

순간 풍선에서 바람이 쉭 빠져나가는 것처럼 잔뜩 부풀었던 기대감이 푸쉬쉬 허공으로 날아가 버렸다. 씁쓸해진 다정은 아쉬움에 입맛을 다시며 입술을 삐죽였다. 그러고 보면 사람은 참 간사한 동물이었다. 같은 공간에 있는 것만으로도 좋다고 펄펄 뛸 땐 언제고, 제멋대로 얼토당토않은 욕심을 부리다가 실망을 하고 있으니.

"오늘 감사했어요. 이거……."

다정은 가방에서 편지를 꺼내 그에게 내밀었다. 편지를 뚫어져라 바라보던 그에게 편지를 건네고 다정은 무거운 발걸음을 돌려

세웠다.

"소품집 구한댔지?"

예상치 못한 그의 말에 놀란 다정이 휙 하고 돌아섰다. 그가 내민 건 오래전에 품절이 된 6년 전에 발매한 그의 첫 번째 소품집 음반이었다. 다정은 냉큼 다가가 그것을 받아 들고 가슴에 끌어안았다.

"어떻게 아셨어요?"

"전에 사연 보냈잖아."

설마, 그동안 보낸 사연을 다 기억하고 있는 건가? 말도 안 돼! 스스로도 말도 안 되는 착각이라고 생각했지만, 어쩌면 진짜일지도 모른다는 생각에 다정의 얼굴에는 미소가 한가득이었다.

"이거 찾느라 진짜 고생 많이 했는데……. 고맙습니다!"

허리를 숙여가며 인사를 하자 그가 맑게 웃었다.

"대학로에 던져 주면 돼?"

살뜰하게 챙겨온 짐을 어깨에 들쳐 멘 그가 어서 문을 열라고 고갯짓을 하자, 그가 지금 무슨 소릴 한 건가 싶어 어리둥절해하던 다정이 그제야 그의 말을 이해하곤 잽싸게 달려가 문을 열어주었다.

"너, 면허 있어?"

"아뇨. 아직 못 땄는데요?"

"당장 면허부터 따라."

3미터쯤 앞장서서 걷는 그의 뒤를 따르던 다정은 조금이라도 거리가 멀어질까 봐 종종걸음으로 바짝 따라붙었다. 마음 같아서는 그의 곁에 나란히 서서 함께 걷고 싶었지만 어찌나 보폭이 큰지 마음처럼 되지가 않았다.

아무래도 오늘 로또를 한 장 사야 할 것 같았다. 꿈이라도 이렇게 좋은 꿈은 두 번 다신 못 꿀 것 같은, 정말 믿을 수 없는 하루였다.

04

"꿈에도 그리던 정재희 님이 직접 운전까지 해주니까 좋아 죽겠지?"

정곡을 찔렸다. 차가 출발한 지 십여 분이 흐르도록 제대로 숨도 한 번 못 쉬었던 게 들통 난 것이다. 내내 정면을 응시하곤 있었지만 온 신경은 그에게 쏠려 있었다. 힐끔힐끔 그의 옆모습을 훔쳐보며 두 번 다시 없을지도 모를 이 순간을, 다정은 저만의 방법으로 만끽하는 중이었다.

그는 운전을 참 찬찬히 하는 스타일이었다. 끼어드는 차는 다 끼워주고, 늦은 밤 경적을 울리며 난폭하게 질주하는 차에겐 욕 한마디 하지 않았다. 운전도 딱 정재희스러웠다. 물론 그에 대한 것이라면 라디오, 방송, 몇몇 인터뷰를 통해 알고 있는 것이 전부였지만 그는 한결같았다. 주변에 무심하고 마음이 여유로운 사람. 어찌 보면 세상 걱정 없이 자기가 좋아하는 음악만 하며 행복하게 사는 사람 같아 부럽기도 했다.

난 언제쯤 이런 거 저런 거 생각 안 하고 내 생각만 하면서 살 수 있을까. 하긴, 그런 여유로움은 타고나야 하는 천성일지도 모른다.

"늘 티비로만 보다가 직접 와서 보니까 너무 좋았어요. 감사해요."

"내가 너 방송 데뷔도 시켜줬으니까, 다음에 술 한잔 사라."

다음……. 정말 우리에게도 다음이란 시간이 존재할 수 있는 건가. 피곤함에 끔벅이던 두 눈이 순간 번쩍하고 떠졌다.

"커피도 사드리고 밥도 사드릴게요."

"내가 또 어린 애들 코 묻은 돈 탐내고 그런 사람은 아닌데, 희한하게 너한테는 보답을 좀 받아내고 싶네. 원한다면 얼마든지 받아줄게."

그런 핑계로 다시 만날 수만 있다면 언제든, 어떤 이유에서든 두 팔 벌려 환영이었다. 그런 보답이라면 매일매일 할 수 있는데.

이러다가 혹시…… 정재희랑 가까워지는 거 아닐까? 물론 시작은 팬이었지만, 자꾸 만나다 보면 팬이라는 벽이 허물어질 테고, 사람 대 사람으로 친해져서 언젠간 친구가 되고, 그러다가…… 연인으로?

"히힛."

꿈 많은 스물둘 다정의 머릿속은 온통 핑크빛으로 물들었다. 상상이 꼬리에 꼬리를 물어 그와 뜨거운 연애를 하는 모습을 그려보다 저도 모르게 꽃 꽂은 사람처럼 배실거리며 웃고 말았다. 정신을 차렸을 땐 이미 그가 네 정신 상태가 의심스럽다는 듯한 눈초리로 바라보고 있었고, 다정은 또 한 번 자연스레 창 쪽으로 고개를 돌렸다.

신호에 한 번 걸리니 조금 전진하기가 무섭게 모든 교차로에서 신호등에 걸렸다. 지체되는 시간이 길어질수록 행복한 건 다정이었다. 물론 운전하는 입장에선 짜증이 나겠지만, 그도 별다른 소리가 없었다.

"하음."

터져 나오려는 하품을 몇 번이나 코를 막고 참았던 다정은 잠시 긴장이 풀어진 틈을 타 하품을 터뜨렸다. 타이밍을 놓치는 바람에 제대로 막지 못해 하품이 나온 후 손으로 입을 막아 참으로 볼썽사나운 꼴을 그에게 보여주고 만 것이다. 하지만 어쩔 수가 없었다. 지난 밤 제대로 잠도 자지 못한 채 J미디어 사무실에 가서 잔뜩 긴장한 상태로 계약서를 쓰고, 공연을 보고, 이미 밤 12시가 다되어가니 늘 에너지가 넘치는 다정이라도 극도의 피곤함은 이겨낼 재간이 없었다.

"설마, 지금 지루해서 하품한 건 아니지?"

"아휴, 아니에요. 어젯밤에 잠을 한숨도 못 잤거든요. 어렸을 때 소풍 가기 전날 잠 안 오는 것처럼, 어젯밤도 딱 그랬어요."

"나도 어제 잠 못 잤는데."

"왜요?"

"떨려서."

그 순간, 쿵 하고 심장이 발밑에 뚝 떨어지는 것 같았다. 왜 떨렸냐고 묻고 싶은데, 듣고 싶은 대답이 안 나올 확률이 크므로 그냥 혼자서 오해하고 말자고 마음을 굳혔다. 그가 떨려서 잠을 못 잔 이유는 무조건 오늘 녹화에 날 초대했기 때문이라고 반복적으로 세뇌를 시켰다. 뭐, 그에게 감정을 강요한 것도 아니고 나 혼자 오해하겠다는데 누가 말려.

대답을 해놓고 피식 웃으며 창문 밖을 바라보던 그가 손등으로 입을 막고 어깨를 들썩였다. 아마도 웃음이 터진 걸 들키지 않으려고 그런 것 같은데, 그도 혹시 나 때문에 지금 긴장이라도 한 건가?

"근데 너…… 말 잘한다."

"배우잖아요."

조금 수줍고 떨려서 얌전하게 굴 뿐, 성격이 활발한 편이라 낯을 가리거나 하진 않았다. 문제는 약간의 흥분 상태가 지속되다 보니 서슴없이 마음에 담아두었던 말이 툭툭 나온다는 것.

"되게 떨리긴 한데요, 이상하게 오빠가 낯설진 않아요."

라디오를 통해 매일 밤 그의 음성을 듣고 그의 이야길 들어서일까? 그는 낯설겠지만, 다정은 그가 친근했다. 그렇다고 해서 편한 건 아니었고, 설레고 들뜨고 자꾸만 발가락에 힘이 들어갔다.

가만히 듣고 있던 재희가 다정의 말에 수긍하는 듯 고개를 끄덕였다. 같은 기분이란 뜻일까? 다정은 생각에 잠긴 그의 얼굴을 힐끔 잽싸게 바라본 후 다시 정면을 응시했다.

"어! 12시 넘었다."

이런. 그와 함께 있다는 기쁨에 젖어서 하마터면 라디오방송을 놓칠 뻔했다. 라디오를 틀어주면 안 되겠냐는 애절한 시선으로 그를 바라보자 그가 피식 웃으며 라디오를 켜주었다. 막 오프닝 멘트가 끝나고, 첫 곡이 흘러나오고 있었다.

"이 곡 제목이 뭐예요?"

"〈One More Kiss, Dear〉."

"와……. 좋다."

그가 볼륨을 높여주었다. 내내 허리를 꼿꼿이 세우고 있던 다정은 그만 힘이 풀려 가방을 품에 꼭 끌어안고 시트 깊숙이 상체를 기댔다. 남자의 매력적인 음성이 낡은 축음기를 통해 흘러나오는 듯했다. 재즈 느낌이 물씬 나는 따뜻한 리듬에 고개를 끄덕이던 다정은 멜로디와 달리 헤어지는 순간을 담은 슬픈 가사 내용에 저도 모르게 안타까운 표정을 짓고 말았다.

"가수는요?"

"돈 퍼시발."

"흡, 욕 같애."

알려준 장본인도 말해놓고 나니 우스웠던지 큭큭대며 웃었다. 아무것도 아닌 일에 그렇게 한참 동안 웃고 나니 차 안에 떠돌던 어색한 기운은 이내 저만치 달아나 버렸다.

"〈블레이드 러너〉에 삽입됐던 곡이야."

"리들리 스콧 감독 영화 맞죠? 그건 아직 못 봤는데……."

"평이 많이 갈렸지. 처음엔 엄청난 혹평을 받았다가, 시간이 지난 후에 혹평을 했던 평론가들이 평을 정정하기도 했고."

"그래도 OST는 너무 좋은데요?"

"OST도 영화 개봉하고 나서 12년 만에 나왔어. 감독이 의도한 대로 결말을 만들지 못해서 음악감독이었던 방겔리스가 발매를 안 했거든."

바로 곁에서, 그가 지금 나만을 위해 라디오를 진행해 주는 것만 같았다. 영화음악을 이야기할 때면 한없이 진지해지고 열정적이 되는 그의 모습을 가까이에서 지켜볼 수 있다는 게 꿈만 같았다. 우리에게 하나의 주제로 함께 이야기할 수 있는 공통분모가 있다는 것이 다정을 황홀하게 만들었다. 팬과 뮤지션 사이의 거리감이, 어느새 배우와 음악감독 사이의 거리감으로 몇 곱절이나 가깝게 느껴졌다.

"오빠는 어떤 기준으로 작품에 참여할지 안 할지 결정하세요?"

"음……. 시나리오 같은 건 전혀 중요하지가 않아. 여주인공이 누군지가 모든 걸 좌우하지."

"아, 그러시구나."

'에이, 농담!' 이라고 넘기기엔 그의 말이 무척이나 그럴듯했다. 그가 프로듀싱을 맡았던 여섯 편의 영화 모두 여주인공이 엄청난 미모와 연기력을 갖춘 일명 톱 배우들이었고, 당시엔 톱 배우가 아니었더라도 그 작품을 계기로 톱 배우의 자리에 오른 여배우들도 있었다.

워낙 여자 팬들이 많은 사람이니 그 여배우들도 정재희를 탐냈겠지? 쳇.

"그럼 오빠가 가장 좋아하는 여배우분은 누구예요?"

다정은 내심 그가 딱 한 명이라고 꼬집을 수 없다고 말해주길 바라고 있었다. 아니, 안 되면 피나는 노력으로 근처까지 따라잡을 수 있는 가능성이 큰 배우를 말해주길…….

"전지현."

어깨에 힘이 쭉 빠진 다정이 시무룩한 표정으로 입술을 삐죽였다. 전지현의 몸매……. 다시 태어나지 않는 이상 불가능했다.

그때, 그가 웃음을 팟 하고 터뜨렸다. 갑자기 무슨 일인가 싶어 그를 바라보는데, 그는 뭐가 그리도 재미난지 고개를 가로저으며 키득대고 있었다. 전지현 생각하니까 그렇게 좋은가?

"얘 은근히 꺼벙하네."

"네?"

"농담을 너무 진지하게 받아들이니까 무안해서 말을 못하겠다. 후훗."

농담을 너무 진지하게 해서 진지하게 받아들였다는 생각은 못하는 건지. 그가 살짝 얄미웠지만, 이상하게 자꾸 웃음이 났다. 그의 말이 농담이었다는 것에 안도감이 찾아들어서이기도 하고, 그가 제게 농담이란 걸 걸었다는 것 자체가 감격스럽기도 했다.

"너, 앞으로 꺼벙이 해라."

여성스러운 매력으로 어필을 해도 모자랄 판에 꺼벙이라니. 그런 치욕스러운 별명을 지어주는 그가 원망스러워 다정은 눈썹을 구기며 그를 노려보았다.

"싫어요, 이름 불러주세요."

"꺼벙이."

"아, 진짜⋯⋯."

인상을 써도 소용없었다. 그는 꺼벙이라 부르기로 마음을 굳힌 듯 더 이상 대꾸도 해주지 않았다. 그에게만큼은 다정이라고 불리고 싶었는데⋯⋯. 늦은 밤까지 잠 못 이루는 이, 삼십대 미혼 여성의 마음을 밀가루 반죽 주무르듯 하는 그의 나지막한 음성으로 다정이라고 마음껏 불리고 싶었는데⋯⋯. 살살 약이 오르던 차에 라디오에서 그가 고정게스트와 콘서트에 대해 이야길 나누자 다정의 머릿속은 금세 그의 콘서트 생각으로 가득 차버렸다.

"콘서트 준비는 잘돼가요?"

"어."

그는 단 1초의 망설임도 없이 자신만만하게 대답했다. 허세라기보단 완벽함을 추구하는 그로선 자신만만해하는 게 당연한 것이었다. 그는 여타의 음악감독들과 달리 라디오방송과 음악방송을 하고 있는 관계로 대중에게 많이 알려진, 스타급 음악감독이었다. 물론 그 인기에 그의 외모가 큰 지분을 차지하고 있는 것 같긴 하지만, 그의 피아노 연주 실력 또한 여느 피아니스트와 비교해도 손색이 없었기에 두 장의 피아노 앨범을 내기도 했다. 대중들에게 친숙한 히트 연주곡도 많고 원하는 팬들도 많아 그는 결국 콘서트를 하는 음악감독이 되었다.

"티켓 오픈 날 피씨방에 갈 거예요. 저희 집 컴퓨터가 고물이라 렉 걸리면 표 못 구할지도 모르거든요."

좀 더 큰 홀에서 공연을 했다면 좋았을걸. 객석이 많지 않아 티켓 오픈 5분 안에 파장이 날 듯했다. 티켓 오픈도 밤에 하면 참 좋으련만, 직장인들은 배려를 하지 않는 건지 대낮 2시가 웬 말인가.

"열심히 구해봐."

"표 못 구하면 밖에서라도 들을 거예요."

주먹을 불끈 쥐며 대답하자 그가 웃었다. 다정은 그가 웃자 덩달아 따라 웃으며 쑥스러운 듯 어깨를 으쓱였다. 다정의 유일한 사치, 그의 앨범을 사고 그의 공연을 보는 것이었다.

Rrrr.

그때, 가방 안에서 휴대폰이 울어댔다. 전화기를 꺼내 발신자를 확인한 다정은 음량버튼을 눌러 더 이상 벨소리가 들리지 않게 조작한 후 가방 안에 전화기를 넣었다.

"안 받고 뭐 해?"

서한이었다. 아마 언제쯤 도착하는지 물으려고 전화를 한 것 같았다. 오래 걸리지 않아 도착할 듯해서 받지 않으려 했지만, 다정은 전화기를 꺼내 상체를 슬쩍 창 쪽으로 돌린 후 조심스레 전화를 받았다.

"여보세요?"

[녹화 아직 안 끝났어?]

"금방 도착할 거예요. 벌써 연습 끝났어요?"

[그건 아닌데, 언제 오나 해서. 어디까지 왔는데? 내가 데리러 갈까?]

"아뇨, 거의 다 왔어요. 안 나오셔도 돼요."

[그래, 그럼, 조심해서 와라.]

간단하게 통화를 마친 다정은 가방 안에 휴대폰을 넣고 정자세를 취했다. 많이 편해졌던 분위기가 금세 딱딱해진 것만 같아 전화를 괜히 받았다는 후회감이 밀려들었다. 정작 그는 관심도 없는데 다정은 무척이나 신경을 쓰고 있었다.

"남자친구?"

"에? 아니요! 저 남자친구 없는데요?"

짤막한 그의 질문에 화들짝 놀란 다정이 격한 반응을 하고 말았다.

"없는 게 자랑도 아닌데 뭘 그렇게 큰 소리로 답하고 그래. 알았어."

"극단 선배님이에요. 남자친구 절대 아니에요, 절대."

혹시라도 그가 오해하지 않을까 염려가 된 다정이 확실하게 선을 죽죽 긋자 그가 또 한 번 웃었다. 그 미소가 과연 무엇을 의미하는지는 정확히 알 수 없었지만, 좋지 않은 징조는 아닌 것 같아 마음이 가벼웠다.

동일한 멜로디와 가사가 반복되지만 한마디 한마디가 다르게 가슴에 와 닿는 무척 감성적이고 좋은 곡이라서 적극 추천한다는 메이트의 〈난 너를 사랑해〉란 곡이 끝날 무렵, 혜화역 2번 출구 근처에 차가 멈춰 섰다. 단단히 채워져 있던 안전벨트를 풀고 가방을 어깨에 둘러 멘 다정은 데려다 줘서 고맙단 인사도, 조심해서 가시라는 인사도 꺼내지 못한 채 차 문고리를 쥔 채 미적미적 거렸다. 피곤한 사람, 얼른 집에 가게 해줘야 하는데 곧바로 차에서 내리려니 뭔가 아쉬워 엉덩이가 떨어지질 않았다.

우리가 또다시 이렇게 만날 수 있을까? 이런 시간을 다시 맞이할 수 있을까? 어쩌면 오늘 단 한 번뿐일지도 모르는데…….

뭔가를 다짐한 듯 입술을 굳게 다문 다정이 의미심장한 미소를 지으며 가방 안에 손을 집어넣었다. 그리곤 무언가를 꺼내 조수석 시트 아래 물건을 놓고 태연하게 차 문을 열었다. 기회가 없다면 기회를 만들면 되는 것이다. 조금 구차해 보일지 모르겠지만, 핑계를 대서라도 만나고 싶은 사람이었기에 다정은 태어나 처음으로 남자에게 빈틈을 열어두었다.

"감사합니다! 조심해서 들어가세요!"

"반가웠어. 2455, 김다정. 지켜볼게. 은혜는 꼭 갚고."

재희의 말에 고개를 끄덕이던 다정은 차 문을 닫고 인도 위에 올라섰다. 그의 차가 천천히 시야 밖으로 사라지는 동안에도 끊임없이 힘껏 손을 흔들던 다정은, 코너를 돌아 완전히 보이지 않을 때쯤 양손으로 두 볼을 감싸고 빙긋 웃었다.

"우리 꼭 다시 만나요! 꼭이요!"

돌아서서 걸음을 옮기던 다정은 아쉬운 마음에 몇 번이나 뒤를 돌아보았다. 함께했던 짧은 시간이 마치 꿈인 듯했다. 곁에서 함께 웃고 이야기 나누어주던 그였는데, 이젠 다시 라디오를 통해서만 웃으며 이야기 나눌 수 있는 머나먼 곳으로 떠나 버렸다. 음악 감독과 배우로 가까워진 거리감은 현실로 돌아온 후 팬과 뮤지션의 거리감으로 다시 멀어졌다.

하지만 다정은 실망하거나 섭섭하지 않았다. 이제 거리를 좁히는 일만 남았으니까. 비록 시작은 초라했지만, 그 끝은 창대할 거란 희망을 품으며 다정은 터덜터덜 걸어 연습실로 향했다.

✲

음악이 끝날 때까지 기다려 주기로 한 재희는 주차를 마친 후에도 시동을 끄지 않은 채 멍하니 앉아 있었다. 며칠을 제대로 잠도 못 자고 스케줄을 소화했으니 오늘 같은 날은 침대에 눕자마자 잠이 들면 참 좋을 텐데, 어찌 된 영문인지 정신은 점점 더 또렷해지고 있었다.

하염없이 눈을 끔뻑이던 재희가 스르륵 고개를 돌려 조수석을 바라보았다. 팬이라면서 이야기하는 동안에는 떨지도 않고 종알종알 말도 참 예쁘게 잘하던 그 아이. 귓가를 간질이던 맑고 상냥한 음성이 머릿속에서 떠나질 않았다.

차에 태우는 게 아니었는데.

며칠은 조수석을 볼 때마다 그 아이가 생각날 것 같았다. 잔잔하기만 하던 일상에 파고드는 불청객이 귀찮지만은 않으니, 이거 참 큰일이었다.

마음을 숨길 줄 모르는 정직한 녀석. 재고 따질 줄도, 밀고 당길 줄도 모르고 마음을 활짝 열어 보여주고 서슴없이 꺼내주는 그녀의 순수함이 좋았다. 속이 훤히 비치는 유리처럼 투명한 그 마음이 예뻤다.

재희는 대시보드 위에 올려두었던 그녀가 건넨 편지를 집어들고 차 안의 램프를 밝혔다. 두툼한 편지봉투 안에는 반듯하게 접은 종이 뭉치가 들어 있었다. 편지를 쓴 건지, 책을 쓴 건지, 열 장에 가까운 편지지에 놀란 것도 잠시, 재희는 그녀와 꼭 닮은 앙증맞은 글씨체를 확인하자마자 피식 웃고 말았다. 이 아이는 사람 웃기는 재주도 참 여러 가지였다.

편지는 예상대로 대서사시였다. 처음 정재희를 알게 된 이야기부터 팬으로 지내면서 겪어온 이야기, 음악을 들으며 했던 생각들, 그리고 라디오에 사연을 보내기 시작했던 때와 맨 처음 사연이 소개되었을 때 얼마나 기뻐했었는지, 힘든 시간을 이겨내고 오늘이 있기까지 마음에 힘을 줘서 고맙다는 인사까지 한 글자 한 글자 너무나 정성스럽게 적어주어서 목이 멜 정도였다.

의도하든 의도하지 않았든, 누군가에게 힘이 되었다는 사실이 믿어지질 않았다. 지나가듯 이야기해 줬던 말 한마디에 희망을 갖고, 어설픈 위로의 말이 지친 어깨를 토닥여 주는 것과 다르지 않았다는 사실이 놀랍고 한편으론 민망했다.

좀 더 마음을 담아줄걸. 좀 더 진지하게 이야기해 줄걸. 좀 더 따뜻한 말을 해줄걸. 누군가를 위로하고 보듬어줄 만큼의 넓은 가슴을 가지지 못한 것이 너무나 속상했다.

"은혜 갚아야 할 사람은 김다정이 아니라 나였네. 후훗."

편지 겉봉투에 반듯하게 적인 다정의 이름을 손끝으로 매만지던 재희가 옅게 웃으며 짧은 한숨을 내쉬었다. 담배 한 개비를 피우고 들어갈까 싶었던 마음이 깨끗이 사라져 버려 뭔가 허전했지만, 재희는 망설이지 않고 그대로 차에서 내려 짐가방을 메고 대문 안으로 들어섰다.

어쩌면, 오늘 밤엔 일찍 잠들 수 있을 것도 같은 기분 좋은 예감이 들었다.

＊

"앉아요. 시원한 거 마실래요?"

"물 한 잔 주세요."

채 다섯 번도 만나보지 못했지만, 황 팀장은 무척 호탕한 성격의 소유자인 듯했다. 서른을 넘긴 지 오래라고 말했으나 그렇게까지 나이가 있어 보이진 않았다. 그러고 보니 이해리 본부장도 그렇고 수석 캐스팅 디렉터 이경진 실장도 그렇고, 이 회사 여직원들은 대체적으로 앳된 외모를 가진 듯했다.

그사이 황 팀장의 지시를 받은 여직원이 두툼한 서류 꾸러미를 테이블 위에 내려두고 홀연히 사라졌다. 그녀가 서류를 두고 나간 후 얼마 지나지 않아 황 팀장도 물컵을 가지고 자리로 돌아왔다.

"읽어봐요. 이제부터 김다정 씨가 소화해야 할 일정."

"이걸 다요?"

아직 작품도 시작하지 않은 신인배우에게 무슨 스케줄이 이렇게 많은 건지. 다정은 서류를 조심스레 들춰보았다.

"요약하자면, 별다른 일이 없는 한 매일 연기 수업 받고, 운동하면서 몸 만들고, 나머진 오디션, 오디션, 또 오디션. 캐스팅될 때까지 계속 오디션."

황 팀장이 비록 말은 가볍게 했지만 단순하면서도 꽤나 힘든 스케줄이었다. 다정은 그녀의 설명에 고개를 끄덕이며 계속해서 서류를 넘겼다.

"지난주에 배우 김다정의 청사진에 대해 팀 회의를 마쳤어요. 어떤 이미지로 대중에게 어필을 할 건지, 어떤 작품에 출연을 해야 하는지, 어떤 스타일의 배우가 될 건지 뭐, 그런 것들에 대해서요. 일단 우리끼리 못을 박은 건 김다정의 초기 활동 이미지는 '청춘' 그 자체예요. 거기에 맞춰서 오디션에 응할 거고, 캐스팅 제안이 오면 그런 쪽 작품으로 시작할 거고요. 물론 영화, 드라마, 광고, 뮤직비디오 가리지 않고 모든 오디션에 참가할 겁니다."

스물두 살 김다정의 청춘. 밝은 면도 있고, 아픈 면도 있는 김다정의 청춘을 사람들에게 보여주는 것이라면 다정도 좋았다. 현재 활발하게 활동하고 있는 대부분의 또래 층 배우들은 그 나이 또래에서 찾아볼 수 있는 이미지의 배우들이 거의 없었다. 이른 나이부터 데뷔를 하여 일찍부터 성공을 하고 탄탄한 기획으로 만들어져, 성인이 되어 본래 자신의 색깔을 잃어버리고 획일화된 모습을 하고 있는 다른 배우들보다 다정이 더욱 돋보이는 이유는 그것이었다. 이 시대를 함께 살아가고 있는 현실적인 배우가 되는 것이 배우로서의 목표였던 다정은 황 팀장의 통찰력에 감탄을 금하지 못했다.

"일단 이번 주 금요일에 프로필 촬영하는 것부터 시작할 거예요. 공연이 언제 끝난다고 했죠?"

"십 회 정도 남았습니다."

"음……. 그럼 다음 달부터 연기 수업 시작하죠. 〈다비드〉는 언제까지 나가기로 했어요?"

"새로 사람 구하긴 했는데요, 인수인계할 게 좀 남아서 2주 더 봐주기로 했어요."

〈다비드〉 안에서는 다정이 일을 그만두는 것이 기정사실화되긴 했지만, 다정은 그래도 다닐 수 있을 때까진 계속해서 다니고 싶었다. 하지만 오늘 황 팀장에게 일정을 듣고 나니 더는 욕심을 부릴 수가 없을 것 같았다. 계약을 한 이상 충실히 계약을 이행하는 것은 당연하니까.

"서운하겠지만 마지막까지 마무리 잘해요."

"네, 그래야죠."

그간 정이 많이 들어서 떠날 생각을 하니 벌써부터 아쉬웠다. 다들 한결같이 좋은 사람들이라서 걸음이 쉽게 떨어지질 않을 것 같았다. 그곳에 있으면서 좋은 일들이 너무 많이 생겨서 말로 다 할 수 없을 만큼 고맙고 또 고마웠다. 어떻게든 이 마음을 진심을 다해 전해야겠다고 마음먹은 다정은 찡해지는 코끝을 손가락으로 문지르며 일렁이는 가슴을 다독였다.

"연기 수업 시작하기 전에 금, 토, 일 공연 날이랑 공연 연습 시간 제외하고 사무실로 들어와서 운동부터 시작해요. 이 건물 지하 3층에 소속 배우들 전용 피트니스클럽 있거든요. 미리 얘기해 둘 거니까 트레이너가 시키는 대로 하면 돼요."

곧 자신에게 다가올 어마어마한 일들이 이제 슬슬 실감 나기 시작했다.

"다시 처음부터 시작한다고 생각하고, 마음 비우고 열심히 해봐요."

"네."

다시 한 번 각오를 단단히 바로 세운 다정이 씩씩하게 고개를 끄덕이자 황 팀장도 환히 웃었다.

"아참, 집 이사할 생각 없어요?"

"아뇨, 아직은……."

계약서에 사인한 다음날 아침, 단 1원도 빠지지 않고 계약서에 적인 그 금액이 통장으로 입금되었다. 다정은 그날 바로 빚을 모두 청산했다. 집을 구하자면 작은 전셋집 정도는 구할 수도 있는 금액이 남긴 했지만, 다정은 아빠와 상의 끝에 남은 금액을 적금 통장을 만들어 옮겨 넣었다. 중고차라도 한 대 사드리려 했으나 완강히 거부하는 아빠 때문에 결국 아빠에겐 아무것도 해드리지 못해 다정은 내심 속상했다.

"필요하면 회사에서 집 제공하니까 언제든지 말해요. 회사에서 제공하는 집은 사주는 거 아니고 빌려주는 거니까 부담 갖지 말고. 우린 좋은 환경을 제공해야 할 의무를 가진 사람들이거든요. 아버지랑 상의해 보고 말해줘요. 알았죠?"

"네, 상의해 볼게요."

너무 많은 걸 받기만 하는 것 같아 마음이 불편하면서도 한편으론 마음이 든든했다. 오랫동안 누군가에게 의지해 본 적이 없어서일까.

"우리 배우들 보면 돈 많이 벌어서 제일 먼저 부모님 집 사드리던데, 다정 씨도 그럴 거예요?"

"당연하죠. 넓은 마당에 강아지도 키울 수 있는 그런 멋진 집 사드릴 거예요."

"아마 오래 걸리지 않을 거예요."

황 팀장의 장담에 다정은 떨리는 가슴을 애써 잠재우며 빙긋 웃었다. 그녀의 말대로 오래 걸리지 않아 아빠가 마음 편히 쉴 수 있는 날이 오길 바라며…….

연습실 근처 닭갈비집에서 늦은 저녁 식사 중인 재희의 표정은 늘 그랬듯이 태연하고 무덤덤했지만, 맞은편에 앉은 경진의 표정은 그다지 좋지 못했다. 깻잎 위에 잘 익은 닭갈비 한 점과 백김치 한 조각, 콩나물 무침을 올려 쌈을 싼 재희는 입안에 그것을 밀어 넣고 우걱우걱 씹으며 경진의 말을 무시하고 있었다.

"김다정은 잘하고 있어?"

"웬 관심?"

새치름하게 눈을 뜨고 노려보는 경진을 향해 재희는 어깨를 으쓱이며 빙긋 웃었다. 요즘 바쁘게 지내는 중인지 보내오는 사연에 영 성의가 없었다. 전에는 하루에 두세 개도 장문으로 보내더니, 이젠 괘씸하게 요금 50원짜리 단문 문자로 그날의 기분, 혹은 날씨 이야기 등 수박 겉핥기식의 사연을 보내왔다.

건방지게 밀고 당기기의 기술이라도 익힌 것인지, 요즘 끼를 부리고 있었다.

"너, 솔직히 말해봐. 김다정한테 관심 있지?"

"나야 언제나 여자에게 관심 많지."

"내 말 무슨 뜻인지 알잖아."

소주 한잔이 하고 싶었지만 생방송을 한 시간 앞두고 차마 그럴 수가 없어 무척이나 아쉬웠다. 재희는 하는 수 없이 담배를 꺼내 물고 불을 붙이기 위해 라이터를 찾았다. 그 순간, 입에 물고 있던 담배를 경진이 홱 하고 낚아챘다.

"뭐 하는 거야?"

"빨리 대답해. 관심 있지?"

"내 팬이야. 당연히 관심 있지."

"너, 계속 이런 식으로 나올 거야?"

아무리 인상을 쓰고 눈을 부라려도 전혀 무섭지 않았지만, 재희는 못 이기는 척 기를 꺾었다.

"그 애가 잘됐으면 좋겠어. 그러니까 힘있는 네가 좀 도와줘."

"어쭈, 정재희가 웬 오지랖이야?"

참 이상한 일이었다. 그 집 식구들 일에는 자동으로 오지랖이 넓어지니 환장할 노릇이었다. 제 앞가림도 제대로 못하면서 남의 일에 왜 이렇게 관심이 가는 건지.

"다 먹었으면 일어나자. 늦겠다."

재희가 서둘러 자리를 털고 일어나자 경진도 마지못해 일어났다. 재희는 그런 경진을 뒤로한 채 빠른 걸음으로 가게를 빠져나와 담배를 꺼내 물고 불을 붙였다. 가끔 한 번씩 불쑥 답답함이 치밀어 올라 얼마 전부터는 멘솔이 함유된 담배를 좀 더 자주 입에 물었다. 잠시나마 목이 시원해지면 기분이 나아지는 듯해서였다.

한데 이젠 이것도 소용이 없는 모양이다. 좀 더 나은 해결책이 필요해진 재희는 방송을 핑계로 경진을 떼어놓고 부랴부랴 차에 올랐다. 이경진이라는 위기를 모면하긴 했지만, 동시에 또 다른 위기에 직면하고 말았다. 누군가를 떠올리면 자연스레 뒤따르는, 이름 모를 정체의 감정과 직면하게 된 것이다.

1부가 끝나고 2부가 시작되기 전 길고 긴 광고 시간이 찾아왔다. 고정게스트 중 가장 많은 팬을 보유한 가수의 팬들이 챙겨준 쿠키와 음료를 함께 나누어 먹으며 잠깐의 휴식을 알뜰하게 챙기고 있던 재희는 게스트가 자리를 비운 사이 담당 피디에게 가까이 오라고 손짓했다.

"여배우가 고정인 프로그램 있어?"

"여배우가 디제이를 하는 프로그램도 있고, 고정은 아니라도 여배우가 매주 출연하는 프로그램은 있지. 왜?"

발빠른 것들. 아니, 내가 진행하는 방송 이외의 프로그램에 무관심한 탓인가. 어쨌든 이렇게 되면 후발 주자가 되겠다는 생각에 아쉬움이 든 재희는 검지 끝으로 테이블을 톡톡 두드리며 미간을 구겼다.

"우리도 하자."

"훗. 우리 감독님께서 아는 여배우라도 있으신가?"

피디가 비꼴 만도 했다. 그동안 영화 작업을 여섯 편이나 했음에도 불구하고 친하게 지내는 여배우는커녕 남자배우도 없으니까. 하지만 재희는 당당했다. 이제 생겼기 때문이다. 조금 덜 유명, 아니, 아직 정식으로 데뷔를 하진 않았지만 말이다.

"있어. 섭외해 오면 할 거지?"

재희가 거짓말을 하는 사람은 아니었기에 제작진들이 놀라는 건 당연했다. 재희는 그런 제작진들의 반응을 즐기며 한껏 으쓱했다.

"그럼 우리야 좋지. 근데 진짜 아는 여배우가 있어?"

단 한 치의 망설임 없이 고개를 끄덕이자 담당 피디, 엔지니어, 메인 작가, 막내 작가 할 거 없이 모두가 박수를 보냈다. 재희는 뭘 그런 걸 가지고 요란을 떠냐는 듯 피식 웃으며 고개를 끄덕였다.

말재주가 있으니 함께하면 청취자들에게 신선한 활력도 되고, 워낙 밝은 아이라 많은 사람들에게 위로와 희망이 되어줄 것 같고, 본인도 본격적으로 활동하기 전에 방송 매체에 익숙해지고 사람들도 사귀고 두루두루 좋을 듯했다.

사실 이 모든 것들은 그럴듯한 핑계였다. 아무래도 눈앞에 데려다 놓고 가끔이라도 봐야 할 것 같았다. 만약 그러지 못하면 아주 사소한 일에라도 영향을 받을 것 같았다. 예를 들어 곡 작업이 안 풀린다든지, 지금보다 더 잠이 안 온다든지, 방송에 집중이 잘 안 된다든지, 콘서트 연습 때 배로 짜증이 난다든지……. 마치 나비 효과처럼 말이다.

재희는 며칠 전 다정이 차에 일부러 놓고 간, 반쯤 쓰다 만 입술 보호제를 만지작거리며 피식 웃었다.

연극 연습을 마치고 집으로 돌아가는 길, 다정은 오늘도 재희의 방송과 함께했다. 어김없이 문자메시지 사연을 보내고, 혹시나 내 사연을 소개해 주진 않을까 하는 기대감에 젖어 시간 가는 줄 모르고 걷던 다정은 주머니에서 울리는 휴대폰 문자 도착 알림 음에 귀에 꽂고 있던 이어폰을 빼고 휴대폰을 꺼내 들었다.

[꺼벙아, 내일 좀 보자. 2시에 합정동으로 와서 이 번호로 전화해.
─재희─]

"헉!"

하마터면 휴대폰을 바닥에 떨어뜨릴 뻔했다. 다정은 놀란 가슴을 진정시키고 메시지를 반복해서 읽었다. 이거 진짜 정재희 맞는 걸까? 내가 아는 재희가 정재희 말고 또 있었나? 도저히 믿을 수가 없어서 다정은 침을 몇 번이나 꼴깍 삼켰는지 모른다.

열한 자리의 낯선 번호의 주인 정재희. 다정은 번호를 전화번호부에 저장시킨 후 다시 메시지를 읽었다. 왜 만나자고 하는 건지는 전혀 중요하지 않았다. 그가 문자를 보내주었다는 것이 가장 중요했다. 내 번호를 알고 있고, 그의 휴대폰에 내 번호가 저장되어 있다는 사실이 가장 중요한 것이다.

#05

　예보도 없이 갑작스레 비가 한바탕 쏟아지고 나니 하늘을 뒤덮었던 먹구름이 서서히 걷히며 눈부시게 맑고 높은 푸른 하늘이 모습을 드러냈다. 하루가 다르게 가을이 다가오고 있었다. 지난 주만 하더라도 그릇이 구멍 날 때까지 싹싹 긁어 먹고도 또 먹고 싶던 팥빙수가 이젠 별로 생각나지 않고, 에어컨 바람이 아니면 쉽게 잠들지도 못했는데 이젠 선풍기 한 대만으로도 버틸 수 있게 되었다.

　창가 자리에 앉아 이어폰을 꽂은 채 노트북과 씨름을 하던 재희는 유리컵에 꽂혀 있던 빨대를 빼내고 반쯤 남은 아이스라떼를 들이켰다. 얼음이 녹아버려 맛은 밍밍해지고 물에 섞인 우유 탓인지 비린 맛도 올라왔지만 괘념치 않았다. 커피 맛이야 거기서 거기니까. 그런 것까지 까탈을 부릴 만큼 여유롭지 못했다.

손목에 채워진 시계를 바라본 재희는 테이블 위에 올려둔 휴대폰으로 또 한 번 시간을 확인했다. 습관이었다. 5분 일찍 맞춰둔 손목시계와 휴대폰의 정확한 시계를 반복해서 확인하는 것은.

약속 시간까지 남은 시간은 15분. 재희는 한 시간이나 일찍 나와 카페에서 작업을 하고 있었다. 카페 근처에 작업실도 있고 집도 있긴 하지만, 편곡 작업도 안 풀리고 괜히 마음이 붕 뜬 것 같아 미리 나와 버린 것이다.

Rrrr.

그때, 어젯밤부터 지금까지 시도 때도 없이 휴대폰을 확인하게 만든 여자에게서 전화가 걸려왔다. 재희는 귀에 꽂았던 이어폰을 빼고 전화를 받았다.

"여보세요."

[저기…… 정재희 씨 전화 맞나요?]

지하철에서 막 내린 모양이다. 웅성대는 사람들 소리가 수화기 건너편에서 고스란히 전해졌다.

"맞습니다, 김꺼벙 씨."

[우와…….]

긴장한 듯 사르르 떨리는 음성과 나지막한 탄성이 차례로 건너왔다. 재희는 피식 웃으며 모니터를 채우고 있던 창을 하나씩 닫아버렸다.

[방금 합정역에서 내렸어요.]

"〈그리다 꿈〉 3층으로 올라와."

통화를 마친 재희는 자꾸만 새어나오는 웃음을 어쩌지 못하고 손끝으로 이마를 긁적이다 그대로 자리에서 일어섰다. 가방에서 담배와 라이터를 챙겨 테라스로 나간 재희는 담배에 불을 붙이고 난간에 기대서서 깊게 필터를 빨아들였다.

난간에 팔꿈치를 기대고 허리를 구부정하게 숙인 채 다정이 걸어올 골목길을 바라보며 담배 연기를 흘려보내던 재희는 검지와 중지 사이에 담배를 끼운 채 다시 입에 담배를 가져가지 않고 길을 지나는 사람들의 표정을 살폈다. 음악을 하는 사람들이 많은 곳이라 그런지 어깨에 기타가방을 메고 길을 지나는 젊은 청춘들을 어렵지 않게 발견할 수 있었다. 자유로운 기운이 담뿍 묻어나는 행복한 얼굴을 구경하고 있으니 저절로 순수한 열정이 가득한 다정의 얼굴이 떠올랐다.

나도 한때 저런 시절이 있었지. 그저 음악을 업으로 삼을 수 있게 되었다는 것만으로도 행복했던 시간들. 두 팔 한 아름 악보집을 안고 다녀도 힘들지 않았고, 손가락 끝에 굳은살이 박이고 허리가 뻐근해질 때까지 피아노를 쳐도 마냥 행복하고, 일주일 내내 빈 오선지에 한 마디도 그려 넣지 못해도 음악을 만든다는 자부심에 모든 것이 자신만만했던 젊은 날.

어느새 시간이 흘러 그 자유로운 기운들은 점점 옅어지고, 책임감이나 의무감이란 압박을 받으며 창작이 주는 스트레스를 더는 즐기지 못하고 점점 더 예민해져만 갔다. 정재희 인생 자체가 음악이라고 생각했는데, 어느 순간 정재희의 직업 중 하나에 음악이 속해지는 듯했다. 잠들지 못하는 늦은 밤마다 재희는 지금 이대로 좋은가에 대해 끊임없이 생각하고 고민하고 있었다.

아주 잠깐의 시간 동안 깊은 생각에 젖어 있던 재희의 두 눈에 김다정으로 추정되는 한 여자가 들어왔다. 붉은색 계열의 체크셔츠에 지금의 하늘빛과 같은 연한 청바지 차림의 그녀는 꼭 쥔 주먹을 앞뒤로 내저으며 씩씩하게 걸어오는 중이었다. 그러다 갑자기 우뚝 멈춰 서서 가게 유리창에 제 모습을 비춰보곤 정수리 언저리에 묶어두었던 머리칼을 풀어 헤치곤 씨익 미소를 지었다.

"귀엽네."

어깨에 둘러 멘 가방 끈을 고쳐 메고 점점 빠른 속도로 다가오는 다정을 남겨둔 채, 재희는 재떨이에 담배를 비벼 끄고 카페 안으로 들어갔다. 그리곤 아무 일도 없었다는 듯 테이블로 돌아가 귀에 이어폰을 꽂았다.

그렇게 2분쯤 흐르자 누군가 등 뒤에서 가까이 다가오고 있다는 것이 느껴졌다. 점점 더 짙어지는 청량하고도 달콤한 향기에 재희는 저도 모르게 피식 웃고 말았다.

"안녕하세요, 오빠."

다정이 활짝 웃으며 불쑥 얼굴을 내밀었고, 재희는 귀에 꽂았던 이어폰을 빼고 맞은편 자리를 향해 턱짓을 했다. 메고 온 가방을 무릎에 올려두고 의자에 앉은 다정은 머쓱했던지 아랫입술을 질끈 깨물었다.

"뭐 마실래?"

"시원한 거요. 갑자기 비가 쏟아져서 정신없이 뛰었더니 무지 덥네요."

자그만 손으로 연방 부채질을 하던 다정이 또다시 맑게 웃었다. 재희는 손님이 떠난 테이블을 정리 중이던 직원을 불러 시원한 오렌지에이드 한 잔을 주문했다.

"언제 나오셨어요?"

"한 시간쯤 전에. 작업할 게 있어서 일찍 나왔어."

"아, 그러셨구나. 작업실이 여기 근처신가 봐요?"

"응, 멀지 않아."

고개를 끄덕이던 다정은 뭐가 그리도 즐거운지 도통 미소가 떠나지 않았다. 보고만 있어도 덩달아 웃게 되고 절로 기분이 좋아지는 이상한 미소였다.

"그렇게 좋아?"

"당연하죠. 오빠랑 마주 보고 앉아서 차 마시는 날이 오게 될 줄 꿈에도 몰랐는데."

"하긴, 나도 이런 날이 올 줄은 꿈에도 몰랐다."

요즘같이 정재희의 인생에게 경로 이탈이 잦은 적은 없었던 것 같다. 안 하던 짓만 골라서 하고 있다고나 할까. 누군가를 목적지까지 상냥하게 바래다준다거나, 누군가의 꿈을 위해 남에게 아쉬운 소리를 한다거나, 누군가에게 좋은 추억 하나를 만들어주기 위해 공과 사를 넘나드는 일 같은 건 단 한 번도 해본 적 없는 일들인데 요즘에는 밥 먹듯이 자연스레 저지르고 있었다. 나 이외의 것에는 무심한 편이던 인간이 왜 이렇게 변해가는 걸까……

그사이 다정의 음료가 배달되었다. 워낙 단골이다 보니 직원이 알아서 핫케이크까지 덤으로 챙겨주었다.

"근데, 저 왜 보자고 하셨어요?"

컵 안에 빨대를 꽂고 쪽 하고 빨아 당긴 다정이 커다란 눈을 끔벅이며 물었다.

"우리 라디오프로에 고정 해볼 생각 있어?"

"고정이요? 제가요?"

"여기 너 말고 또 누구 있어? 당연히 너보고 하는 소리지. 생각 있어, 없어?"

감격에 젖은 두 눈이 그렇게 영롱할 수가 없었다. 재희는 다정의 그런 두 눈을 말없이 바라보며 대답을 기다렸다.

금방이라도 '좋아요!' 라고 큰 소리로 외칠 것만 같았는데, 갑자기 풀이 죽은 듯 어깨를 축 늘어뜨리며 입술을 오물거렸다. 저 조그만 머릿속에서 무슨 생각들이 오가는 건지, 다정을 지켜보던 재희의 눈매가 가늘어졌다.

"제가 해도 될까요? 전 아직 데뷔도 못했고, 그렇다고 음악을 많이 알지도 못하는데."

"음악은 내 담당이니까 신경 쓸 거 없고, 어차피 머지않아 데뷔할 건데 뭐가 걱정이야. 라디오 하다 보면 더 좋은 기회가 생길지도 모르고."

용기를 얻은 건지, 다정의 두 눈에 다시 희망이 빛이 차올랐다. 시시각각 변화하는 다이내믹한 다정의 표정을 지켜보는 건 참으로 즐거운 일이었다.

"피디님도 허락하신 거예요?"

"너만 결정 내리면 돼."

담당 피디 역시 처음엔 재희의 제안에 확신이 없었다. 객관적으로 놓고 보자면 연극계에선 나름 센세이션을 일으키며 연일 화제를 모으고 있는 신인배우지만, 대중들에게까지 그 영향력이 전해지진 않았으니까. 그래서 재희는 다정이 공연 중인 작품의 티켓까지 손수 쥐어주며 가서 보고 와서 이야기하자고 등을 떠밀었고, 그것도 모자라 다정이 J미디어 매니지먼트 소속이라는 이력을 십분 활용하여 끈질기게 피디를 설득했다. 언젠가 제대로 터뜨릴 물건이니 내 결정을 한번 믿어보라고. 내가 언제 게스트 추천하는 거 본 적 있냐고 말이다. 도대체 내가 지금 왜 이렇게 김다정을 게스트로 꽂아 넣지 못해 안달이 난 건지 스스로 생각해 봐도 어이가 없긴 했다.

반신반의하던 피디는 결국 늦은 시간에 진행하는 생방송이라 게스트 섭외도 어렵고 하니 좋은 게 좋은 거다 싶었는지 이틀 만에 확답을 주었다.

"저 그럼 해볼래요! 나중에 무르기 없어요!"

한참 동안이나 고개를 갸웃거리던 다정이 이내 결심을 내리고 격하게 고개를 끄덕였다.

"하다가 못하면 잘리는 거지 뭘 못 물러. 그럼 하는 걸로 피디한테 얘기해 둘게. 조만간 소속사로 연락 갈 거야."

"감사합니다! 헤헷."

물방울이 송골송골 맺힌 컵을 두 손으로 꼭 쥔 다정이 빨대를 밀어내고 시원하게 음료를 들이켠 후 더할 나위 없이 활짝 웃어 보였다. 그런 다정의 모습을 지켜보고 있자니 아무리 생각해 봐도 이번 결정은 참 잘한 것 같다는 확신이 들었다. 이렇게 발랄한 기운이 가득한 김다정이 고정게스트가 된다면 분명 프로그램에 큰 활력소가 되어줄 것이다. 물론 진행을 하는 디제이에게도.

"제가 할 코너는 어떤 코너예요? 요일은요?"

"아마 수요일 방송 하게 될 것 같은데, 일단 너네 소속사랑 스케줄 조정을 해봐야 확실해지겠지."

"수요일이면, 〈사랑, 그 쓸쓸함에 대하여〉 아니에요?"

재희가 고개를 끄덕여 대답하자 다정의 표정이 또 한 번 짐짓 심각해졌다.

"왜? 문제 있어?"

"그 코너는 연애 상담 코너잖아요. 전 전혀 도움이 안 될 건데……."

도움이 안 되는 건 재희도 마찬가지였다. 이달 말까지 고정게스트를 맡아주기로 한 칼럼리스트의 역할이 절대적이었던 코너였으니까. 하늘이 도왔다고 해야 할까, 아니면 타이밍이 기다 막혔다고 해야 할까. 어쨌든 함께 코너를 진행해 주었던 해당 게스트가 점점 인기를 얻게 되면서 타 방송국 라디오국에서 디제이 제안이 들어와 더 이상 함께할 수 없게 되었다. 다정이 그 자리에 들어가는 것이 가장 자연스러울 것 같다는 피디의 제안에 재희 역시 동의했다. 전문가의 눈으로 보는 연애 상담도 좋지만, 어쩌면 연애에 대한 환상으로 가득한 초보 카운슬러도 나쁘지 않을 것 같다는 생각이 든 것이다.

"이야기 들어주고 같이 고민해 주는 것만으로도 충분해. 그러니까 너무 걱정할 거 없어."

부담스럽지 않도록 덤덤하게 이야기해 주자 다정도 그제야 표정이 편안해졌다. 걱정을 한시름 놓은 재희가 모니터에 창을 하나둘 띄우며 다시 작업을 재개하려 준비를 했다.

"근데요, 저 방송할 때마다 딱 한 곡씩만 선곡할 수 있게 해주시면 안 돼요?"

"그렇게 해."

고민할 것도 없는 부탁이었다. 코너를 함께하는 고정게스트가 매주 한 곡씩 선곡을 하는 건 그다지 어려운 일이 아니니까. 설렘 가득한 표정으로 진심 기뻐하는 다정을 보니 엄청난 것을 해준 것만 같은 기분이 들어 어깨가 으쓱거렸다.

목소리 톤도 차분하고 발음도 좋아 심야 방송에 제격이었다. 말 주변도 좋으니 크게 염려할 것이 없을 듯하고, 특유의 발랄함과 또래들보다 깊고 넓은 마음씀씀이가 분명 청취자들에게 거부감없이 자연스레 다가갈 수 있을 듯했다.

"소개해 준 내 얼굴에 먹칠하지 않도록 준비 잘해. 그리고 은혜는 절대 잊지 마라."

"당연하죠! 제가 평생 충성을 바치면서 은혜 꼭 갚을 거예요!"

다정은 사람을 들뜨게 만드는 기운을 가진 밝은 아이였다. 한여름의 쨍쨍한 햇빛 같은 아이. 긴 겨울의 시작을 알리는 서늘한 바람과 같은 정재희와 정반대되는 기운을 가진 아이. 자꾸 시선이 가고 귀가 기울여지는 아이였다.

그런 다정을 두고 곡 작업을 하는 일이 쉬운 일은 아니었다. 물론 오늘 안에 끝내지 않으면 큰 사단이 나기 때문에 없는 집중력까지 몽땅 끌어모아 노력을 하고 있긴 하지만.

"곡 작업하시는 거예요?"

"길이 안 보여서 이것저것 들어보고 있는 중이야."

겨울에 있을 콘서트 때 연주할 열여덟 개의 곡 중 편곡이 필요한 열 곡, 그중에서 이제 겨우 일곱 곡의 편곡을 마친 상태다 보니 재희의 마음이 급하지 않을 수가 없었다. 지금부터 부지런히 연습을 해서 무대에 서도 모자란 시간인데, 세 곡의 편곡까지 연습과 병행해야 하니 발등에 불이 떨어져도 제대로 떨어진 것이다. '편곡을 다 마쳐 두고 일을 저질렀어야 했는데' 하는 후회로 시간을 까먹을 틈도 없었다. 죽었다 깨어나도 이번 주까지는 모든 편곡을 마치고 담은 두 달 동안 미친 듯이 연습에 연습을 거듭하는 방법밖엔 없었다.

"저 때문에 집중 못 하시는 건 아니죠?"

"스튜디오에서도 해보고, 공원에서도 해보고, 여기저기에서 막 해보는 거지. 영감이 떠오를 만한 곳이라면 그 어디에서라도 해보는 거야."

"멋져요……."

그런 말을 면전에 대놓고 직접적으로 하니 뭐라고 대꾸할 말이 없어 난감했다. 재희는 입안에 얼음을 넣고 오도독 씹어 먹는 다정을 지켜보며 빙긋 웃고 말았다.

"면허는 언제 딸 거야?"

"차도 없는데 따서 뭐해요. 나중에 차 필요해지면 그때 따려고요."

"면허를 따둬야 차를 사지. 유명해지고 나서 면허 따려면 힘드니까 일찍 따둬."

마지못해 운전을 하고 다니지만 가능하면 운전을 거의 하지 않는 재희였다. 세상의 중심이었던 형을 교통사고로 잃었던 아픔이 약간의 영향을 줬다고 할 수 있지만 꼭 그 때문만은 아니었다. 신경 써야 하는 게 많아서 귀찮았다. 보험, 세금, 정비는 물론이고 하늘 높은 줄 모르고 치솟는 기름값에 하다못해 주차까지 신경을 쓰이게 만드니, 이건 차를 가지고 다니는 건지 짐을 가지고 다니는 건지.

한 가지에 집중하면 주위를 보지 못하는 협소한 시각 탓일 수도 있고, 다른 것에 신경을 쏟는 걸 병적일 정도로 싫어하는 성격 탓일 수도 있다. 그렇다고 불편함을 군말없이 감수하는 성격도 못 되니 필요한 순간 누군가 운전을 대신해 주길 간절히 바라는 재희였다. 일 년 전쯤 티비방송을 시작할 무렵, 그러지 말고 로드 매니저를 고용하라던 경진의 제안에 혹해 사람을 써보기도 했지만, 그것 역시 만만치 않게 신경 쓰이는 일이라 결국 두 달도 못 가 포기해 버렸다.

그 후로도 재희는 포기하지 않고 주변인들을 설득하고 있었다. 면허가 없는 사람에게 면허를 따라고. 그래서 내 차 좀 운전해 달라고. 이 말도 안 되는 상황에 동조해 주는 사람도 있고 모질게 거부하는 사람도 있었지만, 왠지 다정은 해줄 것 같은 믿음이 팍팍 생겼다. 그래서 재희는 볼 때마다 면허를 따라고 주문이라도 걸

작정이었다. 왠지 이 아이는 운전도 예쁘게 잘할 것 같았다.

"아참, 지난번에 차에 뭘 놓고 내렸던데?"

"아아! 그게 오빠 차에 떨어졌었구나. 한참 찾았지 뭐예요. 하하."

저래서 어디 배우 할 수 있겠나. 어디서 듣도 보도 못한 다정의 근본없는 어색한 연기에 재연 전문 배우 재희가 좀 더 능청스러운 표정을 지었다. 일부러 놓고 간 거 다 알지만 난 전혀 눈치채지 못했다는 듯.

"스튜디오에 있는데, 잠깐 들러서 가져갈래?"

"네, 그럴게요. 그거 제가 늘 쓰는 거라 없으면 안 되는 거거든요."

"그래, 그럼. 일어나자."

재희가 주섬주섬 짐을 챙기자 다정이 팔을 걷어붙이고 도왔다. 누구의 마음이 그리도 급했는지 정확히 알 순 없지만 무척 빠른 속도로 정리를 마친 두 사람은 나란히 걸어 카페를 빠져나와 재희의 작업실이 있는 곳으로 걸었다.

여전히 꿈속인 듯했다. 마주 보고 앉아 차를 마시고, 이야기를 나누고, 함께 라디오까지 하게 된 것으로도 모자라 그의 작업실을 구경하다니. 얼굴에 철판 깔고 입술보호제를 차에 두고 내린 보람이 있었다.

"작업실 너무 좋아요!"

건물의 지하 1층에 위치한 그의 작업실 겸 연습실은 생각보다

넓었다. 티비에서나 볼 수 있었던 음향기계들과 녹음 스튜디오를 보는 순간 다정은 입을 다물지 못했다. 이곳에서 그가 연주를 하고 작곡을 하며 시간을 보내는 모습을 상상하니 심장이 정신없이 두근거렸다.

"저쪽에 앉아. 가져다줄게."

"네."

재희가 가리킨 곳에는 손님들을 위한 작은 테이블과 기역자로 놓인 소파가 있었다. 다정은 그곳에 앉아 두리번두리번거리며 작업실을 구경했다. 언제 또 이런 기회가 올지 모르니까.

그중에서도 다정의 두 눈을 사로잡은 건 녹음실 안에 있는 커다란 그랜드피아노였다. 그가 피아노를 연주하는 모습은 심야 음악 방송 '그루터기'를 통해 본 게 전부지만 다정의 머릿속에는 또렷하게 각인이 되어 절대로 잊혀지지 않았다.

그가 저 피아노로 날 위해 연주를 해줄 날이 과연 올까?

"이거 맞지?"

넋을 놓고 피아노를 바라보던 다정의 앞에 두 개의 머그컵을 든 재희가 다가왔다. 다정은 재희가 내민 컵과 입술보호제를 건네받았다.

"네, 맞아요. 찾아주셔서 감사합니다."

다정은 가방 안에 입술보호제를 넣어두고 그가 직접 타준 차의 향기를 음미했다. 그것은 김이 모락모락 피어나는 향긋한 모과차였다.

"따뜻한 거 좀 마셔. 감기가 들락 말락 하는 것 같은데."

"어! 어떻게 아셨어요?"

"코맹맹이 소리 나. 몸 관리 철저히 해. 네 유일한 재산이잖아."

갑자기 퍼붓는 비를 피하지 못해 티셔츠가 축축이 젖을 정도로 비를 맞은 다정은 다행히도 여벌로 챙겨 가지고 다니던 셔츠로 옷을 갈아입었던 차였다. 목이 조금 칼칼해진 것 같다 싶었는데, 그것을 놓치지 않고 사소한 것까지 챙겨주는 그가 너무나 고마웠다.

"잘 먹겠습니다."

호호, 불어 호로록 한 모금 마시고 나니 온몸에 따스한 기운이 퍼져 나갔다. 한결 기분이 좋아진 다정은 소파에 등을 딱 기대고 앉아 푹신한 쿠션을 다리 위에 올려놓고, 맞은편에 자그만 나무의자를 가져다 놓고 앉아 있는 재희를 바라보았다.

"궁금한 거 있는데, 물어봐도 돼요?"

"새삼스럽게 뭘 허락받고 물어. 아까부터 계속 물어봤으면서."

그러고 보니 또 그러네. 일대일 팬미팅 수준의 대화가 계속해서 오가는 중이었다. 하지만 그렇다고 해서 질문을 멈출 순 없었다. 그에 관해서는 모든 게 궁금했으니까. 다정은 뒤통수를 긁적이며 배시시 웃었다.

"오빠는 언제부터 영화음악감독이 되고 싶으셨어요? 전부터 너무 궁금했는데, 인터뷰 기사를 아무리 뒤져 봐도 그 질문의 대답은 없더라고요."

그는 들고 있던 머그컵을 내려두고 테이블 위에 놓아둔 노트북을 열어 부팅을 시켰다. 별로 대답하고 싶지 않은 모양이다. 괜한 걸 물어서 기분을 상하게 만든 건 아닐까 싶어 막 후회하던 찰나,

아무렇게나 흩쳐 놓은 악보집을 뒤적거리던 그가 눈을 맞춰왔다.

"처음엔…… 되고 싶어서 시작한 건 아니었어. 누군가를 대신해서 시작한 거지."

무슨 말인지 선뜻 이해가 가질 않아 다정은 고개를 갸웃거렸다.

"영화음악감독이 꿈은 아니었던 거예요?"

고개를 끄덕이는 것으로 대답은 끝이 났다. 더는 부가 설명이 없었다. 더 묻고 싶었지만 꼬치꼬치 캐묻는 건 예의가 아니니까. 뭔가 이유가 있었을 것이다. 꿈은 아니었지만 결국 이 길을 걷게 된 동기. 그가 어떠한 계기로 영화음악감독이 되었는지 자세히 알 순 없지만, 그가 결국 영화음악감독이 되어줘서 진심으로 고마웠다. 세상에서 가장 멋진 곡들을 만들어주고 연주해 줘서 너무나 감사했다.

모과차가 담긴 컵을 두 손으로 꼭 쥐고 마시던 다정은 고개를 쭉 내밀어 그의 노트북 옆에 놓인 노트를 들여다봤다. 훔쳐 봐도 되는 건지 어쩐 건지는 알 수 없지만 눈에 익은 노래 제목들이 적혀 있어서 절로 시선이 간 것이다. 그곳엔 열여덟 개의 곡 제목이 차례로 적혀 있었고, 밑줄 아래에 두 개의 곡 제목이 더 적혀 있었다.

"이거 콘서트 셋 리스트 맞죠?"

"골수팬이 보기에 어때? 마음에 들어?"

여전히 노트북에서 시선을 떼지 못하고 있는 그가 노트를 건네주었다. 다정은 그것을 잽싸게 받아 들고 찬찬히 제목을 살폈다.

"큰일났다. 예매 꼭 성공해야 하는데."

두 번 다시 없을 환상적인 선곡이었다. 아마도 이번 공연을 직접 보지 못한다면 생병이 날 것만 같았다. 무슨 수를 써서라도 반드시 표를 구하겠다고 굳게 다짐한 다정은 슬쩍 자리에서 일어나 본격적으로 작업실 구경을 시작했다. 잠시 관심이 떠난 틈을 타 구석구석 훑어볼 작정이었다.

다정이 가장 먼저 향한 곳은 그의 피아노가 있는 녹음실 안쪽이었다. 혹시 당장 나오라고 소리를 치는 건 아닌지 걱정되어 그의 눈치를 살피며 안으로 들어선 다정은 조심스레 건반을 손끝으로 스윽 만져만 보았다. 정수리부터 발꿈치까지가 짜릿해졌다. 그가 세상에 내놓은 주옥같은 연주곡들이 바로 이 피아노로 연주되고 녹음되었다는 사실이 머릿속에 차르륵 떠오르자 가슴이 떨려서 숨을 제대로 쉴 수도 없었다.

"쳐도 돼."

그가 자리에서 일어나 허리춤에 손을 얹고 도전적으로 제안했다. 다정은 그의 앞에서 언제 또 피아노를 연주할 기회가 있을까 싶어 빼지 않고 냉큼 의자에 앉았다. 잘은 못 쳐도 여덟 살 때부터 중학교 때까지 8년 가까이 배웠던 피아노였다. 반복적인 주입식 교육의 영향으로 아직까지도 또렷하게 기억 속에 남아 있는 바흐 인벤션 4번 D단조를 또박또박 연주하자 그가 피식 하고 웃음을 터뜨렸다. 그나마도 너무 오랜만에 연주한 탓인지 손가락이 제대로 돌아가질 않아 중간중간 구멍이 속출했고, 결국 막판엔 더듬더듬 헤매다가 연주를 마무리 짓고 말았다. 정재희 앞에서 이따위 연주밖에 못했다는 것이 너무나 창피하고 부끄러워 얼굴이 빨개지기 시작했다.

"엉망진창이네."

"안 친 지 오래돼서 그래요. 원래 잘 쳤었는데……."

그는 단호하게 고개를 가로저었다. 역시 전문가였다. 설렁설렁 배웠다는 걸 간파한 것이다. 다정은 입술을 삐죽이며 피아노 옆에 세워둔 기타를 구경하다가 손톱으로 드르륵 긁어보았다.

"기타도 칠 줄 아세요? 연주하는 거 한 번도 못 봤는데."

"기타 연주하는 거까지 보여주면 일상생활에 지장이 많아질 게 뻔해서 자제하는 중이야."

어련하실까.

그가 진행하는 라디오를 듣다 보니 이 정도의 자랑쯤은 이젠 이력이 났다. 다정은 피아노 뚜껑 위에 제멋대로 흩어진 악보를 정리해 한곳에 쌓아두고 집 나간 CD에게 제집을 찾아준 후 녹음실을 빠져나갔다.

그때, 그가 테이블 위에 올려두었던 담뱃갑에서 담배 한 개비를 꺼내 입에 물었다. 말보로 아이스블라스트. 커피 전문점에서 볼 수 있는 음료 이름과 흡사한 담배 이름을 보며 다정은 음악감독 정재희, 디제이 정재희 말고 그냥 보통 남자 정재희를 보게 된 것 같아 가슴 한구석이 이상하게 간질거렸다. 한결 가까워진 것 같다는 착각까지 드니 이걸 어쩜 좋을지.

"앞으로 라디오로 문자 사연 안 보내고 직접 오빠한테 문자 보내도 돼요?"

"좋을 대로."

개인적으로 연락을 해도 좋다는 허락이 떨어졌다. 눈앞에 그가 없었다면 아마 다정은 펄쩍 높이 뛰어올랐을 것이다. 그의 라디오 프로그램에 단 한 번만이라도 내 사연이 소개가 되면 참 좋겠다는 소원을 품고 살던 다정이었다 어느 날 그 소원이 이루어졌고, 그 소원을 이루고 나니 단 한 번만이라도 멀리서나마 볼 수 있으면 좋겠다로 소원이 전보다 더욱 커졌고, 그 소원까지 이룬 후 그에게 사인을 받게 되고, 공개방송에 초대를 받게 되고, 오늘 카페에서 만나 차를 마시고 이렇게 작업실까지 오고 나니 이젠 소원을 빌기가 겁이 날 지경이었다. 이렇게 꿈꾸는 대로 모든 게 이뤄진다면 머지않아 그가 제 작품의 영화감독이 되어줄 날도 반드시 올 테고, 개인적으로 연락을 주고받다 보면 어느새 무척 가까운 사이가 될지도 모르니까.

다정은 지금 이대로 시간이 멈춰 버렸으면 싶었다. 작업을 하는 그의 모습을 이렇게 가까이에서 지켜볼 수 있고, 그와 눈을 마주칠 수 있고, 그와 이야길 나눌 수 있는 이 모든 시간이 제발 영원하길⋯⋯. 다정은 단 한 번도 부려본 적 없는 헛된 욕심을 마음껏 품어보았다.

✳

다정의 하루 일과는 단출했다. 다음 주에 연극 공연이 모두 끝나고, 〈다비드〉의 업무 인수인계까지 끝나 버리면 더욱더 단출해질 것이다. 오늘도 오전 내내 연기 수업을 받고, 오후 내내 사무실

지하에 위치한 피트니스센터에서 운동을 한 다정은 평소 연습 시간보다 두 시간이나 일찍 극단 연습실에 도착해서 막내 배우들과 청소를 하고 있었다. 아직까지 주연 배우들이 도착하지 않아 얼마나 더 오래 대기를 하고 있어야 할지 장담할 순 없지만 다정에겐 이마저도 즐거운 일이었다. 공연이 끝난 후엔 끝이 보이지 않는 오디션의 연속이 기다리고 있기 때문이다.

그때, 가장 늦게 나타날 줄 알았던 서한이 연습실 안으로 들어왔다.

"나오셨네요? 오늘 영화 촬영 있다고 하지 않으셨어요?"

촬영이 있는 날에는 보통 연습실에 나타나지 않는 그였는데, 바쁜 영화 촬영 와중에도 연습실에 나타난 것이다.

"연습 너무 많이 빼먹어서 니들이 뒤에서 욕할까 봐 나왔다."

다정은 그의 대답에 빙긋 웃으며 헐렁해진 운동화 끈을 바짝 조여 매고 자리에서 일어나 거울 앞에 섰다.

"데뷔 준비는 잘 돼가?"

"데뷔는 무슨. 오디션을 보고 합격을 해야 데뷔를 하죠."

"J미디어가 뭐 그래? 끼워 넣어달라고 해."

"선배도 참."

그런 회사가 아니란 걸 누구보다 잘 알면서 그는 괜히 퉁명스럽게 말했다. 일단 연극 공연을 마친 후, 체계적인 연기 수업을 받으며 드라마나 영화 쪽 오디션을 시작할 계획이었다. 처음부터 조급하게 생각하지 말라고, 배우란 자고로 때를 기다릴 줄 알아야 한다는 황 팀장의 말에 용기를 얻어 다정은 서두르지 않기로 마음먹었다. 좀 더 자세를 낮춰 한껏 웅크렸다가 모든 에너지를 쏟아 높고 멀리 뛰어오를 수 있도록 말이다.

"배우가 된다는 게 점점 실감 나지?"

"네. 그렇게 간절히 원해놓고 막상 시작되니까 잘할 수 있을지 걱정도 되고, 설레기도 하고, 머릿속이 복잡해요."

"나도 너처럼 그랬어. 꿈꾸고 있는 것 같고, 몸이 붕 뜬 것 같고. 그럴수록 중심 잘 잡아. 데뷔도 하기 전부터 톱스타병 걸리면 약도 없으니까."

"네. 헤헷."

유경험자의 진심 어린 충고라 그런지 뼛속까지 제대로 와 닿았다. 서한은 후배들을 살뜰하게 잘 챙기는 스타일은 아니지만, 툭툭 뱉는 말에 가시를 발라내고 보면 제법 따뜻함도 많이 묻어 있는 좋은 선배였다. 피가 되고 살이 되는 실질적인 충고를 도맡아서 해주고 있다 보니 싫은 소리도 많이 듣고 있지만 다정은 그의 진심을 잘 알고 있었다. 누구보다도 후배들을 많이 걱정하고 아끼는 사람이란 걸 말이다.

"아직도 정재희가 음악감독 해주는 게 목표야?"

"그럼요. 김다정 제1의 목푠데요?"

서한이 입매를 이죽이며 피식 웃자 다정은 저도 모르게 울컥하고 말았다.

"왜 그렇게 웃어요? 지금 정재희 감독님을 무시하는 거예요?"

우리 정재희 님에게 확 일러줄까 보다. 나랑 요즘 완전 친한데.

"신효재 감독님이 최고야."

서한이 한창 촬영 중인 작품의 음악감독 신효재 역시 세 손가락 안에 드는 우수한 음악감독이긴 하지만 다정은 서한의 비교에 절대로 동의할 수 없었다.

　"아니거든요?"

　"그렇게 편들면 그 감독이 알아주냐?"

　다정이 발끈하자 서한이 좀 더 세게 자극했다. 정곡을 찔린 다정은 입을 삐죽이며 서한을 노려보았다.

　"요즘 그 감독이 너랑 만나주고 라디오에 꽂아주고 하니까 점점 허파에 바람 들어가지? 꿈 깨. 너 같은 꼬맹이가 눈에 찰 리가 있겠냐? 헛된 바람 같은 건 애초에 갖지 않는 게 좋아. 나중에 너만 상처받는다."

　좋은 선배라는 말 취소다. 못된 인간 같으니라고. 이렇게 잔인하게 희망을 꺾다니.

　정재희란 사람은 그냥 바라만 보아도 좋은 사람이었다. 그에게 꼭 뭔가가 되고 싶은 건 아니지만 그렇다고 해서 못 되란 법은 없다고 생각했다. 그저 요즘처럼 가끔 문자도 주고받고, 마주 앉아 커피도 마시고 하는 이 순간이 너무 좋을 뿐이었다.

　"상관없어요. 남들이 하는 말 같은 거."

　함께하는 그 순간마저도 왜 어울리지 않는다며 못하게 하려 하는 건지. 상처받을까 봐 걱정돼서 하는 소리라는 말 같은 건 듣고 싶지 않았다.

　"걱정돼서 하는 소리니까 입 내밀지 말고 새겨들어. 바보같이 마음 다 주지 말라고."

어떻게 마음을 나눠서 줄 수 있을까? 왜 그래야 하지? 좋아하면 좋아하는 거지, 왜 계산하고 숨겨야 하는 걸까? 도대체 왜?

"다 왔으면 시작합시다!"

연출자의 외침에 가장 구석진 자리로 향한 다정은 가슴이 들썩일 정도로 씩씩대며 털썩 주저앉았다. 서한의 따귀를 때리는 신에서 혼신을 다해야겠다고 다짐하며…….

연습실에서 서한이 쏟아낸 그 말들 때문에 집으로 향하는 내내 다정의 마음은 너무나 무거웠다. 처음엔 그런 말을 한 서한이 밉고 서운했는데 가만 생각해 보니 그가 하고 있는 걱정이 어느 정도 이해가 가긴 했다. 그의 말이 일리가 있는 게, 재희가 자꾸 만나주니 허파에 바람 들어가고 있던 참이었다.

다정은 귀에 이어폰을 꽂고 방송이 시작되길 기다리며 담에 등을 기대고 섰다. 재희의 목소리를 들고 나면 울렁거리는 마음이 조금이나마 진정될 것 같았다.

—〈감성충전소―WITH〉, 정재희입니다.

시그널 뮤직이 흐르고 그의 목소리가 다시 나오길 기다리며 다정은 촉각을 곤두세웠다.

—가을이 오나 봅니다. 여름과 겨울이 길어지면서 언젠가부턴 봄과 가을이 짧아지고 있었는데 기특하게도 잊지 않고 찾아왔네요. 머뭇거리다간 가을을 놓치게 될 테니 어서 서두르세요. 옷장 속에 잘 개켜두었던 카디건과 머플러를 꺼내고, 가을에 들어야 제맛인 노래를 찾아두고, 카메라를 꺼내 2011년의 가을을 담아두세

요. 이대로 놓쳐 버리면 두 번 다신 오지 않을 순간이니까요.

지나 버리면 다시 돌아오지 않을 순간.

다정에겐 지금 이 순간이 그러했다. 재희와 공유하고 있는 지금 이 시간들이 말이다. 다정은 하늘을 올려다보았다. 정말 가을이 오고 있었다. 제법 차가워진 밤바람이 옷깃을 파고들었다.

그때, 문자메시지가 도착했다. 다정은 주머니에서 휴대폰을 꺼내 내용을 확인하곤 빙긋 웃었다.

[오늘의 신청곡은?]

생방송으로 진행되는 날이면 그는 어김없이 이렇게 문자를 보냈다. 그때마다 다정은 듣고 싶은 곡을 문자로 보냈지만 단 한 번도 방송에 틀어준 적은 없었다. 아마도 개인적인 문자 사연이라서인가 보다.

그래도 좋았다. 이렇게라도 문자를 주고받는다는 게 여전히 믿기지 않고 꿈만 같으니까.

[조원선—〈나의 사랑 노래〉 부탁해요.]

답장을 보내고 다시 하늘을 올려다본 다정은 다짐했다. 지나고 나면 다시 돌아오지 않을 순간이니까 나중에 후회하지 않도록 최선을 다해보자고.

혼자만의 착각이라고 해도 상관없다. 나중에 아파하는 순간이 와도 후회하지 않을 것이다. 내 방식대로, 김다정답게 그 사람과 함께하고 싶었다. 그 사람 말대로…… 머뭇거리다간 놓치고 말 테니까.

\#06

삐걱대는 낡은 현관문을 열고 집 안에 들어선 다정은 불 밝힌 거실을 보며 고개를 갸웃거렸다. 아마도 아빠가 일찌감치 집에 돌아온 모양이다.

"아빠?"

신발을 벗고 집 안으로 들어선 다정은 빠른 걸음으로 걸어 아빠의 방문을 먼저 열어보았다. 그곳에서 아빠는 방 불도 켜지 않은 채 새우처럼 허리를 잔뜩 구부리고 귀퉁이가 해어진 하늘색 담요 위에 누워 있었다.

"다정이 왔니?"

"아빠, 어디 아파?"

기운없는 아빠의 음성에 다정의 미간이 절로 구겨졌다. 아빠는 엎드려 누워 간신히 고개만 돌려 눈을 맞춰왔다. 안색이 좋지 못했다.

"요즘 일이 많아서 계속 서 있었더니 등이랑 허리가 쿡쿡 쑤시네."

멋쩍게 웃는 아빠의 이마 위에 힘줄이 툭 솟아올랐다.

"아휴, 아빠도 참…… 이렇게 해봐."

다정은 가방을 던져 두고 딱딱하게 굳은 아빠의 어깨와 살집 없는 허리를 주물렀다. 엄지 손끝에 뼈가 만져질 때마다 다정의 작은 가슴에 가시가 쿡쿡 박혀들었다. 하루 온종일 찜통과 다름 없는 세탁소에서 일을 하고, 새벽까지 술에 취한 사람들을 상대하며 대리운전을 하는 우리 아빠. 조그만 가게라도 하나 차려서 편히 일할 수 있게 해드리고 싶은데, 이젠 그렇게 해드릴 수 있는데도 아빠는 통장에 넣어둔 돈에는 절대로 손을 대지 못하게 하셨다.

"대리운전이라도 그만둬."

"우리 다정이 데뷔할 때까진 열심히 벌어야지."

"계약금 남은 거로 생활비 쓰자. 우리 둘이 밥값이랑 차비밖에 더 써? 아껴 쓰면 얼마동안은 충분히 쓸 수 있어."

"그래도 안 돼."

늘 딸의 의견을 존중해 주고 못 이기는 척 따라주시던 아빠의 단호함에 다정은 더 이상 입을 떼지 못했다. 그저 어서 성공해야 겠다는 다짐을 거듭할 뿐. 하지만 아무런 준비도 없이 덜컥 데뷔를 해서 그저 그런 배우로 남고 싶지 않았기에 다정은 무리하게 서두르지 않았다. 인기를 얻고 싶은 게 아니라 진짜 배우가 되고 싶으니까.

"팀장님이 이사하면 어떻겠냐고 아빠한테 여쭤보랬어. 소속 배우들한테 무상으로 전셋집을 임대해 주는 게 있나 봐. 얘기 들어보니까 사무실이랑도 가깝고 꽤 넓고 좋은 집이래."

"다정이 네 생각은 어떠니?"

"난 좋아. 울 아빠 좋은 집에서 하루라도 빨리 살게 하고 싶으니까."

"녀석도. 후훗."

"그럼 그렇게 한다고 말한다?"

아빠가 고개를 끄덕였다. 다정은 가볍게 말아 쥔 주먹으로 아빠의 등을 톡톡 두들기며 어금니를 단단히 다물었다. 더 이상 좁은 방 안에서 쓸쓸하게 웅크리고 누워 있는 아빠의 뒷모습은 보고 싶지 않았다. 하루라도 빨리 겨울엔 춥지 않고 여름엔 덥지 않은 그런 집에서 살게 해드려야지. 꼭…… 그래야지.

"요즘에도 정재희 그 사람이랑 자주 연락하니?"

"응. 오늘도 신청곡 틀어주겠다고 말해보래서 문자 보내줬어."

"그랬구나. 오늘 운전을 못해서 방송을 못 들었네."

도대체 정재희가 누구기에 그 사람 이름을 입에 달고 사냐며 타박을 하던 아빠는 그가 진행하는 〈그루터기〉의 공개방송에 다녀온 후부터 그의 라디오를 챙겨 듣고 있었다. 가끔씩 그가 어떤 사람인지 묻곤 하셨지만, 다정 역시 음악인 정재희 이외의 모습은 많이 알지 못하기에 남자 정재희에 대해서는 많은 것을 알려주지 못했다.

　그가 어떤 사람인지 아주 사소한 것들에서부터 차근차근 알아가는 요즘, 다정에겐 매 순간이 소중하고 특별했다. 그가 어떤 담배를 피우고, 어떤 향수를 뿌리고, 어떤 커피를 좋아하는지를 알게 되면서 다정 역시 그가 좋아하는 것들을 좋아하고 있었다.

　그가 하는 모든 행동에 의미를 두게 되고 따라 하고 싶은 마음. 그러면 그와 한결 더 가까워질 것만 같아서 다정은 늘 그를 관찰했다. 길을 걸을 때 뒷모습은 어떤지, 펜은 어떻게 쥐는지까지도. 가장 힘들고 아픈 젊은 날에 위로가 되어주는 사람이라서일까. 감당하기 버거웠던 시간을 보내는 동안 단 한 번도 누군가를 담아본 적 없는 다정의 마음속에 너무도 크게 자리를 잡은 그의 존재는 동경 그 이상이었다.

　정재희는 김다정에게 아무런 대가 없이 마음을 주고 또 줘도 한없이 부족하게만 느껴지는 짝사랑이자 어설프고 서툴기에 더욱 빛나는 첫사랑이었다. 스물둘이 되어서야 찾아온 열병과도 같은 그 마음들은 고단하고 지친 다정에게 활력을 불어넣어 주었다. 온 마음을 다해 누군가를 좋아한다는 것은, 누군가에게 사랑을 받는다는 것보다 더욱 마음을 따뜻하게 만들어준다는 걸 알게 된 것이다.

　좋은 소식이 있다며 빨리 들어오라는 황 팀장의 연락을 받은 다정은 아빠가 출근을 하자마자 부리나케 준비를 마치고 사무실로 향한 참이었다. 도대체 무슨 좋은 일이 생겼기에 이른 아침부터 재촉을 하는 건지 쉽게 감이 오질 않아 다정은 입술이 바짝바짝 말랐다.

엘리베이터 문이 열리기가 무섭게 황 팀장이 있는 매니지먼트 2팀의 사무실로 향한 다정은 사무실 안에 들어서자마자 고개를 숙여 꾸벅 인사를 건넸다.

"안녕하세요!"

다정의 씩씩한 아침 인사에 직원들 모두 환한 미소로 그녀를 맞이하며 반갑게 인사를 건넸다.

"어! 이쪽으로 빨리 와봐!"

"넵!"

고개를 빼꼼 내민 황 팀장이 어서 오라 손짓하자 다정이 걸음을 재촉했다. 온갖 서류들이 수북이 쌓인 그녀의 자리 한 귀퉁이에 의자를 끌고 가 앉은 다정은, 뭔가를 찾기 위해 서류 더미 안을 뒤적이는 황 팀장의 표정을 확인하곤 빙긋 웃었다.

"무슨 좋은 소식이기에 우리 팀장님 얼굴에 꽃이 폈을까?"

"기가 막힌 소식이 두 개나 있지. 이거."

황 팀장이 내민 하얀색 서류 봉투에는 〈혜윰〉이란 광고제작사의 이름이 크게 적혀 있었다. 그것을 받아 든 다정은 조심스레 봉투 안에 든 서류를 꺼내보았다.

"광고 기획안이요?"

황 팀장이 건넨 건 광고제작사 〈혜윰〉에서 작성한 음료 광고의 기획안이었다.

"20대 초반의 순수한 청춘을 대변할 수 있는 여자 신인 프로필 사진 보내라고 해서 당연히 김다정 거 보냈지. 그랬더니 이게 왔네?"

다정은 벌어진 입을 다물지 못했다. 광고라니. 순간 다정의 머릿속에 해당 음료 광고로 일약 스타덤에 오른 여배우들의 얼굴이 빠르게 스쳐 지나갔다. 물론 그들과 같은 길을 걷게 될 거라고 생각하는 건 아니었다. 이 음료 광고 출신의 여배우들은 훨씬 예쁘고 주목을 받을 만한 매력이 넘쳤으니까.

"우리의 김다정이 엄청난 경쟁률을 뚫었어. 축하해."

황 팀장은 자축의 의미로 기립 박수를 건넸다. 그러자 사무실에 있던 직원들도 축하한다는 인사를 건네며 손을 흔들고 박수를 쳐 주었다.

"와……. 말도 안 돼."

"그치? 나도 그렇긴 해. 미팅도 없이 프로필 사진만으로 그 음료 광고 따낸 건, 그 음료 광고가 시작된 지 8년 만에 처음 있는 일이거든."

"이거 정말 최종 결정된 거예요? 진짜로 제가 찍는 거예요?"

"얘가 속고만 살았나. 너라니까? 너?"

다정은 또 한 번 입을 다물지 못했다. 프로필 사진이 지나치게 잘 나온 감이 없지 않아 있긴 하지만, 그래도 그렇지 이렇게 큰 광고에 캐스팅되었다는 게 쉽게 믿겨지질 않았다.

"메인이 차준영이긴 하지만, 알지? 사람들은 남자모델과 함께 등장할 새로운 여자모델에게 더 많이 관심을 갖는다는 거."

다정은 대답도 제대로 하지 못하고 고개만 끄덕였다. 눈물이 왈칵 쏟아질 것만 같아서 일렁이는 마음을 있는 힘껏 꾹 누르는 중이었다.

"위에서도 광고 이미지가 풋풋하고 싱그러운 느낌이라 다정이랑 잘 맞을 것 같다고 좋아해서. 단 한 편으로 대중의 눈을 한 번에 사로잡을 건 아니니까 부담 갖지 말고, 있는 그대로 자연스럽게 하면 반응 좋을 것 같아."

"감사합니다. 너무너무 기뻐서 말도 안 나와요."

"그러게. 너무 잘됐어. 나도 너무 기쁘다."

눈물이 어른거려 황 팀장의 얼굴이 뿌옇게 보였다. 손등으로 눈물을 훔친 다정은 맑게 웃으며 입술을 꾹 깨물었다.

"다음 주 중에 광고주랑 미팅하고 나서 촬영 일정 연락 준다고 했으니까 피부 관리 더욱더 열심히 받고. 윤재인 담당하던 이선호 매니저가 다음 주부터 네 일 맡아줄 거야. 주말에 같이 식사하면서 인사하기로 하자."

정말 무슨 일이 일어나긴 일어날 모양이다. 출발은 광고지만, 분명 꿈이 차근차근 이뤄지고 있는 소리가 들려왔다. 15초짜리 짧은 영상물을 통해 처음으로 김다정의 연기가 세상에 보여질 모양이다.

"그리고 좋은 소식 하나 더. GBS 라디오프로그램 중에 〈감성충전소—WITH 정재희〉라고 알지? 다음 달부터 고정게스트로 출연해 달라는 섭외가 들어왔어. 담당 피디가 너랑 얘기 다 됐다고 하던데, 맞아?"

지난 주, 재희에게 직접 고정게스트 제안을 받은 후 가장 기다리고 있던 소식이었다. 매주 그와 함께할 수 있고, 함께 음악을 들고, 이야기를 나눌 수 있다는 것이 여전히 꿈만 같았다.

"네, 맞아요."

"정재희가 직접 추천했다며? 두 사람 아는 사이었어?"

아는 사이. 아직 우린 그저 아는 사이라고밖엔 표현할 방법이 없었다. 팬과 뮤지션 사이보단 위에 있으니까.

"그 프로그램 열혈청취자였는데요, 어쩌다 보니까 아는 사이가 되었어요."

"잘됐다. 처음이라 많이 떨릴 텐데 아는 사람이라 다행이야."

"오히려 더 떨지도 몰라요. 오빠 열혈팬이라 눈만 마주쳐도 심장이 미친 듯이 막 뛰거든요."

"하긴, 나도 그래서 원빈이나 강동원 우리 소속사로 못 데려오는 거잖아. 후훗."

황 팀장의 말에 사무실 여기저기서 웃음소리가 들려왔고, 다정 역시 손등으로 입을 막고 키득거렸다.

"이사하는 거 아버님이랑 상의는 해봤니?"

"네. 아버지가 허락하셨어요."

"잘됐다. 준비는 내가 알아서 할 테니까 아무것도 신경 안 써도 돼. 아버지한테 그렇게 말씀 전해 드려."

"네. 감사합니다, 팀장님."

다정이 가방을 챙겨 자리에서 일어나자 황 팀장도 덩달아 일어나 기지개를 쭉 켰다.

"오늘도 운동 열심히 하고. 수업도 열심히 받고, 공연 연습도 열심히 하고."

"팀장님도 오늘 좋은 하루 보내세요."

"다정이가 좋은 스타트 끊어줘서 하루 종일 좋은 일만 생길 것 같다."

다정은 황 팀장에게 인사를 건네고 곧장 사무실을 빠져나왔다. 엘리베이터 앞에 서자마자 문이 열렸고, 막 올라타려던 다정은 머뭇거리다가 그대로 엘리베이터를 내려보냈다. 그리곤 복도 끝 창가로 다가가 주머니에서 휴대폰을 꺼내 통화목록에서 그의 번호를 찾았다.

라디오에 출연하기로 최종 결정이 되었다고 말해주고 싶었다. 그리고 김다정의 데뷔작이 될 광고 이야기도. 누구보다 그에게 가장 먼저 자랑을 하고 고맙다는 말도 해주고 싶었다.

문자메시지를 보내면 보통 두어 시간 후에 답장을 보내주는 그였다. 내내 기다리는 사람 생각은 안 하고 어찌나 무심한지. 그에 비하면 전화통화는 연결이 잘되는 편이었다. 새벽이 되어서야 잠자리에 들고 한낮이 되어서야 일어난다는 전형적인 아티스트적인 일상 패턴을 충분히 이해하는 다정이었다. 그렇기에 지금 그가 전화를 받지 않는다고 해도 쿨하지 못하게 서운해한다거나 삐치거나 하지 않기로 마음을 다잡은 후에 통화연결을 시도했다.

[여보세요.]

"어? 일어나셨네요?"

이제 막 10시가 지났는데 그가 멀쩡한 목소리로 전화를 받자 놀란 건 다정이었다.

[전화 잘했다. 안 그래도 너한테 전화 걸려던 참이었는데.]

"무슨 일인데요?"

가슴 떨리게 왜 그런 소리를 하는 건지. 다정은 엄지손톱을 깨물며 초조하게 그의 대답을 기다렸다.

[어떤 배우 좋아해?]

"많죠! 주드 로, 조니 뎁, 에단 호크, 올랜도 블룸……."

좋아하는 배우 이름을 나열하자면 밤새 꼽을 수 있을 만큼 많았다. 이 세상엔 연기도 잘하고 잘생긴 남자배우들이 너무나도 많으니까. 다정은 손가락까지 꼽아가며 배우들의 이름을 또박또박 읊었다.

[아니, 그런 의미가 아니라 네가 모델로 삼는 배우가 있을 거 아냐.]

살짝 짜증이 났는지 그의 억양이 제법 뾰족했다.

"아아! 롤모델 같은 거요? 전 기네스 펠트로요."

다정이 가장 좋아하고 닮고 싶은 배우는 기네스 펠트로였다. 장르를 가리지 않는 폭 넓은 작품 활동, 클래식함과 모던함을 모두 표현해 낼 수 있는 화려하지만은 않은 외모와 그녀의 음성까지 다정은 수많은 배우들 중 기네스 펠트로를 가장 좋아했다.

[기네스 펠트로. 그래, 알았어.]

"어어! 잠깐만요! 전화 건 거는 전데요?"

재희가 통화를 마치려 하자 깜짝 놀란 다정이 휴대폰을 꼭 움켜쥐며 저도 모르게 목소리를 높였다.

[아참, 무슨 일로 전화했는데?]

"저 캐스팅됐어요."

[정말? 영화? 드라마?]

늘 단조롭기만 하던 그의 목소리 톤이 오늘은 유난히 다양했다. 다정은 그런 그가 광고에 캐스팅된 것만큼이나 반가워 입을 헤벌리고 발끝으로 애꿎은 바닥만 툭툭 찼다.

"아뇨, 광고요. 물론 메인도 아니구요."

[축하해. 정말 잘됐다. 그거 자랑하려고 전화했구나?]

"네. 헤헷. 그리고 라디오도 연락받았어요. 감사합니다."

[알면 지난번에 맹세했던 대로 충성을 다해.]

그때, 수화기 건너편에서 재잘거리는 여자들의 목소리가 들려왔다. 그의 목소리보다도 더욱더 크게 들리는 여자들의 목소리가 신경 쓰여 저도 모르게 눈썹을 일그러뜨린 다정은 입술을 쭉 빼물고 입 안쪽 연한 살을 콕콕 깨물었다.

"당연하죠. 근데 지금 어디세요? 밖이신가 봐요?"

[어. 뭐 좀 사려고 잠깐 나왔어.]

"아, 그러시구나. 그럼 좋은 시간 보내세요."

아침 댓바람부터 뭘 사려고 나간 건지 알 순 없지만, 여자들이 많은 곳에 있다는 걸 알게 된 이상 기분이 좋을 리가 없었다. 이런 질투 같은 거, 남들이 보기에 참 우습고 한심해 보일지 몰라도 다정은 진지했다.

✱

"기네스 팰트로가 좋대?"

"어."

서울에도 몇 군데 남지 않은 오프라인 음반 매장. 문을 여는 시간에 맞춰 도착한 재희는 경진과 함께 CD를 찾던 중이었다. 디지털 음원 시장이 커지고 오프라인 대신 온라인 매장에서의 수요가 늘며 이제 오프라인 매장에서 앨범을 구하는 것, 아니, 오프라인 매장 자체를 찾아내는 일이 힘겨워졌다. 그렇기에 상대적으로 대중에게 이름이 덜 알려진 외국 뮤지션들의 음반의 경우에는 발매되자마자 구하는 일이 불가능에 가까워졌고, 그때마다 재희는 외국에 직접 나가 앨범을 공수해 오곤 했다.

오늘도 혹시나 하고 찾아온 매장에서 역시나 허탕을 친 재희는 더 이상 아쉬워하지도 않았다. 방송이 없는 주말에 가까운 일본에 가보기로 결정한 재희는 DVD를 모아둔 코너로 걸음을 옮겼고, 그 뒤로 경진이 세 걸음쯤 떨어져서 뒤따라 걸었다.

"취향도 어쩜."

"그러게."

재희가 가장 좋아하는 배우 역시 기네스 팰트로였다. 〈세븐〉, 〈세익스피어 인 러브〉, 〈위대한 유산〉, 〈내겐 너무 가벼운 그녀〉, 〈프루프〉 등 재희는 이미 그녀가 출연한 많은 작품들의 DVD를 보유 중이었다.

"〈슬라이딩 도어즈〉다."

나란히 꽂혀 있던 수많은 DVD 중 재희가 찾아낸 건 기네스 팰트로의 〈슬라이딩 도어즈〉였다. 개봉한 지 13년이 지난 영화였지만 표지에 삽입된 기네스 팰트로의 모습은 그때나 지금이나 큰 변화가 없었다. 짧은 커트 머리와 긴 머리를 한 두 장의 사진 가운데로 기차가 놓인, 지금 보기에는 약간은 촌스러운 커버. 재희는 그것을 집어들었다. 영화판 인생극장이라고도 할 수 있었던 영화의 줄거리와 그 시대를 풍미했던 OST 앨범도 생각이 났다.

"그 영화 OST에 자미로콰이도 참여했었지?"

"어. 한 앨범에 장르가 무지하게 다이내믹했지."

영화 〈샤인〉에서 따뜻한 클래식 피아노 음악을 선보였던 데이빗 허쉬펠더가 음악감독으로 참여해서 이미 OST 앨범을 소장하고 있던 재희는 그 앨범에 수록되었던 음악들을 하나둘 기억해 내며 계산대가 있는 곳으로 걸음을 옮겼다.

"좋아해?"

"어⋯⋯. 어?"

그 앨범을 좋아하냐고 묻는 줄 알고 망설임없이 대답했던 재희는 우뚝 멈춰 서서 경진을 바라보았다. 표정을 보니 어떤 것에 관한 물음인지 알 것 같았다.

"의외네. 정재희가 사람한테 관심을 갖는 걸로도 모자라서 애정까지 갖게 되다니."

"그런가?"

"친구로선 반가운 일이긴 한데, 배우 제작자 입장에서 보기엔 걱정도 된다. 배우가 될 아이잖아. 네가 조절 잘할 거라 믿는다."

재희는 멍하니 서서 멀어져 가는 경진의 뒷모습을 지켜보았다. 입도 떨어지질 않고, 발걸음도 내딛을 수가 없었다.

무슨 뜻일까. 아니, 무슨 뜻인지는 알겠는데 왜 그래야 하는 거지? 앞으로도 계속 지금처럼 지내고 싶은데, 그러면 안 되는 건가? 좋을 것도 없지만 나쁠 것도 없잖아. 우리가 당장 뭘 하겠다는 것도 아닌데, 왜?

경진이 무엇을 걱정하고 있는 건지 알고 있고, 앞날이 창창한 다정에게 괜한 구설수를 불러올 수도 있기에 만약을 대비하는 차원이라는 것도 잘 알지만, 재희는 솔직히 기분이 썩 좋진 않았다. 이쪽 계통에 종사하면서 보고 들었던 것들이 하나둘 떠올라 머릿속이 복잡해졌다. 우리 사이를 순수하게 바라봐 줄 사람이 그다지 많지 않다는 것이, 재희를 이기적일 수만은 없게 만들었다.

✳

"하아! 에고, 힘들다."

맞은편 의자에 풀썩 주저앉은 다정이 메고 있던 가방을 등 뒤에 내려놓고 손목에 채워진 소매 단추를 풀고 팔목 위로 밀어 올렸다.

"뭐 읽고 계셨어요?"

책을 들어 제목을 보여주자 고개를 끄덕이던 다정이 더위가 식지 않는지 발그레하게 달아오른 볼에 연방 손으로 부채질을 했다. 예쁘다란 말로는 전부 설명되지 않는 다정을 보며 점점 빨라지는 심장박동이 어색해서 재희는 어깨를 으쓱이고 말았다. 메마른 흙바닥에 물잔이 엎어져 엄청난 속도로 흙이 물을 흡수해 버리는 것처럼, 하루가 다르게 빠른 속도로 스며들어 점점 깊은 곳까지 번져 가는 낯선 사람의 갑작스러운 침입이 불편하면서도 조금은 반가웠다.

"아이스티 한 잔 마실래?"

"아뇨, 저 지금 다이어트 중이라 못 마셔요."

도대체 뺄 살이 어디 있다고 다이어트를 하는 건지 재희는 도통 이해가 되지 않았다. 다이어트가 힘겨웠던 다정이 울상을 지어 보이자 재희도 덩달아 미간을 구겼다.

"광고 촬영 준비하는 거야?"

"네. 하루에 씨리얼 두 번 먹는 게 전분데 그마저도 우유도 말지 말고 그냥 먹으래요."

"지금 이 순간에도 지구 어딘가에서는 그마저도 먹지 못해서 굶고 있는 아이들이 셀 수도 없이 많단다, 이 철없는 청춘아. 배부른 투정이다."

"넵! 다신 투정 부리지 않겠습니다!"

다정이 맑게 웃었다. 그래, 그 모습이 내내 보고 싶었던 것이다. 보고 나니 답답했던 마음이 상쾌해지는 듯했다. 재희는 들고 있던 책을 내려두고 고개를 한 바퀴 핑그르르 돌리며 하늘을 올려다보았다. 눈을 뜰 수 없을 정도로 눈부신 햇살이 우수수 쏟아졌다.

"너, 밥은 잘하니?"

"당연하죠. 밥도 잘하고 찌개도 잘 끓여요."

"완전 꺼벙이는 아니었구나."

듣던 중 반가운 소식이었다. 면허가 없어서 실망하던 차였는데 밥은 잘한다니. 만족스러운 듯 고개를 끄덕이던 재희는 주머니에서 담배를 찾다가 아침에 다 피워 버린 것이 떠올라 아쉬워하며 입맛을 다셨다.

"고등학교 다닐 때부터 제가 밥 해먹고 학교 다녔어요. 엄마가 아프셨거든요."

아무렇지 않은 척 입가에 미소를 물었지만 전혀 괜찮지 않다는 것이 고스란히 느껴졌다. 두 눈 가득 담긴 엄마에 대한 그리움이 그대로 읽힐 정도였으니까.

"기특하네."

빙긋 웃던 재희가 팔을 뻗어 다정의 자그만 머리통을 다정스레 쓰다듬어 주었다. 그러자 다정의 두 눈에 빠른 속도로 눈물이 그 렁그렁 차올랐다. 그런 다정의 모습을 말없이 지켜보던 재희는 가 슴 한구석이 찌르르한 기분이 들어 손을 거뒀다.

"참 잘 컸다, 김다정. 이러니 내가 널 예뻐하지."

구김살 없이 어쩜 이렇게 바르고 예쁘게 자랐을까. 어린 나이에 엄마의 투병 생활로 홀로 밥을 지어 먹고 학교에 다녔을 씩씩한 김다정의 모습이 눈앞에 그려져 마음이 아렸지만 재희는 내색하 지 않고 담담하게 미소 지었다. 값싼 동정 같은 건 다정에게 어울 리지 않았다.

"저…… 예뻐해 주고 계신 거였어요?"

"안 그럼 내가 너랑 이렇게 마주 앉아 있을 리가 있어?"

사회성에 문제가 있다는 소문이 돌 정도로 재희의 인간관계는 협소했다. 알음알음 소개를 받아 관계를 만들어가는 스타일이지, 새로운 사람을 만나기 위해 모임에 찾아다니거나 소개를 부탁하 는 스타일은 아니었다. 그랬기에 재희와 함께 작업을 희망하는 감독들은 그 길을 찾지 못해 무척이나 애를 먹곤 했다. 오죽하면 재희를 섭외하려면 재희가 진행하는 라디오프로그램에 사연을 보내서 구애를 해야 한다는 소문까지 돌까.

쉽게 마음을 주지도, 마음을 받지도 않았기에 재희와 친분을 쌓는다는 것은 엄청난 인내와 고통이 따른다고 경진이 총평을 내리기도 했었다. 마음 깊숙한 곳에 묻어둔 상처 하나가 사람에게 마음을 열지 못하게 저지했다. 이젠 너무 많은 시간이 흘렀고, 그때 얻은 상처보다 더 많은 사랑과 행복을 찾았지만 여전히 그 상처의 찌꺼기는 마음 곳곳을 떠돌았다.

그런 재희가 다정에게 대하는 일련의 패턴은 종전의 패턴과 확연히 달랐다. 가까워지기까지 오랜 시간이 걸리는 것은 물론, 여러 번의 마찰과 얼굴 붉힘은 필수였는데 그런 것 전혀 없이 이렇게 친해진 케이스는 단 한 번도 없었기에 주변인뿐 아니라 재희 스스로도 놀라운 일이었다. 순수하고 맹랑하기에 시도할 수 있는, 앞뒤 재지 않고 마구잡이로 몰아치는 김다정의 접근 방법이 재희에게 통한 것이다.

남에게 관심을 갖고 애정을 갖는 일이 도대체 얼마만인지 기억도 나지 않았다. 하지만 중요한 건, 지금 재희가 모든 관심을 김다정에게 쏟고 있다는 것. 본인도 모르는 사이에 다정을 지켜보고 있다는 것이었다. 행여 넘어질세라, 행여 다칠세라 마음 졸이면서 말이다.

재희는 가방 안을 뒤적이며 뭔가를 찾기 시작했고, 악보집 사이에 박혀 있던 물건을 꺼내 다정에게 내밀었다.

"배우로 사는 동안, 이 배우처럼 여러 장르 널뛰기 뛰듯이 다 해 봐. 단, 사생활은 닮지 말고."

"오빠……."

재희가 내민 건 영화 〈슬라이딩 도어즈〉의 DVD였다. 그것을 건네받은 다정의 표정은 금방이라도 울음이 터질 것만 같았다. 재희는 자리를 털고 일어나 다정에게 손을 내밀었다.

"출발하자."

경진이 말한 대로 언젠간 조절을 필요로 하는 순간이 올지도 모른다. 하지만 분명한 건 아직은 아니라는 것. 마음을 조절해 본 적이 없기에 그것이 과연 가능한 건지, 불가능한 건지 알 순 없지만 일단은 우리 사이에 무언가를 조절할 만한 것이 충분치 않았다. 우리 사이에 비어 있는 틈들을 좀 더 채워 넣고, 이야기들을 충분히 만들어낸 후에 조절이란 걸 할 수 있으면 해볼 생각이었다. 뭐, 안 되면 어쩔 수 없는 일이고.

지금의 이 선택이 이기적인 결정이 될 수도 있겠지만 재희는 그렇게 생각하지 않기로 마음먹었다. 여러 가지 고민 끝에 내민 손을 다정의 작고 가녀린 손이 망설이지 않고 잡아주던 그 순간 말이다.

✳

가을이 다가오고 있지만 이마 위에 송골송골 땀이 올라올 정도로 여전히 한낮의 햇살은 뜨거웠다. 다정은 커다란 나무가 만들어준 그늘 아래 자리를 잡고 가방에서 MP3를 꺼내 이어폰을 귀에 꽂았다.

정확히 두 시간 전에 다정은 열 번째로 영화 오디션을 보았다. J미디어에 버금가는 메이저 영화사에서 제작을 맡은 해당 작품은 현재 최고의 인기를 누리고 있는 톱스타들이 대거 출연할 예정이었고, 다정이 도전한 배역은 작품에서 비중이 제법 큰 조연 자리였다. 그렇기에 캐스팅이 될 가능성은 희박했다. 물론 단번에 되리라곤 기대조차 하지 않았으니 캐스팅되지 않는다고 해서 실망할 건 없었다. 아직 갈 길이 멀기에 초반부터 전력질주를 할 생각도 더더욱 없고.

"다 잘될 거야."

하지만 처음부터 자포자기하고 최선을 다하지 않는 건 김다정답지 못한 행동이기에 다정은 오늘도 최선을 다해 가지고 있는 모든 역량을 미련없이 쏟아내고 온 참이다. 이미 드라마나 영화에서 활발하게 활동하고 있는 연기자가 대부분인 후보들 사이에서도 기죽지 않고 당당하게, 자신감있게 주어진 시간 동안 최선을 다해서인지 스스로가 기특하고 자랑스러웠다. 작은 목소리로 제 스스로에게 다 잘될 거란 말을 건넨 다정은 컵 뚜껑을 열고 따뜻한 커피를 한 모금 마셨다.

그때, 주머니에 넣어두었던 휴대폰이 온몸을 떨어댔다. 다정은 주머니에서 휴대폰을 꺼내고 액정화면에 뜬 발신자의 이름을 확인한 후 맑게 웃으며 귀에 꽂아두었던 이어폰을 빼냈다. 언제 봐도 가슴을 두근거리게 만드는 반가운 그 이름. 통화를 연결하기 위해 지체하는 그 짧은 순간이 너무나도 아까워서 다정은 서둘러 전화를 받았다.

"오늘도 일찍 일어나셨네요."

[부대찌개 좋아해?]

그가 무슨 말을 하고 싶은 건지 알 것 같았다. 다정은 마시던 커피의 뚜껑을 닫고 자리에서 일어섰다.

"일인분으론 먹을 수가 없어서 저 부르시는 거 아니죠?"

[알면 빨리 와. 작업실에서 기다릴게.]

"네! 금방 갈게요!"

다정은 다시 주머니에 휴대폰을 넣고 바지에 묻은 흙을 털며 가방을 단단히 챙겨 멨다. 그때, 다정의 곁으로 페도라를 쓴 멋진 중년의 신사가 다가오고 있었다. 혹시 다른 사람과 착각을 하신 게 아닐까 싶어 주변을 둘러보았지만 중년의 신사는 흐트러짐없는 걸음걸이와 살갗을 태워 버릴 듯한 뜨거운 시선을 보내며 성큼성큼 다가섰다. 옆으로 피해 버릴까, 아니면 왜 그러시냐고 물어볼까 잠시 망설이던 다정은 결정을 내리기도 전에 그 신사와 정면으로 마주하고 말았다.

"학생, 잠시만."

"저요?"

눈빛은 이글이글 불타고 있었지만 눈매는 선한 분이셨다. 나쁜 사람같이 보이진 않았으나 다정은 경계를 늦추지 않고 한 걸음 물러섰다.

"이거 받아. 선물이야."

아저씨가 내민 건 줄 노트에 연필로 쓱쓱 그린 제 얼굴이었다. 똑같이 빼다 박은 건 아니었지만 그림 속 주인공이 김다정이라는 건 알 수 있을 정도였다. 허공을 바라보며 맑게 웃고 있는 모습. 내가 이런 표정을 짓고 있었었나 싶어 다정은 그림을 요리조리 뜯어보았다.

"감사합니다. 근데 이걸 왜……."

이걸 왜 그려주셨는지, 혹시 그림값을 원하시는 건지 여쭤보려던 찰나, 아저씨는 쿨하게 손을 흔들며 멀어졌다. 커다란 배낭과 화통을 어깨에 짊어진 아저씨에게서 예술가의 느낌이 물씬 묻어났다. 이곳이 워낙 예술가들이 많이 오가는 곳이기도 하지만, 그런 사람들과는 차원이 다른, 뭐라고 딱 집어낼 순 없지만 좀 더 뭔가가 있어 보이는 아저씨였다.

다정은 아저씨가 주고 간 그림을 다시 뜯어보았다. 그림 아래에는 영문 필기체 사인과 'J.H.K'라는 약자가 적혀 있었다. 도대체 이 아저씨의 정체가 무엇일지 호기심이 일었지만 지금 당장 그가 있는 곳으로 가야 했기에 다정은 그림을 가방 안에 집어넣고 혜화역 2번 출구로 달렸다.

"이걸 어떤 아저씨가 그려줬다고?"

재희는 다정이 내민 스케치를 빤히 바라보다 그림 아래에 적힌 사인과 이니셜을 확인한 후 너무나 어이가 없어서 피식 웃고 말았다.

"네. 왜 그려주셨는지 물어보지도 못했어요."

"참나……."

들고 있던 젓가락을 내려놓은 재희가 고개를 가로저으며 컵에 담긴 차가운 물을 단숨에 들이켰다.

"제가 이렇게 예쁘게 웃어요?"

"마음에 드나 보다?"

쑥스러운 듯 웃던 다정이 고개를 끄덕이며 입안 가득 밥을 밀어넣었다. 마음에 쏙 든 모양이다. 흠 잡을 데 없는 스케치인 건 분명하지만, 그림을 그린 사람이 누군지 너무나도 잘 아는 재희의 입장에선 말문이 막혔다.

"제가 미술 쪽은 꽝이거든요. 고등학교 다닐 때 데생 실습하잖아요. 그때 반 친구들이 제 그림 보고 데굴데굴 구를 정도였는데……. 그래서 그림 잘 그리는 사람 너무 좋아요."

"음악 하는 사람보다 더?"

"에이, 그건 아니죠."

볼까지 빨개진 다정의 얼굴을 구경하는 건 무척이나 즐거운 일이었다. 재희는 그런 다정의 얼굴을 빤히 바라보다 그림을 도로 건네주었다.

"이 그림 그려준 사람, 정하겸이라고 나중에 팔아먹을 수 있을 정도로는 적당히 유명한 화백이니까 그림 잘 간직하고 있어."

"역시 그럴 줄 알았어요! 포스가 딱 화가셨거든요! 우와!"

정하겸. 그는 한국이 낳은 최고의 화가이자 한국 현대미술사의 큰 획을 그은 유일무이한 존재였다. 그러나 그는 자신의 위치에 안주하지 않고 전 세계를 다니며 활발히 작품 활동을 선보였고,

그러한 열정적인 모습은 미술인들의 귀감이 되고 있었다.

여기까진 화가 정하겸에 대한 미술계의 평이고 그의 가족, 즉 아들 정재희와 아내 정은미 여사의 평은 세간의 평과는 사뭇 달랐다. 특히 아내 정은미 여사의 눈에는 그저 역마살이 단단히 낀 무책임한 가장일 뿐이었다.

얼마 전까지만 해도 스페인에 머물던 아버지였는데 언제 서울로 돌아온 건지, 그걸로도 모자라 김다정의 그림은 왜 그려준 건지 재희는 기가 막힐 따름이었다.

"근데 오빠, 대단하세요. 음악도 잘해, 미술도 박식해. 모르는 게 없네?"

"자부심을 가져. 그런 정재희랑……."

다정의 초롱초롱한 두 눈과 마주친 재희는 순간 말문이 딱 막혀 버렸다. 뭐라고 설명을 해야 좋을까. 한마디로 정의 내릴 수 없는 우리 사이를 어떻게 하면 좋을까. 점점 침묵이 길어질수록 서서히 기대감이 꺼져 가는 걸 지켜보려니 재희는 마음이 아렸다.

"그런 정재희랑 마주 보고 앉아서 밥도 먹는 사이니까."

다정의 표정에는 미처 숨기지 못한 서운한 기색이 역력했지만 아무렇지 않다는 듯 빙긋 웃었다. 그 모습을 지켜보던 재희도 담담하게 미소 지었다.

"광고 촬영은 잘했어?"

"어으, 말도 마세요. 고개를 하도 돌려서 목 디스크 걸리는 줄 알았어요."

엊그제 있었던 광고 촬영에서 내내 고개를 휙 돌려야 했던 다정은 촬영 후 전화를 걸어 아무래도 목뼈가 부러진 것 같다며 앓는 소리를 했다. 어제 하루 꼬박 앓았다는 말이 사실인 듯 다정의 얼굴이 제법 피곤해 보였다. 이럴 땐 어떻게 해줘야 하는 건지 몰라 엄살 적당히 부리라는 소리밖에 못해줬다. 위로를 해줬어야 했는데······.

"이번 주에 연극 끝나?"

"네. 끝난다고 생각하니까 벌써부터 마음이 허전해요."

무척이나 아쉬운 듯 다정이 입술을 쭉 빼물며 어깨를 축 늘어뜨렸다.

"백수네."

"그러니까요. 얼른 캐스팅되어야 뭐라도 할 텐데. 아무것도 안 하고 있으려니까 사무실에 괜히 미안한 거 있죠."

"그럴 거 없어. 나중에 수백 배로 돌려받을 거 다 계산하고 투자하는 거네."

"아! 완전 백수는 아닌데요? 저 라디오 할 거잖아요. 히힛."

라디오 생각에 갑자기 기분이 좋아졌는지 다정이 환히 웃으며 어깨를 으쓱거렸다. 덩달아 기분이 좋아진 재희는 칼칼한 찌개 국물을 한 숟갈 떠먹고 햄 한 조각을 입에 넣었다.

"근데 너무 짜지 않아요?"

"맛있는 것 같은데."

사 먹는 밥에 입이 길들여진 재희였기에 음식이 짠지 어떤지 잘 분간할 수가 없었다. 늘 먹던 그 맛인 것 같은데 다정은 고개를 절레절레 흔들었다.

"정성 듬뿍이 아니라 MSG 듬뿍이네요. 쳇."

푸근해 보이는 아주머니가 내 자식에게 먹이는 마음으로 정성을 듬뿍 담아 만들었다고 적힌 광고 포스터를 보며 다정이 눈매를 가늘게 떴다. 그 모습이 어찌나 깐깐해 보이던지, 재희가 피식 웃으며 밥 한 숟갈을 크게 떠 입안에 넣었다.

"제 입으로 말하긴 좀 그렇지만요, 제가 음식이라면 꽤 하는 편이거든요. 요즘 제 또래에 저만큼 요리하는 여자 없을걸요?"

넘치는 자부심을 어찌지 못하고 의기양양한 표정을 지어 보이는 다정의 모습에 재희는 어이가 없어서 소리 내어 웃고 말았다.

"말로는 누가 못해."

"와! 못 믿으시네. 제가 솜씨 한번 보여 드려요?"

"어. 보여봐."

실력을 의심하자 발끈한 다정이 허리춤에 손을 짚으며 가슴이 들썩일 정도로 숨을 거칠게 내쉬었다. 다정을 자극하는 데 재미가 들린 재희는 그런 다정의 모습을 지켜보며 터지려는 웃음을 꾹 참고 있었다.

"지금 당장 보여 드릴게요! 어디서 보여 드릴까요!"

"일요일에 집으로 와."

"오! 정말요? 저 지금 집에 초대해 주신 거예요?"

고개를 끄덕이자 다정이 정말로 기뻤는지 양손을 기도하듯 맞잡고 벌어진 입을 다물지 못했다. 한편으론 기분이 좋으면서도, 한편으론 기분이 나빠졌다. 혼자 사는 남자 집에 초대를 받고 저렇게 기뻐하다니. 빈말이라도 어떻게 남자 혼자 사는 집에 가냐며 뺄 법도 한데……. 아무래도 단단히 정신교육을 시켜야겠다고 다짐하며 재희는 식사를 멈췄다.

"김꺼벙 양, 요리 얼마나 잘하는지 한번 보자."

"흥!"

단단히 빈정 상한 다정은 고개를 끄덕이며 눈썹을 씰룩였다.

"근데 걱정이네요, 한 번 드셔보시면 못 헤어 나오실 텐데. 매일 해달라고 하진 마세요!"

"너, 요즘 자신감 올려주는 약이라도 먹나 보다? 점점 가관이네."

"오빠랑 같이 다니면서 배웠나 보죠."

말이나 못하면. 재희는 다정의 이마에 땅콩을 한 대 때려주고 앞머리를 흩트려 버렸다. 8년 동안 재희가 살고 있는 집에는 어머니를 제외한 그 누구도 들어온 적이 없었다. 시도 때도 없이 작업실을 드나드는 12년 지기 친구 경진도 집에는 들이지 않았다. 재희에게 집이란 오직 나만을 위한 공간이었기 때문에 그 누구에게도 입장을 허락하지 않았다.

다정을 집으로 초대한 건 충동적이었다. 그 잘난 요리가 궁금해서였다고 말하기엔 밖으로 드러내지 못한 영악한 계산이 호기심을 빌미로 본능째 고스란히 드러난 것이었다.

✳

어젯밤 〈그루터기〉 공개방송 녹화를 마친 후, 잠이 오지 않아 작업실에서 밤새 편곡 작업을 하고 나니 어느새 해가 중천에 걸려 있었다. 조금 있으면 합주 연습을 위해 연주자들이 작업실에 도착할 예정이기에 재희는 텅 빈 냉장고에 음료수라도 채워놓으려 마트에 들러 간단히 마실 것과 군것질 거리를 사가지고 다시 작업실로 향하는 길이었다. 담배 한 개비를 입에 물고 양손에 비닐 봉투를 든 재희가 터덜터덜 길을 건너고 있었다.

Rrrr.

주머니에 든 휴대폰이 울어댔지만 양손에 짐이 들려 있어 받기가 쉽지 않았다. 길만 건너고 나면 전화를 받으려던 재희는 끊이지 않고 계속해서 울어대는 통에 어쩔 수 없이 오른손에 쥐고 있던 비닐 봉투를 왼손에 마저 건네 쥐고 휴대폰을 꺼내 들었다.

발신자는 어지간히 답답한 일 아니면 먼저 전화하지 않는 어머니였다. 웬일인가 싶어 재희는 냉큼 전화를 받았다.

"네, 어머니."

[12시도 안 됐는데 어쩐 일로 일찍 일어났어? 밥은 먹었니?]

"연습이 있어서요. 어머닌 드셨어요?"

[먹어야지. 먹긴 먹어야 하는데…….]

나지막한 한숨이 건너왔다. 재희는 피식 웃으며 또 한 번 횡단보도를 건넜다.

[네 아버지 들어왔다.]

"알고 있어요."

[알고 있었어? 어떻게?]

"뭐, 어쩌다 보니. 후훗."

[같이 밥이라도 먹게 시간 나면 집에 들러. 언제 또 홀연히 사라져 버릴지 모르잖아.]

"내일 저녁에 들어갈게요."

[그래, 연습 잘하고. 끊는다.]

남들이 들으면 어머니가 참 무뚝뚝해 보인다고 하겠지만 어머니는 정이 넘치는 분이었다. 단지 역마살이 잔뜩 낀 속만 썩이는 남편을 대신해서 가장 노릇까지 겸하다 보니 상냥함과 다정다감한 성품을 조금 잃었을 뿐이었다. 화가인 아버지는 세계 곳곳을 유랑하며 작품 활동을 하는 바람 따라 떠도는 자유로운 영혼이었고, 방송가에서 기본 시청률 30%, 일명 멜로귀신으로 통하는 국내 최정상의 드라마 작가이신 어머니는 석 달 내내 바깥출입도 안하고 서재에서 대본을 만들어내는 사람이기에 아버지와는 정반대로 무척이나 정적인 분이었다.

통화를 마친 재희는 다시 양손에 짐을 나눠 들고 작업실을 향해 걸었다. 작업실이 있는 건물 근처에 다다른 재희는 건물 입구 근처에서 자신을 향해 반갑게 손을 흔들고 있는 한 남자를 발견하고 좀 더 빠르게 걸었다.

"어! 은우야!"

5년 전에 참여했던 작품에서 조연출을 맡았던 은우는 2년 전 저예산 독립영화로 힘겹게 데뷔를 했고, 그 작품으로 세계의 유명 영화제에서 주목을 받으며 한국에서도 다시 재조명되고 있는 촉망받는 신인 감독이었다.

"형, 어디 다녀오세요?"

재희보다 두 살이 어린 은우는 재희에게 깍듯이 인사를 하고 재희가 들고 있던 짐을 받아 들었다.

"마실 거 좀 사 오느라고. 들어가자."

"오늘 연습 있으신가 봐요?"

"어. 온 김에 구경이나 하고 가."

작업실에 들어선 은우는 자연스레 보면대와 접이식 의자를 펴서 자리를 잡아두고, 사 온 음료수를 작업실 구석에 놓인 작은 냉장고에 채워 넣었다. 연습 때마다 워낙 자주 놀러 오는 은우였기에 시키지 않아도 척척이었다.

합주 연습 시작이 10분쯤 남아 있었지만 연주자들은 코빼기도 비치지 않았다. 아마 오늘도 제시간이 되어야 나타날 것이다. 일찍 와봐야 들들 볶여 피곤하기만 하니까.

"오늘은 어쩐 일이야?"

"지난번에 말씀드렸던 시나리오 가져왔어요."

은우가 내민 건 시나리오였다. 첫 작을 꼭 함께하기로 했는데 다른 작품과 겹쳐 함께 해주지 못했던 게 2년이 지난 지금까지도 미안했던 재희였다. 그래서 두 번째 작품은 반드시 함께하기로 맹세 비슷한 것을 했는데 드디어 두 번째 작품의 시나리오 작업이 끝난 모양이다. 재희는 설렘 가득한 은우의 얼굴과 시나리오를 번갈아가며 보다가 건네받은 시나리오를 피아노 위에 올려두었다.

"벌써 다 썼어? 독한 놈. 읽어볼게."

"빨리 읽어봐 주세요. 올 연말이나 내년 초에 촬영 들어갈 거거든요."

"진짜? 그렇게 빨리?"

독립영화의 경우, 투자 받기가 하늘의 별 따기고 제작사를 찾는 일도 만만치 않은 일인데 하늘이 도운 건지, 정말 믿을 수 없는 일이었다. 적게는 3년에서 10년까지도 시나리오를 썩히는 일이 허다한 요즘 영화시장에서 유명 감독의 시나리오도 아닌 신인 감독의 시나리오가 이렇게 빨리 빛을 볼 수 있다는 건 재희에게도 너무나 신나는 일이었다.

"잘됐다!"

"형이 오케이를 하셔야 그게 진짜 진짜 잘된 거죠."

재희는 은우의 낯간지러운 소리에 몸서리를 치며 담배 하나를 꺼내 물었다.

"내년까진 쉬려고 했는데, 다 틀렸네. 에이."

올 연말에 콘서트를 마치고 내년 초쯤 앨범을 발매할 계획을 세워둔 터라 내년에는 영화음악 작업을 쉬어갈 작정이었지만 다른 사람도 아닌 은우의 부탁이니 반드시 들어줘야 했다.

"대략적인 줄거리는?"

"남자주인공이 흥신소를 하는데요. 뭐, 좋게 말해서 흥신소고 살인을 제외한 모든 의뢰를 처리해 주는 일을 하는 거죠. 근데 그 남자는 지독한 불면증에 시달리고 있어요. 너무 예민해서 비 오는 날에는 잠도 못 이룰 정도로. 그러던 어느 날 옆집에 한 여자가 이사를 와요. 앳된 얼굴이지만 사연이 많은, 본능적으로 끌리는 그런 치명적인 여자요. 넘어가는 순간 백 프로 잡아먹히겠다 싶은 그런 여자 있잖아요."

참 조리없게 말하는데도 구성이 탄탄한 탓인지 절로 몰입이 되었다. 재희는 미간까지 구기며 은우의 이야기에 귀를 기울였다.

"그래서?"

"집과 집 사이의 벽이 얇은 낡은 아파트라 옆집의 소리를 들을 수 있는데, 그 여자 집에서 매일 밤 같은 소리가 들리죠. 탁, 탁, 탁. 마치 커다란 작두 같은 칼로 뼈를 자를 때 나는 소리 같은 거요. 남자가 당연히 호기심이 일지 않겠어요? 뭐, 그렇게 시작되는 이야긴데, 흥미진진하죠?"

"야! 더 말해줘!"

"나머진 직접 읽어보세요."

"이씨, 궁금하게."

재희는 결국 피아노 위에 올려두었던 시나리오를 읽기 시작했다. 물고 있던 담배에서 재가 떨어질 때까지 몰입해서 읽던 재희는 흥미로운 듯 피식 웃으며 재떨이에 담배를 비벼 껐다.

"연습 얼른 마치고 읽어봐야겠다."

그때, 바깥에서 짜기라도 한 듯 연주자들이 우르르 동시에 작업실 안으로 들어왔다. 재희는 연주자들과 인사를 나누기가 무섭게 연습을 독촉했고, 연주자들 역시 서둘러 자리를 잡고 앉아 악기를 튜닝하고 재희가 나눠준 악보를 읽었다.

보통 네다섯 시간씩 진행되던 연습을 처음으로 세 시간 만에 끝내자 연주자들의 표정이 한결 밝아져 있었다. 재희는 막바지 편곡 중인 악보를 돌리며 초견으로 각자 연주를 해봐달라고 부탁했고, 그들이 연주하며 짓는 표정을 하나도 빠뜨리지 않고 지켜보다 입술을 질끈 깨물었다. 검지보다도 짧은 몽당연필을 귓등에 꽂은 재희는 피아노 앞에 앉아 뒷목을 주무르며 긴 한숨을 내쉬었다.

"너무 심심하지?"

"앨범에 넣을 게 아니고 공연이니까 좀 더 드라마틱한 게 좋을 것 같아요."

"그래서 생각해 봤는데, 끝에서 열여섯 번째 마디부터 오케스트레이션을 빌드 업 해볼까 해. 내 스타일은 아니지만, 그래도 그게 나을 것 같아. 그럼 부피감이 더 살겠지?"

재희는 화려하고 방대한 스케일의 곡을 선호하지 않는 편이었다. 그러나 뭔가 극적인 요소가 있어야 청중의 입장에서는 확 빨려 들어갈 것 같아 대중적인 방향으로 편곡을 다시 해야 할 듯했다. 연주자의 지적대로 레코딩할 곡이 아닌 공연에서 연주할 곡이니까.

"음역대를 좀 더 넓히는 건 어때요?"

"그것도 고려해서 다음 연습 때까지 편곡 마쳐 둘게! 모두 수고하셨습니다!"

"수고하셨습니다!"

연주자들이 하나둘 악기를 들고 연습실을 빠져나가는 동안, 구석에 쭈그리고 앉아 구경을 하고 있던 은우에게 재희가 슬쩍 다가섰다. 실은 연습하는 내내 시나리오가 떠올라 겨우겨우 연습을 이을 수 있었다. 현(絃)과 단조(Minor)를 좋아하는 재희에게 시나리오가 주는 어둡고 서늘한 느낌이 너무나도 강렬했던 것이다. 다음 작품은 반드시 밝고 경쾌한 로맨틱 코미디 영화를 선택해서 나도 밝고 사랑스러운 곡을 만들 수 있다는 걸 보여주겠다는 다짐은 은우의 시나리오를 받는 순간 와르르 무너져 버렸다.

"진행은 얼마만큼 된 거야?"

"일 년 동안 준비해 온 거라 이제 색칠만 남았어요. 캐스팅하고 촬영만 하면 돼요. 촬영 스케줄도 거의 다 짰거든요. 일정이 너무 빡빡해요?"

"아니, 그게 아니라……. 여주인공 생각해 둔 배우 있어?"

은우에게 여자주인공에 대한 이야기를 듣는 순간 다정의 얼굴이 가장 먼저 떠오른 건 단지 그 아이를 아끼고 잘되길 바라는 입장이어서가 아니었다. 다정의 얼굴이 표현해 내던 다양한 느낌을 연극무대에서 직접 보았기에 은우가 상상하고 있는 그 이상을 표현해 낼 수 있다고 예감했기 때문이다.

그러나 섣불리 나서진 않을 생각이었다. 자신이 은우의 시나리오를 보고 단번에 김다정을 떠올렸듯이, 반드시 누군가 저와 같은 생각을 할 것이라 굳게 믿기 때문이었다. 다정이 오디션을 보게 된다면 은우의 마음에 꼭 들 것이다. 다정이 스스로의 힘으로 분명 기회를 잡게 될 것이다.

"혹시 추천할 만한 배우라도 있어요?"

"그런 건 아니고……. 알았어. 오늘 중에 다 읽고 연락할게."

"넵! 감사합니다, 형!"

은우마저 작업실을 떠난 후 재희는 피아노 위에 올려두었던 시나리오를 첫 장부터 다시 꼼꼼히 읽어 내려갔다. 은우가 구상하고 있는 여주인공의 모습과 다정의 모습을 하나씩 맞추어보면서 저도 모르게 흐뭇한 미소를 짓고 말았다.

✻

방송 시작 30분 전.

참관을 하러 왔을 때와는 천지 차이였다. 다정은 한 시간 전부터 스튜디오에 와서 담당 작가와 피디와 장시간 이야기를 나누고 있었지만 잠시 후 진짜 라디오 생방송을 하게 될 거라고 생각하니 속이 울렁거리고 심장이 미친 듯이 벌렁거려 미쳐 버릴 지경이었다.

다정을 가장 불안하게 만드는 건 라디오는 말실수를 하면 도로 주워 담을 수 없다는 것. 긴장해서 이상한 소리를 지껄이진 않을까, 그것이 가장 불안했다.

이럴 때 같이 있어주면 얼마나 좋을까. 방송 시작 20분 전이나 되어야 도착한다는 얘길 들었지만 다정은 혹시나 하는 마음에 계속해서 주위를 두리번거리며 그가 나타나길 기다렸다.

"너무 긴장하지 마세요. 재희 오빠가 알아서 잘해주실 거예요."

동갑내기 막내 작가가 커피를 건넸고, 다정은 꾸벅 인사를 하며 덜덜 떨리는 입가에 힘을 주어 미소를 지었다.

"저, 대본 미리 주시면 안 될까요?"

"드릴 테니까 울지 마세요. 후훗."

창피하지만 어쩔 수 없었다. 다정은 작가에게 대본을 건네받고 자그맣게 소리 내어 읽어보았다.

"안녕하세요."

그때, 가슴을 졸이며 내내 기다리던 그가 드디어 스튜디오 안으로 들어섰다. 다정은 반가운 마음에 저도 모르게 자리에서 벌떡 일어섰다.

"일찍 왔네?"

"떨려 죽겠어요."

"엄살은. 첫 곡 끝날 때쯤 안으로 들어와. 그리고 대본 뚫어져라 쳐다봐도 소용없어. 일단 시작하면 내 맘대로 가는 거니까."

다정이 손에 들고 있던 대본을 빼앗은 재희가 다정의 작은 어깨를 토닥여 주곤 곧장 부스 안으로 들어섰다. 좀 더 함께 있어주길 바랐지만 다정은 아쉬움을 뒤로한 채 그의 모습이 잘 보이는 곳에 자리를 잡고 앉아 떨리는 가슴 위에 손을 얹고 숨을 골랐다. 매니저가 가져다준 생수 한 병을 단숨에 비우고, 막내 작가가 타준 커피도 홀랑 비우고 나니 화장실이 너무너무 가고 싶었지만 자리를 비우면 안 될 것 같아 꾹 참고 있는 중이었다.

드디어 12시 정각. 아나운서의 시보가 끝나고 시그널 음악이 흘렀다. 그리곤 그가 나긋한 목소리로 오프닝 멘트를 시작했다. 물 흐르듯 자연스러웠다. 마치 누군가 대화를 하듯 미소까지 지으며 편안하게 말을 이었다.

다정은 팬 모드로 돌아가 양손으로 뺨을 감싼 채 그의 모습을 지켜보았다. 언제 들어도 따스한 그의 음성, 다정한 말투, 부드러운 숨소리. 외롭고 쓸쓸한 청춘을 담담하게 어루만져 주던 그 덕분에 지치고 힘겨워도 포기하지 않고 꿈을 꿀 수 있었다. 아직 아무것도 이룬 것 없지만 다정은 지금 이 순간을 있게 해준 그에게 너무나 감사했다.

멘트가 끝이 나고 첫 곡이 흘렀다. 언젠가 그의 차 안에서 들었던 가을방학의 〈취미는 사랑〉. 오빠와 어울리지 않는 밝은 곡이라고 말하자 그는 다음 앨범엔 꼭 핑크빛 사랑 이야기가 가득 담긴 음악으로만 앨범을 가득가득 채워보겠다고 호언장담을 했었다.

다정은 그때 그의 표정이 떠올라 옅게 웃어버렸다. 부스 안에서 담당 작가, 피디와 이야기를 나누면서 제겐 눈길 한 번 안 주는 사람이었지만 그래도 좋았다. 멀리서 바라만 보고 있어도 좋았다. 전에 비하면 지금의 거리는 전혀 멀지 않은 거리니까.

그때, 안에서 그가 들어오라고 손짓을 했다. 다정은 떨리는 첫 걸음을 내디뎠다.

"여기 앉아."

재희와 기역자로 보고 앉은 다정은 숨을 크게 들이쉬고 내쉬었다.

"그냥 나랑 대화한다고 생각해."

그리될 리가 만무했다. 드디어 노래가 끝이 나고, 그가 숨을 고르며 고개를 한 번 끄덕이고 조심스레 입술을 열었다.

"어제 예고해 드린 대로, 〈감성충전소—WITH〉의 수요일 코너 〈사랑, 그 쓸쓸함에 대하여〉를 오늘부터 함께해 주실 새로운 고정게스트 소개해 드릴게요. 연극을 좋아하는 청취자 분이시라면 한 번쯤 들어본 이름일지도 모르겠어요. 탄탄한 연기력과 눈길을 사로잡는 매력적인 외모로 대학로에서 큰 사랑을 받고 있는, 이제 막 빛을 내기 시작한 김다정 씨입니다. 반갑습니다."

그가 박수를 치자 함께 있던 스텝들도 열렬히 박수를 쳐주었다. 그들의 응원에 힘을 얻은 다정은 눈을 질끈 감고 입을 떼었다.

"안녕하세요, 김다정입니다. 〈감성충전소—WITH〉의 열혈청취자에서 고정게스트로 수직 신분 상승하게 돼서 너무나 기쁘고요, 영광스럽습니다. 잘 부탁드립니다."

손끝이 바들바들 떨리고 입가에 경련이 일었지만 다행히도 목소리는 떨리지 않았다. 다정은 재희를 바라보며 입술을 꾹 깨물어 보였고 재희는 그런 다정에게 괜찮다며 손을 들어 보였다.

"아까 방송 시작 전에 대기하면서 떨려 죽겠다고 진상을 부리더니, 막상 시작하니까 잘하시네요. 그나저나 제가 알기로는 아직 연애 경험이 없는 걸로 알고 있는데, 연애 상담 가능하겠습니까?"

그가 대본에 없는 얘기를 줄줄 해댔다. 당황한 다정은 콧등을 찡그리며 재희를 노려본 후 할 말을 머릿속에서 차분하게 정리했다.

"오히려 경험이 없어서 색다른 조언이 나오지 않을까 싶어요. 뭐, 정재희 씨가 다양한 연애 경험을 바탕으로 훌륭히 이끌어주실 거니까 저는 크게 걱정 안 하고 있습니다."

제법이라는 듯 그가 눈썹을 치켜 올리더니 모니터에 띄워진 문자메시지 사연을 읽어 내려갔다.

"생각보다 김다정 씨를 알고 계신 분이 많으시네요. 4113님, '무대에서만 볼 수 있었던 김다정 씨를 라디오에서 뵙게 되어 정말 기쁩니다'라고 보내주셨고요. 5279님은 '다정 님, 저 다정 님 연극 세 번이나 봤어요'라고. 이외에도 많은 분들이 김다정 씨가 〈WITH〉의 새로운 가족이 되신 걸 환영하며 문자를 보내주고 계십니다. 어때요? 기분 좋으시겠어요?"

"기분 좋은 정도가 아니죠. 정말 감사합니다. 앞으로 열심히 하겠습니다!"

유명한 작품의 주인공을 한 것도 아닌데 이렇게 알아봐 주시는 분들이 계시다는 사실이 다정에겐 엄청난 에너지가 되어주었다. 가슴 한구석에 콕 박혀 있던 부담감과 긴장감이 조금이나마 작아졌고 자신감도 가질 수 있게 해주었다.

"반면에 김다정 씨에 대해 궁금하신 분들께서 질문을 엄청나게 보내주고 계십니다. 9958님, '다정 님 이름이 너무 예뻐요. 근데 정말 한 번도 연애해 본 적이 없으신가요?' 3133님, '처음 듣는 이름이라 냉큼 지식검색했는데, 완전 대박이십니다. 다 필요없고, 다정 님 이상형이 어떻게 되시나요?' 0506님, '일주일 전 남친과 헤어졌는데요, 있다가 없으니 너무너무 허전합니다. 다정 님은 언제 남친이 있었음 싶은가요?'라고 보내주셨어요. 자아……. 질문들이 참 촌스럽네요. 뭐, 그런 걸 묻고 그래? 김다정 씨, 대답하실 건가요?"

한꺼번에 세 개의 질문을 툭 하니 던져 두고 그는 손에 쥐고 있던 볼펜으로 하얀 종이 위에 직직 그림을 그렸다. 너무 떨려서 혼이 빠지기 일보 직전인 저와 달리 여유를 부리고 있는 그가 순간 너무도 얄미워서 다정은 재희의 옆구리를 펜으로 쿡 찔렀다.

"당연하죠. 첫 번째 질문부터 대답해 드리자면, 어쩌다 보니 아직 연애를 못해봤어요. 저도 언젠간 멋진 연애를 할 수 있겠죠. 근데 지식검색하면 제가 정말 나와요? 우와…… 신기하네요."

연극 공연을 제외하곤 아무런 필모그래피가 없는데도 검색창에 김다정을 치면 정보가 나온다는 게 신기하기도 하고 무섭기도 했다. 주변에서 다들 이번 작품이 대박이 났다고 해도 크게 실감하지 못하고 있었는데 작품이 정말 큰 인기를 얻긴 얻었구나 싶었고, J미디어의 위력도 어느 정도 실감할 수 있었다. 다정은 방송 끝나는 대로 당장 제 이름을 쳐봐야겠다고 생각했다.

"아! 그리고 이상형은…… 음악 하는 사람? 개인적으로 기타 코드 바꿀 때 끽 하고 나는 소리를 엄청 좋아하거든요. 기타를 연주해 줄 수 있는 분이 좋아요. 마지막으로 남친…… 하아……. 한 번도 없어봐서 이게 허전한 건지 어쩐 건진 모르겠는데요. 얼마 전에 밤에 버스를 탔는데, 버스 천장에 보면 바람 들어오는 곳 있잖아요. 거기로 찬바람이 들어와서 좀 춥더라고요. 누가 좀 닫아줬음 싶었는데, 그때 제 뒤에 앉아 있던 여자분이 옆에 계신 애인분한테 춥다고 말하니까 잽싸게 닫아주더라고요. 그때 '아, 나도 남자친구가 있으면 좋겠다' 라는 생각을 했어요."

재희의 눈을 보면서 이야기를 하니 한결 마음이 편했다. 여전히 떨리긴 했지만 그건 어쩔 수 없는 일 같고, 어쨌거나 재희와 대화를 한다고 생각하며 최대한 긴장감을 억누르고 있었다.

"이 정도면 김다정 씨에 대한 궁금증은 좀 풀리셨죠? 앞으로 김다정 씨에 대해 알아갈 날이 많으니까 너무 서두르지 마시구요. 노래 한 곡 듣고 와서 본격적으로 〈사랑, 그 쓸쓸함에 대하여〉 시작하겠습니다. 첫 곡은 김다정 씨가 직접 선곡하신 곡이에요. 소개도 직접 해주실래요?"

"아, 네. 어……. 어디 있지."

분명 작가에게 직접 알려준 곡임에도 불구하고 제목은커녕 가수 이름도 떠오르지 않아 눈앞이 캄캄해졌다. 그때, 구원의 손길이 와 닿았다. 그가 하얀 종이에 가수 이름과 제목을 적어 건넨 것이다. 급하게 써서 그런지 제멋대로 휘갈겨 쓴 글씨였지만 그 짧은 순간에도 그 글씨마저 멋져 보이니 그에게 제대로 푹 빠진 게 틀림없었다.

"여기 있었네요. 하핫. 제가 선곡한 곡은 Maroon 5의 〈Moves Like Jagger〉입니다."

"Maroon 5 좋아하세요?"

바로 노래를 틀어줄 거라 생각했는데 그가 또다시 대본에도 없는 질문을 던졌다.

"네. 보컬 목소리가 섹시하고 멋있잖아요."

"그런 거 한참 좋아할 나이이긴 해요. 왠지 김다정 씨 컴퓨터에 이 노래 뮤직비디오 저장되어 있을 것 같고 그러네요. 그럼 노래 들어보죠."

음악이 시작되고, 다정은 그대로 테이블 위에 엎어져 버렸다. 목 끝까지 차오르던 긴장과 떨림이 한순간 밀물처럼 쑥 빠져나간 것이다.

"잘했어, 다정 씨!"

"맞아요. 잘하셨어요."

피디와 담당 작가가 칭찬을 해줬지만 전혀 마음이 가라앉질 않았다.

"흐윽. 심장 터질 것 같아요."

우는소리를 하자 부스 안에 있던 사람들이 킥킥대며 웃었다. 그 순간 다정의 눈에는 가장 밝게 웃고 있는 정재희만 들어왔다. 알아서 잘해준다더니 오히려 궁지로 몰아넣던 나쁜 사람!

"거기서 뮤직비디오 얘기가 왜 나와요?"

"보긴 봤구나? 쬐끄만 게 음흉하네."

본전도 못 찾고 다정의 볼이 붉게 타올랐다. 상의를 탈의한 채 몸을 꿈틀거리던 보컬의 모습이 떠오르기도 했고, 자꾸만 놀려대는 재희 때문이기도 했다. 그래도 덕분에 약간 긴장이 풀어졌으니 다행스러웠다. 그가 옆에 없었더라면 상상도 못했을 일이니까. 이 순간이 너무나 소중해서 지금도 쉬지 않고 흘러가는 시간이 아쉽고 안타까울 뿐이었다.

다정과 함께한 첫 번째 라디오방송을 무사히 마치고 집에 돌아온 후, 재희는 곧장 은우가 주고 간 시나리오를 독파했다. 시나리오의 마지막 장을 덮고 창가로 걸어간 재희가 커튼을 확 열어젖혔다. 어느새 밤이 가고 아침 해가 떠오르고 있었다.

이틀 동안 잠들지 못한 게 얼마만이더라…….

"잠 못 이루는 밤이라……."

재희는 피아노 앞에 앉았다. 건반을 누르려던 오른손이 허공에 멈췄다. 시나리오를 읽는 내내 머릿속을 맴돌던 멜로디 라인이 분명히 있는데도 첫 음을 누를 수가 없었다. 조심스레 건반을 쓸어보던 재희는 결국 주먹을 움켜쥐고 피아노를 떠나 2층 테라스로 이어지는 계단으로 걸음을 옮겼다.

잠을 이루지 못한 가장 이유에는 여러 가지가 한데 엉켜 있었다. 흡입력이 강한 시나리오, 한 번씩 발작하듯 찾아오는 지독한 불면증, 공연을 앞두고 찾아온 스트레스, 낮에 마신 석 잔의 커피. 그리고…… 김다정.

이쯤에서 솔직해지자면 가장 큰 지분을 차지한 건 김다정이었다. 인정하고 싶지 않지만, 도무지 김다정이란 인간이 머릿속에서 떠나질 않는다. 또렷이 생각나는 것도 아니고 뭔가 아련하게, 애타게, 생각이 날 듯 말 듯하면서 신경을 곤두서게 만들었다.

지금 어디까지 온 걸까.

재희는 주머니에서 휴대폰을 꺼내 경진에게 문자메시지를 보냈다.

[어디까지 조절하면 돼?]

그 적정선이 어디까지인지 알고 있는 상태에서 마음을 풀어놔야 할 것 같았다. 이 상태로 가다간 절대 감당할 수 없을지도 모른다. 잠도 이루지 못하고 하루 온종일 생각할 정도면 이미 수위를 넘어선 건지 어떤 건지 상태를 확인할 필요가 있었다.

[네가 느낄 정도면…… 이미 위험수위란 거겠지.]

경진의 정확한 지적에 재희가 테라스의 나무 바닥에 대자로 누워버렸다. 두 눈을 질끈 감은 재희는 지금 이 순간에도 제멋대로 머릿속과 마음속을 휘젓고 다니는 다정의 얼굴을 떠올리며 고개를 가로저었다.

07

"방송 잘 들었다."

다정이 곱창집에 들어서자마자 '어, 왔어?'라고 말한 후 30여 분 만에 서한이 처음으로 입을 열었다. 깻잎 두 장 위에 구운 마늘과 쌈장을 듬뿍 찍어 곱창을 올린 다정이 쌈을 싸서 입에 넣으려던 찰나에 그것을 도로 내려놓으며 입맛을 다셨다.

"들어보셨어요?"

"어. 라디오 듣는 거 정말 오랜만이었어."

그리곤 말이 없었다. 다정은 서한이 더는 지적하지 않으려나 보다 싶어 안심을 하고 쌈을 싸 입안에 밀어 넣었다.

"눈에 훤히 보이더라."

"뭐가요?"

"너 그 사람 좋아하는 거."

씹다 만 깻잎 조각이 목구멍에 찰싹 달라붙어 버린 것 같았다. 켁 하고 사레가 걸린 다정이 컵에 주섬주섬 물을 따르자 서한이 그것을 거들었다.

"오디션은 잘 보고 다니는 거야?"

"정말 눈에 훤히 보여요?"

다정이 되묻자 말을 돌리려던 서한이 피식 웃더니 고개를 끄덕였다. 마치 괜한 소릴 한 것 같아 후회가 된다는 표정을 지으면서.

"그럼…… 그 사람도 다 봤겠다."

눈치채지 못할 리가 없다. 팬으로서 좋아하는 건지 이성으로 좋아하는 건지. 정말 둔한 사람이라면 헷갈려 하는 중일지도 모르지만 그도 분명 느끼고 있을 거라 짐작할 수 있었다. 그 사람, 날 많이 예뻐해 주고 있으니까…….

"그렇겠지. 봤지만 못 본 척하고 있는 거겠지."

알지만 모른 척하고 있다는 것. 그것은 생각하고 싶지 않은 경우의 수였다. 생각하는 것만으로도 부정 탈까 싶어 애써 외면했던 것을 기어이 끄집어낸 서한이 너무도 얄미웠다. 다정은 서운한 마음을 감추지 않고 서한을 바라보았다.

"그만 꽈요. 못됐어."

"현실적인 거다."

"치."

다정은 더욱더 열심히 쌈을 싸서 입에 넣었다. 볼이 터져 나갈 정도로 넣고, 또 넣어 우걱우걱 씹었다.

"다른 거 신경 쓸 여력도 있는 거 보니까 너 아직 멀었어."

"그런 거 아니에요."

"뭐가 아냐. 내가 보기에 너 지금 데뷔보다 그 사람이 우선인 것 같은데?"

뭐라고 대꾸를 하고 싶은데 입술이 떨어지질 않았다. 사정없이 정곡을 찔러대는 서한에게 맞서기엔 그가 하는 말 족족 숨겨두고 혼자서만 몰래 꺼내 보고픈 진실들이었기 때문이다.

물론 꿈은 변하지 않았다. 언젠가 배우가 되어 정재희가 내 작품의 음악감독이 되어주는 것. 문제는 점점 그와 가까워질수록 그냥 이 정도로도 만족할 수 있다는 안일함이 파고들어 간절함이 옅어졌다는 것이다. 그것을 다정 스스로도 느끼고 있었다.

"그 사람이 왜 못 본 척했을까? 너한테 지금이 가장 중요한 시기란 걸 알기 때문이야. 집중해. 네가 앞으로 그 사람이랑 어떻게 될지, 뭘 하게 될진 모르겠지만 지금은 아니야. 너, 여기까지 오는 동안 단 한 번도 한눈 안 팔고 독하게 버텼어. 코피 터져라 일해가면서 겨우겨우 연극무대 서서 만들어낸 기회라고. 그거 잊지 마."

"……네."

지독하게 현실적이어서 뼛속까지 와 닿는 진한 충고였다. 반드시 새겨들어야 할 그 말들. 하지만 듣고 싶지 않은 말. 그래서 더욱 피할 수 없는 따가운 말들에 다정의 눈시울이 붉게 물들었다. 하지만 쉽게 눈물을 흘리는 나약한 김다정이 아니었기에, 다정은 물컵에 소주를 꽉 채워 벌컥벌컥 들이켰다. 머릿속도 따갑고 가슴도 타들어갈 것만 같았다.

"나중에라도 네가 기운다는 소리 듣고 싶지 않으니까 더 높이 올라가. 그 사람이 서 있는 곳까지 올라가고 나서 뭘 해도 해라."

일리가 있는 말이었다. 언젠가 그와 자신을 누군가 저울질하게 된다면 누구 한쪽으로 기울지 않았으면 싶었다. 그를 뛰어넘는다는 건 바라지도 않았다. 그저, 곁에 있어도 어울릴 수 있는 사람. 최소한 그를 부끄럽지 않게 만드는 사람이고 싶었다.

"어울리는 사람이 될 거예요."

"그래, 그게 먼저야."

다정은 컵에 남은 소주를 마저 들이켜고 손등으로 입술을 훔치며 긴 한숨을 내뱉었다.

"정재희 어디가 그렇게 좋아?"

"다요."

정재희가 왜 좋냐고 물으면 그냥 그 사람이라서 좋은 거라고밖에는 설명할 방법이 없었다. 마치 알을 깨고 나온 새끼 오리가 처음 보는 존재를 엄마라고 각인하는 것처럼, 다정에겐 오직 재희뿐이었다. 어깨가 빠질 정도로 서빙을 하고 늦은 밤 지하철에 올라 이어폰을 귀에 꽂으면 그는 늘 따스한 음성으로 가슴속에 흐르는 눈물을 닦아주었고, 괜찮다고 잘하고 있다고 위로해 주었다. 한 치 앞도 보이지 않는 진득한 늪에 빠져 숨이 턱턱 막힐 때에도 헛된 희망이라도 품을 수 있게 용기를 줬던 사람이다. 그가 의도했건 의도하지 않았건 그것은 전혀 중요치 않았다. 그는…… 다정에겐 구원이었다.

"못 살아. 어휴."

서한이 톡 하니 꿀밤을 때리자 다정이 찌릿 노려보았다.

"어쭈! 누가 선배를 그런 눈으로 봐? 똑바로 안 떠?"

다정이 입을 삐죽이며 눈을 선하게 풀고 자그만 뚝배기에 나온 된장찌개를 밥그릇에 덜어 쓱쓱 말았다. 극단 사람들은 다정과 서한을 늘 티격태격하면서도 끝내 서로의 편을 들어주는 한 살 터울의 남매지간 같다고 말하곤 했었다. 다정 역시 그런 의견에 동의했다. 그는 늘 투덜거리고, 돌려 말하는 법이 없어 상처를 주기도하고, 가끔 이유 없이 시비도 걸지만 그 바탕엔 애정이 깔려 있었다. 누구보다 진심으로 아껴주기에 쓴소리도 하고 잔소리도 한다는 걸 잘 알고 있다.

"마음 급하게 먹지 말고 차근차근. 알았지?"

"네, 걱정 마세요."

"극단 있을 때부터 넌 지나치게 혼자서도 잘하는 아이였으니까 걱정 안 해. 다만 네가 정재희에 관해서라면 좀처럼 주체를 못하고 망아지처럼 날뛰니까 그게 걱정인 거지."

"어으, 선배!"

망아지라니. 표현도 어찌 그리 고급스러운지. 다정이 발끈하자 서한이 피식 웃으며 밥을 떠먹었다. 고개를 숙인 채 말없이 밥을 먹고 있는 서한을 바라보던 다정은 테이블 위에 팔꿈치를 기대고 턱을 괴었다. 다량의 알코올 섭취 탓인지 머릿속이 멍해지고 한 사람의 얼굴만 가득 차올랐다.

✱

근 한 달 만에 가회동 본가에서 저녁 식사를 한 재희는 아버지와 마주 보고 앉아 오목을 두고 있었다. 2년 전 아일랜드에서 스페인으로 본거지를 옮긴 아버지가 한국에 돌아온 건 6개월 만이었다. 물론 길면 한 달, 짧으면 보름쯤 머물다가 다른 나라로 훌쩍 떠나 버리겠지만 말이다. 그나마 재희는 아버지가 계신 나라에 종종 방문하고 있었지만 어머니는 단 한 번도 아버지를 찾아가지 않았다. 이젠 아버지가 집에 오래 있으면 불편하다고 말씀하실 지경에 이르렀다.

"내가 20년만 젊었어도……."

"40년 젊으셨어도 안 되거든요?"

다정이에게 왜 그림을 그려줬냐고 추궁하자 아버지는 태연한 얼굴로 첫눈에 반해서라고 하셨다. 어찌나 어이가 없던지. 평소 글래머러스한 스타일을 좋아하는 아버지가 정반대되는 스타일의 다정에게 반할 리 없었기에 재희는 수긍하지 않았다.

"네가 고민이 많겠다."

"하루에 열두 번도 더 이랬다가 저랬다가 난리예요."

오목 열다섯 번째 판에 접어들 무렵, 재희는 참다못해 결국 답답한 마음을 아버지에게 털어놓았다. 사랑이라면 징글징글하게 해보신 분이니까 좀 더 명확한 답을 주시지 않을까 하고 희망을 품으며.

역시 아버진 달랐다. '나 그 사람 좋아. 그러니 고백해서 사귀어 버려야지.' 이렇게 간단한 문제가 아님을 간파하시고 뚜렷하게 드러나지 않은 얽히고설킨 관계, 그리고 서로가 처해진 상황을 종합해 보며 함께 최선책을 찾고 있었다.

"그래도 일단 마음은 어느 정도 보여주는 게 낫지 않겠니?"

"흔들고 싶지 않아요. 지금 가장 중요할 때잖아요."

"네가 흔들리고 싶지 않아서겠지. 너 지금 무척 당황하고 있잖아."

모든 것이 낯설었다. 사랑니를 뽑고 난 자리에 실로 꿰매놓은 곳을 혀끝으로 쓸어볼 때 그 느낌처럼……. 감당할 수 있을 줄 알았다. 감추는 것 없이 마음을 활짝 열고 서슴없이 다가오는 다정을 지켜보면서도 재희는 자신했다. 아니, 자만했다. 바라보고 있으면 한없이 기특하고 예쁜 아이니까 그런 다정이 더 높은 곳까지 올라가는 동안 한 걸음쯤 뒤에 서서 돌아보면 언제든 닿는 거리에 있어주기만 할 거라고. 나에게서 힘을 얻는 아이니까, 그러니까 그렇게 머물겠다고.

이 모든 것들은 재희가 살면서 단 한 번도 마주하지 못했던 감정이었기에 불쑥불쑥 존재감을 드러내며 당황스럽게 만들었다. 고인 물처럼 잔잔하기만 하던 정재희의 인생에 혈기 왕성한 개구리 한 마리가 뛰어들어 파문을 만들어내고 있었다.

이제 어떻게 해야 할까.

다정에게 지금이 가장 중요한 시기이란 건 누가 말해주지 않아도 재희 스스로도 너무나 잘 알고 있다. 이런 거 저런 거 계산하지 않고 푹 빠져 버리기엔 재희는 다정이보다 성숙한 어른이고, 이쪽 세계에 대해 좀 더 많이 알고 있었다.

넘치지 않도록 마음을 조절한다는 것이 불가능한 일이란 걸 뼈저리게 느끼고 있지만, 그래도 버텨야 했다. 아슬아슬하게 차오르는 감정을 모른 척하고 억누르는 것밖엔 방법이 없다. 그 오랜 시간 동안 이 악물고 버텨온 기특한 다정을 위해서, 그런 딸이 세상의 전부라고 말하는 다정의 아버지를 위해서도.

누군가를 챙기고 보살펴 줄 마음의 여유 같은 거 없지만, 다른 것을 비워내고서라도 자리를 만들 작정이다. 곁에서 지켜볼 수 있다면, 키다리 아저씨쯤으로 남는 것도 나쁘지 않았다.

"아고, 나도 모르겠다. 네 일은 네가 알아서 해라."

하얀 돌 하나면 서른다섯 판 연속으로 이길 수 있었는데, 아버지가 돌들을 흩트리며 판을 깨버렸다.

"아버지!"

"흐흠. 우리 은미는 뭐 하고 있나."

아버지가 능청스럽게 자리에서 일어서며 어슬렁어슬렁 어머니를 찾아다녔다. 재희는 고개를 가로저으며 바둑판을 정리하고 주섬주섬 일어날 채비를 했다.

"너, 집에 안 가니?"

"갈 겁니다."

벗어두었던 재킷을 챙겨 들고 자동차 키를 챙긴 재희가 어머니가 계신 서재 쪽으로 향했다.

"어머니! 저 갑니다!"

"벌써 가려고?"

서재에서 나온 어머니는 아버지를 휙 지나쳐 재희에게 다가섰다.

"작업실에 일 벌려두고 그냥 왔거든요. 대충 정리하고 방송하러 가봐야 해요."

"너무 무리하지 마라. 피부가 많이 상했어."

재희의 뺨을 쓰다듬던 어머니가 속상한 듯 짙은 한숨을 내쉬었다.

"늙어서 그런 거야."

"여보."

아버지는 어머니의 나지막한 경고에 움찔했지만 절대 안 그런 척하며 어깨를 으쓱였다.

"어머니도 건강 챙기세요."

"그래. 조심해서 가고."

어머니와 아버지에게 동시에 배웅을 받은 게 몇 년 만인지 도무지 기억해 낼 수가 없을 지경이었다. 재희는 현관을 나서자마자 길게 한숨을 쉬곤 주머니에서 담배 한 개비를 꺼내 물고 불을 붙였다. 그리곤 방송에 가기 전 늘 그랬듯이 다정에게 문자메시지를 보냈다.

[오늘의 신청곡은?]

대문을 나서서 주차해 둔 차로 다가간 재희는 평소보다 길게 필터를 빨아 당겼다. 가슴속을 떠돌던 하얀 연기가 몸 밖으로 빠져나오길 여러 번, 그렇게 한 개비를 다 태울 무렵 다정에게서 답장이 도착했다.

[에피톤 프로젝트─〈그대는 어디에〉.]

과연 키다리 아저씨로 남을 수 있을까? 정말 그 정도로 만족할 수 있을까?

수도 없이 반복되는 지리멸렬한 질문과 뻔한 대답들. 이러한 상황에서는 이렇게 대처해야 한다고 누가 가이드라인을 만들어놓은 것도 아닌데 왜 이런 뻔한 고민을 하고 있는지 알 수가 없었다. 걱정은 걱정으로 끝날 수도 있는데 왜 이렇게 한 걸음이 안 떨어질까. 도대체 왜.

치열한 고민 끝에 내린 결정이었지만 오늘도 역시 다정의 문자 한 통에 사정없이 흔들리고 말았다. 잘 감춰두었다고 생각했던 내면 속의 나약함이 점점 모습을 드러낼수록, 가슴속에 묻어두었던 낡은 상처가 재희의 발목을 움켜쥐었다.

✳

"집에 냄비도 없는 건 아니죠?"

"먼지가 좀 앉긴 했지만 여러 개 있어. 걱정 마."

아직 실체가 드러나지 않아 인정하지 못한 다정의 요리 실력을 확인하는 날. 마트에 함께 가자고 하도 졸라대는 통에 재희는 결국 못 이기는 척 다정을 따랐다. 설렁설렁 카트를 밀며 다정의 뒤를 따르던 재희는 소풍 가는 아이처럼 신이 난 다정의 모습에 저도 모르게 피식 웃어버렸다.

"소금이나 고춧가루 같은 건요?"

"찾아보면 나올 거야."

다정은 입구에서 직원에게 건네받은 세일 품목이 실린 광고 전

단지를 훑어보다가 힐끗 뒤를 보았다.

"드시고 싶은 걸로 해드릴게요."

"가장 잘하는 걸로 해봐."

"오우, 엄청 많은데."

과일 코너를 지나고 야채 코너에 멈춰 선 다정이 능숙하게 야채를 골라 카트에 담았다.

"뭐 할지 결정한 거야?"

"네."

"뭔데?"

"이따가 직접 보세요."

어깨를 으쓱이며 당당하게 걷는 다정을 뒤따르던 재희는 점점 느리게 걸었다. 두 눈을 말똥거리며 사야 할 물건이 어디 있는지 찾는 모습, 시식대 위의 작은 물만두를 입에 넣는 모습, 콩나물 두 봉지를 들고 이걸 살까 저걸 살까 고민하는 모습을 지켜보며 아무도 알지 못하게 자그만 한숨을 지었다.

"혹시…… 정재희 씨 아니에요? 맞죠?"

생각에 잠겨 있던 재희를 깨운 건 옆을 지나던 다정이 또래의 젊은 여자들이었다.

"어머! 정재희다, 정재희! 저 오빠 팬이에요! 사인 한 장만 해주시면 안 돼요?"

"오빠, 저도 한 장 해주세요!"

재희는 머릿속을 가득 메우고 있던 생각들을 털어내고 종이를 내민 팬들에게 사인을 해주었다. 재희를 알아본 사람들이 점점 모여들려 하자 재희가 짓고 있던 미소를 거두며 눈썹을 치켜올렸다.

"사인해 줄 테니까 조용히 해."

"네!"

얼굴이 많이 알려진 편이 아니긴 하지만 심야 방송을 챙겨보는 극소수의 마니아 시청자들이 마침 마트에 장을 보러 온 모양이다. 주위를 둘러싸고 있던 채 열 명이 안 되는 팬들이 사인을 받고 몰래 사진까지 찍고 만족한 듯 돌아가고 나자 저 멀리서 입술을 쭉 내민 채 지켜보고 있던 다정이 조심스레 다가왔다.

"다음부턴 모자 쓰고 선글라스 끼고 와요."

"그런다고 가려질 외모가 아니지."

"칫."

다정이 다시 앞서 걷고, 재희가 뒤를 쫓았다. 만약 다정이 유명한 배우가 된다면, 오늘과 반대되는 상황이 온다면 어떨까. 환호하는 사람들 틈 사이에 끼어 가까이 다가서지 못하고 일정한 거리를 유지한 채 마치 함께하지 않은 것처럼 태연하게 굴어야 하는 걸까. 그래야 하는 게 맞는 거겠지.

아니면…… 그 정도로 가까워지지 않으면 되겠지.

창틀에 걸터앉아 책을 읽고 있던 재희는 슬슬 맛있는 냄새가 집 안에 진동하자 글씨가 눈에 들어오지 않았다. 도대체 얼마나 대단한 요리를 하는가 싶어 더 이상 참을 수가 없게 된 재희는 성큼성큼 걸어 주방으로 향했다.

"김다정표 가정식백반인가?"

"와! 제대로 맞혔는데요?"

콩나물 무침, 삼치 구이, 멸치호두 볶음, 계란말이, 오이소박이가 식탁 위에 올라와 있었고, 자기 집에서 직접 공수해 온 김치도 올라와 있었다. 가회동 본가에서만 맛볼 수 있던 그 음식들이 재희의 식탁 위에도 처음으로 차려진 것이다.

"반찬 넉넉히 해서 냉장고에 넣어뒀으니까 밥이랑 챙겨 먹어요."

어쩐지 즉석 밥을 잔뜩 사더라니. 족히 일주일 정도는 풍요로운 식사를 할 수 있을 것 같았다. 물론 착실하게 챙겨 먹는다면 말이다.

"간 한번 보실래요?"

펄펄 끓고 있는 배추된장국을 국자로 반쯤 떠서 내민 다정이 두 눈을 초롱초롱 빛내며 재희의 평가를 기다리고 있었다.

"어때요?"

고개를 끄덕이자 다정이 볼을 발그스름하게 붉히며 진심으로 기뻐했다. 그 모습이 참 예뻤다. 그동안 보았던 김다정의 모습들 중 가장 예뻐 보였다.

"이제 제 요리 실력 인정하시는 거죠?"

"다신 의심 안 할게."

재희는 의기양양해진 다정을 쳐다보기만 해도 웃음이 났다.

"제가 요리 해드렸으니까, 이따가 피아노 연주 한 번 해주시면 안 돼요?"

"어, 안 돼."

웃으며 대답하자 다정이 대번에 정색을 하며 눈을 끔벅였다.

"진짜 안 해줄 거예요?"

"나머지 음식 다 먹어보고."

"좋아요. 난 자신있으니까!"

국그릇에 국을 퍼 담아 식탁 위에 내려놓고, 레인지에 데운 즉석 밥 두 개도 식탁 위에 마저 올려놓으니 제법 그럴듯한 한 상이 차려졌다. 어딘가 모르게 어린아이가 엄마 흉내를 내서 차린 것 같은 한 상. 완벽하다고 할 순 없지만 아기자기하고 귀여운 저녁상에 재희의 얼굴에 오랜만에 밝은 미소가 그려졌다.

"잘 먹을게."

"맛있게 드세요."

맛에 대한 호평을 기다리며 두 눈을 빛내고 있는 다정에게 재희는 어서 먹으라고 고갯짓을 했고, 다정은 그제야 숟가락을 들었다. 재희는 다정이 정성껏 만든 반찬들을 하나도 빠짐없이 모두 맛보며 하나도 빠짐없이 칭찬해 주었다. 물론 번지르르한 말이 아닌 가벼운 고갯짓 정도로. 다정은 그것만으로도 행복한지 해맑게 미소를 지었다.

요리하는 내내 저만치 떨어져서 책을 뒤적이던 그가 식사를 마치고 난 후엔 두 팔을 걷고 설거지를 해주었다. 그사이 다정은 후식으로 챙겨 먹으려고 사 온 포도를 물에 씻어 둥근 접시에 담아 피아노로 향했다.

"오빠, 피아노 쳐도 돼요?"

"내 앞에서 연주할 자신감이 있다는 게 놀랍다."

"칫."

닫힌 피아노 뚜껑 위에 접시를 내려놓고 조심스레 건반 위에 손을 얹은 다정은 지난번의 실패를 만회하고자 두 번째 레퍼토리인 피아노 소나타 8번 비창 3악장을 연주하기 시작했다. 그때, 설거지를 마친 그가 어디선가 나무의자를 하나 끌고 와서 곁에 놓고 그곳에 앉아 팔짱을 낀 채 지켜보았다.

무척이나 부담스러운 시선이었다. 클래식 전공자 앞에서 피아노를 연주하는 간 큰 도전은 그가 정재희였기에 시도한 것이다. 이렇게라도 더 가까이 다가서고 싶어서.

"악보가 없어서 그런 거예요. 악보 보고 치면 더 잘 칠 수 있다구요."

"악보 가져다줄까?"

"아휴, 귀찮게 뭐하러요."

다정이 웃자 그도 덩달아 웃었다. 다정은 그런 그의 미소를 볼 때마다 가슴이 사르르 떨려 손끝이 저릿했다.

"밥 두 그릇이나 드셨으니까 두 곡 연주해 줘요."

다정이 자리에서 일어나자 재희가 빼지 않고 피아노 의자에 앉았다. 다정은 재희가 앉아 있던 의자를 옆으로 밀어내고 바닥에 앉아 피아노 다리에 등을 기댔다. 그 순간, 재희가 망설임없이 연주를 시작했다. 피아노 소나타 8번 비창 2악장. 화려함을 좇아 3악장을 선택한 다정에게 한 수 가르치기라도 하듯 재희는 기교없이 담백하게 건반을 어루만졌다.

소리와 울림이 동시에 닿은 등을 통해 전해졌다. 무릎을 끌어안고 고개를 살짝 돌려 연주 중인 그의 옆모습을 지켜보던 다정은 생각이 가득 담긴 그의 두 눈과 페달을 누르는 잘생긴 발도 꼼꼼히 바라보았다.

그의 짧은 연주가 끝이 났다. 하지만 그는 부탁을 들어주려고 마음먹은 듯 두 번째 곡을 연주하기 시작했다. 이루마의 〈River Flows In You〉. 다정은 무릎 위에 이마를 기대고 눈을 감았다. 그가 건반을 누를 때마다 해머가 가슴을 톡톡 두들기는 것 같았다.

서한은 그와의 거리감을 인지시켜 주려고 애썼지만, 그는 지금 이렇게 손을 뻗으면 닿을 가까운 거리에 있다. 가만히 귀를 기울이면 그의 숨소리도 들을 수 있고, 의미없는 작은 미소도 바라볼 수 있다. 이렇게 가까이 있는데…… 왜 이렇게 마음이 조급할까.

약속한 두 곡의 연주가 끝나고 다정은 재희를 올려다보았다. 마주한 시선이 불안하게 일렁였다. 흔들리지 않게 꽉 붙잡고만 싶었던 시선이 떠날 무렵, 그의 연주가 다시 한 번 시작되었다. 귀에 익은 곡도 아니고 그의 곡도 아니었다. 그가 발표했던 곡과는 사뭇 다른 분위기의 연주에 다정은 귀를 쫑긋 세웠다. 상냥하면서도 사랑스러운 음률. 다정은 고개를 끄덕여 박자를 맞추다 재희와 눈이 마주치자 쑥스러운 듯 빙긋 웃었다.

"생각보다 오빠랑 잘 어울려요, 이런 곡."

그가 웃었다. 오늘 작정이라도 한 듯 그는 참 많이도 웃어주었다.

연주를 멈춘 그가 피아노 옆에 놓인 콘솔에서 악보노트를 꺼내 몽당연필로 음표를 그려 넣었다. 마치 그림을 그리듯 무척이나 빠른 속도로 슥슥 그렸다.

이렇게 늘 함께이고 싶다. 피아노를 연주하는 그를 가까이에서 지켜볼 수 있고, 환히 웃는 그의 미소가 지금처럼 내 것이기를. 이렇게 빛나는 사람에게 어울리는 사람이 되려면 얼마의 시간과 노력이 필요할까.

눈과 마음을 흐리게 만든다는 그 욕심이 다정의 가슴을 가득 메워 버렸다.

✷

그의 말이 맞았다. 첫 번째보단 두 번째가, 두 번째보단 세 번째가 더 떨렸다. 아무것도 모르고 덥석 저지를 땐 몰랐는데 알면 알수록 방송이란 건 점점 더 어렵고 긴장됐다. 유난히 많이 웃고, 많이 설레었던 세 번째 방송이 끝나고도 다정은 쉽게 그 여운에서 빠져나오질 못했다. 집으로 가는 내내 웃음이 끊이질 않았고 재희 역시 가볍게 분위기를 맞춰주었다.

집 방향이 정반대인 매니저를 배려한다는 그럴듯한 핑계로 그가 오늘도 집까지 바래다주었다. 다정은 그의 차가 골목 어귀에 다다르자 아쉬운 마음에 자꾸 아랫입술을 꾹꾹 깨물었다.

"고맙습니다, 피곤하실 텐데 집까지 바래다주시고."

"그렇게 걱정되면 얼른 면허 따. 들어가서 쉬어. 수고했어."

안전벨트를 풀고 조수석의 문을 연 다정은 차에서 내려 그에게 고개를 꾸벅 숙여 인사를 건넸다.

"먼저 가세요."

"얼른 들어가."

"그럼 저 먼저 들어갈게요. 운전 조심해서 가세요."

차 문을 닫고 씩씩하게 걸음을 내딛었지만 미련이 남은 두 발은 쇳덩이라도 달린 듯 묵직하기만 했다. 힐끔 뒤를 돌아본 다정은 여전히 그 자리에 멈춰 선 그의 차를 보며 싱긋 웃곤 낡은 빌라 안으로 몸을 이끌었다.

매일이 수요일이었음 싶었다. 그렇다면 함께 음악을 듣고, 이야기 나누고, 마주 볼 수 있다는 것만으로도 만족할 수 있을 것 같았다. 물론 마음이란 녀석이 어찌나 변덕스러운지 하루에 열두 번도 더 다짐을 갈아치우곤 하지만 내일 다시 바뀔지언정 일단 오늘의 마음을 이렇게 정리한 것이다.

현관 앞에 도착한 다정은 주방 유리창을 통해 환하게 불이 밝혀진 집 안을 확인한 후 열쇠를 꺼내지 않고 그대로 문고리를 잡아 돌렸다.

"다녀왔습니다."

현관문을 열고 집 안에 들어선 다정은 신발을 벗고 고개를 들다가 심장이 덜컥 맨바닥에 떨어져 버렸다.

"아빠?"

거실 한가운데 외출복 차림을 한 아빠가 누워 계셨다. 아니, 누워 계신 건지 쓰러진 건지 쉽게 분간할 수가 없었지만 한 걸음 더 다가선 다정은 뭔가가 잘못되었다는 걸 직감하고 아빠에게 달려 갔다.

"아빠! 아빠!"

아빠의 어깨를 부여잡고 이리저리 흔들어보았지만 아빠는 눈을 감은 채 거친 숨을 몰아쉬고만 있었다. 땀에 흠뻑 젖은 아빠의 얼굴을 덜덜 떨리는 손바닥으로 닦아내던 다정은 머릿속이 하애져 버려 고개를 들어 천장을 올려다보았다. 간신히 주머니에서 휴대폰을 꺼낸 다정은 어디로 전화를 걸어야 할지 아무것도 떠오르지 않아 눈을 질끈 감았다가 떴다가를 반복했다.

"어떡해⋯⋯."

최근 통화목록에서 가장 위에 걸린 그의 이름을 확인한 다정은 곧바로 통화연결버튼을 눌렀다.

[여보세요.]

"오빠, 아빠가⋯⋯ 아빠가⋯⋯."

[왜 그래? 무슨 일이야?]

"아빠가 쓰러져 계세요."

숨이 턱 하고 차올라 가슴이 터질 것처럼 부풀었다. 다정은 꽉 말아 쥔 주먹으로 가슴을 팍팍 내려치며 억지로 숨을 토해내기 위해 안간힘을 썼다.

[지금 차 돌렸어. 2분만 기다려. 금방 갈게.]

손에 힘이 풀려 그대로 휴대폰을 놓쳐 버린 다정은 다시 아빠의 얼굴을 두 손으로 감싼 채 고개를 숙여 아빠의 가슴 위에 얼굴을 묻었다.

✳

　핸들을 움켜쥔 재희의 손등 위에 푸릇한 핏줄이 돋아났다. 도로 위는 늦은 밤임에도 불구하고 다른 차들에게서 쏟아져 나온 불빛들로 거칠게 일렁였고, 일 초, 이 초 시간이 흐를 때마다 룸미러로 뒷좌석을 살피는 재희의 눈빛 역시 초조하게 흔들렸다.

　무엇이 그리도 고통스러운 건지 끙끙 신음을 하고 있는 아저씨의 뺨을 톡톡 두들기며 연방 팔을 주무르던 다정이 떨리는 목소리로 애타게 아저씨를 불렀다. 숨소리에 덩달아 내뱉어진 다정의 가느다란 흐느낌에 저도 모르게 이를 꽉 깨문 재희는 좌회전 깜빡이를 넣고 차를 유턴해서 병원 진입로에 들어섰다.

　"아빠, 정신 차려. 아빠……."

　"선호한테 연락해, 얼른."

　아무것도 들리지 않는 듯, 다정은 그저 아빠만 찾았다.

　"김다정!"

　병원 본관을 지나 응급실에 다다른 재희가 목소리를 높여 재촉하자 그제야 다정이 주머니에서 휴대폰을 꺼내 매니저인 선호에게 전화를 걸었다. 그 어떤 상황도 씩씩하게 이겨내던 다정이 한순간에 무너져 버리는 모습을 지켜보고 있는 건 너무나도 힘겨운 일이었다. 두려움에 잠식당한 작고 여린 여자아이 김다정. 환한 미소와 특유의 밝음으로 꽁꽁 싸매 감추었던 다정의 본모습을 마주하게 되자 재희는 그간 다정에 대해 많이 알고 있다고 자만했던 것이 너무도 우습게 느껴졌다.

응급실 주차장에 서둘러 주차를 마친 재희는 재빠르게 차에서 내려 뒷좌석 문을 열고 아저씨를 업었다. 그리곤 다정의 손에 차 키를 쥐어주고 곧장 응급실 안으로 달렸다. 병원 특유의 소독약 냄새가 재희를 긴장시켰다.

"여기 환자 좀 봐주세요!"

저 뒤에서 휘청거리며 달려오고 있는 다정을 챙겨 너스 스테이션으로 향한 재희는 눈이 마주친 간호사에게 소리쳤다. 그러자 서성이던 간호사 한 사람이 잽싸게 빈 베드를 가리켰다.

"정신을 잃고 쓰러져 계셨어요."

재희는 그곳에 아저씨를 바로 눕힌 후 달려온 젊은 의사에게 말하자 간단한 촉진과 시진을 하며 아저씨의 상태를 체크했다. 다정은 베드 아래로 힘없이 축 처진 아저씨의 거친 손을 움켜쥔 채 곁에서 겁에 질린 표정을 하고 오들오들 떨었다.

"접수하고 올게."

"……같이 있으면 안 돼요?"

젊은 의사들의 문진에 대부분 잘 모르겠다고 답을 하던 다정이 재희가 막 돌아서려 하자 소매 깃을 붙잡았다. 재희는 금방이라도 후드득 떨어져 버릴 것처럼 눈물이 가득 차오른 다정의 두 눈을 보고 쉽게 걸음을 뗄 수 없었다.

"무서워서 그래요. 가지 마요……."

마치 이대로 놓쳐 버리면 영영 다시 보지 못할 것처럼 다정은 더 세게 소매를 끌어당겼다. 재희는 흐트러진 다정의 머리칼을 귀 뒤로 넘겨주고 안심하라는 듯 시선을 맞췄다.

"오래 안 걸려. 금방 올게."

다정을 돌려세우고 서너 걸음쯤 걸음을 옮긴 재희는 더 이상 발을 내딛지 못하고 아저씨가 누워 계신 베드를 바라보았다. 어느새 몇 명의 의사가 더 달려들어 있었고, 넋이 나간 다정에게 문진을 하고 동시에 혈압, 맥박, 체온 같은 기본적인 초진을 하며 심각한 표정을 짓고 있었다. 뭔가 심상치 않은 것만 같은 불길한 예감에 재희는 결국 걸음을 돌려세웠다.

"형님!"

때마침 매니저 선호가 응급실로 뛰어들어 왔고, 재희는 곧장 다정의 곁으로 갔다.

"선호랑 가서 접수하고 와. 내가 여기 있을게."

"싫어요. 아빠 옆에 있을래."

"데리고 나가."

단호한 지시에 선호가 다정의 손목을 잡았고, 그러자 다정이 선호의 손을 탁 쳐내며 미간을 구겼다.

"내가 있어야 해요."

"나 네 아버지 인적 사항 하나도 모르잖아. 네가 가서 하고 와."

그러자 다정이 마지못해 자리를 떠났고, 재희는 그런 다정의 뒷모습을 바라보며 나지막이 한숨을 내쉬었다.

"흐음……."

정신이 돌아오는 듯, 아저씨가 눈썹을 잔뜩 일그러뜨린 채 느릿하게 눈꺼풀을 밀어 올렸다. 재희는 알아들을 수 없는 용어들을 써가며 상의 중인 의사들 사이를 비집고 들어가 베드 가까이 성큼 다가섰다. 제대로 두 눈을 뜬 아저씨가 산소 호흡기를 밀쳐 내자 곁에 있던 간호사가 다시 산소 호흡기를 가져다 댔다.

"불편해도 참으세요."

재희의 만류에도 아저씨는 고개를 가로저으며 완강히 거부했다.

"내 몸 상태…… 내가 제일 잘 알고 있어요. 그만하셔도 됩니다."

의논을 하던 의사 세 사람이 멈칫하자 아저씨는 힘겹게 미소를 지으며 침을 한 번 꿀꺽 삼킨 후 조심스레 입을 열었다.

"나…… 암 말기 환잡니다. 진통제 주고 가셔서 급한 환자들 봐 주세요. 괜찮아요."

재희는 말을 잇지 못했다. 그걸 왜 이제야 말하냐는 듯한 시선으로 아저씨와 저를 바라보는 젊은 의사들이 간호사에게 처방을 내려주고 자리를 떠나는 동안에도, 재희는 멀뚱히 서서 지금 들은 이야기가 도저히 믿어지질 않아 눈만 끔벅였다.

"아저씨……."

"다정이는……."

"밖에 있어요."

두리번거리며 다정을 찾던 아저씨가 희미하게 웃으며 재희와 눈을 맞췄다.

"우리 다정이가 죽고 못 사는 정재희 씨네요. 후훗."

"암 말기…… 시라구요?"

재희의 물음에 아저씨가 힘겹게 고개를 끄덕였다.

"병원엘 갔더니 큰 병원 가서 검사받아 보라고……. 췌장암 말기라네요. 4개월 선고받았는데……. 이 달이 6개월째예요."

누군가 뒤통수를 세게 후려친 듯 순간 머릿속이 멍해졌다. 벌어진 입을 다물지 못한 재희는 저도 모르게 인상을 쓰고 말았다.

"치료는…… 받고 계신 겁니까?"

"오래전에 난 이기적이었어요. 다정이 엄마, 하루라도 더 곁에 두려고 욕심 부려서 결국 남은 생을 병원에서만 지내게 했죠. 하지만 난 마지막 가는 날까지 다정이 곁에서 머물고 싶어요."

"지금도 이기적이시네요."

아무것도 모르고 있는 다정에게 아저씨 혼자 내린 결정은 지독하게 이기적이었다. 어떻게 감당할 수 있을까, 저 아이가 이 사실을 알게 된다면……. 재희는 두 눈을 질끈 감아버렸다.

"온몸에 전이가 돼서 가망없어요. 다정이 다시 학교에 보내주려고 모아둔 그 큰돈을 털어서 검사받은 걸 얼마나 후회했는지……. 결국 아무것도 해주지 못하고 다정이 엄마한테 가야 할 것 같아서……."

그때, 아저씨가 재희의 손을 꼭 잡았다. 어느새 뺨을 타고 흘러내린 아저씨의 굵은 눈물 한 줄기가 재희의 가슴을 쩍 하고 갈라버렸다.

"다음을 기약할 수 없으니까 지금 부탁할게요. 우리 다정이가 세상에서 제일 좋아하는 정재희 씨가 나 없어도, 우리 다정이 지금처럼 씩씩하고 늘 웃게 해줘요. 부탁할 사람도, 그렇게 해줄 수 있는 사람도 정재희 씨 말곤 없는 것 같아요. 그 어린 것 떼어놓고 가려니까…… 후우."

턱이 무너질 정도로 이를 악문 아저씨가 눈물을 삼키며 한마디 한마디 또박또박 말했다. 그 모습을 가만히 지켜보던 재희는 고개를 가로저었고, 제 손을 움켜쥔 아저씨의 마른 손 위에 다른 한 손을 올렸다.

"다정이가 세상에서 제일 좋아하는 건 제가 아니라 아빠예요."

재희의 말에 아저씨가 또 한 번 옅게 웃었다. 갈라진 가슴 사이로 찬바람이 드나드는 듯 시리고 에었다.

"하아, 어떻게 얘길 꺼내야 하나……."

아저씨가 내뱉은 짙은 한숨에 수만 번도 더 고민했을 아저씨의 진심이 느껴져 더는 뭐라 할 말이 없었다. 차마 말로 꺼낼 수 없었던 치열했을 마음의 갈등. 생의 마지막을 찍어두고 그곳을 향해 점점 다가갈수록 인간이기에 한없이 두렵고 인정하고 싶지 않았을 텐데도, 그 모든 순간과 고통을 혼자 짊어진 채 이겨내고 있다는 것이 재희의 눈시울을 뜨겁게 만들었다.

"아빠!"

간호사가 진통제를 투여하고 돌아서자마자 다정이 달려왔다. 재희는 붉어진 눈시울을 감추려 몸을 돌려세웠다.

"아빠, 괜찮아?"

"그럼. 아빠 괜찮지. 후훗. 이제 집으로 가자."

"아빠……."

아저씨가 베드에서 일어나 내려오려 하자 다정이 재희에게 추궁하는 듯한 눈빛을 보냈다. 하지만 재희는 그런 다정을 못 본 척하고 구부려 앉아 아저씨에게 등을 내밀었다.

"신발 못 가져왔어요. 업히세요."

"아이고, 이거 미안해서 어쩌나."

재희는 아저씨를 업고 앞장섰다. 그러자 다정과 선호도 재희의 뒤를 따라 응급실을 빠져나왔다.

"정말 괜찮은 거예요?"

재희와 아저씨 모두 대답하지 않았다. 이 상황에서 어떤 말을 꺼내야 할지 막연했기 때문이다. 선호가 잽싸게 달려가 차 문을 열었고, 재희는 뒷좌석에 아저씨를 내려 드리고 차 문을 닫았다.

"아저씨 잘 모셔다 드려."

"네, 형님. 걱정 마십쇼."

선호가 운전석에 올라타자 재희는 다정에게 너도 어서 타라고 고갯짓을 했다. 하지만 다정은 머뭇거리고 서서 복잡한 표정을 지었다. 그런 다정에게 그 어떤 말도 먼저 꺼낼 수 없다는 게 안타까워, 재희는 다정을 스쳐 지나 조수석 문을 열어주었다.

"어서 가."

"고마워요. ……옆에 있어줘서."

결국 재희가 해줄 수 있는 건 이렇게 곁에 있어주는 것뿐이었다. 고작 그것뿐이었다. 재희는 있는 힘껏 미소를 쥐어짜며 다정의 자그만 어깨를 토닥여 주었다.

다정과 아저씨를 태운 선호의 차가 주차장을 빠져나가는 동안 팔짱을 낀 채 차에 기대서 있던 재희가 그제야 주머니에서 담배를 꺼내 입에 물었다. 가을의 존재감이 확실히 느껴지는 밤이었다. 서늘한 가을바람에 마음이 시렸다. 그래, 마음이 미어지는 것 역시 가을바람 때문이었다.

"후우."

허공에 흩어지는 담배 연기를 바라보던 재희는 가장 가슴 아픈 밤을 지새울 다정이 걱정스러워 단 한 발짝도 걸음을 뗄 수가 없었다. 혼자 타버린 담뱃재가 발등에 떨어졌지만, 재희는 한 개비가 다 타버릴 때까지도 그 사실을 알지 못했다.

이부자리에 누운 아빠가 오늘 유난히 말라 보였다. 그동안 일이 힘들어서 살이 빠졌다고만 생각했지, 이렇게 몸이 망가지고 있는 줄도 몰랐던 아둔함에 다정은 너무나 속상했다. 좀 더 신경 썼어야 했는데 하는 뒤늦은 후회가 밀려들어 자꾸만 울컥했다.

물수건을 만들어서 아빠의 방에 들어간 다정은 걱정 가득했던 표정을 저만치 밀어내고 심통 맞게 입술을 삐죽이며 철퍼덕 주저앉았다.

"무슨 몸살이 그렇게 살벌하게 나."

아직까지도 놀란 마음이 진정되진 않았지만 태연하려 애썼다. 따뜻한 물수건으로 아빠의 얼굴과 손을 정성스레 닦으며 그간 바쁘다는, 피곤하다는 핑계로 살뜰히 챙겨 드리지 못한 죄송스러운 마음을 전했다.

"다정아."

"응?"

"아빠 할 말 있는데."

"뭔데."

긴장되게 예고까지 하고 그러는 걸까. 괜히 불길한 생각이 들어 듣고 싶지 않았지만, 아빠는 하지 말라고 해도 할 것 같았다. 다정은 손목뼈가 도드라진 아빠의 손을 부지런히 닦으며 얼굴을 마주보았다.

"머지않아…… 엄마한테 가게 될 것 같아."

무슨 뜻으로 하는 소린지 쉽게 이해가 가지 않아 아빠가 건넨 말을 서너 번쯤 다시 되짚어본 다정은 미간을 구기며 손에 들고 있던 물수건을 툭 떨어뜨렸다.

"그게 무슨 소리야?"

"미안해……."

아빠가 울먹이며 손을 뻗어 머리를 쓰다듬었다. 이게 도대체 무슨 상황인 건지 납득할 수가 없어 다정은 아빠의 손을 잡아채고 눈을 똑바로 맞췄다.

"무슨 말인지 하나도 못 알아듣겠어! 제대로 말해! 아빠가 어딜 간다고? 날 두고 누구한테 간다고?"

"미안하다……. 미안해, 다정아……."

엄마에게 가야 할 것 같다는 말, 그 말을 듣는 순간 떠올렸던 상황……. 아무래도 그 상황이 맞는가 보다. 그 순간 가슴 안에 차곡차곡 세워두었던 무언가가 와르르 무너지는 듯했다. 세상 그 어떤 거센 바람이 불어도, 혹독한 시련이 쥐고 흔들어도 뿌리 깊은 나무처럼 단단히 박혀 있던 그것이 단숨에 부서졌다. 세상에서 가장 행복했던 순간에 찾아왔던 그때 그 일이 또다시 일어난 것이다.

정말 신이란 것이 존재한다면, 나한테 이러면 안 되지. 이건 너무 가혹하잖아. 난 정말 열심히 산 죄밖에 없는데……. 남의 것을 탐낸 적도 없고, 살인한 적도, 나라를 팔아먹은 적도 없는데. 그냥 하루하루 최선을 다해 열심히 산 것뿐인데, 내가 왜? 내가……. 왜.

눈물이 차올라 아빠의 얼굴이 뿌옇게 보였다. 파르르 떨리는 자그만 손으로 아빠의 얼굴을 감싸 쥔 다정은 결국 고개를 떨궜다.

"아빤 만날 나한테 뭐가 그렇게 미안한데…… 흐흐흑……."

엄마를 먼저 보낸 것도 미안하다고 하고, 학교를 마치지 못한 것도, 힘겹게 번 돈을 빚쟁이들에게 털어줄 때도, 고된 일로 몸살이 나서 누워 있어도 아빠는 늘 미안하다고 했다. 뭐가 그렇게도 미안할까. 모든 걸 주고도 미안하다고 말하는 아빠의 마음을 알면서도 다정은 그 소리가 듣기 싫었다.

아빠를 끌어안은 다정이 결국 아이처럼 엉엉 소리를 내며 울었다. 한번 터져 버린 울음은 그칠 줄을 몰랐고, 한참을 그렇게 울고 난 후 몸속의 모든 수분이 눈물로 쏟아져 버린 것 같은 무렵 거칠게 숨을 고르며 아빠의 품을 빠져나왔다. 아빠의 셔츠는 다정의 눈물로 흠뻑 젖어 얼룩이 져버렸다.

"나랑 같이 병원 가."

직접 확인해야 했다. 이건 말도 안 되는 일이니까. 엄마를 빼앗아 간 걸로도 부족해서 하나뿐인 아빠도 빼앗아 가겠다니. 세상이 아무리 가혹하다 해도 이건 아니지. 꿈이라도 이런 악몽은 없을 거야.

다정이 눈물로 얼룩진 뺨을 손으로 거칠게 닦아내며 일어나자 아빠가 잡아 세웠다.

"아빠 남은 미련 없어. 세상에서 가장 예쁜 우리 다정이 아빠로 이십이 년 살 수 있어서 너무너무 행복했고, 우리 다정이 느리지만 바르게 배우가 되어가는 모습 지켜볼 수 있어서 너무 행복했어. 단지…… 좋은 남자 만나서 사랑 듬뿍 받는 모습 보고 싶었는데, 뭐. 그거야 저 위에서 지켜보면 되니까 아빤 괜찮아."

아빠가 이렇게도 잔인한 사람이었나 싶었다. 희게 웃는 아빠를 보며 다정은 주먹을 꽉 움켜쥐었다.

"그럼 난? 난 어떻게 하고 있을까? 보고만 있을까? 이렇게 울고만 있을까?"

아까 다 쏟아낸 줄 알았는데 아닌가 보다. 또다시 눈물이 흘렀다. 아무리 손등으로 훔쳐 내도 마르지 않고 줄줄 새나왔다. 제대로 고장이 난 것 같았다.

"아빤 엄마 아플 때 다 해봤잖아! 후회하지 않게, 미련 남지 않게 다 했었잖아! 나도 할 거야. 다 해볼 거야!"

감정이 조절되지 않았다. 억눌러 왔던 모든 감정들이 한꺼번에 날뛰는 듯했다. 단 한 번도 아빠에게 언성을 높여본 적 없었는데 왜 이렇게 격해지는 건지 모르겠다. 어깨가 들썩일 정도로 소리를 지르고도 뭔가 더 부족한 건지 가슴이 터질 것처럼 조여들었다.

"아빠가 이렇게 부탁할게. 병원에서 남은 시간을 보내고 싶지 않아. 제발, 다정아……."

눈물이 그렁그렁 들어찬 아빠의 두 눈을 바라보며 다정은 고개를 저어버렸다. 작은 병실에서 고통 속에 생을 마감했던 엄마의 모습이 떠올라 마음이 흔들렸다. 무슨 수를 써서라도 아빠를 좀 더 세상에 붙잡아두고 싶은 마음과 아빠가 원하는 대로 해주고 싶은 마음이 격렬하게 부딪치며 가슴에 생채기를 냈다. 아무것도 받아들일 준비가 되지 않은 작은 마음이 너무나 원망스러웠다.

하늘이 무너지는 것 같았던 그날 밤은 벌써 보름 전의 과거가 되었다. 매일이 살얼음판 걷는 기분, 아마도 폭풍 전야라는 단어가 딱 어울리는 나날들이었다. 멀쩡히 숨을 쉬고 밥을 먹고 웃고 이야길 할 수 있다는 게 믿겨지지 않을 만큼 평온한 하루가 가고, 또 가고, 또 갔다.

오늘도 무사히 하루가 지나길 바라면서도 동시에 시간이 너무 빨리 흐르지 않길 바라는 두 가지 마음이 평행선을 달렸다. 그러는 사이 다정은 황 팀장의 만류에도 불구하고 초반에 잡아둔 이미지에서 벗어나는 작품이라 하더라도 가리지 않고 닥치는 대로 모든 오디션을 보고 있었다. 하루라도 빨리 데뷔를 해서 아빠에게 보이고 싶었다. 오늘 인터넷을 통해 공개된 1차 광고 영상을 보며 너무나도 기뻐하던 아빠의 얼굴에 다정은 자신이 내린 결정에 후회하지 않기로 마음먹었다.

다음 주엔 회사에서 내어준 좋은 집으로 드디어 이사 가기로 했다. 하루라도 더 좋은 곳에서 머물며 행복해하는 아빠의 모습이 보고 싶어서 한 달이나 서둘러 이사를 결정했다.

　이렇게 하나둘 준비를 하는 걸 보면, 아빠와의 마지막을 준비하고 있는 것 같아 그런 자신이 싫어지기도 했지만 받아들여야 하는 거니까, 막무가내로 고집 피운다고 해서 없던 일이 될 게 아니란 걸 알기에 다정은 애써 담담한 척 받아들이는 중이었다.

　재희의 배려로 방송을 한 주 쉬었던 다정은 고된 오디션 일정으로 온몸이 아팠지만 아무렇지 않은 척 견디고 있었다. 조금이라도 피곤한 기색을 보인다면 당장 집으로 돌아가라고 할 것만 같아 다정은 버텼다.

　"아까 방송 들어오기 전에 김다정 씨 첫 광고를 봤는데, 평상시에 보던 모습과 완전 똑같던데요?"

　재희의 말에 다정이 수줍게 웃으며 대본 귀퉁이를 까만 볼펜으로 색칠했다.

　"자연스러운 제 평소 모습을 강조한 콘셉트라 그런 거예요. 아깐 예쁘다고 하셨으면서."

　고마운 사람이었다. 고맙다는 짧은 말로 표현하기엔 그 마음이 너무 가벼운 것 같지만 그 말 말고는 표현할 방법이 없었다. 딱히 살뜰히 챙겨주거나 도움을 준 건 아니지만 그가 가까이 있어준다는 것만으로도 다정에겐 큰 위로가 되었다. 틈틈이 문자를 보내주고, 전화를 걸어 밥은 먹었냐고 툭 하고 한마디 던져 줘도 그것만으로도 좋았다. 난 혼자가 아니라는 생각에 힘이 났다.

　"광고를 보신 청취자 분들께서 문자를 엄청나게 보내주고 계세요. 3756님, '다정 님 광고 봤는데 나무 아래 서서 활짝 웃는 모습이 너무너무 사랑스러웠어요'. 7013님, '다정 님에게 홀딱 반해 버렸습니다. 앞으로 그 음료수만 사 먹을 거예요'. 등등 반응이 무척 좋네요. 기분 좋으시죠?"

인터넷에 공개된 30초의 영상 중 다정이 등장하는 건 채 5초도 되지 않는다. 티비를 통해 방송될 분량은 5초는커녕 단 두 컷에 불과하다는 얘길 들었던지라 다정은 그 짧은 순간을 기억해 주는 고마운 분들에게 일일이 찾아가 감사의 인사라도 전해주고 싶은 심정이었다.

"네, 무지무지 좋아요."

"아버님이 많이 좋아하셨을 것 같은데, 뭐라고 하시던가요?"

조심스럽게 물어오는 그의 따스한 음성에 순간 울컥해진 다정은 그의 눈을 바라보며 빙긋 웃었다.

"김태희, 전지현보다 더 예쁘다고 해주셨어요."

"아, 예. 그럼 김태희, 전지현보다 훨씬 예쁜 김다정 씨가 선곡해 오신 첫 곡 듣고 〈사랑, 그 쓸쓸함에 대하여〉 시작하겠습니다. 캐스커의 〈꼭 이만큼만〉."

곧바로 음악이 흘렀다. 귀에 꽂았던 이어폰을 빼고 막내 작가가 신경 써서 타준 따뜻한 유자차를 마시던 다정은 저도 모르게 작은 한숨을 내쉬었다. 하면 할수록 늘지는 않고 긴장만 되는 탓도 있지만, 머릿속을 떠나지 않는 아빠에 대한 걱정도 한몫을 했다.

"한 주 더 쉬라니까."

"괜찮아요."

라디오 고정게스트는 그가 직접 만들어준 기회였다. 그랬기에 다른 일정에 무리가 가더라도 이 방송만큼은 꼭 지키고 싶었다. 무엇보다 이 방송을 듣고 있을 아빠를 위해서도.

홈페이지에 올라온 사연을 뒤적이던 그가 무슨 말을 꺼내려다 멈칫하곤 테이블 위에 놓인 카라멜 하나를 툭 던졌다. 다정은 그가 건네준 카라멜을 입안에 넣고 오물오물거렸다. 달콤함이 입안 가득 퍼져 한결 기분이 나아졌다.

노래가 끝나고, 코너의 시그널 음악이 흐르자 다정이 숨을 고르며 사연의 첫 줄을 볼펜으로 가리켰다.

"6년 동안 연애했던 사람과 헤어진 후, 그 후 6년의 시간을 혼자 지냈던 제게 드디어 좋아하는 사람이 생겼습니다. 그 남자는 제가 근무 중인 회사 근처에 위치한 사무용품 매장을 운영하고 계신데, 그 탓에 남들 점심 먹고 커피 마시러 갈 때 저는 그곳에 펜을 사러 갑니다. 이미 제 책상 서랍에는 수십 개의 펜들이 심 굵기별, 색상별, 제작회사별로 가득 차 있고, 얼마 전부턴 스무 장씩 묶은 A4용지를 색상별로 모으기 시작했어요."

설렌 표정으로 매장의 문을 밀고 들어갈 여자의 모습이 눈에 훤히 그려져 다정은 숨을 고르며 밝게 웃었다.

"말 한 번 걸기가 왜 이렇게 어려운 건지. 물꼬만 터지면 좀 더 용기가 날 것 같은데 그 첫걸음이 너무 힘드네요. 연애를 너무 오래 쉬어서 그런 걸까요? 아니면 이별의 그림자를 너무 잘 알기에 겁부터 집어먹은 걸까요? 내일은 큰맘먹고 커피 한 잔 사서 매장에 갈 생각입니다. 어떻게든 되겠죠?"

소개가 끝나자 사연 주인공의 신청곡 김C의 〈고백〉이 흘렀다.

노래 가사를 음미하며 고개를 끄덕이던 다정은 재희의 얼굴을 힐끔 쳐다보고 다시 사연을 들여다보았다. 고백. 뭔가 담담하면서도 설레는 그 단어가 가슴에 콕 박혔다.

"〈감성충전소―WITH〉 수요일 코너, 〈사랑, 그 쓸쓸함에 대하여〉. 오늘은 오주은 님께서 보내주신 사연과 신청곡으로 문을 열었습니다. 어……. 시간을 보니까 어제 보내주신 사연인데 오늘 무사히 커피를 전달하셨는지 모르겠네요. 결과가 궁금한데."

"잘됐을 것 같아요."

난 아직 못했으니 다른 사람이라도 성공하길 바라는 마음이랄까? 다정이 장담한다는 듯 고개를 주억거리자 재희가 웃었다.

"김다정 씨는 고백 많이 받아봤을 것 같은데, 어땠어요?"

"전혀요. 한 번도 못 받아봤어요."

"아니, 왜? 김태희, 전지현보다 예쁜데?"

"아이 진짜!"

말아 쥔 주먹으로 팔을 툭 치자 그가 웃으며 어깨를 으쓱였다.

"그럼 고백을 해본 적은 있어요?"

이런 걸 직접적으로 묻는 그가 뻔뻔하다고 해야 하나……. 물론 대놓고 고백을 한 건 아니었지만 마음은 이미 충분히 알고 있을 텐데도 이런 질문을 하는 것 자체가 참 마음을 심란하게 만들었다. 저런 가식적인 남자 같으니라고.

"차일까 봐 안 해봤어요. 좋아하는 사람 생긴다고 덥석 가서 말할 순 없잖아요. 이런저런 고민도 많이 되고요."

"어차피 확률은 반반인데 차일까 봐 고백 안 하는 건 바보 같은 짓이에요. 차이면 '어! 알겠어!' 하고 말면 되지, 뭘 그런 걸 고민해?"

어쩜 저렇게 생각이 심플할까. 그렇게 고민이 없는 분이라서 모른 척하고 계시나?

다정은 입술을 삐죽이며 그를 힐끗 노려보았다.

"안 하고 후회하는 것보단 하는 게 낫겠죠?"

"그럼요. 그러니까 주은 씨도 꼭 고백하세요. 이별의 그림자 뭐, 그런 이상한 소리 하지 마시고요."

다정은 재희 쪽으로 얼굴을 고정시킨 채 턱을 괴고 고개를 끄덕이며 오늘의 조언을 뼈에 새겨서 언젠간 당당하게 고백을 하겠다고 다짐했다. 그러니 조금만 기다리라고. 오늘보다 내일 더 멋진 사람이 될 테니까 그때까지 기다리고 있으라고.

가로등만이 골목을 밝힌 깊은 밤. 다정이 사는 낡은 빌라 앞에 재희의 차가 멈춰 섰다. 차에서 내린 두 사람은 괜히 하늘을 올려다보며 헤어짐이 아쉬워 시간을 끌었다.

"들어가."

"고맙습니다."

재희는 고개를 꾸벅 숙여 인사를 하는 다정을 바라보다가 끈이 풀어진 다정의 운동화를 발견했다. 한 걸음 다가서서 무릎을 구부리고 앉은 재희는 풀어진 운동화 끈을 마저 끌러 꼭 묶어주고 다른 한쪽도 다시 묶어주었다.

"사람 설레게……."

대담하기도 하지. 설렌다고 입 밖으로 꺼내기도 하고.

두 볼을 붉힌 채 손끝으로 이마를 긁적이며 수줍게 웃는 다정을 보며 재희도 덩달아 피식 웃었다.

"이런 거 좋아하는구나."

다정이 고개를 끄덕였다. 이 아이, 정말 대책없이 밀어붙인다.

"잠깐만."

재희는 뒷좌석 문을 열고 가방 안에서 MP3를 꺼내 다정에게 내밀었다.

"들어봐."

"뭔데요?"

대답 대신 이어폰을 다정의 귀에 꽂아주고 재생버튼을 눌렀다. 그리곤 볼륨을 서서히 높였다.

"네가 만들어준 노래."

"뭐라고요? 음악 때문에 안 들려."

재희는 미간을 구기며 이어폰을 빼려 하는 다정을 검지로 다정의 이마를 꾹 눌러 단번에 제압했다. 그러자 입술을 삐죽 내밀며 코끝을 찡긋거렸다. 언제 봐도 귀여운 그 표정. 재희의 가슴을 가장 설레게 만드는 그 표정이 재희는 내심 반가웠다.

MP3 안에 담긴 네 개의 곡 모두 다정에게서 영감을 얻은 곡들이었다. 밝고 씩씩하지만 때론 한없이 여려지는 모습을 보면서 느낀 것들을 피아노로 표현할 수 있는 한계 내에서 자유롭게 담았다.

재희는 다정에게 이만 들어가라고 손짓했지만 다정은 고개를 가로저었다. 하는 수 없이 현관 쪽으로 다정을 밀어 넣고 손을 흔들었고, 그제야 다정이 아쉬운 듯 쭈뼛거리며 공동현관 안으로 걸어 들어갔다. 다정의 모습이 완전히 사라질 때까지 지켜보던 재희는 한 걸음 물러서서 차에 등을 기대고 다정이 오를 때마다 계단등이 하나둘 켜지는 것까지 바라보다가 주머니에서 담배를 꺼내 입에 물었다.

올 가을은 정말 가을 같다는 표현이 맞을 것 같았다. 아침저녁으론 서늘한 바람이 불고 한낮엔 뜨거운 태양이 내리쬐는 변덕스러운 날들. 가을이 깊어질수록 마음도 깊어지고, 걱정도 깊어졌다.

내년 가을에 올 가을을 떠올리면 어떤 것이 가장 먼저 떠오를까.

아마 한 여자가 가장 먼저, 아니, 오직 한 여자의 이름만 떠오를지도 모르겠다.

✱

첫눈과 함께 진짜 겨울이 찾아온 오늘, 재희는 아저씨가 떠났다는 소식을 접하고야 말았다. 무슨 정신으로 〈그루터기〉 녹화를 마쳤는지 기억도 나질 않는다. 얼른 녹화를 마무리 지어야 한다고 스텝들에게 너무 많이 짜증을 낸 것 같아 미안하긴 했지만 어쩔 수가 없었다. 지난 석 달간 오히려 병세가 호전되는 것 같다며 너무나도 기뻐하던 다정의 얼굴이 가장 먼저 떠올라 빈소로 향하는 재희의 마음이 무척이나 급했다.

그간 다정은 재희의 우려와 달리 꽤나 어른스럽고 초연한 모습을 보였다. 비록 광고이긴 했지만 티비에 나온 제 모습을 아빠에게 보여줄 수 있어서 다행이라고, 넓고 따뜻한 집에서 아빠를 편히 쉴 수 있게 해줘서 너무 좋다고 말했었다.

주차하자마자 장례식장으로 뛰어 들어간 재희는 상주 이름 란에 적힌 김다정이란 이름 석 자를 확인하고 옷매무새를 가다듬었다. 슬픔으로 가득 찬 빈소들을 지나 다정이 있는 곳에 도착한 재희는, 아무도 없는 빈소를 홀로 지키며 까만 상복을 입고 아저씨의 영정사진을 보며 멍하니 앉아 있는 다정을 발견하곤 어깨를 쭉 펴고 숨을 골랐다.

"아무도 안 왔어?"

다정이 천천히 고개를 돌리며 시선을 맞춰왔다. 많이 지친 듯 핏기 없는 얼굴이 가장 먼저 눈에 들어왔다.

"오빠한테 가장 먼저 연락했어요."

옅은 미소를 짓는 다정의 얼굴이 눈물을 펑펑 쏟아낼 때보다 더 슬퍼 보였다. 그래도 손님이라고 일어서서 맞이하려는 다정을 한참 동안 바라보던 재희는 빈소 안으로 성큼성큼 걸어 들어가 다정을 품 안에 끌어안았다. 조금의 빈틈도 허락하지 않으려 두 팔로 다정의 상체를 꼭 안은 재희는 어깨 위에 턱을 얹는 다정의 자그만 머리를 조심스레 쓰다듬으며 두 눈을 질끈 감았다.

"미안해. 빨리 오려고 했는데……."

혼자 있게 하고 싶지 않는데 바로 달려오지 못해서 너무나 미안했다. 한 팀의 공연을 남기고 다정에게 전화를 받은 재희는 어떻게 해서든 곧장 출발하려 했지만 그런 재희를 만류한 건 오히려 다정이었다. 이럴 땐 어른스럽게 굴지 않아도 되는데…… 마음껏 어리광 부리고 아파해도 괜찮은데 이 아이, 끝까지 씩씩한 척을 하고 있었다.

　"이렇게 빨리 와놓고 뭐가 미안해……."

　재희는 말로 전하지 못한 미안함을 담아 다정의 작은 등을 따스하게 쓰다듬어 주었다. 조금씩 젖어드는 어깨에 묻어난 다정의 아픔을 함께 나누며, 그렇게 오래토록 안아주었다.

08

사흘 내내 눈이 내렸다. 쏟아진 양이 어마어마해서 첫눈을 반기던 사람들도 하나둘 불평을 하기 시작했다. 녹아내린 눈이 흙과 범벅되어 옷과 신발을 더럽히고, 밟고 또 밟아 딱딱해진 눈덩이는 빙판이 되어 걷기가 불편하게 만들었다. 좀처럼 그칠 기미가 보이지 않는 굵은 눈송이가 더 이상 낭만적이지 않았다.

재희는 조수석에 앉아 있던 다정이 곤히 잠든 걸 확인하고 한껏 키웠던 라디오 볼륨을 들릴 듯 말 듯하게 줄였다. 자정을 훌쩍 넘긴 시간. 평소라면 지금쯤 라디오 스튜디오에 있을 시간이지만 지난 사흘간 재희는 장례 일정 내내 다정의 곁을 지키느라 방송을 하지 못했다. 갑작스러운 통보에도 넓은 아량으로 대타 디제이를 구해 방송을 이어가고 있는 고마운 스텝들에겐 미안한 얘기지만,

대타 디제이가 말을 버벅대거나 영어로 된 곡명을 가수와 바꿔 말할 때면 불쑥 짜증이 치미는 건 어쩔 수 없었다.

다정이 살고 있는 아파트 단지 근처에 차를 세운 재희는 와이퍼가 더 이상 작동하지 않도록 멈춰 세웠다. 그러자 전면 유리에 차곡차곡 눈이 쌓였고, 그 덕에 길 위에 쏟아지는 가로등 불빛이 쌓인 눈에 가려 미간을 구기고 있던 다정의 표정이 조금 편안해졌다.

아저씨의 흔적이 남아 있을 그 집에 다정을 혼자 들여보내려니 마음이 편치 않았다. 혼자서 긴 밤을 하얗게 지새울 다정의 모습이 머릿속에 그려져 절로 짙은 한숨이 새어나왔다. 재희는 핸들을 두 손으로 쥐고 그 위에 뺨을 기댄 채 다정을 바라보았다.

얼굴이 엉망이었다. 지난 사흘간 잠도 제대로 자지 못하고 먹지고 못했으니 그럴 수밖에. 그래도 극단에서 함께 지내던 선후배들과 소속사 직원들이 도와 무사히 장례를 마무리 지을 수 있었다. 다정의 주변엔 참 좋은 사람들이 많은 것 같았다.

"다 왔으면 깨우지……. 피곤하죠?"

그때, 잠에서 깬 다정이 힘겹게 눈꺼풀을 밀어 올리며 손등으로 눈두덩을 비볐다.

"누가 누굴 걱정해."

재희의 타박에 다정은 고개를 핑그르르 돌리며 들릴 듯 말 듯 짧게 한숨을 지었다.

"혼자…… 괜찮겠어?"

다정은 대답하지 않았다. 표정으로 짐작컨대 전혀 괜찮지 않은 것 같았다. 조금은 두려운 듯 거칠게 일렁이는 불안한 시선이 재희의 두 눈에 고스란히 들어왔다. 마음을 굳힌 재희는 다시 와이퍼를 작동시켜 유리 위에 쌓인 눈을 밀어내고 차를 출발시켰다.

"어디로 가게요?"

재희는 대답 대신 빙긋 미소를 지어주고 손을 뻗어 다정의 눈꺼풀을 덮어주었다.

"더 자."

이렇게 눈이 많이 오는 날엔 차가 오르기 힘든 골목길이라 걱정되긴 하지만 재희는 내색하지 않고 차를 몰았다. 다정을 집에 혼자 두는 것보단 조금 귀찮더라도 그곳에 데리고 가는 게 나을 것 같았기 때문이다.

재희의 차가 멈춰 선 곳은 다름 아닌 재희의 본가가 위치한 가회동이었다. 가파른 오르막 골목을 하나 통과한 재희는 편편한 공동 주차장에 차를 세우고 안전벨트를 풀었다.

"내리자."

"여기가 어딘데요?"

"팔아먹는 거 아니니까 걱정 마."

차에서 먼저 내린 재희는 보닛을 돌아 조수석의 문을 열어주었다. 그러자 다정이 차 문을 잡고 조심스레 발을 내밀었고, 땅에 발을 내딛다가 휘청이며 비틀거렸다. 제대로 먹지도 못하고 자지도 못했으니 몸에 힘이 남아 있을 리가 없었다. 납골당에서도 실신하기 직전까지 울었던 터라 재희는 다정이 걸음을 내디딜 때마다 가슴이 철렁 내려앉을 지경이었다. 아무래도 며칠 푹 쉬게 하면서 잘 챙겨 먹여야 할 것 같았다.

"걸을 수 있겠어?"

"그 정도는 아니거든요?"

옅게 웃어 보였지만 퉁퉁 부어오른 눈두덩이 마음에 걸려 재희는 차마 웃을 수가 없었다. 뒷좌석에 던져 두었던 다정의 가방과 자신의 가방을 챙겨 내린 재희는 다정에게 손을 내밀었다.

"잡아."

다정이 얼굴과 손을 차례로 바라보더니 쑥스러운 듯 느리게 손을 내밀었다. 작고 보드라운 손이 재희의 커다란 손 안에 쏙 들어왔다. 재희는 다정의 손을 꼭 잡고 곁으로 바짝 끌어당겼다.

"어엇."

한 걸음 내딛기가 무섭게 다정이 또다시 휘청거리며 힘겨운 듯 아랫입술을 꾹 깨물었다. 쓰러지지 않은 것만 해도 얼마나 다행인지……. 하는 수 없이 재희는 들고 있던 가방을 다정의 손에 건네고 다정의 앞에 허리를 낮춰 앉았다.

"업혀."

"괜찮은데……."

말은 괜찮다고 하면서도 다정은 등 위에 넙죽 업혔다. 재희는 피식 웃으며 다정을 업고 굽혔던 무릎을 펴고 일어섰다. 생각했던 것보다 훨씬 더 가벼워서 절로 눈썹이 일그러졌다. 이렇게 조그만 몸으로 어떻게 걸어다녔는지 신기할 정도였다.

집 앞에 도착한 재희는 다정을 바닥에 내려주고 대문 앞에 섰다. 늦은 시간이라 열쇠로 열고 들어갈까도 생각해 봤지만 어머니가 너무 놀랄 것만 같아 초인종을 누르고 문이 열리길 기다렸다.

철컥.

그때, 누군지 묻지도 않고 어머니께서 대문을 열어주셨다. 재희는 다정의 허리를 긴 팔로 감싸고 안다시피 해서 대문을 넘어 현관문 쪽으로 천천히 걸었다.

"여기가 어디예요?"

"우리 집."

눈이 휘둥그레진 다정을 보며 재희는 그대로 현관문을 열었다.

"어머니, 저 왔어요."

"이 새벽에 웬일이야."

어머니는 양손으로 마른세수를 하고 안경을 콧등에 얹었다. 그리곤 재희의 곁에 선 다정을 보며 고개를 갸웃거렸다.

"인사드려, 우리 어머니."

"안녕하세요. 김다정이라고 합니다. 밤늦게 불쑥 찾아뵈어서 죄송합니다."

다정이 허리를 숙여 꾸벅 인사를 건네자 어머니는 고개를 끄덕이며 환하게 미소를 지었다.

"보아하니 재희가 설명도 없이 무작정 끌고 온 것 같은데. 내 말이 맞지?"

"하아, 네."

긴장한 다정이 어색하게 웃자 어머니는 다정의 손에 들려 있던 가방을 받고 다정을 집 안으로 이끌었다.

"얼른 들어와. 손이 꽁꽁 얼었네."

"2층 제 방에 며칠 묵게 하려고요."

"다정 양만 괜찮다면 난 상관없어."

"자세한 건 이따 말씀드릴게요."

어머니는 다정을 거실로 안내하고 주방으로 걸음을 옮겼다. 어리둥절한 표정으로 집 안 곳곳을 두리번거리고 있는 다정에게 다가간 재희는 한쪽 구석에 쌓인 방석을 들고 탁자 주변에 내려놓았다.

"그동안 몇 번이나 여자 데리고 왔어요?"

"한 번도 없었는데?"

"어머니 전혀 안 놀라시는 건 어떻게 설명할 건데요?"

재희가 웃자 다정도 없는 기운을 억지로 짜내며 빙긋 웃었다. 재희는 눈이 녹아 젖은 다정의 머리칼을 손으로 툭툭 털어주고 흐트러진 머리칼을 가지런히 귀 뒤로 넘겨주었다.

"여기서 며칠 푹 쉬고 집으로 가. 2층에 방이랑 거실이랑 욕실 다 있으니까 불편하지 않을 거야."

"……고마워요."

촉촉하게 젖어가는 다정의 까만 눈동자를 바라보던 재희는 품 안에 꼭 끌어안고 싶은 마음을 간신히 억누르고 자그만 어깨를 가볍게 토닥여 주었다. 그사이 어머니는 주방에서 따뜻한 오미자차를 끓여 거실로 가지고 나오셨다.

"지붕 안 무너지니까 앉아."

어머니가 먼저 자리를 잡자 다정과 재희도 방석 위에 앉아 어머니가 건넨 찻잔을 손에 감싸 쥐었다. 하루 종일 바깥에서 겨울바람과 씨름했던 탓인지 찻잔을 통해 전해진 작은 온기에도 얼어붙었던 온몸이 사르르 녹아내리는 것 같았다.

"많이 지쳐 보이네. 따뜻할 때 쭉 마시고 올라가서 푹 자. 아침에 밥 먹으라고 안 깨울 테니까."

"감사합니다."

흐뭇한 표정으로 다정을 바라보는 어머니의 모습에 재희는 너무나 감사했다. 늦은 밤 불쑥 여자를 데리고 들어왔으니 도대체 이게 무슨 일인 건지 궁금하실 텐데도 더는 묻지 않으셨다.

"너도 자고 갈 거니?"

"아뇨. 공연이 얼마 안 남아서 연습 가봐야 해요."

아쉬운 듯 고개를 끄덕이던 어머니가 자리에서 일어섰다.

"나 먼저 들어가서 잘 테니까 재희 네가 다정이 챙겨줘."

"네, 어머니. 주무세요."

"불편하게 생각하지 말고 배고프면 냉장고에서 먹을 거 꺼내다 먹고 푹 자. 알겠지?"

"감사합니다."

다정이를 알뜰하게 챙긴 어머니가 방 안으로 들어가자 다정이 재희를 보며 피식 웃었다. 잠시나마 스친 그 미소가 반가워서 재희도 덩달아 옅게 웃었다.

"오빠가 이렇게 공손한 사람인 줄 몰랐어요."

"내가 공손했어?"

"네. 조선시대 양반인 줄 알았어요."

속이 말이 아닐 텐데도 제법 웃긴 소리를 해댔다. 기특하기도 하고, 한편으론 그래서 더욱 가슴이 아프기도 했다. 재희는 웃고 있는 다정의 얼굴을 한참 동안 말없이 지켜보다 자연스레 고개를 돌렸다.

"집에 혼자 있는 것보단 여기가 나을 것 같았어. 미리 말해주면 또 괜찮다고 해댈까 봐 그냥 끌고 온 거야."

"그래서…… 고마워요. 실은 막막했거든요. 그동안 아빠를 보낼 준비를 잘해왔다고 생각했는데……."

파르르 떨리는 다정의 눈꺼풀을 바라보던 재희는 입술을 꾹 깨물고 자리에서 일어섰다.

"다 마셨으면 올라가자."

재희는 다정을 데리고 2층으로 향했다. 거실을 두고 마주 본 두 개의 방 중 오른편이 8년 전 재희가 독립하기 전까지 쓰던 곳이었다. 그 방문을 열고 선뜻 들어서지 못하던 재희는 숨을 한 번 크게 고르곤 걸음을 내디뎠다.

"와, 좋다."

8년 동안 비어 있던 곳이었지만 하루도 거르지 않고 쓸고 닦은 어머니 덕에 마치 어제까지도 쓰던 방처럼 온기가 여전했다. 가지런히 정리된 시트와 먼지 한 톨 없는 깨끗한 책상에 재희는 웃음이 났다.

"맞은편 방은 누구 방이에요?"

"우리 형아."

"형이 있었어요?"

"8년 전까진. 이거 여기다 둘게."

아무렇지 않은 척 자연스럽게 가방을 내려놓은 재희는 이대로 슬쩍 자리를 피하고 싶은 마음에 문고리를 쥐었다.

"그럼……."

"저기 위에."

재희가 하늘을 향해 손가락질을 하며 어색하게 웃자 다정의 두 눈에 눈물이 차올랐다.

"미안해요. 몰랐어요."

"괜찮아. 미안해할 거 없어."

아련해진 다정의 눈빛에 재희는 어떠한 표정을 지어야 할지 난감했다. 난 이제 괜찮은데. 형을 떠올려도 마냥 슬프지만은 않은데. ……그저 조금 그때가 그리울 뿐인데.

"구경시켜 줄까?"

재희의 제안에 다정이 고개를 끄덕였다. 재희는 다정을 데리고 함께 방을 나섰다. 그리곤 오랫동안 발을 들이지 않았던 형의 방 문을 열고 조심스레 안으로 들어섰다.

그곳도 여전했다. 바로 어제까지 형이 머물렀던 것처럼 깨끗이 정돈되어 있었다. 다정은 망설임없이 안으로 들어섰지만, 재희는 한참을 머뭇거리다가 마지못해 따라 들어갔다.

"형도 음악 하셨나 봐요."

책장 가득 꽂힌 악보집들과 형이 가장 아끼던 CD들. 그리고 벽면 진열장을 빼곡하게 채운 콩쿠르 수상 트로피들과 메달들이 여전히 빛을 내며 반짝였다. 그것들을 손끝으로 훑으며 찬찬히 구경을 하던 다정이 맑게 웃으며 눈을 맞춰왔다.

"전에 물었지? 왜 영화음악감독이 되었냐고. ……형 대신 시작한 거였어."

형의 유작이자 형제의 데뷔작이었던 첫 작품. 오랜 시간 꿈꿔왔던 순간을 목전에 두고 하늘로 떠나 버린 형을 대신해서 꿈을 이룬 재희에게 영화음악감독으로서의 첫 순간은 가능하면 들춰보고 싶지 않은 순간이었다. 한 번 시작되면 며칠 밤을 새우도록 머릿속을 떠나질 않아 불면의 고통을 주기도 했다.

"형이 기특해하겠다. 이렇게 유명해졌으니까……."

다정의 말에 피식 웃던 재희가 형이 쓰던 침대에 걸터앉아 콘솔 위에 놓인 액자를 집어들었다. 그 안에는 여섯 살의 재희와 열 살의 형이 그네를 타며 눈동자가 보이지 않을 만큼 활짝 웃고 있었다.

"난 형한테 다 배웠어. 슈퍼에 가서 껌을 사고 잔돈을 받아오는 것부터 군대에서 고참에게 사랑받는 법까지. 세상을 살며 알아야 할 것들은 모두 형한테 배웠지. 피아노를 배운 것도, 기타를 배운 것도 다 형 때문이었어."

형 같은 사람이 되고 싶었다. 여섯 살 때도, 열다섯 살 때도, 스물두 살 때도 재희에게 형은 세상에서 가장 멋지고 듬직하고 닮고 싶은 사람이었다. 그런 형의 동생이란 사실이 너무너무 자랑스러워서 재희는 형이 하는 것이라면 모조리 따라 했었다. 그렇게 하면 형 같은 사람이 될 수 있을 것만 같았다. 재희는 손끝으로 열 살의 형을 어루만지며 코끝을 찡그렸다.

"내가 형 동생이 된 건 여섯 살 때였어. 언제인진 모르겠지만 내가 기억할 수 없을 만큼 어렸을 때…… 난 세상에 버려졌거든. 그것도 두 번이나."

다행이라는 표현이 맞는 건지 모르겠지만, 세상에 홀로 남겨졌던 첫 번째 순간은 기억이 나질 않는다. 아직도 또렷이 기억나는 건 두 번째 순간. 이제부터 네 부모님이 되어주실 거라던 어떤 아저씨의 말을 믿고 따라간 집에서 한 달 만에 쫓겨나 다시 또래 아이들이 바글바글 대던 곳으로 돌아갔던 기억뿐이다.

지금 생각해 보면 그때 그 어린 정재희는 마음의 상처를 꽤나 받았던 것 같다. 그랬기에 남에게 쉽게 정을 주지 않았고, 사람과 사람 간의 관계 형성에 있어서 크게 믿음을 갖지 않았다. 언제든 쉽게 깨어질 수 있는 것이 사람과 사람 사이라고 믿었다. 마주 보고 있던 한 사람이 등을 돌린다면 그 자리에 서서 그 사람이 다시 돌아서길 기다리는 것보다 함께 등을 돌리는 게 맞는 거라고 터득을 했던 것이다. 그러한 관계들에 집착하지 않다 보니 나 이외의 것에 점점 더 무심해져 갔고, 그 어린 나이부터 지금에 이르기까지 영향을 주고 있었다. 그런 절 보고 사람들은 새침하다, 제멋대로다라고 말했고, 그 의견을 부정하지 않았다.

"어머니는 아이를 가질 수 없었대. 그래서 형을 먼저 입양했고, 그 후에 내가 형의 동생이 되었어. 우리 어머니, 굉장하신 분이야."

그런 정재희가 믿고 의지했던 단 한 사람이 바로 형이었다. 천성이 다정하고 따뜻했던 형은 늘 재희를 데리고 다니며 밝고 착한 세상을 보여주었고, 그 덕에 아프고 차갑기만 했던 재희의 세상이 점점 밝아졌다. 희망이란 것도, 꿈이란 것도 품을 수 있을 정도로 넉넉한 마음이 생기기 시작했던 것이다.

그런 형제의 뒤엔 늘 어머니가 계셨다. 아마 어머니의 헌신적인 사랑이 없었더라면 형에게도 그런 밝은 세상이 가슴에 새겨지지 못했을 것이고, 형제는 세상에 버려졌다는 패배감에 사로잡힌 채 올바르게 자라지 못했을 것이다. 세계 곳곳을 누비며 작품 활동을 핑계로 가정을 등진 아버지를 대신해서 본인의 힘으로 꾸린 가정을 굳게 지키며 그 안에서 위로를 얻었던 어머니. 형제는 그런 어머니를 진심으로 사랑했고, 어머니 역시 형제를 진심으로 사랑해 주었다.

오래전에 가슴 깊이 묻어두었던 낡은 기억을 바라보며 씁쓸하게 웃던 재희의 곁에 다정이 성큼 다가와 허리를 꼭 끌어안았다.

"참 잘 컸다, 기특하게……."

언젠가 자신이 했던 말을 그대로 돌려주는 다정 때문에 재희는 웃고 말았다. 그 누구에게도 꺼내 보이지 않았던 것은 생각만으로도 숨을 턱턱 막혔기 때문이다. 상처가 여문 자리에 결국 생기고만 흉터는 재희를 때때로 나약하고 작아지게 만들었다. 하지만 '그 누구'가 김다정이었기 때문일까. 이상하게 마음이 한결 가벼워졌다. 세상에서 가장 사랑하는 사람을 떠나보냈다는 동질감이 얼어붙은 가슴에 온기를 불어넣어 주었다.

"나도 너만 한 나이에…… 세상에서 가장 소중한 사람을 잃었어. 그래서 네 마음 어느 정도는 알아."

이젠 다정이 극복할 차례였다. 불현듯 의도하지 않게 나약함이 찾아들지도 모르지만 그것이 찾아와도 의연하게 넘길 수 있도록 마음을 단단하게 굳혀야 했다. 저 하늘 위에서 내려다보고 있을 그들이 마음 아프지 않게, 잘하고 있다며 기특해할 수 있게, 그렇게 씩씩해져야 했다.

"아저씨, 분명 좋은 곳에 가셨을 테니까 너무 많이 힘들어하지 마."

"⋯⋯노력해 볼게요."

재희는 다정을 꼭 끌어안고 따스한 손길로 등을 쓸어주었다. 조금 어설프더라도 서로가 서로에게 기댈 수 있는 어깨를 내어주고 마음을 위로할 수 있기를. 그런 넓은 가슴을 가질 수 있기를 바라며⋯⋯.

깊은 잠에 빠진 다정을 두고 내려온 재희가 안방 문을 조심스레 두드렸다.

"어머니, 주무세요?"

"들어와."

문을 열고 안으로 들어서니 어머니는 방 안 불을 환히 밝힌 채 컴퓨터 앞에 앉아 계셨다.

"잠들었니?"

"막 잠들었어요."

"그 아이 많이 힘들어 보이더라."

컴퓨터 옆에 펼쳐 두었던 노트에 책갈피를 끼우고 덮은 어머니는 돋보기안경을 콘솔 위에 올려두고 손등으로 눈두덩을 비볐다.

"새 작품 시작하셨어요?"

"어, J미디어에서 드라마 제작을 시작한다네? 첫 작품 꼭 같이 해달라고 해서 준비 중이야. 아들도 좀 돕지?"

"전 드라마 못해요."

"너, 정말 드라마 안 해볼 거야? 그러지 말고 엄마랑 한번 해보자. 응?"

재희는 고개를 가로저으며 정중히 거절했다. 아마도 드라마음악까지 하게 된다면 스트레스로 머리가 폭발해 버릴지도 모르기 때문이다.

"전에 네 아빠랑 얘기하던 그 아이지?"

"네. 사흘 전에 아버지가 돌아가셨어요."

"딱하기도 하지……. 저렇게 예쁜 녀석을 두고 억울해서 어찌 눈을 감았을꼬. 걱정 마라. 엄마가 알아서 건사하마."

"부탁드릴게요."

"네 몸도 좀 챙기고. 얼굴이 말이 아니다."

"네, 주무세요."

방을 빠져나온 재희는 거실과 주방의 불을 모두 끄고 현관을 나섰다. 재희는 2층 방과 안방을 번갈아 바라보다 대문을 나섰다.

일주일 만에 돌아온 집 안은 생각했던 것보다 훨씬 더 썰렁했다. 방, 베란다 할 것 없이 집 안의 모든 창문을 활짝 열어 환기를 시킨 다정은 방 안 곳곳에 널브러진 옷가지를 주섬주섬 모아 세탁기에 넣어 돌리고, 진공청소기로 바닥을 밀었다.

윙윙대는 기계음만 가득한 집 안. 아무 생각 하지 않으려 집중을 해봐도 자꾸만 안방에 시선이 가는 건 어쩔 수가 없었다. 결국 다정은 티비를 켜고 볼륨을 끝까지 올렸다. 마침 개그프로그램이 방송 중이었고 관객들의 웃음소리가 집 안을 쩌렁쩌렁 메워주었다. 청소기를 밀며 티비를 바라보던 다정은 크게 웃지 못하고 결국 멍하니 멈춰 섰다.

지난 일주일 동안 재희의 본가에서 머무는 동안 이틀은 방에서 꼼짝 않고 울다가 잠들기를 반복했다. 그러다 사흘째 되던 날 참다못한 그의 어머니가 방문 열고 들어와 강제로 죽을 먹여주신 바람에 탈진하지 않을 수 있었다.

자세히 묻진 않았지만 그에게 전해 들은 건지 어머니께선 대충은 알고 계셨다. 여기선 얼마든지 울어도 좋으니 집에 돌아가선 혼자서 그러지 말라던 어머니의 말씀에 또 한 번 울음이 터져 어머니의 품에 안겨 하염없이 울기도 했었다. 아주 사소한 것에도 눈물을 보여서 얼마나 당황스러웠는지. 우는 걸 잘 참아왔지만 조절이 불가능하던 며칠을 보내고 나니 몸이 축 처지고 의욕 같은 건 남아 있지 않았다.

Rrrr.

휴대폰이 울리자 마지못해 티비 볼륨을 줄인 다정은 청소기를

끄고 휴대폰을 꺼내 들었다. 발신자가 황 팀장임을 확인하고 받을
까 말까 망설이던 다정은 침을 한 번 꿀꺽 삼킨 후 통화를 연결했
다.

"여보세요."

[몸은 좀 어때?]

"괜찮아요. 많이 좋아졌어요."

[그래, 기운차려야지. 좋은 소식 알려줄 테니까 듣고 불끈 기운
내!]

"좋은 소식이요?"

어쩐지 목소리에 기운이 넘친다 싶었다. 다정은 사방에서 불어
닥치는 찬바람을 피해 벽에 기대앉았다.

[T필름에서 연락 왔어.]

T필름이라면 3개월 전에 오디션을 보았던 영화를 제작하는 제
작사였다. 인기 배우들이 대거 출연하는 작품인데다가 비중 또한
제법 큰 조연 자리였기에 경쟁률이 어마어마해서 눈곱만큼도 기
대하지 않고 마음을 접었던 그 작품의 제작사에서 연락이 왔다
니…….

"정말요?"

[어! 운이 좋았어. 원래 캐스팅됐던 배우가 다른 작품이랑 스케
줄이 더블된다고 거부했나 봐. 2순위지만 그게 어디야? 안 그래?]

다정은 손끝으로 이마를 긁적이다 고개를 가로저었다. 이상했
다. 분명 너무나 잘된 일이고 기뻐 마땅한 일인데 전혀 가슴이 뛰
지 않았다. 그렇게 바라고 바라던 데뷔 기회인데……. 그것도 보

통 영화도 아닌 영화계에서 엄청난 관심을 쏟아내고 있는 대작인데……

[안 기뻐하는 눈치네? 나만 좋은 거야?]

"기뻐요. 근데……."

[뭐야, 이 미적지근한 반응은. 김빠지게!]

도대체 뭐가 문제일까. 왜 이러지? 왜 전혀 기쁘지가 않지? 이상해. 뭔가 잘못됐어. 소리 지르며 팔짝 뛰어도 모자랄 판에 왜…… 하기가 싫지? 도대체 왜…….

미간을 잔뜩 찌푸린 채 두 눈을 꾹 감은 다정은 말아 쥔 주먹으로 머리를 톡톡 두들겼다. 하기 싫단 생각을 떠올린 머리를 탓해 보고 제대로 뛰지 못하는 심장을 원망해 보지만 둘 중 하나가 단단히 고장 난 듯 말을 듣지 않았다.

"……저 못할 것 같아요."

[다정아…….]

점점 눈물이 차올랐다. 코를 꽉 움켜쥐어 봐도 차오르는 눈물을 막을 수가 없었다.

"……못하겠어요. 팀장님, 저 어떡해요?"

다정은 결국 고개를 떨구었다. 아무래도 목표를 잃은 것 같다. 죽도록 데뷔를 하고 싶었지만 아빠를 먼저 보낸 후 간절함이 사라져 버렸다. 오직 한 곳만 바라보며 꿈꿔왔던 것들이 물거품이 되어버려 희망마저 떠내려갔다. 그 어떤 것도 해낼 자신이 없었다. 아무것도 하고 싶지 않았다. 그 어떤 생각도, 고민도 하고 싶지 않았다. 모든 것이 낯설고 무서웠다.

[괜찮아. 괜찮아, 다정아. 그럴 수도 있지. 우리 시간을 갖고 조금 더 기다려 보자. 이제 시작이니까. 알았지?]

"죄송해요……. 정말 죄송해요……."

[마음 추스르는 대로 회사로 나와. 얼굴 보고 얘기하자. 아무 생각 말고 그냥 푹 쉬어.]

통화를 마친 다정은 그대로 바닥에 쓰러지듯 누워 두 손으로 얼굴을 감싼 채 눈물을 쏟아냈다. 바닥까지 떨어져 버린 자신감과 수치스러울 만큼 나약한 제 자신과 정면으로 마주했다는 것이 당황스럽고 창피해서 이대로 사라지고 싶었다.

왜 이렇게 겁이 날까……. 도대체 무엇이 날 이렇게 만들었을까…….

✽

"안 한다고 했다고?"

경진이 고개를 끄덕이자 재희가 연주를 멈추고 의자에서 내려와 경진이 앉아 있는 객석 쪽으로 걸음을 옮겼다. 바닥에 놓인 물병 하나를 따서 벌컥벌컥 들이켠 재희는 경진이 앉아 있는 좌석 앞 열의 등받이에 기대섰다.

"괜찮은 거 확실해?"

"괜찮아진 줄 알았는데…… 아니었나 보다."

경진에게 다정이 T필름에서 제작하는 작품의 캐스팅 제안을 퇴짜 놨다는 소식을 전해 듣고, 공연 일곱 시간을 앞두고 리허설에 한창이던 재희는 심란한 마음을 감추지 못했다. T필름에서 제작하는 작품이라면 흥행 보증 스타 감독이 제작하고 유명 배우들이 대거 출연하여 요즘 영화계에서 가장 많은 관심을 받고 있는 작품이자, 신인배우의 경우 캐스팅되었다는 자체만으로도 국내 유수의 영화제에서 신인상이나 조연상 수상은 거의 확정적이라고 해도 과언이 아니라는 이야기가 도는 작품이었다. 출연진과 연출진에 대한 믿음으로 영화 팬들 사이에서는 제작 전부터 큰 화제를 모으고 있으며 국내 관객 동원 1위 자리를 거뜬하게 갈아 치울 수 있을 만큼 흥행력을 갖췄다는 평단의 평가도 나와 그만큼 캐스팅 경쟁률 또한 치열했다.

재희는 예전에 그 작품의 오디션을 보고 와서 안 될 확률이 높다며 시무룩해하던 다정의 얼굴이 떠올랐다. 만약 캐스팅만 된다면 오랜 시간 고생했던 것들 단번에 보상받을 수 있는 좋은 기회일 텐데 도대체 왜 거절한 건지 재희는 솔직히 화가 났다.

"그럴 만하다는 거 이해는 해. 아직 나이도 어리고 하나뿐인 아빠를 잃었으니까. 하지만 쉽게 오는 기회도 아닌데 감정에 너무 휘둘리는 것 같아서 걱정이야. 저래서 앞으로 배우 할 수 있을까 걱정도 되고."

경진은 철저히 캐스팅 디렉터로서의 객관적인 의견을 냈다. 그런 경진이 살짝 얄미웠지만 수긍하지 못할 이야긴 아니었다. 물론 어린 나이에 감당하기 버거운 시련을 마주하고 있긴 하지만 갑자기 한순간에 무너져서 나약해져 버린 것은 재희 역시 가장 크게 걱정했던 부분이었다.

"씩씩한 애니까 금방 털어낼 수 있을 거야."

"시간과 기회는 신인을 기다려 주지 않아. 너도 알잖아? 이 바닥에 데뷔 한 번 해보려고 목숨 거는 젊은 배우들이 얼마나 많은지. 우리에게 김다정은 그런 애들 중 하나일 뿐이야."

이미 알고는 있었지만 경진은 참 잔인하고 차가웠다. 뭐, 좋게 말하면 솔직한 것이겠지만 말이다.

"내가 잘 타일러 볼게."

"스스로 깰 수 있게 만들어야지. 언제까지 저렇게 둘 순 없잖아?"

"아빠 보낸 지 한 달도 안 됐어. 너무 몰아세우지 마."

저도 모르게 까칠하게 말이 나갔다. 그러자 경진이 눈썹을 일그러뜨리며 서늘한 시선으로 쏘아보았다.

"너도 적당히 감싸. 네가 그렇게 한도 끝도 없이 감싸면 널 벗어나서는 아무것도 못하는 애가 돼버린다고. 김다정이 네 말이라면 죽는시늉이라도 한다면, 이럴 때일수록 네가 바로잡아 줘야지. 내 말 틀려?"

경진의 날카로운 지적에 재희는 대꾸하지 못하고 고개를 들어 천장을 바라보았다.

"나도 모르겠다. 옆에서 보고 있으면 가슴 아프고 딱하고……. 하루라도 빨리 딛고 일어서면 좋긴 하겠지만, 지금은 너무 빨라."

"너한테 한두 번 기대다가 결국엔 너 없이는 일어서지도 못하는 애가 될지도 몰라. 그렇게 만들고 싶으면 계속 그렇게 어깨나 빌려줘. 의지하게 하는 건 좋은데, 값싼 동정은 하지 마."

제 성질을 못 이긴 듯 경진이 자리를 박차고 일어서서 가방을 집어들었다.

"동정하는 거 아냐."

"그럼 뭔데. 사랑이야?"

오늘 유독 삐딱한 경진을 상대하기에 재희의 전투력은 그다지 높지 않았다. 평소답지 않은 경진의 모습에 당황한 것이라는 그럴듯한 핑계로 마음을 다독인 재희는 입을 열지 않았다.

"난 괜찮은데, 남들이 오해하기 딱 좋다는 거 알지? 알 만한 사람이 그러면 안 되지. 적당히 해."

경진이 객석을 빠져나가는 동안에도 재희는 멍하니 서서 멀어져 가는 경진을 바라보기만 했다. 평소 같았다면 달려가 붙잡고 얽힌 감정을 말다툼이라도 해서 풀었을 테지만 재희는 그러지 않았다. 경진이 쏟아내고 간 가시 같은 말을 하나둘 다시 떠올렸다. 어느 것 하나 잘못된 말이 없어 한 대 쥐어박고 싶을 만큼 경진이 얄미웠다.

눈앞에 멀쩡히 서 있기만 해도 감사하다고 생각했다. 지나가듯 웃기라도 하면 어찌나 기쁘던지, 느리지만 조금씩 마음의 상처가 아무는 것 같아 뿌듯하고 기특했다. 하지만 그런 것들이 그 아이를 나약하게 만들었다고 생각하니 다정에게 미안해졌다.

재희는 생각에 생각을 거듭했다. 누구보다도 다정이 꿈을 꾸고, 그 꿈을 향해 멈추지 말고 걸어가길 진심으로 바라는 한 사람으로서 필요하다면 받아들이기 힘겹고 아픈 말도 솔직하게 해줘야겠다고. 그렇게 해서라도 껍질을 깨고 나올 수 있도록 자극을 줘야겠다고.

꧁

　공연을 마친 후 참여했던 모든 스텝들과 연주자들이 함께한 뒤풀이 자리가 마련되었다. 그 자리에는 재희의 지인들과 라디오 스텝들, 〈그루터기〉 스텝들, 함께 영화 작업을 했던 사람들까지 총출동을 하는 바람에 점점 규모가 부풀어 식당 안을 가득 메웠다.

　초반부터 빠르게 술잔을 꺾은 재희는 채 한 시간도 지나지 않아 취기가 제법 올라 잠시 식당을 빠져나와 찬바람을 쐬고 있었다. 두 시간이 넘는 공연 내내 두 손을 모으고 눈동자를 반짝반짝 빛내던 다정의 얼굴이 떠올라 굳게 먹은 마음이 약해지려 했다. 하지만 더 나약해지기 전에 이제라도 바로잡아 줘야 한다고, 그것을 맡을 수 있는 건 오직 자신뿐이라고 마음을 다잡으며 흔들리지 않도록 애쓰고 있었다.

　"형, 아무리 기분이 좋아도 그렇지 그렇게 혼자서 빨리 달리면 어떡해요."

　막 담배를 입에 물려던 찰나에 뒤따라 나온 은우가 불붙인 라이터를 내밀었다. 재희는 손으로 바람을 막아 담배에 불을 붙이고 깊이 숨을 들이쉬었다.

　"쓴소리를 좀 해야 하는데……. 후우, 맨 정신으로는 자신이 없네."

　"맨 정신으로도 충고 잘하시면서. 충고해 줄 상대가 좀 다른가 봐요?"

"너무 예쁘고 기특한 애라서, 그 아이 눈을 보곤 절대 말 못할 것 같거든."

남이 하느니 차라리 내가 하는 게 낫지 싶었다. 다른 사람에게서 상처받는 다정을 지켜보는 것은 너무도 힘드니까. 아니, 정반대일 수도 있겠다. 내게서 상처를 받는다면, 내게서 멀어질지도 모르니까. 일단 지금 가장 중요한 건 다정이 정신을 차리는 것이다. 나와의 관계는 나중 문제다. 그래, 그게 가장 중요한 거지.

누군가의 인생에 이렇게 깊숙이 관여해 본 적 없었기에 재희는 혼란스러웠다. 그냥 내 감정에만 충실한다면 지금과 같은 고민은 전혀 필요가 없는 것이었다. 하지만 어느 순간부터 김다정에 대해서만큼은 지나칠 만큼 오지랖에 마음이 넓어지니 이를 어쩌면 좋을까. 왜 마음고생을 사서 하고 있는 건지, 술에 취한 탓에 머리가 제대로 돌아가질 않았다.

"나약해져 버려서…… 자극을 해줘야 할 것 같아."

"원망 듣겠다. 하지만 영화나 인생이나 한 번쯤은 악역이 필요한 거니까."

재희는 고개를 끄덕이며 피식 웃었다. 원망만 하면 다행이게. 지금같이 마음이 여려진 상태에서 자칫하면 돌이킬 수 없는 관계가 될지도 모른다. 재희는 그것이 가장 두려웠다. 더 이상 다정을 지켜볼 수 없게 될까 봐…….

그때, 저 멀리서 다정이 걸어오고 있었다. 잠시 극단 식구들을 만나고 온다더니, 정말 한 시간도 되지 않아 서둘러 오고 있었다.

"왜 나와 계세요?"

"답답해서."

곁을 지키고 있던 은우가 눈치껏 자리를 피해주었다. 재희는 화단에 걸터앉아 반쯤 태운 담배의 불을 껐다.

"오늘 정말 멋졌어요. 피씨방 가서 예매한 보람 있네요."

이렇게 맑게 웃는 모습, 정말 오랜만이었다. 상처 난 마음에 내 보잘것없는 연주가 작은 위로라도 되었다니 정말 다행스러웠다.

"피곤해 보여요. 고생 많이 해서 그런가 봐. 얼른 집에 가서 쉬지 그래요?"

"다정아."

"네?"

다정은 두 눈을 맑게 빛내며 옅게 웃고 있었다. 취기가 오른 탓인지 시야가 점점 흐려졌지만 재희는 한참 동안 눈을 끔뻑이며 정신을 차리려 애썼다. 다정이 점점 가까이 다가오자 흐트러지려는 마음을 다잡기 위해 두 눈을 질끈 감은 재희가 힘겹게 눈을 떴다. 눈꺼풀 위로 서너 겹의 쌍꺼풀이 졌다. 그리곤 준비했던 말들을 차례로 떠올리며 덜컹거리는 가슴을 애써 진정시켰다.

"네 꿈이 뭐라고 그랬지?"

"제가 출연할 작품에 오빠가 음악감독이 되어주는 거요."

"이런 상태로, 그날이 오긴 할까?"

다정이 눈썹을 찌푸리며 입술을 쭉 내밀었다. 그 표정을 지을 때면 어쩔 줄 몰라 했던 지난 시간이 떠올라 재희가 피식 웃었다.

"더 열심히 할게요. 노력하고 있어요."

재희가 고개를 가로젓자 뭔가를 감지한 듯 다정의 눈시울이 점점 붉어졌다. 뺨을 스치는 찬바람에 점점 얼어가고 있었다.

"연극무대 위에서서 혼자서도 빛을 내던 그 김다정은 어디로 간 건지 모르겠다."

"오빠……."

"힘든 거 알아. 그래서 캐스팅 거절했다는 것도. 하지만 넌 지금 네 상태가 어떤지 정확히 모르고 있는 것 같아. 넌 지금 아직 데뷔도 하지 못한 스물두 살의 배우 지망생이야. 아무것도 이룬 것 없어. 그런 네가, 개인적인 일로 두 번 다시 없을지도 모를 그런 기회를 걷어찼다는 걸 네 경쟁자들이 들으면 뭐라고 할 것 같아? 배부른 소리 한다고 하겠지. 이 세상엔 너보다도 더 많이 아프고 힘든 사람들도 이 악물고 버티고 살아."

다정이 힘없이 고개를 떨궜다. 안 그래도 작은 어깨가 유난히 더 작아 보였다.

"너랑 내가 가까워지지 않았다면, 간절함이 널 더 성장시켰을지도 모른다는 생각이 들었어. 네가 이렇게 무기력해진 이유 중 가장 큰 이유가 나일지도 모른다는 생각도."

"아니에요, 그런 거 아니에요. 단지……."

재희가 자리에서 일어서자 다정이 다급했는지 한걸음 더 가까이 다가섰다. 재희는 이를 악물고 숨을 골랐다.

"캐스팅 거절했다는 얘기 듣고, 네가 얼마나 미워 보였는지 알아?"

"오빠……."

"난 너한테 지금처럼 비빌 언덕이 되고 싶지 않아. 난 네가 손을 아무리 뻗어봐도 닿지 않을 만큼 높은 곳에서 반짝이는…… 그런 사람이 되어가는 걸 지켜보고 싶어. 다시 내가 예뻐하던 그 김다정으로 돌아왔으면 좋겠다. 정말…… 그랬으면 좋겠어."

다정을 그 자리에 세워두고 걸음을 옮기던 재희는 주먹을 불끈 쥐고 어깨가 들썩이도록 숨을 골랐다. 누구라도 좋으니 제발…… 그곳에 서서 울먹이고 있을 다정을 달래주길 바라며 재희는 단 한 번도 뒤돌아보지 않고 그대로 택시를 잡았다.

✳

서운했다. 그다음엔 막막했고, 그다음엔 못 견디게 서러웠다. 이제 세상에 혼자 남겨졌다는 생각에 한없이 눈물이 났고 가슴이 미어졌다. 몸과 마음이 지쳤다는 그럴듯한 핑계로 그에게 마음껏 기대며 한없이 나약해져 버린 것이다. 그 어떤 상황에 닥쳐도 씩 씩하게 이겨낼 수 있다고 자부했던 김다정이, 언젠가부터 사소한 것에 눈물짓고 여의치 않으면 그의 등 뒤로 숨어버렸다.

그의 말대로 객관적으로 보자면 김다정이란 인간은 부모를 여읜 스물두 살의 배우 지망생일 뿐이었다. 일이라곤 일주일에 한 번 라디오프로그램 고정게스트를 하는 게 전부고, 데뷔작이라고 할 수 있는 광고 출연 분량은 5초도 채 되지 않는다. 거의 매일 영화와 드라마를 가리지 않고 오디션장을 쫓아다니는 게 유일한 스케줄인 김다정이 두 번 다시 없을 캐스팅 제의를 단번에 거절해 버렸다. 정신이 빠져도 한참 빠진 것이다.

한심했다. 세상의 온갖 아픔을 다 짊어진 사람처럼 '나 이만큼 아프다. 그러니 난 지금 위로받아야 한다'며 뻐기고 다녔다. 처한 현실을 외면하고 지난 아픔을 붙잡으며 남 탓을 하고 있었다. '아빠가 내 곁을 떠났기에 아무것도 할 수 없어', '그가 곁에 없어서 불안해', '누군가 날 좀 도와줬으면 좋겠어', '지금은 많이 지쳤으니 조금 쉬어가도 괜찮아'……. 그렇게 스스로를 초라한 사람으로 만들어 버렸던 것이다.

아무것도 가진 것 없어도 당당하고 씩씩하게 살고 싶었다. 절대로 초라해지고 싶지 않았다. 아빠가 늘 모두 다 잘될 거라고 말해줬으니까……. 언제나 밝게 웃고 긍정적으로 생각하면 좋은 날이 반드시 올 거라고 믿고 있으니까.

한눈팔지 않고 지독하게 노력해서 드디어 출발선에 섰다. 아니, 오히려 다른 사람보다 더 좋은 조건을 가지고 출발선에 서 있다. 필요한 건 생각이 아니라 행동이었다.

"하아…… 하아……."

얼마나 뛰었는지 기억도 나질 않는다. 운동화 끈을 고쳐 묶고 달리고 또 달렸을 뿐이다. 모두가 잠든 깊은 밤, 쉬이 잠을 이룰 수 없었던 다정은 집을 나와 아파트 단지 안에 있는 초등학교 운동장을 쉼없이 달렸다. 땀에 흠뻑 젖은 다정은 손등으로 이마 위의 땀을 훔치며 하늘을 올려다보았다.

창피했다. 누구보다 아빠에게 이런 모습밖에 보여주지 못했다는 사실이 너무나 부끄러웠다. 늘 아빠에게 자랑스러운 딸이 되고 싶었는데…….

"다정아, 살다 보면 반드시 힘들고 괴로운 순간이 찾아온단다. 그때마다 주저앉거나 바보처럼 울지 말고, 크게 숨 한 번 들이쉬고 너 스스로에게 주문을 걸어. 모두 다 잘될 거라고 말이야."

"아빠도 내가 미워?"

달도 뜨지 않은 까만 하늘은 대답이 없었다. 거친 숨을 고르며 어깨를 들썩이던 다정은 뺨을 타고 주르륵 흘러내린 눈물을 손바닥으로 닦아내고 입매에 힘을 주어 빙긋 웃었다.

헝클어진 마음 안에 손을 넣고 여전히 펄떡이며 뛰고 있는 작은 희망을 들춰보았다. 깨지고 할퀴어 상처가 가득하긴 했지만 모습은 온전했다. 사라지지 않아줘서 얼마나 감사한지……

다정은 주머니에서 이어폰을 꺼내 귀에 꽂았다. 오늘만큼은 듣고 싶지 않았던 그의 방송. 하지만 그의 따스한 목소리가 필요했다. 어젯밤, 칼에 베인 것보다 더 아리고 시리게 만든 그의 솔직한 말 때문에 밤을 꼬박 새우고 오늘 하루도 엉망진창이 되어버렸지만, 그가 마냥 밉지 않고 오히려 더 보고 싶은 건 날카로운 말에 담았던 그의 진심을 알기 때문이었다. 조금 더 예쁘게 말해줬더라면 좋았겠지만, 그에게 그런 것을 바란다는 것 자체가 나약함이 드러난 것이다.

아픈 말을 쏟아내던 그의 얼굴도 편치 못했다는 것에 위로를 삼던 다정은 문득 서한이 해줬던 말이 떠올랐다. 훤히 드러난 내 마음을 애써 못 본 척하고 있을 거라던 그 말. 그어진 선 안으로 절대 시선조차 건네지 않으며 묵묵히 서 있던 그 사람이 떠올라 가슴 한 귀퉁이가 시렸다.

손목에 채워진 시계를 확인한 다정은 2부가 막 시작되었을 시간임을 확인하고 볼륨을 높였다. 예상대로 2부 시작 멘트가 끝나고 첫 곡이 흘러나왔다.

—〈감성충전소—WITH〉, 2부가 시작되었습니다. 어……. 오늘 2부에서는 제가 선곡한 곡은 싹 빼고 여러분이 보내주신 사연과 신청곡으로 채워보겠습니다. 음, 주제를 하나 던져 드릴게요. 내 인생 최고의 순간…… 어떨까요? 사연 기다리면서 광고 듣고 오겠습니다.

손끝으로 이마를 긁적이며 망설이던 다정은 이내 결심한 듯 주머니에서 휴대폰을 꺼내 주섬주섬 문자메시지를 작성했다. 그리곤 터덜터덜 걸어 철봉이 있는 곳으로 향했다. 가장 높은 철봉이 어깨 정도밖에 오지 않았다. 다정은 펄쩍 뛰어 철봉에 배를 걸치고 다리를 흔들거렸다.

광고가 끝나자 덩달아 긴장한 다정은 침을 꿀꺽 삼키곤 귀를 쫑긋 세웠다. 어쩌면 그가 소개해 줄지도 모르니까. 아니, 반대로 못 본 척해 버릴지도 모른다. 하지만 중요한 건 소개를 하든 안 하든 그는 보게 된다는 것.

—1654님, '20대의 전부를 함께했던 남자 친구에게 지난달 프러포즈를 받았던 순간이 제 생에 가장 황홀했던 최고의 순간이었어요. 그날 그가 불러주었던 이적의 〈다행이다〉 신청합니다. 뭐니 뭐니 해도 이적님이 부른 게 최고인 것 같습니다' 라고 보내주셨어

요. 그렇죠. 수많은 남자들이 고백하거나 결혼식 날 직접 축가를 부를 때 그 곡을 부르곤 하던데, 좀 더 신중을 기하셨으면 좋겠습니다. 워낙 명곡이잖아요. 그리고 어……. 2455님, '스물두 해를 살면서 어제가 가장 못나고 바보 같았어요. 하지만 어제가 제 생에 가장 최고의 날이 아니었을까 싶어요. 제가 얼마나 사랑받고 있는 사람인지를 알게 되었거든요'라고 보내주셨어요. 스물두 살, 가장 미운 나이죠. 세상에 대해 어느 정도 겁도 생기고, 그만큼의 허세로 자신을 포장하기도 하고. 저 스물두 살 때도 그랬던 것 같네요. 나이로는 성인인데, 완전하지 못한 성인이라서 부모님이나 형 뒤에 숨고. 그러고도 뭐가 그렇게 당당했었는지……. 2455님, 조원선의 〈아무도, 아무것도〉를 신청해 주셨는데, 그럼 이 곡 듣고 계속해서 사연 소개해 드리겠습니다.

처음엔 이해가 가지 않았다. 좋으면 좋은 거지 왜 못 본 척을 하면서 거리를 두려 할까. 사람들의 시선 같은 것에 신경 쓰는 성격도 아니면서 왜 저렇게 조심을 하는 건지……. 하지만 그게 바로 프로 정재희와 아마추어 김다정의 차이였던 것이다.

누구 하나 선뜻 아픈 소릴 꺼내지 못하는 와중에 그가 칼을 꺼내 든 것 모두 그가 김다정을 예뻐하는 방식이었다. 꿈을 이루기까지 걸어가야 할 자갈투성이, 고르지 못한 길을 알기에 한눈팔지 않고 정신 똑바로 챙기게 해준 것이다. 다른 것들에 관심을 쏟을 여유 같은 건 허락지 않고 좀 더 세게 밀어붙이며 오직 한곳만 바라볼 수 있게 말이다.

그런 그가 곁에 있어준다는 건 크나큰 행운이었다. 어두운 밤

헤매지 않게 길을 밝혀주는 달빛과도 같은 사람. 언제나 밝게 빛을 내는 그의 곁에 머문다는 것은 축복임과 동시에 지나친 욕심이었다.

신청곡이 흐르는 동안 혹시나 그에게서 문자가 오지 않을까 기다리던 다정은 노래가 끝난 후에도 아무런 연락이 없자 헝클어진 마음을 정돈하며 집을 향해 걸었다. 여느 날과 다름없이 태연하게 사연을 소개하는 그가 조금은 얄미웠지만 사연을 소개해 줬다는 것에 큰 의의를 두기로 했다.

아파트 단지 안으로 들어선 다정은 단지 내 상가에 자리한 편의점으로 발걸음을 돌렸다. 허한 속을 뭐라도 채울까 싶어 들어선 다정은 정면 유리에 떡하니 붙어 있는 행사 진행 포스터를 멍하니 바라보았다.

"겨울 바다……."

캔커피를 구매하고 이벤트에 응모를 하면 몇 명의 고객들에게 여행상품권을 증정한다는 내용의 포스터였다. 다정의 눈길을 사로잡은 건 포스터에 삽입된 눈 내리는 겨울 바다의 사진이었다.

"가볼까?"

단 한 번도 혼자서 여행을 가본 적이 없었다. 여행은커녕 혼자서 기차를 타고 다른 지방에 내려가 본 적도 없었다. 친구들과 함께, 혹은 늘 아빠와 함께였다.

"까짓것……."

못할 것도 없지.

생에 첫 단독여행을 그렇게 충동적으로 결정지었다. 더 이상 혼자라는 사실에 두려워하고 싶지 않았다. 아직 낯설어서 그런 걸 거라고, 분명 혼자서도 잘해낼 수 있을 거라고 스스로를 다독였다.

늘 머물던 곳에서 벗어나 흐트러진 마음을 정돈할 수 있다면 굳이 바다가 아니라 그 어디라도 좋았다. 날 힘겹게 하는 이 세상이 전부가 아님을 눈으로, 피부로 느끼고 돌아온다면 어제보단 더 성숙한 김다정이 될 수 있지 않을까 하는 작은 기대감에 절로 웃음이 났다.

집에 가자마자 짐을 싸야겠다고 다짐한 다정은 출발하기 전 누군가에게 반드시 건네야 할 마음 한 덩이를 가슴 정중앙에 고이 모시고 서둘러 집으로 향했다.

피곤에 지친 재희는 현관문을 열고 집 안에 들어서자마자 불도 밝히지 않고 소파에 누워버렸다. 같은 양의 작업을 하고, 같은 시간 동안 방송을 했지만 이상하게 평소보다 어깨가 훨씬 더 무겁고 머리도 더 아팠다. 아무래도 오늘 밤에 잠을 쉽게 이루지 못할 것 같아 미간이 절로 구겨졌다.

한참을 그렇게 누워 있던 재희는 어쩔 수 없이 소파 옆 콘솔 서랍을 열어 수면제를 꺼냈다. 오늘은 잠들어야 했다. 공연을 앞두고 며칠 동안 밤을 새고, 술을 잔뜩 마신 어젯밤도 하얗게 지새우고 나니 이건 눈을 뜨고 있어도 뜨고 있는 게 아니고, 손톱 끝까지 예민해져 모두를 불편하게 만들었다. 단 한 시간이라도 좋으니 잠을 자야 했다. 이대로라면 정신을 잃고 쓰러질지도 모른다는 생각에 재희는 알약을 꺼내 주방으로 향했다.

딩동.

그때, 초인종이 울렸다. 재희 말고는 아무도 드나들지 않는 곳이라서 의아하기도 했다. 더구나 이렇게 늦은 시간에 도대체 누가 벨을 누른 건가 싶어 재희는 약을 식탁 위에 올려두고 인터폰 앞에 섰다. 손바닥보다도 작은 화면 안에는 생각지도 못했던 다정이 서 있었다.

맞은 사람은 다리 뻗고 자도 때린 사람은 다리를 못 뻗고 잔다는 옛 어르신들의 말씀 하나도 틀리지 않는 듯했다. 이틀 만에 보는 다정의 얼굴은 다행히 그날 밤보다 밝아 보였다. 반면 자신은 면도도 제대로 하지 않고 셔츠에는 구김이 잔뜩 가 폐인이 따로 없었다. 오죽하면 라디오 스텝들이 방송 내내 겁이 나서 말도 못 붙였을까.

대문을 열어준 재희는 현관문을 반 뼘쯤 열어두고 소파에 앉았다. 오래지 않아 다정이 또각또각 구두굽 소리를 내며 현관 안으로 들어섰고, 재희는 말없이 그런 다정을 지켜보았다.

"들어가도 되죠?"

웃으면 안 되는데 웃음이 났다. 갑작스러운 다정의 방문이 황당하기도 하고, 너무도 자연스럽게 문턱을 넘어서는 게 기가 막히기도 했다. 뭐가 그리도 당당한지 한 치의 망설임도 없었다. 마치 시계를 넉 달 전으로 돌려놓은 듯해서 재희는 기분이 묘해졌다.

"이 시간에 웬일이야."

"오빠 만나러 왔죠."

"일단 들어와."

가만 보니 옷차림도 평소와 많이 달랐다. 겨자색 모직 코트를 벗어 소파에 얹어둔 다정은 뾰족 구두에 스타킹으로도 모자라 몸매가 드러나는 까만 원피스까지 입고 있었다. 재희는 그런 다정의 모습을 머리끝부터 발끝까지 쭉 훑어보곤 어이가 없다는 듯 코웃음을 쳤다.

"날 왜 만나러 왔는데."

"보고 싶으니까요."

당연한 걸 뭘 묻냐는 듯 눈을 동그랗게 뜬 다정의 동공이 살짝 풀려 있는 것을 확인한 재희는 나지막이 한숨을 내쉬었다.

"술 마셨어?"

"약간의 용기가 필요해서 아주 조금 마셨어요."

다정이 가방에 손을 집어넣고 수줍게 웃더니 깔끔하게 비운 빨대 꽂힌 소주 팩을 하나 꺼냈다. 재희는 입을 벌린 채 고개를 가로저었다.

"오늘만이야. 다신 연락 없이, 내 허락 없이 집에 찾아오지 마. 남자 혼자 사는 집에 함부로 드나드는 거 아냐."

"왜요? 소문날까 봐요? 정재희 집에 여자 드나든다고?"

"아니, 김다정이 어떤 남자 집에 드나든다고 소문날까 봐."

그날이 언제가 될진 모르겠지만, 훗날 유명한 여배우가 되었을 때를 생각해서 조금이나마 흠이 될 만한 기삿거리는 애초에 만들지 않는 게 상책이었다. 아주 사소한 것도 때로는 치명타가 될 수도 있었기에 재희는 일부러 강한 어조로 단호하게 말했다.

"신청곡까지 틀어주고선 너무 딱딱하네. 칫."

그러나 정작 듣는 사람은 귓등으로 들어버리니 재희는 참으로 답답했다. 다정은 입술을 삐죽였고, 점점 취기가 오르는지 볼이 붉게 달아올랐다.

"일어나. 데려다 줄 테니까."

"싫어요. 자고 갈래요."

막 차 키를 집어들던 재희가 더 이상 발을 내딛지 못하고 그 자리에서 얼어붙어 버렸다.

"뭐?"

"자고 간다고요."

"얼른 일어나."

다정의 양팔을 잡고 억지로 일으켜 세워봤지만 몸에 힘을 쭉 빼버리며 늘어지는 탓에 다정은 그대로 소파에 누워버렸다.

"아, 취한다."

"하!"

허리에 양손을 얹고 그런 다정을 바라보며 웃던 재희는 다정이 덩달아 따라 웃자 눈썹을 일그러뜨리며 엄한 표정을 지었다.

"웃지 마."

"자긴 웃어놓고 왜 나보곤 웃지 말래. 웃겨."

소주 한 팩에 이렇게까지 취할 애가 아닌데 오늘 유난히 이상했다. 어디서 이미 한 잔을 걸치고 온 건지, 아니면 컨디션이 좋지 않아서 평소보다 빨리 취한 건지. 재희는 냉장고 홈바를 열어 시원한 물을 컵에 따라 다정의 입에 억지로 물렸다.

"이거 마시고 저쪽 방에 들어가서 자."

"그냥 여기서 같이 자요."

다시 다정을 일으켜 세우려던 재희는 팔을 잡아당기는 다정에 의해 스륵 주저앉아 버렸다. 술기운인지, 아니면 원래 이렇게 힘이 좋았는지. 아니면 며칠 동안 잠을 제대로 자지 못해 기운이 빠진 상태에서 다정의 술기운이 힘을 제대로 발휘한 걸지도.

그때, 다정이 재희의 허벅지를 베고 누우며 눈을 맞춰왔다. 느리게 끔뻑이는 다정의 눈꺼풀을 내려다보던 재희는 곤란한 듯 이마를 긁적였다.

"오늘도 미워 보여요?"

이렇게 예쁜데, 어떻게 그럴 수 있을까. 바라보고 있으면 눈물이 날 만큼 기특한 아이인데.

"어."

재희가 속마음과 다른 대답을 꺼내자 다정이 옅게 웃더니 두 눈을 꾹 감았다. 그 모습을 지켜보던 재희 역시 소파 팔걸이에 머리를 기대로 비스듬히 누웠다.

"불 끌까요?"

차라리 어두운 게 나을 것 같았다. 지켜보기 고역이었던 찰나에 다정이 던진 제안이 반가워 재희는 냉큼 고개를 끄덕였다. 그러자 다정이 일어나 불을 끄고 돌아와 재희의 앞에 등을 보이고 누웠다.

"이런 모습, 상상했었어요."

"응큼하긴."

"제가 좀 그렇죠. 헤헷."

다정이 웃으며 바로 누웠다. 그리곤 양손을 가슴 위에 얹고 천장을 보며 눈을 끔벅였다. 그사이 어둠에 익숙해진 두 눈은 다정의 얼굴을 또렷하게 보이도록 만들었다.

"우리, 너무 아슬아슬한 것 같지 않아요?"

"모른 척해."

"난 심장이 터질 것 같은데, 오빠 아무렇지도 않은가 봐."

그럴 리가. 미칠 것같이 뛰는 건 오히려 이쪽 심장이었다. 혹시라도 심장박동이 귀에 들릴까 최대한 숨을 고르며 발끝에 힘을 잔뜩 주던 참이었다. 소파 밖으로 삐져 나온 발을 털레털레 흔들며 긴장을 풀던 재희는 나풀거리는 다정의 속눈썹을 바라보다 힘겹게 입술을 뗴었다.

재희는 손등을 이마에 얹고 두 눈을 감았다. 잠이 솔솔 쏟아졌다. 아까 전만 해도 잠들 수 없을 것 같아 약에 의지해 볼까 했는데, 거짓말처럼 잠이 몰려왔다.

"아팠어요. 너무 아프게 해서…… 미워하고 싶었어요. 근데 자꾸 보고 싶잖아……."

가느다랗게 떨리는 다정의 음성에 눈을 뜬 재희가 옆으로 돌아누워 눈을 맞추었다.

"투정 부리거나 보채지 않을 테니까, 거기 그대로 있어줘요. ……더는 욕심 안 부릴게요."

네가 욕심 내지 않더라도 내가 자꾸 욕심이 나는 걸 어쩌면 좋을까. 곁에서 지켜보기만 해도 만족할 수 있을 거라던 자만은 이미 오래전에 버려 버린 재희였기에 다정의 제안이 그리 달갑지만은 않았다.

"대신 네가 떠나겠다고 하면 망설이지 않고 보내줄게. 그래도 상관없다면…… 이렇게 지내자."

"정말…… 보내줄 거예요?"

"어."

"그건 떠나 보면 알겠네요. 오빠가 정말 그럴 수 있는지 없는지……."

설마, 떠날 생각이라도 하고 있는 걸까. 만약 그렇게 된다면 감당하기 힘겨운 쪽은 김다정보단 제 쪽이 될 듯했다. 일상생활 깊숙한 곳까지 거침없이 파고들어 버려, 만약 다정이 떠난다면 빈자리가 엄청날 것 같았다. 단 하루의 부재에도 안절부절못하고 수시로 휴대폰만 바라보는데, 정말 떠나기라도 한다면……. 재희는 고개를 저어 상상 자체를 거부했다.

09

"흐음……."

천천히 눈꺼풀을 밀어 올린 재희는 한참 동안 눈을 끔벅이다 느릿하게 상체를 일으켰다. 그리곤 지난밤 함께 나란히 잠들었던 다정을 찾기 위해 집 안 곳곳에 시선을 던졌다.

"어디 갔지?"

옆자리는 비어 있었다. 주방도, 욕실도, 안방도 텅 비어 있었다. 혹시나 하는 마음에 2층 테라스에도 다녀온 재희는 손등으로 눈두덩을 비비며 시계를 확인했다. 오전 11시 20분. 일곱 시간 이상 수면을 취했던 적이 언제였는지. 간밤에 한 번도 깨지 않고 푹 잔덕인지 벽돌이 얹어진 것 같았던 어깨도, 고된 연습으로 통증이 있던 허리도 말끔하게 나아 있었다.

재희는 다시 집 안 곳곳을 돌아다니며 다정을 찾았다. 그러다 무심코 현관 쪽을 힐끗 바라본 재희는 그곳에 다정이 신고 왔던 구두가 없는 것을 확인하곤 심장이 바닥으로 툭 떨어진 것 같아 인상을 찌푸렸다.

　그때, 피아노 뚜껑 위에 얹어진 종이 한 장을 확인한 재희는 휘적휘적 걸어 피아노에 다가섰다. 급한 마음에 성급하게 종이를 펼친 재희는 다정이 작성한 쪽지를 한 줄 한 줄 읽어 내려가며 턱 근육이 움찔거리도록 이를 악다물었다.

　〈떠나기로 했으니까, 말했던 대로 망설이지 말고 보내줘요.

　오빠에게 자랑스러운 사람이 될 때까지 떠나 있으려고요. 이렇게 가깝지도, 멀지도 않은 곳에서 그렇게 지내요. 아슬아슬한 사이…… 심장 떨려서 감당 못하겠어요.

　후회하겠죠. 이 글을 적고 있는 지금 순간에도 후회하고 있어요.

　하지만 잘해낼 수 있어요. 일주일에 단 한 번, 라디오를 통해 만나는 것으로 만족해 볼게요.

　저 바람 쐬러 가요. 오래 걸리지 않을 거예요. 돌아오면 조금은 달라져 있을지도 몰라요.

　그러면 오빠가 전처럼 절 예뻐해 주지 않을까 생각해요.

　하고 싶은 말은 따로 있는데, 정작 그 말은 안 나오고 딴소리만 하게 되네요.

　그저 시간이 빨리 흘렀으면 좋겠어요. 정말 그랬으면 좋겠어요.〉

재희는 쪽지의 마지막 줄을 읽자마자 종이를 바짝 움켜쥐고 차키를 집어들었다. 현관을 나서며 휴대폰의 통화내역을 뒤지던 재희는 혹시나 받을까 싶어 다정에게 먼저 전화를 걸어보았고, 다정이 받지 않자 곧바로 매니저 선호에게 전화를 걸었다.

　"김다정 어디 간대?"

　[며칠 바람 좀 쐬고 오겠다고 하던데요?]

　"그러니까 어디!"

　[바다 보고 온다고만 했어요.]

　차에 올라탄 재희는 성급한 손길로 안전벨트를 채우고 시동을 걸었다.

　"신용카드 결제내역 확인해 봐. 역인지 터미널인지 알아보고 빨리 전화 줘."

　[네, 형님.]

　재희는 일단 차를 출발시켰다. 삼면이 바다인지라 어느 쪽 바다로 갔을지 답이 떨어지지 않아 애가 탔지만, 재희는 초인적인 힘으로 치밀어 오르는 화를 억누르며 거칠게 들썩이는 숨을 고르고 차분하게 차를 몰았다. 찾아내기만 하면 가만두지 않겠다고 다짐하며……

　선호에게서 철도 승차권 발매로 신용카드 승인이 난 것을 확인한 재희는 집에서 가장 가까운 역으로 향했다. 이미 기차를 타고 떠났을 수도 있고, 아니면 다른 역에서 탈 수도 있지만 영등포역을 선택한 재희는 주차장을 찾지 못해 근처 길가에 주차를 하고

역을 향해 무작정 달렸다. 돌아가는 길엔 차가 견인되어 있을 확률이 높긴 하지만 이런 거 저런 거 따질 처지가 아니었다.

누군가 폐를 바싹 움켜쥔 것 같아 숨쉬기가 고통스러웠다. 이 상태가 조금 더 지속된다면 심장이 터지든지 폐가 터지든지 허벅지 근육이 터지든지 몸의 일부분은 분명 터져 버릴 것만 같았다.

"하아! 하아!"

허리를 숙이고 거칠게 숨을 토해내는 재희의 입술 새로 차가운 겨울바람을 만난 입김이 하얗게 피어올랐다. 가슴 어딘가에서 찢어지는 파열음이 들려왔지만 재희는 멈출 수가 없었다. 계속해서 달려야 했다.

"후우……."

크게 숨을 고른 재희는 허리를 세우고 천장을 올려다보며 커다란 눈을 끔벅였다. 가슴이 들썩일 정도로 크게 숨을 내쉬며 불안한 듯 일렁이는 눈동자로 역 구석구석을 살폈다. 재희의 눈에 비친 역 안의 풍경은 시간이 멈춘 것 같아 보였다. 행복하게 웃고 있는 연인의 모습도, 다정하게 서로를 바라보는 가족들의 모습도, 깔깔대며 웃고 있는 친구 간의 모습도 그저 한 컷의 사진으로밖에 보이지 않았다.

Rrrr.

그때, 거짓말처럼 재희의 휴대폰이 울었다. 부들부들 떨리는 손을 간신히 들어 발신자를 확인한 재희는 마치 잃어버렸던 엄마를 찾은 아이처럼 울먹이며 빙긋 웃었다.

"너, 어디야."

[전에 오빠가 그랬죠? 차일까 봐 고백을 망설이는 건 바보 같은 짓이라고.]

재희는 다시 걸음을 옮겼다. 역 곳곳을 누비며 그 여자가 있을 만한 곳을 찾아다니기 시작했다. 표 사는 곳, 편의점, 커피숍, 서점, 대기실, 여자화장실을 미친 사람처럼 정신없이 뛰어다녔다.

"알았으니까 어딘지 말해. 만나서 얘기하자. 나 지금 역이야."

[그냥 가버리려고 했는데, 그냥 가면 후회할 것 같아서 말하고 가려고요. 차일 것 같긴 하지만…… 그래도 말할래.]

"다정아."

툭 하고 걸음을 멈춰 세운 재희가 그대로 벽에 기대섰다. 이내 스르륵 주저앉아 버린 재희는 커다란 손바닥으로 이마를 감싸며 두 눈을 질끈 감았다.

[동경이나 존경 같은 거 아니었어요. 처음부터 지금까지 난 늘 오빠를 남자로 좋아했거든요. 내가 또 주제 파악은 참 잘해서 우리가 안 어울린다는 거 알아요. 오빠 곁에 서기엔 난 많이 부족하니까.]

"야!"

도대체 얘가 어디서 무슨 말을 주워듣고 바보 같은 소리만 지껄이는 건지, 재희는 화를 참지 못하고 자리에서 벌떡 일어나 팩 하고 소리부터 질렀다.

"자격지심 폭발이네. 너 그렇게 자신 없어?"

[응, 자신 없어.]

다정의 당돌한 대답에 할 말을 잃은 재희가 고개를 가로젓다가 수화기 너머에서 들려오는 안내방송 소리에 또다시 달리기 시작했다.

　　—지금 열차가 들어오고 있습니다.

　　타는 곳을 향해 거침없이 달리던 재희는 단숨에 계단을 내려가 주변을 두리번거렸다. 막 기차가 들어와 탑승 준비를 마친 승객들이 어수선하게 모여 있어 다정을 찾는 게 쉽진 않았지만 재희는 사람들 틈을 비집고 다니며 한 명 한 명 얼굴을 확인했다.

　　그때.

　　"찾았다……."

　　휴대폰을 귀에 댄 채 손등으로 입술을 막고 웃는 건지, 우는 건지, 하여간 복잡한 표정을 한 다정을 발견한 것이다. 다정은 어젯밤 예고도 없이 집에 불쑥 쳐들어왔던 그 옷차림 그대로였다.

　　[내가 좀 더 오빠에게 어울리는 사람이 되어야 하는데 난 점점 작아지기만 하고……. 나한테 실망 많이 했죠? 미안해요. 저도 오빠 앞에서만큼은 멋진 사람이고 싶었어요. 늘 예쁨받고 싶었어요. 인정해요. 요즘 제가 미운 짓을 좀 하긴 했다는 거. 그래서 오빠가 아픈 말을 꺼낼 수밖에 없었다는 것도요. 처음엔 조금 서운하기도 했지만, 다른 사람이 아닌 오빠가 해줘서 고마웠어요. 근데요, 전 오빠가 아무리 아픈 말을 해도 오빠가 좋아요. 난 오빠가 하나도 안 미워요. 하나도……. 조금만 기다려줘요. 금방 자라서 곁에 갈게요. 조금 멀어진다고 해서 변할 마음 아니에요. 오빠만 기다려준다면, 저 해낼 수 있어요.]

재희는 휴대폰에 대고 하염없이 푸념을 늘어놓는 다정의 앞으로 성큼성큼 걸어갔다. 푸념 삼매경에 빠진 다정은 누가 가까이 다가서는지도 모른 채 눈물을 그렁거리며 울먹였고, 재희는 그런 다정의 손목을 확 잡아챘다.

"오, 오빠……."

무척이나 놀랐는지, 다정의 커다란 눈이 한층 더 커졌다. 눈망울에 가득 차 있던 눈물들이 하염없이 뺨 위로 흘러내렸고, 눈동자엔 반가움과 난감함이 교차했다.

"누가 네 멋대로 도망치래?"

"떠난다고 하면 보내줄 거라면서 왜 찾아왔는데요?"

다정이 입술을 쭉 빼물며 뾰로통한 표정을 지었다. 이 표정을 지으면 사족을 못 쓴다는 걸 뻔히 알면서 일부러 끼를 부리고 있는 것이다. 요망스러운 것.

"거짓말이었어."

"하!"

그사이 다정이 타려 했던 기차가 유유히 역을 벗어났고, 탑승객들이 빠져나간 플랫폼은 금세 휑해졌다.

"건방지게 쪽지 하나 써놓고……. 그런 못된 건 어디서 배웠어?"

지난밤, 재희는 둘이 눕기에 비좁은 소파에 다정과 나란히 누워 시답지 않은 이야기를 나누며 설레어했던 그 순간을 마음 가장 깊은 곳에 꼭꼭 담아두었다. 그러나 재희가 아침에 눈을 떴을 땐, 그런 밤 따위는 허상이었다는 듯 쪽지 한 장만이 덩그러니 남아 있었다. 머리끝까지 화가 차오르는 건 둘째 치고, 당장 이 여자를 잡아 가만두지 않겠다는 일념으로 정신없이 달렸다.

"일단 집으로 가자. 넌 좀 혼나야겠다."

"싫어요. 마음먹은 김에 바다 보고 올 거예요. 보내줘요."

재희에게 잡힌 손목을 빼내려 손을 비틀던 다정은 재희가 입술이 닿을 정도의 거리를 두고 바짝 다가서자 숨도 쉬지 못한 채 바짝 얼어붙었다.

"나 지금 꼭지 제대로 돌았거든? 눈 있으면 내 꼬라지 좀 봐. 날 이렇게 만들어놓고, 너 절대로 못 보내지."

날카로운 시선으로 다정을 쏘아보던 재희는 다정의 손목을 움켜쥐고 있던 손에 살짝 힘을 풀고 손을 내려 다정의 작은 손을 감싸 쥐었다. 아까와 비슷한 세기로 잡긴 했지만 우악스럽거나 고통을 주려 한 것은 아니었다. 절대 놓을 수 없다는 의지가 엿보일 정도랄까.

엉망진창이었다. 예상대로 차는 견인되었고, 그사이 하늘에서는 눈이 쏟아지기 시작했다. 역을 빠져나온 후 주머니에서 담배를 꺼내 입에 물고 불을 붙이려 라이터를 꺼내려는데, 곁에 서 있던 다정의 손이 불쑥 튀어나와 담배를 앗아갔다.

"뭐 하는 거야?"

재희가 짜증을 참지 못하고 미간을 구기자 다정도 지지 않고 인상을 썼다.

"화났어요?"

"이리 내."

재희가 손을 내밀자 담배를 쥐고 있던 다정은 재희의 다른 손에 들린 담뱃갑도 통째로 빼앗곤 손을 뒤로 숨겼다.

"나 때문에 화났냐구요."

"보시다시피."

얘가 정말 몰라서 묻는 건지 아니면 떠보는 건지. 재희는 이를 악물고 화를 억누르며 어깨를 으쓱였다. 그러자 다정이 입술을 꾹 다물고 옅은 미소를 지었다.

"좋은가 봐?"

"네, 엄청 좋네요."

재희는 간절한 담배 생각을 고이 접고 다시 걸음을 옮겼다. 하늘하늘 떨어지던 눈발이 그사이 굵어진 탓인지 택시 승강장엔 택시가 한 대도 정차해 있지 않았다. 낑낑대며 가방을 끌고 오는 다정을 바라보며 마음 같아서는 저거 끌고 집까지 걸어서 오라고 하고 싶었지만, 결국 다정에게 다가가 가방을 빼앗아 들고 태연하게 택시를 기다렸다.

"춥죠?"

그때, 다정이 목에 두르고 있던 목도리를 풀더니 재희의 목에 둘둘 감아주었다.

"와, 너 정말……."

"오늘은 예쁘다고요?"

기가 막혔다. 누군 지금 속에서 열불이 터져서 새까맣게 홀랑 타버렸는데 누군 서렇게 태연한 얼굴을 할 수 있다는 것도 *기가*

막히고, 이 와중에도 추울까 봐 걱정을 한다는 것도 기가 막혔다.

도대체 김다정은 뭐가 그렇게 자신만만한 건지. 자신의 감정에 솔직해진 탓일까?

그것에서부터 오는 여유라면 재희의 입장에선 그런 다정이 부럽기도 했다. 속이 다 후련하다는 듯 어깨를 쫙 펴고 한결 당당해진 표정은 근래 보아온 김다정의 표정 중 가장 거만하고 자신감이 넘쳐 보였다.

현관문을 열고 들어서자마자 그는 주방과 서재를 넘나들며 여기저기에 흩어져 있던 각종 술병을 모두 꺼냈다. 다정은 코트를 벗어 소파 위에 두고 그런 재희를 의아한 눈으로 바라보기만 할 뿐, 뭐라고 잡아 세우질 못했다.

"따라와."

품 안 가득 술병을 끌어안은 그가 발길을 재촉한 곳은 2층이었다. 작은 영화관으로도 손색이 없는 그의 시어터 룸은 한쪽 벽 전체가 유리로 되어 있어 넓은 테라스가 한눈에 보이는 곳이었다. 볕이 좋은 날엔 그곳에 나가 머리를 식히기도 하고 생각에 잠기기도 하는데, 겨울에 들어서는 이른 저녁 별이 보고 싶은 날이 아니면 잘 나가지 않았다.

바람결을 따라 퍼붓는 눈발이 테라스에 소복하게 쌓였다. 창 너머로 그 모습을 바라보던 다정은 그가 테이블 위에 술병을 늘어놓는 동안 얌전히 기다렸다.

"앉아."

언제 아이스버켓까지 챙겨온 건지. 그가 꺼내온 대부분의 술이 양주임을 확인한 다정은 한숨부터 내쉬었다. 나름 술 좀 한다는 다정이었지만 양주는 온더락으로 딱 한 잔 마셔본 게 전부였기 재희와의 대작이 자신없었다.

"설마 이걸 다 마시려고요? 밖이 이렇게 환한데?"

"이거 다 마셔보면 진짜 김다정을 볼 수 있겠지."

그가 잔에 얼음을 넣고 술을 따라주었다. 첫 잔은 스카치 블루였다. 극단의 남자 선배들에게서 말로만 들었던 딤플, 조니워커, 그 비싼 로얄 샬루트도 대기 중이었다.

다정은 침을 한 번 꿀꺽 삼키고 조심스레 잔을 들어 단숨에 비웠다. 가슴속에서 확 불길이 치솟는 것 같았다. 절로 이마가 일그러지고 주먹이 꼭 쥐어졌다. 그때, 그가 차가운 홍차를 다른 컵에 따라주곤 스트레이트잔에 채운 자신의 몫을 한 번에 입안으로 털어 넣었다.

"느물거리지 말고 설명해. 네가 쪽지에 남긴 헛소리들……. 나한테는 이대로 있어달라고 해놓고 영악하게 멀어질 생각을 한 이유 말해."

곤히 잠든 그를 보며 다정은 한참 동안 망설였다. 지금의 간격을 유지하면서 지낸다면 아무리 마음을 고쳐 먹어도 기대고 싶고 의지하게 되고 다시 나약해질 것만 같았다. 그래서 혼자 한 걸음쯤 떨어져야겠다고 마음을 먹었다. 그와의 거리감을 확인하고 다시 한 번 각오를 다잡아 그와 어울리는 사람이 될 수 있도록, 더는 아빠와 *그*를 실망시키지 않도록……. 그를 보며 미래를 꿈꾸는 것만으로도 행복해하던 그때로 돌아간다면, 지금보단 세상이 조금 더 어둡겠지만 그래도 배우가 되고자 했던 그때 그 열정만은 되살아날 것 같았다.

그렇게 어설픈 선택을 하고 난 후, 욕심으로 가득 찬 마음을 비우고자 겨울 바다를 선택한 것이었다. 돌아와서는 그에게 남겼던 쪽지처럼 조금은 멀어진 채 지내려고, 물론 쉽지 않겠지만 이 악물고 버텨보려고 했는데 결국 그의 손에 잡혀 다시 제자리로 돌아오고 말았다.

어쩌면 그가 잡아주길 바랐는지도 모른다. 떠난다고 하면 보내주겠다던 그의 말이, 그가 그전에 했던 아픈 충고보다 더 날카롭게 가슴을 파고들었으니까.

"넉 달 전만 해도 저는 아홉 시간 동안 꼬박 서서 일하고도 극단에 가서 일곱 시간씩 연습을 했어요. 백 분 공연 중에 채 이십 분도 나오지 않는 조연이었지만 주연배우들보다 더 열심히 연습했어요. 스스로 기특할 정도로."

그다지 오래된 이야기가 아님에도 아득하게 멀게 느껴졌다. 그때와 지금을 비교했을 때 나아진 것이 없는데, 이미 마음가짐엔 문제가 있었던 것이다. 다정은 그가 다시 채워준 잔을 비워내고 입술을 질끈 깨물었다.

"목표는 오직 하나였어요. 그걸 이루려고 정말 이 악물고 버텼는데…… 오빠 말대로 오빠와 가까워지고 난 후에 제가 무기력해졌어요. 인정하고 싶지 않았지만, 그게 사실이에요. 생각해 봤어요. 만약 아빠가 떠난 후에…… 오빠가 곁에 없었다면 난 어땠을까. 지금처럼 마음 편히 아빠를 그리워하면서, 가슴 아파하면서 울 수 있었을까? 나한테 그럴 여유가 있었을까? 아빠를 납골당에 모셔두고 난 그날 저녁에도 연습을 했을 거예요. 다음날엔 출근을 하고 공연도 했겠죠. 내 꿈이 곧 아빠의 꿈이었으니까요. 오빠가 조금 야속했지만, 그래도 덕분에 정신이 번쩍 들었어요."

"……그래서?"

다정은 잔 안에서 얼음 하나를 꺼내 오도독 씹었다. 입천장이 얼얼해져서 절로 미간이 구겨졌다. 손등으로 코끝을 문지르던 다정은 고개를 들어 재희와 눈을 맞추었다. 수도 없이 다짐했었지만, 여전히 가슴을 쥐고 흔들어대는 만약이란 가정과 혹시나 하는 미련을 애써 모른 척하며 아까 역에서 건넨 고백이 전부였다고 마음을 속였다. 그리고 담담한 표정을 지었다.

"기대지 않을게요. 지금껏 그래 왔듯이 씩씩하게 해내볼게요. 그러니까…… 오빠가 지켜봐 주세요. 지금처럼 이 정도 거리에 있어줘요."

재희의 라디오를 들으며 하루를 마치고, 토요일 심야에 방송되는 그의 음악방송을 보며 일주일 동안 쌓인 그리움을 묽게 만들면 된다고, 그렇게 스스로를 다독였다.

"지금 이 정도 거리가 어느 정돈데?"

"손 뻗으면 닿을 거리요."

숨겨지지 않는 그 마음을 빤히 보고 있으면서도 못 본 척해온 미련한 김다정과 정재희. 그것이 서로를 위한 최선의 방법이라 믿어 의심치 않았던 답답한 김다정과 정재희. 마지막 그 한 걸음을 남겨두고 초인적인 인내심을 발휘하며 끝내 선을 넘지 않는 지독한 김다정과 정재희.

어쩌면 그런 모습들이 남들 눈엔 답답하고 바보 같아 보이겠지만, 딱 이만큼의 거리만이 우리에게 어울린다고 생각했다. 조금 더 내딛기 위해선 아직 부족한 것이 많은 김다정이니까. 자격지심의 문제가 아니라, 그의 곁에서도 중심을 지키며 미래를 꿈꾸기엔 아직 뿌리가 얕게 뻗어 바람이 불면 쉽게 흔들리는 나약한 작은 묘목에 불과하기 때문이었다.

"오빠가 좀 도와줘요. 기대고 싶게 만들지 말고, 유혹하지도 말고."

"그런 애가 팩 소주 빨고 집에 쳐들어와서 자고 가?"

"말했잖아요, 너무 보고 싶었다고."

그는 더 이상 묻지도, 말을 잇지도 않았다. 지금 이 순간에도 시시각각 변화하는 마음의 갈등으로 다정의 표정은 밝아지질 않았다. 했던 말 다 취소하고 앞뒤 재지 않고 그냥 좋아한다고 주구장창 떠들어 버릴까 싶다가도, 힘겹게 정리한 다짐을 어느 정도까지 과연 실천이 가능할지 가늠도 해보고, 어쩌면 잘해낼 수 있을 것도 같아서 마음을 굳혔다가도 도로 고백에 대한 답을 해달라고 조르고 싶었다. 해보지도 않고 지레 포기해 버리는 바보로 남고 싶지 않아서 큰맘먹고 꺼낸 고백이었지만 그는 그것에 대한 아무런 코멘트도 없었다.

분명 통했다고 생각했던 진심은 여전한 걸까?

"물어볼 거 있어요."

두 시간째 아무 말 없이 술잔을 기울이던 그를 바라보며 다정이 입을 떼었다. 재희의 속도에 맞춰 느리게 잔을 비우고 있긴 했지만 시간이 쌓일수록 혀는 꼬이고 눈은 풀려만 갔다. 그러나 그는 얄미울 정도로 멀쩡했다. 작정하고 달리면 하루 종일도 술자리를 한다던 그의 말이 사실이었던 모양이다.

"좋아하는 사람…… 있죠?"

그가 피식 웃더니 정말 몰라서 묻느냐는 듯 눈썹을 찡그리며 고개를 끄덕였다.

"못 본 척하고 있는 거…… 맞아요?"

잔을 비운 그가 고개를 끄덕이며 과자를 한 줌 쥐며 의자에 기대앉아 리모컨을 눌렀다. 그러자 대형 스크린을 통해 5년 전에 참여했던 그의 두 번째 작품이 재생되었다.

"……그럼 됐어요."

이렇게 대답을 쥐어짜서 듣게 될 줄이야.

그래도 좋았다. 그의 마음을 들여다보았으니 그걸로 충분하다고, 더 이상 욕심내지 않겠다고 다짐하고 또 다짐하며 그의 옆얼굴에 머물렀던 시선을 스크린으로 옮겼다.

두 시간이 조금 넘는 상영 시간 내내 다정의 눈엔 영화는 들어오지 않았다. 오직 귀만 활짝 열려 그가 지었던 곡들만 귀에 들어왔고, 스크린에 고정된 시선은 멍하기 그지없었다. 이 영화를 통해 단숨에 최고의 음악감독 자리를 꿰찬 그는 대중적이면서도 작품성이 높은 여러 연주곡들로 평론가들에게 인정을 받게 되었고, 음악성을 의심하게 만드는 남다른 외모로 사람들에게 더 많은 주목을 받게 되었다. 정통 클래식 전공자이기에 가질 수 있는 여러 가지 장점들이 국내 영화음악에서 흔히 볼 수 없었던 빈자리를 파고들어 확고히 다지게 만들었고, 다양한 음악장르와의 결합으로 작품을 거듭할수록 늘 새로운 구성을 선보이며 다음이 더욱더 기대되는 음악가가 되었다.

이리 뜯어보고 저리 뜯어봐도 멋진 사람. 엔딩 크레디트에서 가장 눈에 띄는 그 사람의 이름 석 자에 다정은 괜히 마음이 뿌듯하고 가슴이 벅찼다. 언젠가 한 작품 안에 나란히 이름을 올릴 날을 상상하며, 다정은 아까 깎다 말아서 갈변된 사과 반쪽을 마저 깎아 접시에 담아 재희 앞에 내밀었다.

사과 하나를 집어든 그는 무슨 말을 하려는 듯 입을 떼다가 깊은 한숨을 내쉬었다. 도로 삼킨 그 말이 너무도 궁금했지만 재촉하지 않았다. 생각을 정리하기 위해 술도 마시고, 영화도 보았으니 이젠 어느 정도 준비를 마쳤을 듯했다. 그 어떤 말을 하더라도 속상해하지 않기로, 그의 결정을 받아들이기로 한 다정은 아이스 버켓에서 얼음 몇 개를 꺼내 잔에 넣고 술을 채웠다. 즉시 들이켤 준비를 마친 것이다.

"누군가 조절이 필요하다고 말해줬을 땐 그럴 수 있을 거라고 생각했어."

"무모했네요."

그가 옅게 웃으며 한입 깨문 사과를 도로 접시 위에 내려놓고 고개를 들어 천장을 바라보았다.

"너한테서 느껴지던 그 밝고 활기찬 기운들이 어느 순간 점점 바래지고, 아저씨가 떠난 후에 끝도 없이 나약해지는 너를 지켜보면서 많이 걱정했어. 누군가 널 바로잡아 줘야 하는데, 그 누군가가 될 사람은 나밖에 없다고 생각했고."

이렇게 엉키게 될 거란 걸 알면서도 그가 자처한 것이다.

"그리고 넌 지금부터 가장 중요할 때잖아. 일일이 설명하지 않아도 스스로 잘 알고 있을 거야. 이 모든 말들, 입 밖으로 꺼내진 않았지만 너도 알고 나도 아는 이야기야. 한 걸음을 더 못 내딛고 계속 머뭇거렸던 이유…… 우리가 같은 생각을 해서였잖아."

만약 그와 새로운 관계가 형성이 된다면, 갓 데뷔한 신인여배우와 이미 정상의 자리에 선 영화음악감독 간의 관계에 다양한 시선이 달라붙을 것은 불 보듯 뻔한 이야기였다. 아주 사소한 이야깃거리도 눈이 벌게져서 신나게 물고 뜯는 살벌한 곳에서 좀 더 안전하게 머물길 바라는 그의 마음, 그가 걱정하고 있는 것들, 그래서 망설일 수밖에 없었던 이유 충분히 이해도 되고 고맙기도 하다. 굳이 숨기거나 하지 않고 연애를 한다 하더라도 언젠간 세상에 알려지게 되면 제대로 배우가 되기도 전에, 소속사에서 힘들게 구축한 이미지 메이킹 따위는 단숨에 버려지고 연애나 해대는 철없는 여자가 돼버릴 것이다.

물론 이 모든 것들, 아직 일어나지도 않은 일들이다. 일어날지 안 일어날지 모르는 것들이다. 하지만 이미 일어났던 유사한 케이스들을 통해 예측 가능한 일들이기도 했다. 흠잡을 것 하나 없는 톱스타들 간의 연애와 결혼에도 온갖 음모론과 끊임없는 불화설이 판을 치는 이 바닥에서 아름답게 기억될 축복받는 연애가 얼마나 될까. 생각이 깊어질수록 다정이 혹시나 하고 품고 있던 작은 희망의 불씨는 금방이라도 꺼질 것 같았다.

"그럴듯한 말로 적당히 서로의 마음을 속이면서 그렇게 지내면 될 거라고, 그럴 수 있을 거라고 너나 나나 자만했어."

"그래서 오빠 어제 떠나겠다고 하면 얼마든지 보내줄 수 있다고 허세를 부렸죠."

"그래. 근데 네가 남겨둔 쪽지를 읽는 순간 깨달았어, 절대로 그럴 수 없다는 걸. 네가 조금이라도 멀어지면 꽤 힘들어질 거란 걸……."

이 남자가 또 기대하게 만드네.

포기 직전에 이르렀던 마음이, 내심 기대하고 있던 뉘앙스가 풍겨지는 그의 말에 다시 생기가 돌았다. 머릿속을 헝클어뜨렸던 온갖 걱정들과 생각들이 언제 그랬냐는 듯 몽땅 빠져나갔다.

"인정하지 않는다고 해서 없던 일이 되는 건 아니니까. 그래서…… 인정하려고."

잔을 꼭 움켜쥐고 있던 다정은 순간 숨도 쉬지 못하고 그대로 얼어붙어 버렸다. 그가 인정하겠다는 그것, 내가 가진 것과 다르지 않은 그것이 심장을 미친 듯이 뛰게 만들었다.

"점점 욕심났어. 더 오랜 시간 같이 있고 싶고, 내가 예뻐하는 네 모습을 나만 보고 싶고…… 그랬어. 지금의 결정을 언젠가는 후회할지도 몰라. 내가 후회 안 해도 네가 후회할 수도 있어. 그래도 괜찮다면, 너도 나처럼 지금 이 순간 후회하고 싶지 않다면…… 더 가까이 와볼래?"

"오빠……."

그의 커다란 손이 작은 제 손등을 따스하게 덮었다. 다정은 그의 손과 그의 눈을 번갈아가며 바라보다 저도 모르게 피식 웃고 말았다. 그가 제 말대로 좀 더 멀어지는 것에 동의할까 봐, 역에서 전화로 퍼부었던 어설픈 고백을 단칼에 잘라 버릴까 봐 내내 다정은 가슴을 졸이고 있었다. 이 정도 거리에 있는 것만으로도 만족한다는 말로 자신을 속이고 애써 위로했는데, 모두 괜한 짓이었다. 고갯짓으로가 아니라 말로 세상에 꺼낸 그의 진심이 귀를 지나 가슴속까지 들어와 버렸다.

"작아지지 말고 도망치지도 마. 네 말대로 씩씩하게 해내. 내 곁에 서서도 스스로 빛을 내봐. 김다정은 할 수 있잖아."

혹시나 그의 마음이 변해 버릴까 봐 다정은 빠르게 고개를 끄덕였다.

"네, 할 수 있어요. 꼭…… 그럴 거예요."

그 모든 다짐들이 수포로 돌아갔다. 결국 다정은 그의 곁에 머무는 걸 택했다. 그의 말대로 후회할지도 모른다. 하지만 지금은 다른 생각 같은 건 할 겨를이 없었다. 비록 사랑한단 말 한 번 꺼내지 않았지만, 고스란히 전해지는 그의 깊은 마음을 두고 어떻게 멀어질 수가 있을까. 이 상황이 영화 속 한 장면이었다면 미안하지만 그래도 혼자서 해보겠다고 말하며 시크하게 돌아서야 멋있을 테지만, 이것은 현실이니까.

내가 너무너무 좋아하던 남자도 내가 좋다는데 어떻게 돌아서!

그가 두 팔을 활짝 벌렸다. 다정은 그의 옆구리 옆에 팔을 쑥 뻗이 그대로 품에 안겼다.

"해보자, 까짓것. 참는 거 더는 힘들어서 못해먹겠다."

서로의 등을 감싼 팔에 힘이 실렸다. 다정은 지지 않으려 더욱 세게 그를 끌어안았고, 그러면 그럴수록 재희도 더욱 세게 끌어안았다. 한참을 그렇게 숨이 막힐 정도로 서로를 꽉 끌어안다가 재희가 슬쩍 고개를 숙여 비비적거리고 있는 다정을 바라보았다. 눈을 말똥말똥하게 뜨고 숨을 들이켜는 모습을 가만히 지켜보던 재희는 아주 천천히 고개를 숙였다. 그러자 무엇을 직감한 건지 다정이 속눈썹을 파르르 떨며 살포시 눈을 감았고, 재희는 더 이상 가까이 다가가지 않으며 그 모습을 한참 동안 지켜보았다. 그러자 다정이 기다리다 못해 눈을 떴고, 그제야 재희는 입을 맞췄다.

짧은 시간 닿았다가 떨어진 입술 새로 달큰한 술 향기와 과일 향이 오고 갔다. 수줍은 듯 아랫입술을 깨물던 다정을 바라보며, 재희는 허공을 향해 작은 한숨을 내쉬고 다정을 제자리에 돌려놓았다.

"오늘 못 간 바다는…… 다음에 같이 가자. 혼자 가봤자 좋을 거 하나 없으니까."

다정이 야심차게 계획했던 첫 번째 단독여행은 무산되었다. 아니, 무기한 연기가 되었다. 하지만 그와 함께하는 첫 번째 여행이 너무도 기다려졌기에 아쉽지 않았다. 그동안 김다정은 지나치게 혼자서도 잘해왔으니까. 이젠 둘이서도 잘하는 김다정이고 싶었다.

＊

    하얀색 페인트칠이 군데군데 벗겨진 허름한 분식집에 앉아 떡볶이와 어묵을 먹으며 시나리오를 읽던 다정은 매니저인 선호가 물컵을 건네자 숨도 쉬지 않고 단숨에 들이켰다.

    "시원한 물로 주지."

    "안 돼. 형님이 찬물은 목에 안 좋다고 미지근한 거 먹이랬어. 얼른 마셔."

    그와 함께 있지 않아도 다정은 언제나 그의 영향권 안에 있었다. 주변의 모든 사람들을 자기편으로 매수해 둔 재희 덕에 다정은 9시 통금과 찬물 대신 미지근한 물 마시기뿐 아니라 삶의 전반적인 부분까지 통제당하고 있었다.

    "밥을 먹었어야 했는데. 이거 먹어서 어디 오디션 볼 기운 나겠어?"

    "걱정 마. 올라갈 시간 됐지?"

    분식집에서 간단히 끼니를 때운 다정은 시나리오집을 가방에 넣고 자리에서 일어났다. 아빠가 떠난 후, 짧은 방황기를 거친 다정이 다시 오디션을 보게 된 것은 방황기를 끝내고 정확히 열흘 만이었다. 지난 석 달간 했던 마구잡이로 한 놈만 걸려라 식의 오디션 대신, 처음 황 팀장이 계획했던 대로 서두르지 않고 천천히 바르게 오디션에 임하기로 결심했다.

    그래서 결정한 첫 번째 오디션이 바로 〈Pang〉란 작품이었다. J미디어 못지않은 대형 제작사에서 투자와 배급을 담당하고 독립영화사에서 제작하는 이 작품은 독립영화의 성격이 강한 작품으로, J미디어 수석 캐스팅 디렉터인 이경진 실장의 적극 추천으로 시나리오를 검토하게 되었다. 여주인공 자리를 두고 J미디어 매니지먼트 소속의 한 여배우와 타 기획사의 여배우가 최종까지 올라갔는데, J미디어 소속 여배우는 얼굴이 많이 알려진 배우라며 감독이 퇴짜를 놓았고 결국 타 기획사 소속의 여배우에게 캐스팅의 영광이 돌아갔다.

문제는 캐스팅된 그 여배우가 다정이 퇴짜를 놓은 그 대작 영화 자리에 들어가게 되면서 일이 꼬인 것이다. 결국 여주인공 자리를 두고 다시 캐스팅이 시작되었고, 감독이 오디션을 보겠다고 결정한 것이다. 사람들은 고작 독립영화인데 오디션까지 보냐며 배부른 소릴 한다고들 했지만 다정의 생각은 달랐다. 오디션은 연기를 선보일 수 있는 기회의 창구니까. 그 기회마저 허락되지 않고 유명 배우들 위주로 주인공 자리가 결정되는 보통의 영화들과 달라서 다정은 감독의 고집이 좋았다.

이 실장에게 시나리오를 건네받은 다정은 그날 저녁 단숨에 다 읽어버렸다. 만만치 않은 캐릭터였다. 음침하고 스산하면서도 위트가 살아 있는 다중이스러운 캐릭터에 다정은 푹 빠져 버렸다. 만약 이 작품을 하기만 한다면 영화 한 편을 찍으면서 지금껏 배워왔던 연기보다 더 많은 것을 배울 수 있을 것 같았고, 한 뼘쯤은 성장할 수 있을 것 같았다.

젊은 나이에 실력을 인정받은, 전 세계 독립영화계가 주목하고 있는 신예감독. 기존에 보지 못한 새로운 여배우를 찾고 있다는 이 실장의 부연 설명에 다정의 기대감은 점점 더 증폭되었다. 캐스팅이 안 되더라도 시나리오가 너무 좋다며 꼭 가보라던 황 팀장의 말을 귓등으로 들었다면 얼마나 후회를 했을까.

영화사 사무실 안으로 들어선 다정은 다들 각자에게 주어진 일에 바쁜 사람들 틈에 끼어 살짝 민망해졌다. 아무도 신경 써주지 않아 쭈뼛거리며 감독님이 있을 만한 곳을 두리번거리던 다정은 뒤따라온 선호가 꾸벅 인사를 하자 덩달아 꾸벅 인사를 하고 환하게 웃었다. 그제야 직원들이 관심을 가져주었다.

"오디션 보러 오셨으면 저기 저 문 열고 들어가 봐요."

"감사합니다!"

직원의 안내로 선호와 함께 감독이 있다는 방으로 향하던 다정은 두근대는 심장 위에 손을 얹고 깊게 심호흡을 했다. 조심스레 문에 노크를 하고 문고리를 잡아 돌린 다정은 천천히 문을 열고 안으로 들어섰다. 그곳에는 귀에 이어폰을 꽂고 커다란 보드 위에 무언가를 그리고 있는 감독이 있었다. 젊단 얘긴 이미 들어서 알고 있었지만 아직 서른도 안 된 듯 정말 어려 보였다. 책상 가까이 다가간 다정은 책상 위를 톡톡 두들기고 들고 온 프로필 사진과 간단한 기본 정보가 담긴 파일을 책상 귀퉁이에 살짝 올려놓았다.

"감독님, 안녕하세요. 김다정이라고 합니다."

"아, 반가워요. 김다정 씨 연극 봤어요."

"정말요? 감사합니다."

인사치레일지도 모르지만 그래도 감사했다. 프로필 파일을 보지도 않고 연극배우라는 걸 알아봐 준 게 어디냐 싶어 다정은 고개를 꾸벅 숙여 인사했다.

"일단 카메라 테스트부터 할까요? 바로 시작해도 괜찮죠? 내가 성격이 급해서."

"네, 괜찮습니다. 준비할게요."

조연 배역 오디션 자리에 갔을 땐 복도에서 서성이며 하염없이 기다리곤 했는데, 주인공 배역이어서 그런지 지체없이 바로 오디션이 시작되었다. 가방과 재킷을 선호에게 주고 손목에 걸어두었던 머리끈으로 풀었던 머리칼을 한데 모아 묶어 올린 다정은 카메라 감독으로 보이는 한 사람이 들어와 카메라를 켜고 모니터와 연결시킬 때까지 기다리며 감독이 원할 캐릭터의 모습을 머릿속으로 떠올렸다. 어떠한 모습을 보여줘야 각인이 될까가 아니라, 과하지 않은 선에서 내가 표현해 낼 수 있는 것을 보여주는 것이 옳다고 믿어왔기에 다정은 마음을 차분히 가라앉히며 목소리를 가다듬었다.

"뭐, 굳이 연기를 할 필요 없고요. 간단히 저랑 대화를 나누면 돼요. 긴장하지 마시고요."

이런.

시나리오에서 느껴지는 서늘하면서도 묘한 배역에 대해 지난 일주일간 연구하고 준비했는데. 그래도 감독이 보고 싶지 않다니 어쩔 수 없었다. 다정은 고개를 끄덕인 후 마른 입술에 침을 바르고 손바닥으로 뺨을 쓸었다.

"연기 언제부터 시작했어요?"

"고등학교 1학년 때 연극반에 들어가면서부터 시작했습니다."

"연극은 오래 했어요?"

"극단 〈캥거루〉에서 크지 않은 배역 위주로 계속 출연했습니다."

가져다준 파일은 들춰보지도 않고 감독은 계속해서 눈만 뚫어져라 바라보았다. 다정도 그런 감독의 시선을 피하지 않고 계속해서 쳐다보았다.

"연극 말고 출연했던 작품은요?"

"대학교 1학년 때 선배님들 졸업 작품으로 단편영화 두 편 참여했습니다."

"선배들 제치고 졸업 작품에 연달아 두 번 주인공 했으면 미움 많이 받았겠다."

"네, 뭐. 어느 정도는 받았습니다."

다정의 솔직한 대답에 감독이 피식 웃으며 그제야 파일의 첫 장을 넘겼다.

"김다정 씨 마스크가 감독 입장에선 탐나긴 하네요. 전형적이지 않아서 좋고, 뭘 입혀도 어울릴 것 같고, 자꾸 눈길이 가는 묘한 매력이 있어."

혼잣말 같은 감독의 말에 곁에 앉아서 모니터만 보고 있던 카메라 감독도 고개를 끄덕였다.

"감사합니다."

"머리 한번 풀어볼까요?"

머리끈을 풀자 스르륵 흘러내린 머리가락이 어깨를 덮었다.

"짧은 머리가 잘 어울릴지 모르겠네."

"얼굴이 하얗고 갸름해서 괜찮을 것 같은데?"

두 사람이 나누는 대화에 귀를 쫑긋 세우고 듣고 있던 다정은 점점 더 긴장이 고조되어 살살 다리가 후들거리기 시작했다.

"캐스팅 확정되면, 머리카락 이만큼 자르고 올 수 있어요?"

감독이 가리킨 곳은 중학교 때도 안 해본 귀 밑 3㎝였다. 하지만 다정은 개의치 않았다. 머리카락이야 다시 기르면 되는 거니까. 작정하고 오랫동안 길러온 것도 아니고, 배역을 위해서라면 굳이 못할 것도 없었다.

"네, 자르고 올게요."

"좋아요."

그가 고개를 끄덕이자 카메라감독이 모니터를 끄고 카메라도 꺼버렸다. 오디션이라기엔 너무나 허무한 오디션이었다.

"독립영화 제작 환경 어느 정도 알고 있을 거라 생각해요. 보통 제작비 떨어지면 촬영 스톱이고, 촬영 다 해놓고도 개봉까지 얼마나 오랜 시간이 걸릴지 장담 못하는데 우린 정말 운 좋게도 제법 규모가 있는 제작사에서 투자를 해줘서 1월부터 촬영 시작하게 됐거든요."

그런 사정 왜 모를까. 다정은 고개를 끄덕였다.

"배우 대접도 제대로 못해줘요. 나 배우한테 용돈 받아가면서 촬영했던 사람이에요."

감독의 말에 다정도 빙긋 웃었다.

"그래도 우리가 내세울 수 있는 건 열정 하나. 잘 만들어서 상한번 받아보겠다! 이런 생각으로 만드는 게 아니라, 알맹이 있는 이야기를 만들어보자. 이 목표 하나로 다 같이 똘똘 뭉쳐서 일 저지르고 다닙니다. 우리랑 같이 하기로 했던 여배우가 보름 전에 우리와 전혀 다른 스타일의 작품을 선택해서 떠났어요. 우리도 인간인지라 새삼스럽게 서운하더라고요. 그래서 이번엔 깐깐하게 찾고 있어요. 그전 여배우한테는 '와주신 것만으로도 감사합니다' 하고 우리가 굽실거리다가 까였거든요. 후훗."

"저 솔직히 말씀드리자면, 시나리오 다 읽고 나서 조금 버겁겠다고 생각했어요. 근데 감독님 뵙고 나니까 꼭 하고 싶어졌어요. 어떤 배역이라도 상관없어요. 이 작품에 꼭 참여시켜 주세요."

탐나는 건 여주인공이었지만 이름 없는 작은 역이라도 좋을 것 같았다. 프로들과 영화 작업을 해본다는 것 자체로도 많은 걸 배울 수 있을 것 같아서, 오히려 큰 규모의 제작사에서 만드는 영화가 아니라 독립영화를 선택한 것이 옳다는 생각이 들었다. 이 작품을 함께하지 못하더라도 다음 오디션 역시 독립영화 작품에서 찾아봐야겠다고 다짐한 다정은 씩씩하게 웃으며 감독을 바라보았다.

"제가 얼마 전에 잠시 동안 방황을 했었거든요. 그때 잃어버렸던 뭔가를 지금 막 되찾은 기분이에요."

열정. 다정에겐 그것이 가장 필요했다. 연기를 잘하는 배우가 아니라 잘하기 위해 끊임없이 노력하는 배우가 되고자 했던 다정이었기에 이번 작품이 유독 더 탐이 났다.

"조만간 연락드릴게요. 와줘서 고마워요."

"감사합니다. 다음에 꼭 다시 뵐 수 있었으면 좋겠어요."

감독이 지은 미소에 큰 의미를 부여하고 사무실을 빠져나온 다정은 후 하고 숨 한 번 크게 내쉰 후 넓은 보폭으로 걸음을 걸었다. 되지 않는다고 해도 상처받진 않을 것이다. 오디션에서 미끄러질 때마다 상처를 받는다면 정말 나약한 사람이니까. 지금 이 순간이 언젠가 너를 더욱더 빛나게 할 거라는 어느 노래의 가사처럼, 언젠간 지금보다 환히 빛나는 순간이 내게도 찾아올 거라 믿으며 힘차게 걸음을 내딛었다.

그 시각, 초조하게 시계를 바라보고 있던 재희는 피아노에 앉았다가, 기타를 끌어안았다가, 악보를 뒤적였다가 안절부절못하고 있었다. 낮에 잠에서 깨자마자 작업실로 달려온 재희는 휴대폰 시계와 손목에 채워진 시계, 벽에 걸린 시계를 차례로 확인하며 다시 피아노 의자에 앉았다.

Rrrr.

기다리고 있던 발신자에게서 전화가 걸려왔다.

"갔어?"

[네, 방금 나갔어요.]

발신자는 다름 아닌 은우였다. 재희는 은우에게 들리지 않도록 짧은 안도의 한숨을 내쉬곤 다시 태연하게 말을 이었다.

"가까이에서 보고 나서도 여전히 그 생각 변함없어?"

[첫눈에 반했다고 했잖아요.]

다정에게 모진 말을 퍼부었던 그날 밤, 그 모습을 변태같이 숨어서 지켜봤던 은우가 다정에게 첫눈에 반했다며 소개시켜 달라고 떼를 썼다. 물론 남자 대 여자로 반한 것은 아니었다.

"그래, 뭐. 나머진 알아서 해. 난 두 사람 다시 만나게 해준 걸로 손 털었으니까."

[고마워요, 형. 아주 짜릿했어요.]

무슨 의미인 줄은 알겠지만 단어 선택이 듣기 좀 거북하긴 했다. 평소 같았다면 타박을 해도 열두 번은 더 했을 테지만, 중간에 다정이 있으니 함부로 할 순 없었다.

[제작사에서 내심 영화제 초청 노리고 있어서 후반 작업 시간 오래 못 드릴 것 같아요. 내년 상반기 개봉 목표라서 지금부터 준비하셔야 할 거예요.]

"안 그래도 그럴 거야."

[작곡은 끝난 거예요?]

"추리는 중이야. 마음 정해지면 녹음 시작하려고."

[주중에 한 번 찾아가겠습니다! 우리도 이제 회의란 걸 좀 해야겠죠?]

좋은 조짐을 발견한 재희는 더 이상 은우와의 통화는 불필요하다고 판단하고 적당히 마무리 지을 말을 떠올렸다.

"알았어. 준비나 제대로 해와."

[그나저나 내년 상반기에 낼 음반 작업이랑 겹치겠네요. 후훗.]

"바쁘니까 끊어."

[내 전화 기다리고 있었으면서.]

"시끄러."

재희는 결국 매몰차게 통화를 마무리 짓고 환희의 연주를 시작했다. 평소 같았다면 예전만 못한 왼손 프레이즈 때문에 피아노 건반을 다 뜯어버리고 싶게 만드는 리스트의 초절기교 연습곡 8번 Wilde Jagd(사냥)였으나 오늘은 달랐다. 물론 연주는 크게 달라지지 않았지만 기분이 달랐다. 장시간 연주하고 나면 어깨와 뒷목이 뻐근해질 만큼 묵직하던 스타인웨이의 건반이 오늘은 왠지 새털처럼 가벼웠다. 이렇게 속 시원하게 건반을 두들기고 나면 조율을 새로 해야 하긴 하지만, 그래도 좋았다. 좋은 일이 일어날 것만 같은 예감에 자꾸만 밀려드는 벅찬 기운을 무슨 방법으로든 밖으로 분출해야만 했기 때문이다.

✻

그사이 갑작스러운 관계 변화는 없었다. 그냥 지금껏 그래 왔듯이 별반 다르지 않게 지내고 있었다. 전과 달라진 것을 굳이 꼽자면 서로의 마음을 정확히 알게 된 것 정도랄까. 그러고 보니 우린 그전부터 지나치게 가깝게 지냈던 것 같다.

얼른 집에 들어가라는 거, 고집 부려서 간신히 작업실에 따라 들어온 다정은 벌써 두 시간째 꼼짝하지 않고 이어폰을 꽂은 채 노트북과 씨름 중인 그를 지켜보며 혼자서 놀고 있었다. 다정은 그의 작업실이 참 좋았다. 음악을 좋아하는 다정에게 그의 작업실은 천국이나 다름없었다. 그와 함께 음악을 듣고, 음악에 대해 이야기 나누고, 운 좋은 날엔 그가 연주하는 모습을 지켜볼 수도 있으니까.

내년 봄 앨범 발매를 목표로 그는 콘서트를 마치자마자 본격적으로 앨범 작업을 시작했다. 봄에 나올 앨범이라서 그런지 그가 작업을 마친 대부분의 곡들이 싱그럽고 사랑스러운 분위기의 곡들이었다. 평소 그가 해온 음악과 조금 다른 느낌이었지만 그래서 더 새롭고 좋았다. 그의 열혈팬이라서 무조건 좋은 것이 아니라, 한계를 가늠할 수 없을 정도로 매번 영역을 넓혀가는 그의 음악적 성향이 좋았다.

기나긴 기다림에 조금 심심해진 다정은 작업실 구석에 쌓인 갖가지 악기들을 들춰보며 연주할 만한 것들이 있나 찾아보았다. 그곳엔 명칭을 알 수 없는 희귀한 외국 악기들이 대부분이었고, 다정이 이름을 알 만한 건 우쿨렐레와 멜로디언 정도였다. 둘리에 나오는 마이콜이 메고 다니던 것과 비슷한 사이즈의 우쿨렐레를 드르륵 긁어본 다정은 그 곁에 있던 멜로디언을 집어들고 다시 자리로 돌아왔다. 건반을 누르며 후 하고 불자 명랑한 소리가 튀어나왔다. 오래전에 들었던 맑고 고운 소리에 웃음이 난 다정은 그가 이어폰을 끼고 있어서 안 들릴 거라고 생각하며 무릎 위에 멜로디언을 올려두고 본격적인 연주를 시작했다.

"안 졸려?"

노트북과 씨름하던 그가 드디어 시선을 주었다. 한 군데 몰두하면 시간이 얼마나 흐르는지도 모른 채 잘 빠져나오지 못하는 그를 알기에 그런 그를 보는 것만으로도 즐거운 다정은 보채지 않고 잘 노는 중이었다.

"졸려요."

"일어나. 데려다 줄게."

"아뇨. 그냥 있을래요."

"겁도 없지. 이 늦은 시간까지 남자 혼자 있는 곳에서 꾸벅꾸벅 졸고 있으니."

"오빠잖아요."

"푸훗."

어깨가 들썩일 정도로 웃던 그가 정색을 하며 노려보았다.

"그거 욕은 아니지?"

"느껴지는 대로 해석하세요."

다정이 다시 태연하게 멜로디언을 불자 그가 찌릿 노려본 후 고 개를 젓고 다시 노트북을 두들겼다. 한참 동안 작업을 하던 그는 새 악보를 출력하고 그것을 들고 다정에게 내밀었다.

"이거 불어봐."

그는 악보를 건네고 맞은편에 서서 팔짱을 끼고 노려보았다. 다 정은 눈치를 보며 주섬주섬 악보대로 불어보았다.

"다 불어요?"

여덟 마디를 불고 나서 그에게 묻자 고개를 끄덕였다. 다정은 다시 연주를 시작했다. 그것을 가만히 듣고 있던 그가 노트북에서 어떠한 파일을 열었고, 스피커를 통해 피아노와 기타, 오케스트라 까지 입힌 음악이 흘러나왔다. 드디어 악보에서 쉼표를 발견한 다 정은 연주를 멈추었고, 그 빈자리에 바이올린 선율이 얹어졌다.

"헤에, 헤에. 아우, 숨 막혀."

그는 본 척도 안 하고 뭔가를 열심히 적었다. 다정은 그런 그의 곁에 슬쩍 다가가 악보에 정신없이 그어지고 있는 음표를 바라보았다.

"잘했으면 잘했다고 칭찬을 좀 해줘봐요."

"원래 다 바이올린이 연주했던 건데, 멜로디언도 나쁘지 않네."

제 말은 들은 척도 하지 않는 그가 조금은 야속했지만 그에게 아주 작은 영감이 되어준 것 같아서 기분이 좋았다.

"너무 가볍지 않겠어요?"

고개를 저은 그가 옅게 웃었다.

"부피감은 오케스트라로 충분해. 풀잎으로 부는 소리 같아서 청량하고 좋다."

"귀에 더 또렷하게 들리긴 해요."

그 역시 마음에 드는 듯 점점 표정이 밝아졌다. 새벽 5시 즈음에 범인(凡人)에게서는 보기 힘든 해맑은 표정이었다.

"그럼 저도 앨범 세션 명단에 들어가는 거예요?"

"맹연습 해오면 기회 줄게. 2월부터 녹음 시작할 거니까 그때까지 연습해."

"무슨 멜로디언을 맹연습까지 하냐……. 인생이 오디션이네. 휴우."

입을 삐죽이자 그가 빙긋 웃으며 머리를 쓰다듬어 주었다. 그게 좋아서 다정은 언제 그랬냐는 듯 배시시 웃고 말았다.

#10

크리스마스 분위기가 극에 달한 12월 23일. 거리에는 젊은 연인들이 쏟아져 나와 북새통을 이루었고, 연인 대신 친구나 가족들과 함께 나들이를 나온 사람들이 한가득이었다. 가게마다 언제 들어도 신나고 설레는 머라이어 캐리가 부른 크리스마스 캐럴이나, 겨울 시즌을 겨냥해 대충 겨울 느낌이 나는 편곡으로 분위기만 맞춰 발표한 가수들의 노래도 끊이지 않고 흘러나왔다.

〈그리다 꿈〉의 사정도 별반 다르지 않았다. 평소 시끌벅적한 분위기가 아니었지만, 오늘만은 들뜨고 설렌 사람들이 많이 찾은 탓에 귀에 이어폰을 꽂고 있어도 대화 소리와 길을 가득 메운 노래들이 거침없이 파고들었다. 하는 수 없이 귀에 꽂았던 이어폰을 뺀 재희는 기지개를 쭉 켜며 창밖을 내려다보았다. 하얀 눈이 펄

펄 내리고 있었다. 12월에만 벌써 몇 번째 눈이 내리는 건지, 초반부터 엄청난 양의 눈이 쏟아지는 중이었다.

재희는 오늘 다정에게 바람을 맞았다. 점심때쯤 만나기로 했지만, 갑작스러운 광고 촬영 대타 참여로 인해 커플들이 바글바글한 카페에 혼자 떡하니 자리를 차지하고 앉아 노트북과 씨름 중이었다. 같이 영화라도 한 편 보려고 했는데……. 아쉽지만 〈그루터기〉 녹화가 있는 화요일이라서 일찍 방송국으로 들어가야 할 것 같았다.

첫 리허설까지 아직 두 시간 정도 시간이 남아 있었지만, 재희는 뒤통수가 너무도 따가워서 더 이상 앉아 있을 수가 없었다. 주섬주섬 짐을 챙겨 가방을 어깨에 멘 재희는 저를 알아보고 수군거리는 젊은 여인들의 뜨거운 시선을 뒤로한 채 미련없이 카페를 빠져나왔다.

잠시 작업실에 들렀다가 갈까, 아니면 곧장 방송국에 가서 객석에 앉아 게스트들 리허설 구경이나 할까 망설이던 재희는 사람들 틈을 헤치며 길을 걷고 싶지 않아 그대로 차에 올랐다.

Rrrr.

그때, 한창 광고 촬영 중이어야 할 다정에게서 전화가 걸려왔다. 재희는 반가운 마음에 냉큼 통화를 연결하고 리모컨으로 잠금 장치를 해제시켰다.

"어, 다정아."

[오빠 저 됐어요! 영화 캐스팅됐다구요! 꺄악!]

재희는 다정의 말을 단번에 알아들었다. 다징이 캐스팅될 거란 사실을 이미 알고 있었기 때문이다. 매우 기뻐할 거란 생각도 했지만, 저렇게 소리까지 지를 정도로 좋아할 줄이야⋯⋯. 옆에 선호도 함께 있는지 짐승 울음과도 비슷한 소리가 함께 건너왔다.

"축하해."

[아, 눈물 나요. 너무 좋아서 숨이 콱 막히는 거 있죠.]

울먹이는 다정의 음성에 재희는 찡한 코끝을 손등으로 문지르며 핸드기어를 내리고 차를 출발시켰다. 얼마나 애타게 기다려 온 순간인지 너무나도 잘 알고 있는 재희였다. 그 과정을 조금이나마 곁에서 지켜봤기에 본인만큼이나 기쁘고 가슴이 벅찼다. 비록 세간의 주목을 덜 받을 게 뻔한 독립영화지만, 그래서 더욱더 집중해서 촬영에 임할 수 있기에 오히려 더 잘된 거라고 생각했다. 워낙 시나리오가 튼튼하고 몰입도가 훌륭한 작품이라 흥행도 어느 정도 보장이 되고, 평단의 평가도 좋을 거란 자신감이 생겼다.

"촬영은 다 끝났어?"

[아뇨, 아직 시작도 못했어요.]

어젯밤 갑자기 연락을 받고서 새벽에 눈도 덜 떨어진 상태로 촬영장에 갔던 다정인데, 낮 1시를 넘기도록 촬영도 못했다니. 추운 날씨에 어디서 덜덜 떨고 있는 건 아닌지 걱정스러워 재희의 미간이 살짝 구겨졌다.

"그럼 내내 대기하고 있었던 거야? 감히 우리 여배우님을?"

[헤헷. 사실 같이 촬영 중인 사람이 연기를 너무 못해서 계속 NG 나고 있어요.]

다정이 엄청난 비밀이라도 이야기하듯 잔뜩 목소리를 낮추고 옹알대자 재희가 그제야 피식 웃었다.

[오빠, 방송국 언제 가요?]

"지금 가는 중이야."

[녹화 끝나고 작업실로 갈 거예요?]

"아마도."

[그럼 저 작업실로 갈게요! 축하 파티해야죠!]

"알았어. 기다릴 테니까 와."

[넵! 그럼 이따 봐요, 오빠.]

날이 갈수록 '오빠' 소리에 애교가 담뿍 담겨 들을 때마다 가슴이 간질거렸다. 재희는 저도 모르게 고개를 흔들며, 신호대기에 걸린 틈을 타 통화목록에서 은우의 전화번호를 찾아 통화를 연결시켰다.

[그새 연락받으셨군요.]

마치 다 알고 있다는 듯 느긋한 음성이 건너왔다. 재희는 옅게 웃으며 초록불을 확인하곤 차를 몰았다.

"촬영 시작 언제야?"

[1월 첫 주에는 시작할 거예요. 왜요?]

"그전에 여배우랑 여행 좀 다녀오려고."

[예에?]

무척 놀란 듯, 째지는 목소리가 들렸다.

"좋은 곡 쓰려면 영감이 필요하니까. 사심 없다."

어이가 없다는 듯 꺽꺽 숨이 넘어가게 웃던 은우가 긴 한숨을 내쉬더니 말을 할까 말까 망설이는 사람처럼 한참 동안 뜸을 들였다.

[형과 김다정의 조화는 뭐랄까⋯⋯. 푸른 초원을 뛰노는 예쁜 토끼와 호시탐탐 그 토끼를 잡아먹으려 노리고 있는 능구렁이 같네요.]

"적절하네."

[어으!]

일방적으로 통보를 마친 재희는 통화를 끝내고 다시 운전에 집중했다. 눈길 운전이라면 언제나 짜증이 나고 귀찮지만, 오늘만은 참고 넘어갈 만했다. 크리스마스 시즌을 만끽하려 쏟아져 나온 차들로 인해 가다 서다를 반복하느라 방송국 가는 길이 쉽지만은 않아도 재희의 입술 새로 듣기 좋은 허밍이 흘러나왔다.

"시나리오 먼저 다시 읽어야겠다."

한참 싱글벙글 웃어가며 운전하던 재희가 순간 떠오른 생각에 정색을 했다. 아무래도 다시 한 번 시나리오를 검토, 아니, 검열해야 할 것 같았다. 노출 연기는 없는지, 상대 배우와의 진한 애정신은 없는지.

"아빠, 나 왔어."

다정은 환히 웃고 있는 아빠의 사진을 바라보았다. 그때 그 모습으로 시간이 멈춰 버린 아빠의 표정이 가끔 마음을 슬프게 만들었지만, 오늘만은 아프거나 쓰리지 않았다. 마치 좋은 소식을 전할 거란 걸 알고 있다는 듯 웃고 있는 모습이라서 다정의 얼굴에도 예쁜 미소가 얹어졌다.

"짠! 이거 봐라?"

두툼한 시나리오집을 활짝 펼친 다정은 아빠 사진 가까이 내밀어 한 장 한 장 넘겨주기까지 했다.

"나 이 영화 주인공 됐어, 아빠. 아빠도 안 믿기지? 나도 안 믿겨."

왈칵 눈물이 쏟아지려 했지만 다정은 울지 않았다. 이를 악물고 대신 활짝 웃었다. 이제 겨우 한 발 내디뎠을 뿐인데, 기분에 취해 훌쩍거리고 있는 건 김다정답지 못한 행동이니까. 우는 건 나중에 끝까지 잘해내고 난 후에 울어도 늦지 않으니까.

"고마워. 아빠가 크리스마스라고 선물 보내준 거지? 그치?"

크리스마스이브 밤, 다정이 기억하는 한 아빠는 단 한 번도 빼먹지 않고 머리맡에 자그만 선물을 두고 가셨다. 여섯 살 땐 헝겊으로 만든 토끼인형을, 열일곱 살 땐 너무나 갖고 싶었지만 끝내 말하지 못했던 아이팟을, 수시 모집에서 합격을 하고도 비싼 등록금 때문에 합격했다 말 못했던 그해에는 끝까지 지키고 계셨던 통장을 주셨던 아빠…….

아빠는 하늘로 가신 올해에도 변함없이 선물을 주셨다.

자그만 아빠의 공간에 손바닥을 대고 바보처럼 배시시 웃고 있던 다정은 크게 숨을 들이쉬곤 볼에 바람을 가득 집어넣었다. 우스꽝스러운 제 모습에 아빠가 다음에 올 때까지 지금처럼 계속해서 웃고 있길 바라는 마음에서였다. 돌아서려는 걸음이 떨어지질 않아 몇 번이나 머뭇거리던 다정은 어깨를 한 번 으쓱이곤 손을 흔들어 아빠에게 인사를 건네고 씩씩하게 돌아섰다. 뒤돌아보고 싶었지만, 다정은 끝까지 참았다.

✳

마치 기분 좋게 술을 한잔 마신 것처럼 마음이 들뜬 하루였다. 다정의 캐스팅 소식을 들어서일 수도 있고, 공개방송 녹화가 근래 가장 뜨거운 열기 속에서 진행되어 만족스러웠기 때문일 수도 있다.

생활에 변화가 생겼다. 집, 작업실, 방송국만 오가던 단조로운 일상에 김다정이란 여자가 깊숙이 파고들어 기존의 생활 패턴을 조금씩 바꿔가고 있었다. 해가 뜨고 나서야 간신히 잠을 청하던 지난날이 과연 존재하긴 했었나 싶을 정도로 라디오방송을 마치고 집에 돌아오면 한 시간도 채 지나지 않아 잠이 들고, 전보다 이른 시간에 잠에서 깨어 오후에는 내내 작업실에서 작업을 했다. 물론 예고도 연락도 없이 불쑥불쑥 쳐들어오는 김다정과 함께⋯⋯.

뽀득뽀득 발아래 짓눌린 하얀 눈을 바라보며 휘적휘적 걷던 재희는 작업실이 있는 건물 밖에 서서 하얗고 작은 손을 호호 불고 있는 다정을 발견했다.

"오빠!"

다정도 재희를 금세 발견하곤 웃으며 손을 흔들었다.

"안에서 기다리지 왜 나와 있어."

"무슨 수로 들어가 있어요."

아무래도 내일 당장 출입문을 디지털 도어록으로 바꿔 버려야 할 것 같았다.

"선호는? 너 내려주고 그냥 가버렸어?"

"먼저 들어가라고 했어요. 찬바람 쐬고 싶어서."

주머니에서 열쇠를 꺼낸 재희가 앞장서자 다정이 옆에 바짝 다가와 팔짱을 걸고 배시시 웃었다.

"너, 또 술 마셨지?"

"쬐끔. 황 팀장님이랑 둘이서 한 병 나눠 마셨어요."

다정은 목덜미와 볼, 그리고 눈두덩이 발그레 달아올라 있었다.

"한 병이 아닌 것 같은데……."

얼마 전 24시간에 걸쳐 다정과 잔을 기울여 봤던 재희는 만만치 않았던 다정의 주량이 불현듯 떠올랐다.

작업실 안에 들어서자마자 불은 켠 재희는 테이블 위에 가방을 내려놓았다.

"춥지?"

미리 작업실에 먼저 들러 히터라도 돌려뒀으면 좋았을걸. 훈훈해지려면 시간이 좀 걸릴 듯해, 재희는 언젠가 다정이 두고 갔던 무릎담요를 건네주었다.

"별로 안 추워요."

"그러시겠지, 술을 한잔하셨으니."

재희의 비꼼에도 다정은 빙긋 웃기만 할 뿐 대꾸하지 않았다.

"아빠한테 다녀왔어요. 자랑 엄청 하고 왔는데. 헤헷."

냉장고에서 얼마 전에 개봉한 와인을 꺼내던 재희는 짠해진 마음을 가라앉히기 위해 헛기침을 한 번 하곤 다정의 곁으로 다가갔다. 테이블 아래에서 종이컵 두 개를 꺼내 와인을 채운 재희는 한 잔을 다정에게 건네고, 다른 하나는 제 앞에 내려두었다.

"잘했어. 아저씨가 무척 기뻐하셨을 거야."

"그렇겠죠? 기뻐하셨겠죠?"

고개를 끄덕이자 다정이 또 한 번 밝게 웃었다.

"이야. 와인까지⋯⋯."

"너 기분 실컷 내라고."

슬쩍 빼던 다정의 눈망울에서 반짝반짝 빛이 났다. 조도가 낮은 조명 두 개만 남겨두고 다른 조명을 모두 꺼버린 재희가 다시 자리로 향했다.

"그동안 수고 많았어. 축하해."

"고마워요. 오빠 만난 후로 모든 게 다 잘되었어요. 모두 다 잘될 거라던 아빠 말이⋯⋯ 진짜였어요."

재희는 다정의 조그만 머리를 슥슥 쓰다듬어 주곤 잔을 들었다.

"그랬다면 다행이다."

누군가에게 크든 작든 어쨌든 행복이 돼주었다는 것이 얼마나 기쁘고 가슴 벅찬 일인지, 말로 설명할 수 없는 뿌듯함이 가슴 가득 차올랐다. 좀 더 넓은 어깨를 가졌다면 마음껏 기대 쉴 수 있도록 해주었을 텐데, 좀 더 다정한 말을 할 줄 알았다면 큰 위로를 건넬 수 있었을 텐데⋯⋯. 그것이 늘 아쉽고, 미안하고, 가슴 아팠다.

그럼에도 늘 고맙다고 말하는 이 예쁜 아이, 혼자서 씩씩하게 해내라고 자꾸만 등을 밀어대는 못난 정재희에게 언제나 고맙다고 말하는 김다정을 어쩌면 좋을까.

"걱정이 한 가지 있어요."

"뭔데?"

"촬영 들어가면 자주 못 볼 텐데, 그럼 오빠가 너무 심심해지는 거 아닐까……."

"별 걱정을 다한다. 나도 바쁜 사람이거든?"

"어, 그거 좀 서운한데요. 빈자리 크게 느껴지라고 오빠 생활 깊숙하게 침투했었는데?"

역시 계획하에 침투한 것이다. 치밀한 녀석. 재희는 단호한 표정으로 고개를 가로저었다.

"다른 거 생각하지 말고 집중해. 촬영하는 동안에는 날 잊어도 괜찮아."

"음……."

다정이 쿠션을 끌어안은 채 소파에 등을 깊숙이 묻고 한참 동안 눈을 끔벅였다. 재희는 그런 다정을 빤히 바라보았고, 다정도 지지 않고 재희를 빤히 쳐다보았다.

"오빠 안 그랬으면 좋겠어요. 작업하는 동안에도 제 생각 많이 했으면 좋겠어요. 라디오 할 때도, 〈그루터기〉 녹화할 때도요. 시도 때도 없이."

구속까지 하려 들다니. 역시 20대 초반의 열정은 남달랐다.

"그건 내가 알아서 할게."

웃으며 잔을 비운 재희가 다시 빈 잔을 채웠다.

"우리 지금…… 연애하고 있는 거 맞죠?"

물음에 고개를 끄덕여 주자 다정이 못마땅한 듯 입술을 삐죽였다. 그 모습을 지켜보던 재희는 손바닥으로 목을 문지르다 애꿎은 뒷목을 주물렀다.

이상했다. 와인 두 잔에 벌써 취기가 오르는지 목 언저리부터 뜨끈한 무언가가 밀려 올라오는 기분이 들었다.

"너무 담백한 거지. 제가 꿈꿨던 연애는 뜨겁게 불타는 활화산 같은 연애였다고요."

"빨리 불타면 금방 꺼져."

"그건 연료가 장작개비일 때 얘기죠. 우리 연애의 근원은 팬과 우상의 만남 아니겠어요? 제가 우상을 갈아타지 않는 이상 절대로 식거나 꺼질 일이 없다고요."

애가 또 어디서 이상한 얘길 주워듣고 와서 연애 강연을 하는 건지, 재희는 기가 찼다. 재희는 다정의 빈 잔에 다시 와인을 채워 주었다.

"지금 날 가르치는 거야?"

"십 년이나 더 살았으면서 그동안 뭐 했어요? 어떻게 나보다도 더 몰라."

십 년 차이. 그걸 굳이 끄집어낸 김다정도 얄밉고, 그것이 사실이자 현실이라는 것이 못 견디게 짜증났다.

"표현 한번……."

"그러고 보니 진짜 십 년 차이다. 우와!"

그렇다고 감탄할 것까지야. 머쓱해진 재희가 자리에서 일어나 피아노로 향했다.

"너무 상심하지 말아요. 그렇게 많이 차이나 보이진 않으니까."

"그걸 지금 위로라고 해?"

톡 쏘아붙이자 다정이 배시시 웃으며 다가왔다. 또각또각 잘 걷던 다정이 팔을 쭉 내밀더니 휘청거렸고, 재희는 잽싸게 다정의 손을 잡아채 일으켰다. 그러자 다정이 알아서 재희의 품 안에 풀썩 안겼다.

"나이가 좀 많으면 어때, 정재희인데. 나랑 연애하고 있는 사람이 정재희인데, 뭐."

"누가 뭐래? 참나."

종알거리는 게 참으로 귀여웠다. 재희는 다정을 품에 꼭 안고 뒤뚱뒤뚱 발맞춰 걸어 다시 자리로 돌아갔다.

세상의 모든 사랑이 같은 모습을 하고 있다면 얼마나 지루할까. 같은 이유로 만남과 헤어짐을 반복하며 에너지를 소비하고, 비슷한 추억을 공유하고 틀에 박힌 사랑의 말로 고백하는 것은 상상만으로도 몸서리가 쳐졌다.

그래서 김다정과의 연애가 좋았다. 언제나 예상을 벗어나고, 뭔가 특별한 것을 하지 않아도 세상에서 가장 특별한 연애. 너무나 소중해서 부정 탈까 자랑조차 할 수 없는 우리의 연애. 한없이 달지도, 한없이 쓰지도 않고 밍밍하면서도 고소한 우리의 연애.

이것은 새로운 연애의 발견이었다.

도로반사경에 제 얼굴을 비춰보던 다정이 고개를 갸웃거렸다. 짧게 자른 단발머리가 아직까진 낯설고 어색해서 아무리 예쁘게 웃어도 바보 같아 보였다. 워낙 오랜 시간 동안 긴 머리를 해왔기 때문일 테지만, 아무래도 적응하려면 꽤 오랜 시간이 걸릴 듯했다.

다정이 〈Pang〉 여주인공 '준영'으로의 스타일링을 마치고 이해리 본부장, 황지민 팀장, 이은우 감독, 영화 제작을 담당한 제작사의 실무자까지 모두 한자리에 모여 첫 미팅을 가졌다. 앞으로의 촬영 계획과 다정이 맡게 될 '준영'의 캐릭터 연구를 수박 겉핥기식으로 마치고 다음 주에 다시 모여 심도 깊은 대화를 나누기로 한 후 어르신들은 오찬을 하러, 다정은 재희의 집으로 향하는 길이었다.

정말 시작이 될 모양이다. 어제 캐스팅 확정 소식을 들은 후엔 하루 종일 바닥에서 10㎝가량 둥둥 떠서 걷는 것 같았는데, 오늘 다같이 모여 이야기를 나누고 나니 점점 실감이 났다. 잘해낼 수 있을까 같은 불안감은 생각보다 덜했지만, 생각지도 않게 여주인공 자리를 덜컥 안아버린 것이 걱정이었다. 감독이 원하는 대로, 시나리오의 느낌에 충실해서 스토리를 힘있게 이끌어갈 수 있는 자질이 있는 건지가 가장 염려되는 부분이었다. 그 모든 걸 표현해 내기엔 아직 연기 내공이랄 것도 없지만, 그래도 짧지 않은 시간 동안 연극무대에서 갈고닦은 기본기가 있으니 그것을 믿어보는 수밖엔 방법이 없었다.

"휴이휴."

다정은 입술을 동그랗게 모아 휘파람을 불었다. 숨을 들이쉬고 내쉴 때마다 숨을 타고 드나드는 차가운 바람이 머리끝부터 발끝까지 상쾌하게 만들어주었다. 세상 모두를 설레게 만드는 크리스마스이브. 걸음을 내딜 때마다 가슴이 설레었다.

마음이 감춰지질 않는다. 그를 생각하면 너무너무 좋아서 제어를 할 수가 없었다. 이럴 거면서, 감당도 못할 거면서 잠시 한 걸음 떨어져서 지내보잔 쪽지나 남기고. 지금 생각해 봐도 웃음밖엔 나질 않는다.

그나저나 달라진 모습에 그는 과연 뭐라고 말을 할까? 그가 지을 표정을 상상하니 기대도 되고 떨리기도 했다. 다정은 손에 들린 까만 봉지를 휘휘 흔들며 그의 집 대문 앞에 섰다.

딩동.

벨을 누르고 2초 정도 얌전히 기다리자 철컥 소리와 함께 대문이 열렸다. 다정은 신나는 걸음으로 대문 안으로 들어섰고, 작은 뜰을 지나 현관으로 향했다.

Rrrr.

가방에서 휴대폰을 꺼낸 다정은 발신자가 서한임을 확인하곤 환히 웃으며 전화를 받았다.

"여보세요."

[축하해. 오늘에서야 들었어.]

"감사합니다. 선배 덕분이에요."

[거짓말.]

그사이 현관 앞에 도착한 다정은 문을 열고 안으로 들어섰다. 그곳엔 이제야 막 잠에서 깬 듯 부스스한 모습을 한 그가 벽에 기대 부은 눈꺼풀을 끔벅이고 있었다. 그런 모습마저도 숨 막히게 멋있어 보이니 이거야 원⋯⋯.

다정은 자연스레 거실을 지나 주방으로 향하자 그가 다정의 뒤를 말없이 따랐다.

[안 바쁘면 저녁에 좀 보자.]

"어, 오늘 저녁엔 좀 바쁜데. 크리스마스이브잖아요."

[그래서, 지금 정재희 그 사람이랑 단둘이 보내겠단 소리야?]

"당연한 걸 왜 물으세요."

어제저녁, 갑자기 팥빙수가 먹고 싶다던 그의 말이 떠올라 오는 길에 마트에서 우유와 빙수팥, 미숫가루를 사 온 다정은 까만 봉지 안에서 그것들을 꺼내 식탁에 늘어놓고 우유만 냉동실에 넣었다. 팔짱을 끼고 벽에 기대서서 멀뚱히 쳐다보던 그가 눈썹을 씰룩였다.

[그럼 언제 볼까?]

"음. 내일 점심때 어때요?"

[그래, 내일 극단 연습실로 와.]

"넵, 알겠습니다."

전화를 끊자 그제야 그가 굳었던 표정을 풀고 뻐근한 듯 뒷목을 잡고 고개를 빙그르르 돌렸다.

"누군데?"

"최서한 선배요. 캐스팅된 거 소식 듣고 내일 같이 밥이나 먹재요. 그래서 극단 연습실에서 보기로 했어요."

그는 더 이상 묻지 않고 휘적휘적 소파를 향해 걸었다. 그리곤 지체하지 않고 소파 위에 털썩 누워버렸다.

"또 자려고요?"

"에췻."

그는 대답 대신 재채기를 터뜨렸다. 놀란 다정이 잽싸게 재희에게 다가가 이마에 손을 얹어보았다.

"어! 열난다!"

"약 먹었어."

"요즘 감기가 얼마나 독한데! 안 돼, 병원 가요."

그러고 보니 목소리도 살짝 맛이 가 있었다. 아프면 아프다고 진작 말을 하지. 안타까운 마음에 다정의 목소리가 제법 커졌다.

"머리카락 잘랐네."

"빨리도 알아본다. 칫."

다정은 욕실로 달려가 따뜻한 물수건을 만들어서 나왔다.

"팥빙수 만들어주려고 했는데, 오늘은 안 되겠다. 아무것도 안 먹었죠? 죽 좀 끓일게요."

재희의 이마 위에 물수건을 얹어두고 다정이 일어서려 하자 재희가 다정의 가는 손목을 잡아끌었다.

"그냥 있어."

스르륵 힘없이 눈을 감는 재희를 바라보며 다정은 손끝으로 이마를 긁적였다. 왜 이렇게 마음이 시큰거리는 건지. 혼자서 오전 내내 끙끙거렸을 그를 생각하니 절로 한숨이 나왔다.

"오늘 방송할 수 있겠어요? 토요일 거 녹음도 오늘 한다고 했잖아요. 어떡해……."

"이것보다 더 아픈 날도 했어. 괜찮아."

지난 3년간 그는 단 한 번도 방송에서 아프단 소릴 한 적 없었다. 단 하루도 빼놓지 않고 방송을 들어왔던 김다정이기에 누구보다도 정확하게 알고 있었다. 가끔씩 조금 목소리가 이상한 것 같다 싶은 날이 있었지만, 그는 아무렇지 않게 웃으며 이야길 하고, 사연을 소개하고, 음악을 소개했다. 가끔 방송에서 '새 작품 들어가서 바쁘다', '이놈의 생방송 때문에 곡이 안 써진다'라고 말하며 투덜거리긴 했어도 펑크 한 번 내지 않고 늘 최선을 다했다.

정재희가 그런 사람이란 걸 사람들은 알고 있을까? 그저 새침하고 도도한 영화음악감독으로만 알고 있진 않을까?

다정은 재희의 이마에 얹었던 수건을 치우고 그를 일으켜 세우려 팔을 힘껏 잡아당겼다.

"방에 가서 자요."

"짧은 머리도 생각했던 것보다 잘 어울린다."

이 와중에 칭찬은. 다정은 좋으면서도 괜히 입술을 삐죽였다.

"이불 푹 쓰고 자야 하는데."

"저녁에 나가 봐야 해. 약속 있어."

"무슨 약속이요?"

"경진이 만나기로 했어."

크리스마스이븐데? 다른 날도 아니고 오늘 같은 날 다른 사람이랑 약속을 잡았다고? 금세 시무룩해진 다정이 손가락을 배배 꼬며 소파 귀퉁이를 쥐어뜯었다.

"아픈데…… 그냥 다음에 만나면 안 돼요?"

다정의 말에 재희가 피식 웃더니 고개를 가로저었다.

"다른 여자면 몰라도 경진이한테는 질투 안 해도 돼."

"누가 질투한댔나? 아프니까 걱정돼서 그러는 거지."

속마음을 들켜 버려 민망해진 다정이 저도 모르게 말을 더듬어 버렸다. 이경진이라는 사람이 그에게 어떠한 존재고, 그렇기에 이경진이라면 자다가도 뛰어나가는 그라는 걸 알면서도 이런 날까지 그 사람과 함께한다는 게 솔직히 마음이 편친 않았다.

"같이 가자. 같이 저녁 먹고 너 집에 데려다주고 방송 가면 될 것 같다."

"내일 당장 면허학원 등록해야겠어요. 이런 날은 정말 대신 운전해 주고 싶다."

"훌륭한 다짐이야. 곧장 실천하도록 해."

안간힘을 써도 안 일어나던 그가 끙 소리 한 번 내뱉곤 자리를 털고 일어나 어딘가로 향했다. 그런 그의 뒤를 졸졸 따라가던 다정은 열린 문틈 사이로 상의를 탈의한 그의 뒷모습을 보고야 말았다.

깜짝 놀란 다정이 발꿈치를 치켜들고 조심조심 거실로 향하면서도 뭐가 그리도 미련이 남았는지 빼꼼 고개를 내밀어 그의 모습을 훔쳐보며 가슴 설레어했다.

어쩜 저렇게 멋질까. 아프니까 더 멋있네.

곧고 긴 다리 라인이 도드라져 보이는 청바지에 붉은색 계열의 체크무늬 셔츠 위에 베이지색 니트를 덧입은 그가 테이블 위에 올려둔 차 키와 지갑, 휴대폰을 챙겨 들었다.

"벌써 가려고요?"

"크리스마스이브인데 집구석에만 있기 억울하잖아. 가자. 나가 보면 뭔가 재미있는 일이 생기겠지."

"그냥 집에서 쉬지."

"괜찮다니까. 나가자."

아픈 그가 걱정이 되는 한편, 이런 날 사람들 사이를 비집고 다니며 이 순간을 함께하고 싶은 욕심도 생겼다. 스물두 살의 크리스마스이브에 그와 함께 길을 걷는 건 절대 다시 오지 않을 순간이니까. 다정은 재희가 내민 손을 망설이지 않고 잡았다.

예상대로 어딜 가나 사람들이 많았다. 다정은 재희의 손 꼭 잡고 사람들 틈을 요리조리 헤집고 다녔다.

"춥지 않아요? 우리 어디 따뜻한 데로 들어가요."

온기가 바깥까지 느껴지는 한 카페 앞에 멈춰 선 다정이 재희의 손을 잡아당겼다. 하지만 그는 대꾸하지 않은 채 오히려 다정의 손을 잡아끌며 걸음을 재촉했다.

"활화산처럼 불타오르는 데이트까진 못 돼도, 해보고 싶었던 거 정도는 해줄 수 있어. 말해봐, 이런 기회 흔치 않으니까."

흔치 않은 기회. 아마 그럴 것이다. 점점 더 그렇게 될지도 모른다. 사람들의 눈을 피해 몰래 만날 날이 올지도. 지금도 그를 알아보고 힐끔거리는 사람들이 제법 있는데, 둘 중 하나가 조금 더 유명해진다면 이렇게 대낮에 길거리를 활보하는 일은 불가능하게 될 것이다.

하지만 이런 고민들, 남들이 들으면 코웃음을 치겠지. 아직 데뷔도 제대로 못한 인지도도 없는 신인이 벌써부터 별걱정을 다한다고 말이다.

그의 두 눈 가득 열기가 가득했다. 주체할 수 없이 불타오르는 사랑 때문이라면 좋겠지만, 안타깝게도 열기의 주인은 몹쓸 감기였다. 몸이 천근만근일 텐데, 뭔가 해주고픈 마음에 멀쩡한 척하는 그가 고맙기도 하고 미안하기도 했다. 다정은 그와 발을 맞춰 걸으며 오므린 입술을 요리조리 삐죽였다.

"너무 많은데."

사랑에 대해 호기심이 왕성할 나이에 한 번쯤 해보았을 법한 일들 중 하나. 아기자기하게 꾸민 다이어리에 '크리스마스이브에 남자친구와 해보고 싶었던 일들'이란 제목 아래 빼곡히 적어두었던 그 메모들이 떠올랐다. 이른 아침부터 만나 영화를 보고, 놀이동산엘 가고, 분위기 좋은 레스토랑에서 식사를 하고, 유명 가수의 콘서트를 보러 가고, 하얀 눈이 내려준다면 사람들로 북적이는 거리에서 손을 잡고 걸으며 캐럴을 듣는 것. 거기다 가을 내내 직접 짠 커플 목도리를 하나씩 나눠 두른다면 더할 나위 없이 행복할 것만 같은 상상. 평범한 것 같은 데이트 코스지만 날이 날이니만큼 상상만 해도 가슴 떨리고 설레는 일이었다.

진심으로 고민이 된다는 듯 검지 끝으로 입술을 톡톡 두드리던 다정은 답을 기다리며 빙긋 웃고 있는 그를 보곤 단단한 그의 팔에 머리를 살짝 기대었다.

"오늘은 맛있는 거 먹고, 차 마시면서 얘기 많이 하고 그래요. 난 그거면 충분한데요?"

다 해보고 싶긴 하지만 아픈 그를 힘들게 하고 싶진 않았다. 같이 즐겁고 행복했음 싶었다.

"정말 그거면 돼?"

다정이 고개를 끄덕이자 그도 고개를 끄덕이며 재킷 주머니 안에 맞잡은 두 개의 손을 밀어 넣었다. 늘 꿈꿔왔던 하나의 장면이 현실로 이루어지는 순간이었다. 다정은 입술을 깨물며 얼굴 가득 번지는 미소를 참지 못했다.

아무런 계획도 없이 데이트 나온 척했지만 그는 역시 꼼꼼했다. 시끌벅적한 사람들 틈바구니가 아닌 미리 예약해 둔 일식집에서 오붓하게 식사를 마칠 수 있었다. 이런 날에는 웬만해선 예약을 받지 않을 텐데도, 지나가는 말로 초밥이 먹고 싶다고 했던 것을 기억하고 있었던 그가 능청스럽게 예약을 해둔 것이었다.

식사를 마치고 다시 거리로 나온 두 사람은 늘 가던 곳이 아닌 낯설지만 예쁜 카페 안으로 들어섰다. 익숙하지 않은 탓에 뭔가 묘하게 설레었다. 따뜻한 곳을 찾아 떠도는 수많은 연인들이 카페 안을 가득 메우고 있었고, 그들에게 따뜻함을 채워줄 커피 향 역시 가득했다. 계단을 타고 2층을 지나 3층까지 올라갔지만 그곳에도 역시 사람들로 어수선했다. 그를 위해서라도 조금 한적한 곳을 찾는 게 좋겠다 싶어 걸음을 돌리려던 차에, 다행히 창가 쪽에 자리를 잡고 있던 커플이 일어섰다. 다정은 재희를 향해 빙긋 웃어 보이곤 잽싸게 달려가 자리를 차지했다. 기역자로 휘어지는 귀퉁이 부분이라 다른 테이블과의 간격도 멀고 딱딱한 나무의자가 아닌 푹신한 소파라 명당자리나 다름없었다.

"아, 따뜻하다."

목에 두르고 있던 목도리를 풀고 가방 위에 얹어 창가 턱에 올려둔 다정은 흐트러진 머리칼을 귀 뒤로 넘기곤 재희를 바라보았다.

"뭐 마실래?"

"여긴 모과차 없나? 지난번에 오빠가 작업실에서 줬던 그런 차 마시고 싶은데."

직원이 다가와 테이블을 치워주곤 그에게 메뉴판을 건넸다. 그는 가늘고 긴 손가락으로 메뉴판 위에 적힌 음료들의 이름을 슥슥 쓸어보며 고개를 가로저었다. 고개를 숙이고 있는 덕에 그의 나풀거리는 속눈썹이 눈에 들어왔다.

"유자차는 있다. 유자차 마실래?"

"네, 그거 할래요. 오빠는요?"

"유자차랑 아메리카노에 샷 추가해서 주세요."

주문을 마친 그는 손에 쥐고 있던 담뱃갑과 지갑을 테이블 구석에 두고 소파 등받이에 상체를 기대고 앉아 팔짱을 낀 채 눈을 끔벅였다.

"지갑 봐도 돼요?"

그가 고개를 끄덕였고, 다정은 냉큼 그의 지갑을 손에 넣었다. 펼친 반지갑 안에는 몇 장의 카드와 약간의 현금이 들어 있었다.

그리고 열여덟 살의 앳된 정재희가 있었다. 비록 신분증 속의 닳아버린 사진이었지만 다정의 마음을 떨리게 만들기 충분했다. 지금과 별반 달라진 것 없는 얼굴이지만 지금보다 좀 더 도도하고 예쁘장했다. 그린 듯 또렷한 잘생긴 눈썹과 눈매도 여전하고, 말간 피부도, 차가운 표정도 여전했다.

"용돈 줘?"

"우와! 연애할 맛 나는데요?"

다정이 눈썹을 씰룩이며 지폐 칸에서 만 원짜리 한 장을 꺼내고 지갑을 돌려주자 그가 피식 웃으며 지갑을 열어 미처 발견하지 못했던 수표 몇 장을 꺼내 손에 쥐어주었다. 다정은 거절하지 않고 냉큼 받아 가방 안에 넣고 환히 웃었다.

따뜻한 물이 담긴 컵이 놓였던 유리로 된 테이블 위에 하얀 김이 서렸다. 그곳에 손가락으로 그림을 그리던 그는 마음에 들지 않는지 손바닥으로 쓱 닦아버리곤 컵을 두 손으로 감싸 쥐었다. 볼 때마다, 보면 볼수록 탐나는 예쁜 손이었다.

"말을 해, 노려보지 말고."

그사이 직원이 주문한 음료를 테이블 위에 내려두고 돌아갔다. 다정은 입술을 삐죽이며 주변을 둘러보았다. 곳곳에 자리를 차지한 연인들은 마주 보고 앉지 않고 나란히 앉아 서로의 어깨에 머리를 기대기도 하고 끌어안고 있기도 했다. 카페 안이 왜 이리 더운가 했더니 그들 때문인 듯했다.

우린 언제쯤 저렇게 자연스러워질까.

그때, 생각을 갈무리하기가 무섭게 그가 손을 내밀어 잡아주었다. 아직 찬기가 남은 그의 손이었지만 심장이 덜컥 내려앉을 만큼의 따스함이 온몸을 감싸니 참으로 희한한 노릇이었다. 상체를 낮춰 눈을 맞춰왔지만 너무도 떨려서 차마 눈을 바라볼 수가 없었다.

"이경진 실장님이랑 언제 만나기로 했어요?"

쑥스러운 마음에 다른 이야길 꺼낸 다정이 헛기침을 한 번 하곤 겨우겨우 재희와 눈을 맞췄다.

"다섯 시 반. 아홉 시 반부터 녹음해 놓고 본방할 거라서 일찍 가봐야 해."

"내가 안 따라 나왔으면 저녁에 단둘이 보내려고 그랬죠?"

눈썹을 구기며 노려보자 그가 웃으며 고개를 가로저었다.

"소개할 사람이 있다기에 오늘 당장 만나자고 그랬어."

"크리스마스이브에? 여자친구가 이렇게 눈을 시퍼렇게 뜨고 있는데?"

아무리 노려보아도 그는 태연하게 웃기만 했다.

"나도 할 얘기가 좀 있고."

"무슨 얘기요?"

도전적으로 묻자 그가 진정하라는 듯 긴팔을 뻗어 뒤통수를 쓰다듬어 주었다.

"네 얘기. 조절 실패했다고 얘기해 주려고."

"아직…… 말씀 안 드린 거예요?"

그가 고개를 끄덕이곤 컵에 담긴 새까만 아메리카노를 한입 머금었다. 괜히 설레발 치고 끼어든 것 같아 살짝 미안해졌다.

"그러게. 누구한테 정신이 팔려가지고 친구한테 얘기도 못했네."

정신이 팔렸다는 그의 표현이 마음에 쏙 든 다정은 내심 기분이 좋아졌다. 갈대 같은 여자의 마음이란.

"그나저나 이 실장님께서 오빠한테 누굴 소개해 주려고 그러는 걸까요?"

"나도 그게 궁금해서 당장 보자고 했어."

"남자였음 좋겠다. 그쵸?"

그가 웃으며 옆자리를 손바닥으로 톡톡 쳤다. 다정은 그의 신호를 받고 냉큼 그의 옆자리로 이동했다. 그리곤 그의 단단하고 넓은 어깨에 머리를 기대었다. 혹시나 무거울까 봐 목에 잔뜩 힘을 주고 머리를 살짝 떼었지만, 그가 손으로 머리를 꾹 누르곤 어깨를 감싸 안아주었다. 그제야 그의 어깨에 마음껏 기댄 다정은 가만히 눈을 감고 이 순간을 만끽했다.

"빨리빨리 좀 다녀라."

이른 저녁부터 식당 안은 이미 만석이었다. 경진과의 추억이 많은 단골 닭갈비집에 다정과 함께 들어선 재희는 눈이 마주치기가 무섭게 타박부터 건네는 경진의 노여움에는 아랑곳하지 않고 느릿하게 걸음을 옮겼다.

"어? 사장님!"

놀란 듯한 다정의 말에 재희는 그제야 경진의 앞자리에 앉아 있는 한 남자를 발견했다. 그러고 보니 못 보던 남자였다. 다정이 사장님이라고 칭한다면, 다정이 일했던 곳의 사장인 건가?

　"잘 지냈어? 그사이 더 마른 것 같다."

　친근하게 말을 건네는 남자를 가만히 바라보던 재희는 그제야 그 남자를 다정의 아빠가 돌아가셨을 때 장례식장에서 보았던 걸 기억해 냈다. 그때 〈다비드〉 직원들이 와서 자신의 일인 것처럼 무척이나 많이 도왔었다. 진심으로 안타까워하던 그들의 눈빛이 떠올라 재희는 저도 모르게 옅게 웃으며 고개를 끄덕였다.

　"아니에요, 안 보이는 데 구석구석 다시 살 붙었어요. 근데 왜 두 분이 같이……."

　마침 그것이 궁금하던 찰나, 다행히도 다정이가 먼저 궁금한 걸 물어주었다. 재희는 경진의 어깨를 손끝으로 툭툭 두들기며 어서 이 상황을 설명해 보라고 눈짓했지만 경진은 능글맞게 시선을 피하며 젓가락으로 반찬을 뒤적였다.

　남자가 경진의 옆자리로 자리를 옮겼고, 재희와 다정은 그들의 맞은편에 앉았다.

　"인사해. 이쪽은 다비드 씨이자 정수원 씨. 그리고 이쪽은 제 친구 정재희예요."

　"안녕하세요. 이름은…… 부르기 편한 쪽으로 부르세요."

　자리에서 벌떡 일어서서 손을 내미는 다비드인지 수원인지 하는 남자와 악수를 나눈 재희는 재킷 안주머니에서 명함을 꺼내 건네주는 내내 남자의 얼굴을 꼼꼼히 살폈다. 그리곤 제 주머니를 뒤적이다 빙긋 웃어버렸다.

"전 드릴 게 없네요. 정재힙니다. 반갑습니다."

인사를 하고 다시 자리에 앉은 재희는 다비드란 자가 무척이나 반가운 듯 환히 웃는 다정이 거슬렸다.

"이런 구도로 보니까 굉장히 새로워요, 사장님. 근데 진짜 어떻게 된 거예요? 두 분이 어떻게 같이 계세요?"

"그렇게 됐어."

뭐가 그렇게 됐다는 건지 그 이후의 설명이 듣고 싶었지만, 재희는 알 듯 말 듯한 미소를 지으며 경진을 노려보기만 했다.

"이경진."

"뭐."

일부러 퉁명스럽게 말하는 걸 보니 쑥스러워 미쳐 버리기 일보 직전인 듯했다. 재희는 피식 웃으며 다비드 쪽으로 시선을 옮겼다.

"잘 부탁드려요. 애가 워낙 모난 구석이 많아서 다루기 힘드실 테지만, 쉽게 포기하지 마시고요."

"네, 걱정하지 마세요. 제가 기다리고 그런 거 굉장히 잘합니다."

진심이 묻어나는 따스한 미소에 안심이 됐다. 재희는 고개를 숙인 채 배시시 웃고 있는 경진을 보았다. 그 모습이 너무도 반가웠다. 눈물이 나도록 반가웠다. 지난 8년 동안 고인 물처럼 살아온 경진을 가까이에서 지켜보며 안타까워했던 시간들이 머릿속을 빠르게 스쳐 지나가 새삼스레 코끝이 찡했다.

"정재희 너, 결국 실패한 거야?"

수저를 세팅하고 컵에 물을 따르고 있던 다정을 향해 경진이 턱짓을 하며 슬쩍 웃었다.

"애초에 불가능한 거였어."

그것으로 상황 설명은 끝이었다. 식사가 이어지는 동안에도 재희나 경진이나 더 이상 그에 관해 말을 더하지 않았다. 그저 서로에게 참 잘된 일이라고 여길 뿐이었다. 지난 시간을 너무도 잘 알고 있기에, 그래서 굳이 말로 꺼내지 않아도 그 마음이 전달되기에.

밥까지 알뜰히 볶아 먹고 난 철판 위에는 경진이 안주로 남겨둔 닭고기 몇 점이 남아 있었다. 다시 가게로 돌아가야 하는 다비드나 방송이 있는 재희는 경진과 술을 마셔주지 않았고 다정에겐 일부러 술을 권하지 않았다. 다정이 함께 마셔주겠다고 했지만 아버지가 돌아가신 지 한 달도 안 된 아이한테 차마 술을 권할 수 없다며 혼자서 꿋꿋이 술잔을 기울였다.

경진이 술을 마시는 것도 참으로 오랜만에 보는 모습이었다. 술이 생각날 때면 초인적인 힘으로 욕구를 누르며 같은 양의 사이다를 비우던 녀석인데, 정말 이젠 정상인의 궤도에 접어든 모양이다.

"내 친구 여자친구니까 이제부턴 그냥 말 놓을게. 괜찮지?"

술이 더해질수록 경진은 목부터 점점 붉어지고 있었다.

"네! 괜찮습니다."

경진이 잔을 비우자 다정이 다시 경진의 잔을 채워주었다. 쉽게 끝날 것 같지 않았지만 벌써 시간이 8시였다. 오늘은 본방송 전에 내일 방송분의 녹음이 있는 터라 이제는 일어나야 했다.

"난 녹음 때문에 이제 가봐야 하는데, 다같이 일어날 거야?"

"저도 매장 마감 준비하러 일어나 봐야 하는데. 경진 씨 집에 바래다주고 매장으로 가게 지금 같이 일어나죠?"

다비드도 덩달아 갈 채비를 했지만 정작 두 여자는 갈 생각이 없는 듯했다.

"이렇게 끝내기엔 뭔가 좀 아쉬운데. 김다정, 자리 옮겨서 우리 얘기나 좀 더 할까?"

"네, 좋아요. 그럼 두 분 먼저 들어가세요. 제가 실장님 챙길게요."

살짝 취한 듯 흔들리던 경진의 시선이 갑자기 멀쩡한 눈빛으로 돌변하며 먼저 들어가라 눈짓을 했다. 아마도 뭔가 더 이야기를 나누고 싶은 모양이다. 재희는 그런 경진을 못 본 척했다.

"괜찮겠어?"

"걱정 마세요. 실장님은 제가 잘 모실게요."

"경진이 말고 너 괜찮겠냐고."

재희의 말이 끝나기가 무섭게 경진이 미간을 구기더니 재희를 향해 저리 가라며 훠이훠이 손짓을 했다.

"아주 웃기고 앉았네. 야, 너, 빨리 가."

"곧 작품 들어갈 귀하신 몸인 거 누구보다 네가 제일 잘 알고 있지? 적당히 하고 보내."

"이게 진짜!"

경진이 벌떡 일어서자 재희가 못 이기는 척 웃으며 뒷걸음질을 쳤다.

"먼저 갈게."

발길이 떨어지진 않았지만 애써 태연한 척하며 고개를 끄덕이곤 서슬 퍼런 경진의 시선을 피해 돌아섰다. 다비드는 경진과 아쉽기만 한 작별의 순간을 만끽하고 있었고, 재희는 서둘러 계산을 마치고 식당 밖으로 나섰다.

생기 있어 보이는 경진의 모습이 무척이나 반가웠다. 막 연애를 시작했던 그때와는 조금 달라 보였지만 설레어하는 표정이나 들켜서 쑥스러워하던 모습들이 스무 살 무렵의 경진과 크게 다르지 않았다.

그나저나 이경진은 다정에게 무슨 말을 하려고 붙잡는 걸까. 술김에 헛소리라도 하면 큰일인데. 깊게 숨을 들이쉰 재희는 폐 속까지 차오르는 차가운 겨울밤 공기를 만끽하며 담배를 꺼내다 하늘을 올려다보았다. 금방 눈이라도 쏟아질 듯 달 위를 빠르게 지나는 짙은 구름들이 무척 심술 맞아 보였다.

"형아, 서운해하면 남자도 아니다."

지금 이 순간, 누구보다 가장 기뻐하면서도 서운해할 그 사람에게 안부인사를 건넨 재희는 빙긋 웃으며 담배를 입에 물었다.

"재희 작업실 마련하기 전엔 별명이 뭐였는지 알아?"

가끔 재희와 함께 왔던 삼청동의 단골 집. 치킨 한 마리를 사이에 두고 다정은 맥주와 소주를 완벽한 비율로 섞어 경진에게 제공하는 중이었다. 처음엔 진지하게 영화 이야기를 하던 경진은 잔을 비우는 속도가 빨라질수록 재희의 흉을 보기 시작했다.

"뭔데요?"

"집귀신. 한 번 틀어박히면 절대 안 나왔거든. 그나마 라디오 시작하면서 작업실도 따로 마련하고 티비방송도 하고 나니까 그제야 잘 돌아다니더라고. 재희 그렇게 만든 게 나야, 나. 그러니까 나한테 잘해."

"네! 성심을 다해 모시겠습니다!"

대답이 마음에 들었던지 경진이 환하게 웃어 보였다. 이렇게 예쁜 여자였다니. 그간 냉랭하기만 했던 이경진 실장의 모습은 온데간데없이 사라져 버리고 웃음의 여왕이라 부르기에 전혀 무리가 없을 아름다운 여자만 남아 있었다.

"이번 작품으로 데뷔하고 나면 어쨌든 말이 나오게 마련인데, 어쩔 거야? 대책은 있어?"

"아뇨, 없어요."

"작전도 안 짜고 덜렁 연애질 하는 거야? 둘이 급하긴 급했구나."

다정은 그저 웃기만 했다. 그녀의 말대로 대책이라곤 전혀 없으니까.

"황 팀장이랑 네 매니저가 고생 좀 하겠네."

"나중에 알려지게 된다면…… 아니라고 잡아떼는 게 상책일까요?"

"안 그러면 배우 김다정으로 자리 잡기도 전에 음악감독 정재희 애인으로 각인될 텐데, 한계가 오지 않을까?"

학교 다닐 때 수학을 일찌감치 포기했지만, 경우의 수를 모를 정도는 아니었다. 앞으로 우리에게 닥칠 여러 가지의 위기들, 물론 시뮬레이션까지 다 가동해 보기도 했다. 하지만 그러면 그럴수록 자신감만 꺾일 뿐 분명하게 답이 떨어지는 것은 없었다. 더 복잡한 상황을 만들어내고 지레 뒷걸음질치게 만들 뿐이었다.

"아직 일어날지 안 일어날지 모를 일 때문에 고민하고 걱정하지 않을래요."

그렇게 시간을 낭비하고 싶지 않았다. 그를 더 많이 사랑하고 싶었고, 더욱 단단해지고 싶었다.

"준비해 두는 거지. 그때 가서 당황하지 않도록. 그게 이십대와 삼십대의 차이인 것 같다. 마음 가는 대로 가도 겁이 없는 너랑 안전한 장치가 있어야 마음이 놓이는 나랑."

단숨에 잔을 비운 경진이 아직도 김이 폴폴 올라오는 어묵을 꺼내 입에 넣었다.

"내 친구 정재희만 생각하자면, 매사에 무심하고 까칠하던 정재희가 네 덕분에 조금씩 사람답게 변하는 게 너무 반갑고 고마워서 아무 걱정 말고 하고 싶은 대로 하라고 말해주고 싶어. 하지만 그동안 내가 이 바닥에서 생활하며 보고 들은 게 있는지라 김다정을 생각하면 덮어놓고 반길 수만은 없는 입장이야. 그 부분은 이해할 거라고 믿는다."

둘의 사정을 모두 아는 사람이라서, 그 누구보다 진심으로 조언을 해주고픈 경진의 마음을 알기에 다정은 고개를 끄덕였다.

"큰 걱정은 안 해. 둘 다 도망치거나 숨는 타입은 아니니까. 하지만 어느 정도의 작전은 필요하다고 생각해. 꼭 숨기거나 잡아떼라는 건 아니야. 찾아보면 방법은 여러 가지니까. 다만 정재희의 오랜 친구로서 한 가지 부탁하자면, 당사자들 간의 문제가 아닌 다른 사람의 시선이나 말 때문에 서로를 힘들게 하는 일 없었으면 해. 적어도 정재희만큼은 사랑에 아파하지 않았으면 좋겠다. 그런 거에는 면역력이 없는 애거든."

경진이 무엇을 걱정하는 것인지 알 것 같았다. 평탄하지 않을 것이 뻔한 관계 속으로 겁도 없이 첨벙대며 뛰어들어 가는 가장 아끼는 친구를 지켜봐야 하는 그 마음이 어떨지 조금은 이해할 수 있었다.

한 번도 제 힘으로 만들어본 적 없는, 이제 막 탄생한 연약한 관계는 아주 작은 충격에도 깨치고 다치고 상처를 받게 될지 모른다. 아마도 그렇게 무던히도 부딪치고 넘어지면서 하나둘 배워갈 것이다. 다정은 생각이 많은 경진의 깊은 눈동자를 가만히 바라보았다.

"그냥 결혼해 버려. 재희 돈 엄청 많으니까 그거 뜯어먹고."

진지해진 분위기를 타파하고 싶었던지 경진이 툭 하고 말을 던졌다.

"엄청 많아요?"

"한, 이 정도?"

손가락을 몇 번이나 꼽아가며 보여주자 다정은 진심으로 놀랐다. 그러자 경진이 순진하다는 듯 웃으며 고개를 가로저었다.

"우리나라에서 몸값 제일 비싼 음악감독이잖아. 거기다가 방송 두 개 하지, 저작권료 들어오지, 너 평생 먹고살 걱정 안 해도 돼."

"그 돈이면 제가 병인양요 때부터 벌었어도 못 모았겠어요."

경진이 웃으며 다정의 앞에 놓인 빈 잔에 사이다를 채워주었다.

"행운을 빈다."

다정도 경진의 빈 잔에 소주와 맥주를 황금비율로 섞어 부었다. 그리곤 건배를 위해 잔을 들었다.

"저도요."

맑고도 경쾌한 유리잔 부딪치는 소리가 나기 무섭게 두 사람은 잔을 비웠다. 손등으로 입술을 쓱 문지르며 땅콩 하나를 집어든 경진이 다정의 입속으로 그것을 쏙 밀어 넣곤 배시시 웃었다.

"나도 네 나이 때 삐쳐서 퉁퉁 부어 있어도 예쁘다고 말해주던 사람이 있었어. 그땐 참 열심히 사랑했었는데……. 그래서 그랬는지, 그 사람이 떠난 후에 미련이 안 남더라."

그의 형과 사랑을 하고 연애를 했다던 그녀의 두 눈동자가 아스라해졌다. 조금은 쓸쓸하고 시린 그 눈빛이 다정의 마음을 아프게 만들었다.

"난 아직도 사랑하고 있어. 떠난 그 사람 말고 날 사랑해 주었던 그 사람의 마음을 말야. 그 사람이 간직하고 떠났을 그 마음을 난 아직도 사랑해. 미안하지만, 다른 사람을 사랑하게 된다 하더라도 그것만큼은 변하지 않을 거야."

담담하게 꺼냈지만 그녀의 사랑 이야기가 가슴에 팍 꽂혀들었다. 긴 시간 홀로 지켜왔을 그 마음. 그리고 그 모습을 지켜봐야 했던 그의 마음. 그래서 누구보다도 지금 이 순간이 기쁠 그를 이젠 이해할 수 있었다.

"그러니까 너도 나중에 돌아봤을 때 후회하지 않을 만큼 열심히, 최선을 다해서 사랑해 봐. 한 번 살고 가는 인생인데 그 정도는 해봐야 하지 않겠어?"

다정은 고개를 끄덕이며 수줍게 엄지를 치켜세웠다. 오랜 세월 살진 않았지만, 지금 다정에겐 이경진이란 여자가 세상에서 가장 멋진 여자였다. 그동안 살짝이나마 질투를 했던 것이 미안했다.

"그럴래요. 저도 실장님처럼 그렇게 사랑해 볼래요."

가장 소중한 사람을 잃었다는 슬픈 공통점이 마음을 허무는 데 분명 한몫했을 것이다. 다정은 잔을 내미는 경진에게 마지막으로 환상의 비율을 선보이곤 맑게 웃었다.

극단 연습실 맞은편 건물에 위치한 가츠동집으로 들어선 다정은 이른 점심시간임에도 불구하고 크리스마스라 그런지 연인들로 북적거리는 식당 안을 비집고 들어가 자리를 잡았다. 금방 가겠다는 서한의 전화를 받고 기다리던 다정은 손거울에 제 얼굴을 비춰 보곤 웃고 말았다. 비비크림으로 최소한의 예의도 갖추지 않은 얼굴을 본다면 재희가 무척 마음에 들어할 것만 같았다.

그때, 문을 열고 서한이 들어섰다. 그러자 사람들의 시선이 순간 서한에게 쫙 하고 몰렸다. 웅성거리는 사람들을 뒤로한 채 태연하게 걷는 서한을 지켜보며 나도 나중에 저렇게 해야지 하고 고개를 끄덕이던 다정은 손을 머리 위로 번쩍 들고 흔들었다.

"선배님, 여기요!"

일부러 선배님 소리에 힘을 주어 외치자 서한이 웃으며 다가왔다.

"연기 그따위로 할래?"

멋쩍게 웃던 다정이 어깨를 으쓱였다.

"근데 얼굴이 왜 그렇게 퉁퉁 부었어?"

서한의 말이 떨어지기가 무섭게 깜짝 놀라 두 뺨을 두 손으로 감싼 다정이 상체를 숙이곤 눈을 동그랗게 떴다. 새벽 4시까지 경진과 정신없이 달린 게 1분 만에 들통 난 것이다.

"흉해요?"

서한이 진지한 표정으로 고개를 끄덕이자 다정은 입술을 삐죽이며 손을 들어 서버를 불렀다.

"가츠동 먹을 거지? 가츠동 두 개 주세요."

주문을 하고 나서 서한이 물잔에 물을 따라주자 여기저기서 다정의 정체를 두고 웅성거리는 듯했다. 좀 더 구체적으로 선후배 사이라는 걸 어필할걸, 하는 후회가 들었지만 변명하기엔 이미 늦어버렸다.

"사람들이 많이 알아보면 불편하지 않아요?"

"너도 머지않았다."

"에이, 전 아직 데뷔도 안 했는걸요. 한참 남았어요."

사람들이 알아봐서 길을 다니기 불편하다거나 식당이나 목욕탕에 가는 게 불편하다는 것은 아직 다정에겐 먼 나라 이야기였다. 직접 겪어보지 않고는 실감할 수 없는 것이기에 다정은 손사래를 쳤다.

　"이번 작품 벌써부터 소문이 심상치 않던데?"

　"자꾸 그런 말 하지 마요. 보는 사람마다 그 소리야."

　본격적으로 촬영에 들어갈 때쯤이 되니 예상했던 것보다 큰 관심이 연일 쏟아지고 있었다. 워낙 데뷔작에서부터 강렬한 인상을 남긴 감독님이라 차기작에 대한 기대감이 남다른 탓도 있겠지만, 보통의 저예산 독립영화에서 보기 힘든 부담스러울 정도의 많은 관심에 다정은 벌써부터 긴장을 하고 있었다. 그저 투자가 잘 이뤄져 도중에 엎어지지 않고 제작이 순항 중이란 것에 마냥 기뻐했는데 세간의 관심이라는 예상치 못한 암초를 마주한 것이다.

　"주인공인데 당연히 부담 가져야지. 정신 똑바로 차리고 제대로 해. 우리 극단 얼굴에 먹칠하면 가만 안 돼."

　서한의 엄포에 다정이 고개를 주억거렸다. 그사이 음식이 서빙되었다. 김이 모락모락 나는 돈가스를 걷고 그 아래 깔린 밥 한 술을 떠서 입안에 넣은 다정은 짭짤한 육수가 고루 밴 밥이 마음에 쏙 들어 흐뭇한 미소를 지었다.

　"살 찌워야겠다."

　"퉁퉁 부었다면서요?"

　"부은 거랑 살이랑 다르지. 마음은 좀 편해졌어?"

　옅게 웃으며 고개를 끄덕이자 서한이 거짓말인 거 다 안다는 듯 못마땅한 표정을 지었다. 아빠가 떠난 후 무척이나 자주 안부를 물어주던 고마운 사람이 바로 서한이었다.

"다들 많이 걱정하고 있어."

"고맙다는 인사도 제대로 못 드렸어요. 촬영 들어가기 전에 꼭 시간 낼게요."

이제야 조금 정신이 드는 것 같았다. 아니, 적응이 되어간다고 해야 맞는 걸까.

"어제 데이트는 잘했어?"

"네. 헤헷."

쑥스러운 듯 웃자 서한이 피식 웃더니 고개를 가로저었다.

"하늘 같은 선배의 충고를 그렇게 짓밟아도 되는 거냐?"

"선배님의 충고는 가슴 깊이 새기고 또 새겼어요. 꼭 그렇게 될 거고요."

어깨를 나란히 할 수 있을 만큼, 그래서 눈을 맞출 수 있을 만큼의 자리에 반드시 올라설 것이다. 그래서 모두에게 당당히 사랑한다고 말할 수 있게 말이다.

"자랑스러운 사람이 될 거예요."

비단 재희에게만 자랑스러운 사람이 되고픈 건 아니었다. 늘 응원해 주는 〈다비드〉 식구들, 〈캥거루〉 식구들, J미디어 식구들, 그리고 정재희와 하늘에 계신 아빠에게 자랑스러운 사람이 되고 싶었다.

"넌 마음먹은 건 꼭 해내고 마는 놈이니까. 그래, 기대하고 있을게."

서한이 꼬들꼬들하게 말라비틀어진 단무지 한쪽을 밥 위에 올려 주었다. 다정은 그런 그의 밥 위에 같은 것을 올려주곤 빙긋 웃었다.

참 고마운 사람이었다. 비록 당근보단 채찍을 많이 들었던 선배지만 그의 진심은 잘 알고 있었다. 그리고 선배란 이름보다 더 큰 존재감으로 특별하게 아껴준 것도 알고 있었다. 마치 친동생이라도 되는 것처럼 살뜰하게 챙겨주던 고마운 사람. 이런 사람이 곁에 있어준 것만으로도 다정은 아무리 힘들고 지쳐도 쓰러지지 않을 수 있었다.

"제가 다른 건 몰라도 인복은 타고난 것 같아요. 혼자선 절대로 여기까지 못 왔을 텐데."

모두가 한마음으로 밀어주고 있었다. 이 은혜를 언젠간 다 갚아야 할 텐데. 직간접적으로 큰 도움을 주고 있는 사람들의 얼굴이 하나둘 떠올라 다정은 슬쩍 목이 메었다.

"언젠가 네가 영화제 여우주연상 정도의 상을 받게 되면, 그때 한꺼번에 갚아."

"정말 그런 날이 올까요?"

"올 거야. 그러니까 4개 국어 정도로 준비해 둬."

"불어, 독일어, 러시아어, 영어 정도?"

"아, 한국어로도 준비해야지!"

"설마 청룡영화제까지요?"

"당연하지! 후훗."

칸, 베를린, 모스크바, 아카데미, 거기다 청룡영화제. 지금은 허황된 꿈일 뿐이지만 생각만으로도 기분이 좋아졌다. 왠지 모를 기대감에 묘하게 흥분되기도 했다.

멋진 드레스를 입고 레드카펫을 걸을 내 모습이라……. 사방에서 정신없이 터지는 카메라 플래시와 팬들의 환호. 그런 자리에 걸맞은 환한 미소를 짓고 손을 흔들 내 모습. 내 작품에 쏟아지는 기립 박수. 어눌한 발음으로 김다정이라고 외쳐 줄 심사위원까지.

그런 것들을 위해 배우가 되고 싶은 건 아니었다. 아주 작은 극장이라도 내가 보여준 한 사람의 인생을 통해 웃고 울 관객들의 모습을 상상하며 한 걸음 한 걸음, 느리지만 분명하게 걷고 있었다. 그렇기에 그 상상이 현실이 되지 않는다고 해서 실망하진 않을 것이다.

하지만 정말로 그 상상이 현실로 이뤄진다면…….

다정은 컵에 든 찬물을 벌컥벌컥 마시며 엉뚱한 생각으로 가득 찬 머릿속을 시원하게 비워냈다.

12월 31일.

재희는 다정을 데리고 해돋이를 보러 가려 했지만, 방송을 마치고 먼 길을 운전하면 힘들어서 안 된다며 극구 말리는 다정 때문에 어쩔 수 없이 첫 여행 계획을 대폭 수정했다.

그래서 선택된 최종 장소는 재희의 집 2층 테라스. 때문에 두 사람은 두꺼운 이불을 칭칭 감고 테라스에 나란히 앉아 해가 떠오를 하늘을 바라보고 있었다.

다음 주부터 다정의 영화 촬영이 시작되기에 그전에 당일치기라도 여행을 가서 영감을 좀 얻으려고 했으나 이것도 썩 나쁘진 않았다. 비록 이불 밖으로 나온 코가 찬바람에 빨갛게 얼어가고 있었지만, 낭만적이라며 좋아하는 다정 때문에 차마 들어가잔 소릴 할 수가 없었다.

앞으로 영화 촬영이 시작되면 보기 힘들어질 것이다. 라디오방송 덕에 수요일마다 볼 수 있긴 하겠지만 저예산으로 제작되는 독립영화이다 보니 제작비를 아끼기 위해 빠른 속도로 촬영을 이어갈 것이고, 그러다 보면 쉬는 날이 없기 때문이다. 이런 불황에 투자를 받아 제작을 시작할 수 있다는 것만 해도 큰 행운이기에 은우가 정신없이 밀어붙일 게 뻔했다.

좋은 시나리오임과 동시에 배우에겐 힘겨운 시나리오였다. 마지막 신까지 몇 번이나 검토했던 재희는 다정이 소화해야 할 장면들이 벌써부터 걱정스러웠다. 연기를 잘하고 못하고가 걱정이 아니라, 맞고 구르고 달리는 장면들이 유독 많아 그것이 가장 걱정되었다. 그렇다고 내색할 순 없었다. 그 작품의 음악감독을 맡았다는 걸 다정은 아직 모르고 있기 때문이다.

재희가 좋아하는 오이가 잔뜩 들어 있는 김밥을 다정이 직접 싸가지고 온 덕에 이른 새벽부터 김밥을 먹은 두 사람은, 숟가락 끝에 포크가 달린 도구를 보며 낡은 추억을 들추고 있었다.

"엄마 돌아가시고 나서 첫 소풍 가던 날 생각나요. 아빠가 단무지랑 계란이랑 소시지가 전부인 김밥을 싸주셨는데, 그마저도 다 터졌거든요. 그래도 좋았어요. 아마 찬밥에 김치뿐이었다고 해도 좋았을 거예요."

다정이 빈 통을 저만치 미뤄놓고 보온병에서 따뜻한 둥굴레차
를 컵에 따라 건넸다. 다정과 함께 있으면 다른 사람이 되는 것 같
았다. 참 많이 웃고 말도 많아진다. 이렇게까지 사람이 변해도 되
는 건가 싶을 정도로 말이다. 그런 변화가 좋다는 사람들도 있고,
더러 실망하는 사람들도 있었다. 재희 역시 처음엔 그런 제 모습
이 어색하고 낯설어서 당황했었으니까.

한참을 도란도란 이야기를 나누는 사이, 어둠 사이로 붉은 빛이
번졌다. 구름이 많아 해를 볼 수 없을 거라던 기상캐스터의 예보
가 적중한 것이다. 그래도 붉은 기운만은 또렷해서 실망스럽진 않
았다.

"자?"

그사이를 못 참고 잠깐 잠이 든 다정을 흔들어 깨운 재희는 다
정의 허리를 더 바싹 끌어안아 체온을 나눠주었다.

"일어나. 해 뜨고 있어."

"흐음, 정말요?"

눈이 안 떨어지는지 다정이 한쪽씩 힘겹게 눈꺼풀을 밀어 올렸
다. 재희는 다정을 일으켜 세우고 다정을 뒤에서 끌어안은 채 이
불을 폭 덮고 테라스 난간으로 향했다.

"와! 진짜 뜬다. 매일 뜨는 해인데도 새해라 그런지 괜히 색다른
것 같아요. 소원 빌어야지. 오빠도 소원 빌어요."

고개를 슬쩍 틀어서 보니 다정이 두 눈을 꼭 감고 미소를 지었
다. 재희도 해를 바라보며 두 눈을 꼭 감았다.

그리고 빌었다. 오랜 시간, 이 아이 곁에 머물고 싶다고.

"빌었어요?"

"너는?"

"지금처럼 늘 곁에 있게 해달라고 빌었어요."

우린 같은 소원을 빌었다. 재희는 다정을 더 꼭 끌어안았다.

"아빠를 일찍 데려가서 좀 밉긴 하지만, 하늘에서 행복하게 지내고 계실 테니까 더는 미워하지 않으려고요. 그러니 대신 오빠를 제 곁에 오래오래 머물게 해달라고 했어요."

"내가 네 곁에 오래오래 머물면 좋겠어?"

"만약 그렇게만 된다면…… 아주 많이 행복할 거예요."

숨기는 법 없이 마음을 훤히 드러내는 다정 때문에 재희의 가슴이 벅차올랐다.

"오빠는요?"

"난 김다정 곁에 오래 머물면서 행복하게 해줄 테니까, 김다정처럼 열심히 사는 다른 사람들도 모두 다 영원히 행복하게 해달라고 빌었어."

"와! 멋지다."

재희는 다정의 자그만 머리 위에 턱을 올리고 살살 비볐다.

"난 너보다 십 년이나 빨리 늙어버릴 텐데. 그래도 행복할 것 같아?"

"나이가 들어도 오빠 분명히 멋질 거예요. 뭐, 정 안 되면 지금의 오빠 모습을 떠올리면 되니까."

말이나 못하면.

재희는 다정의 어깨를 부서질 듯 세게 끌어안고 하늘을 올려다보았다. 저 위에서 지켜보고 있을 것만 같은 두 남자에게 이 소원만큼은 반드시 이뤄달라고 반쯤 협박이 담긴 눈을 한 채……

든든히 아침까지 챙겨 먹인 재희는 다정이 차에서 내리자 시동을 끄고 따라 내렸다. 언제나처럼 아쉬운 이별의 순간이 찾아온 것이다.

"들어가. 춥다."

옷깃을 여며주고 머리칼을 귀 뒤로 넘겨주자 다정이 뭔가 하고 싶은 말이 있는지 입술을 달싹거리며 미적거렸다. 재희는 재촉하지 않고 가만히 바라보며 기다렸다.

"올라가서 차라도 한잔하고 가시죠?"

"피곤해. 얼른 가서 잘 거야."

"잠깐이라도 들렀다 가지……"

재희는 다정의 말에 빙긋 웃고 말았다. 애꿎은 바닥을 발끝으로 툭툭 차고 있는 다정을 바라보던 재희는 고개를 떨군 다정을 위해 고개를 숙여 눈을 맞췄다.

"자고 갈까?"

순간 확 달아올랐는지 다정이 얼굴을 붉혔다. 그 모습이 참을 수 없이 귀여워 재희는 참지 못하고 손을 뻗어 다정의 뺨을 어루만졌다. 그때, 다정이 고개를 끄덕였다. 재희는 웃음을 참지 못하고 고개를 젖혔다.

확 다가서면 물러서리란 계산이 빗나간 것이다. 이 당돌한 아이를 어쩌면 좋을까. 영악한 건지, 순수한 건지 기가 막힐 따름이었다.

"내가 방금 '자고 갈까' 하고 물었을 때 불순한 의도가 담겼다는 거 못 느꼈어?"

"저도 알 건 다 알거든요?"

"오오, 그래?"

불안한 듯 일렁이는 시선과 질끈 깨문 탓에 피가 몰려 한층 더 붉어진 작은 입술에서 눈을 뗄 수가 없었다. 그 모습을 한참 동안 바라보던 재희는 이내 마음을 굳힌 듯 짧은 숨을 훅 뱉었다.

"가자."

덥석 손을 잡아 이끌자 다정이 눈을 동그랗게 떴다. 당황한 듯 스텝이 엉켰지만 망설이는 법은 없었다. 재희는 리모컨으로 차 문을 잠그고 아파트 공동현관으로 성큼성큼 걸음을 옮겼다.

해가 중천에 뜬 새해 아침, 두 사람에겐 무척이나 비밀스러운 하루가 그렇게 시작되었다.

\#11

3월 하고도 일주일이 지났지만 한겨울보다 더 많은 눈이 연일 쏟아졌다. 옷에 붙은 눈들을 손끝으로 툭툭 털어내고 작업실에 들어선 재희는 달짝지근한 커피가 담긴 텀블러를 테이블 위에 올려두고 노트북을 열었다. 그러고 나서야 의자에 앉아 재킷을 벗고 셔츠 소매를 걷으며 초조한 듯 아랫입술을 질끈 깨물었다.

마음이 급해진 건 다음 주에 발매될 앨범 때문이 아니었다. 음악에 있어서만큼은 집요할 정도로 꼼꼼한 성격 탓에 후회하지 않을 만큼 만지고 또 만져, 스스로 만족할 수 있을 정도로 앨범 작업을 마무리 지은 참이다. 무려 2년간 작곡을 했고, 석 달 동안 녹음을 반복했으니까.

지금 재희가 마치 무엇에 쫓기는 사람처럼 서두르는 것은 다름 아닌 은우에게 부탁받았던 영화, 즉 다정이 주인공인 작품 〈Pang〉 음악 작업 때문이었다. 1월부터 시작된 촬영은 오랜 준비 기간과 든든한 투자 지원 덕에 순조로이 촬영을 이어갔고, 드디어 오늘 마지막 촬영만을 남겨두고 있었다. 촬영을 마치고 난 후부터 개봉하기 전까지, 후반 작업 기간 사이에 삽입될 음악을 완성 지어야 하는 재희에게는 머뭇거릴 시간이 없었다. 이미 작곡해 둔 곡들을 가지고 화면에 어울리는 적절한 음악대와 악기를 찾아 배열하는 등의 편곡을 해야 하고, 화면과 음악의 타이밍을 맞춰 대폭 수정을 하기도 해야 했다. 그러고 난 후에야 녹음을 시작할 수 있고 영화 편집이 끝나면 음악 편집도 끝을 내야 했다. 이미 곡 작업을 끝내놓았다 하더라도 같은 호흡으로 후반 작업을 해야 했기에 여유가 없는 것은 마찬가지였다.

물론 다정이 주인공을 맡은 작품이기도 하지만, 대외적으로 약 1년여 만에 선보이는 영화음악이기도 했기에 엄청난 공을 들이고 있었다. 그런 재희를 보고 경진은 3년 만에 발매하는 본인 앨범보다 영화음악에 너무 매진하는 거 아니냐고 비꼬았지만 재희에겐 둘 다 중요한 것이었다. 어느 것이 더 가볍고 더 무겁고 그런 건 일절 없었다. 안타깝게도 마침 시일이 겹쳐 몸과 정신이 두 배 더 힘들 뿐이었다.

Rrrr.

감독인 은우에게 들려주기 위해 피아노 연주로만 녹음해 둔 몇 개의 음악 파일을 USB에 옮겨 담던 재희는 전화벨이 울리자 잽싸게 통화를 연결시켰다.

"어."

[형! 이 뷔페 진짜 형이 보낸 거예요?]

"벌써 도착했구나."

손목에 채워진 시계를 힐끔 확인한 재희는 노트북 모니터에서 시선을 고정시키고 차곡차곡 담기는 음악 파일을 바라보았다.

[잘 먹을게요, 형! 형은 정말 남자 중의 남자, 최고 중의 최고라니까!]

마지막 촬영이기도 하고, 그간 수고가 많았을 스텝과 연기자들을 위해 재희가 100인분의 뷔페를 촬영 현장으로 보낸 참이었다.

"너흰 그냥 덤이야. 여배우 잘 챙겨."

통 크게 한턱 쏜 가장 큰 이유는 당연히 다정이었다. 사람을 얼마나 괴롭혔는지 다정은 보기 안쓰러울 정도로 핼쑥해져 버렸다. 고되고 바쁜 촬영 일정 탓이기도 하지만, 감독이 원하는 다정의 비주얼이 핏기 없는 창백한 얼굴에 금방이라도 쓰러져 버릴 듯한 가녀린 몸매였기에 그 모습을 유지하기 위해서 촬영 기간 내내 끊임없이 체중을 조절하고 있었다. 이제 오늘이 마지막 촬영이니 배 불리 먹었으면 하는 마음에 최고급 출장 뷔페를 촬영장으로 보낸 것이다.

[형, 언제 오실 거예요?]

"한 시간 안에 갈 거야. 다정이한테는 내가 보냈단 말 하지 말고."

[알겠어요. 어으, 응큼하긴.]

재희는 수화기 저 너머에서 건너오는 웃음소리를 못 들은 척하고 통화를 마쳤다. 그리곤 노트북에서 USB를 분리하고 먹기 좋게 식은 커피를 한 모금 들이켠 후 작업실을 빠져나갔다.

"컷."

은우의 컷 사인에 선호가 코디보다 한발 빨리 두꺼운 점퍼를 들고 달려갔다. 다정의 어깨에 점퍼를 둘러주고 주머니에 넣어두었던 손난로를 꺼내 꽁꽁 언 다정의 두 손에 쥐어주자 그제야 코디가 휴대용 난로를 들고 와 다리 가까이에 세워주었다.

다정은 약간 넋이 나간 사람 같았다. 멍하니 서서 눈만 끔벅이다가 선호가 몇 번이나 괜찮냐고 묻자 그제야 마지못해 고개를 끄덕였다. 눈물겨운 광경이었다. 연기를 하고 있는 다정이는 물론이고 매니저 선호나 코디가 다정을 챙겨주는 모습을 지켜보고 있자니 모두가 안쓰러워 보였다. 재희는 미간을 잔뜩 구긴 채 팔짱을 끼고 서서 깊은 한숨만 내쉬었다.

마지막 촬영이라더니, 마지막치곤 너무나 독한 장면을 촬영하고 있었다. 이 장면을 위해 김다정에게 살찔 틈을 안 줬다는 은우의 우스갯소리가 사실이었던 모양이다. 족히 네 컷으로 끊어 갈 수도 있는 신을 롱테이크로 한 번에 가는 걸 보니, 이 컷이 정말 마지막 컷인 듯했다.

"다시 한 번 가자."

은우의 말에 다정은 점퍼를 벗어 선호에게 건네고 다시 처음 서 있던 곳으로 걸어 내려갔다. 발목이 아픈지 절뚝거리며 걸어가는 다정의 가녀린 뒷모습에 재희는 아랫입술을 꾹 깨물고 은우의 뒤통수를 노려보았다. 이러라고 뷔페 대접한 게 아닌데.

그 후로도 다정은 몇 번이나 달리고 또 달리고, 맞고 또 맞으며 같은 장면을 반복해서 촬영했다. 하얀 뺨 위에 붉은 손자국이 또렷하게 남을수록, 넘어지며 부딪친 무릎 위에 멍이 하나둘 늘고 부풀어 오를수록 움켜쥔 재희의 주먹은 부들부들 떨리고 있었다. 어금니를 어찌나 꽉 다물었는지 욱신대는 턱 근육이 고스란히 드러날 정도였다.

연극무대에서 보았던 김다정과 카메라에 담긴 김다정은 닮았으면서도 어딘지 모르게 다른 것 같았다. 미처 알지 못했던 배우 김다정의 모습은 재희에게 충격으로 다가왔다. 그저 귀엽고 사랑스러운, 늘 곁에 머물면서 보호해 줘야 할 것 같은 존재였는데, 지금 재희의 눈앞에서 거친 숨을 몰아쉬며 두 눈을 반짝이고 있는 배우 김다정은 무서울 정도로 집요하고 예민했다. 음악하는 정재희나 연기하는 김다정이나 크게 다르지 않았다.

"컷!"

이어지는 은우의 컷 사인은 정말 너무도 듣기 싫었다. 같은 장면을 벌써 네 번째 찍고 있었다. 그냥 넘어가도 될 것 같은데 왜 저렇게 완벽한 척을 하는 건지. 달려가 엉덩이를 걷어차 주고 싶어 미칠 것만 같았다.

이번엔 다정이 정말 힘들었는지 배시시 웃으며 고개를 가로저었다. 달리는 건 어떻게든 달려도 맞는 장면은 정말 힘에 겨운 모양이다. 지친 기색이 역력했다.

재희는 결국 더 이상 지켜보지 못하고 고개를 돌려 버렸다. 이래서 촬영장에 오고 싶지 않았다. 영화가 촬영된 지난 두 달 동안 재희는 단 한 번도 촬영장을 방문하지 않았다. 그간 다른 작품을 작업할 땐 영감을 얻기 위해 촬영장을 자주 방문하곤 했었는데 이 번엔 예외였다. 음악감독으로서는 마음에 쏙 들었던 작품이지만, 제 연인이 직접 연기하기에는 마음에 전혀 들지 않는 작품이기 때문이다. 제일 추울 때 얇게 입힌 걸로도 모자라 강에 빠뜨리고, 땅에 묻고, 남자들한테 맞고, 뛰고, 넘어지는 장면들이 대부분이었기 때문이다. 배우에게 투혼을 강요하는 빌어먹을 이 세상이 오늘처럼 원망스러울 때가 없었다.

"오케이!"

다섯 번째 만에 드디어 오케이 사인이 떨어졌다. 그러자 여기저기서 환호성이 터져 나왔고, 박수도 쏟아졌다. 추위에 하얗게 질린 다정이 힘겹게 웃으며 함께 박수를 쳤고, 선호와 코디가 잽싸게 달려가 담요와 점퍼를 가리지 않고 다정을 꽁꽁 감싸주었다.

"수고하셨습니다!"

다정은 가장 큰 목소리로 인사를 하며 허리가 끊어져라 숙이고 또 숙였다. 스텝들 한 사람 한 사람 모두에게 인사를 하며 다가가 악수를 청했다. 알기론 사흘째 밤샘 촬영을 했는데 말이다.

"형!"

그때, 스텝들과 웃으며 인사를 나누던 얄밉기 그지없는 변태 같은 은우가 손을 흔들었다. 재희는 검지로 입술에 대고 입 닥치라는 듯 눈짓을 했다. 그러자 은우가 머쓱한 듯 손을 내렸고, 재희는 주머니에서 휴대폰을 꺼내 전화를 걸었다.

[네, 형.]

"나쁜 새끼."

저도 모르게 진심이 툭 뱉어졌다. 그러자 은우가 허리에 손을 얹고 허허 웃으며 고개를 가로저었다. 그 모습도 심히 재수가 없었다.

[프로가 이러시면 어떡해요. 일이잖아요, 일.]

"그래도 넌 나쁜 놈이야."

은우가 또 한 번 웃었다. 하지만 재희의 굳은 표정은 좀처럼 풀릴 줄을 몰랐다.

"파일 조감독 주고 갈 테니까 들어보고 연락해."

[네. 들어보고 내일이나 모레쯤 작업실로 갈게요.]

"당분간은 너 꼴도 보기 싫으니까 전화로 해. 간다."

[어! 잠깐 와서 인사라도 하고 가시지. 저랑 친분이 있어서 그냥 들렀다고 하면 되잖아요.]

"봤으니까 됐어. 뒤풀이에 다정이 데려가지 말고 바로 집으로 보내."

[어우, 너무 구속하신다. 알겠어요!]

촬영장에서 완전히 돌아선 재희는 다정의 얼굴이 눈에 밟혀 몇 번이나 돌아보다가 마음을 다잡고 차로 향했다.

다정이 대문 초인종을 누르자 대문을 열어주고 나서 곧장 현관으로 달려간 재희는 문을 열고 다정을 기다렸다. 저 멀리서 다정이 두 팔을 활짝 벌리곤 입술을 쭉 내민 채 금방이라도 울 것처럼 성큼성큼 걸어왔다.

"오빠……."

"집으로 가서 쉬지 왜 여기로 왔어."

재희는 쓰러지듯 안겨오는 다정을 꼭 끌어안고 가만히 등을 쓰다듬었다.

"오빠를 봐야 기운이 날 것 같아서요."

"너 정말……."

이 와중에도 가장 먼저 절 떠올렸다는 게 기특하고 고마워서 재희는 다정을 번쩍 들어 안았다. 그러자 다정이 허벅지를 골반에 걸치고 마치 아이가 된 것처럼 빈틈없이 꼭 안겨 어깨 위에 턱을 올렸다.

"그동안 수고했어. 뒤풀이는 안 갔어?"

"네. 감독님이 얼른 가서 쉬라고, 다음에 모일 때 그때 오라고 하셨어요."

다행히도 은우가 명을 거역하지 않았던 것이다. 재희는 희미하게 웃으며 다정을 소파에 앉히고 주방으로 향했다. 그리곤 와인 냉장고에서 그중 가장 달콤하고 향이 좋은 와인 한 병을 꺼냈다.

"이거 마시고 한숨 자."

"지금 잠들면 한 이틀은 안 깨고 잘 것 같은데……."

사흘 밤을 새고 고된 촬영까지 하느라 얼굴이 말이 아니었지만 그럼에도 불구하고 세상에서 가장 예뻐 보이니…….

"그전에…… 좀 씻을 수 있을까요? 그냥 와서 너무 더러워요."

다정이 쑥스러운 듯 웃으며 뒤통수를 긁적였다. 아닌 게 아니라 길바닥에 굴렀던 흔적이 얼굴, 머리카락, 몸 곳곳에 남아 있었다.

"따뜻한 물 받아줄게. 기다려."

"와, 오늘 서비스 너무 좋으시다."

현장을 보고 온 이상 이런 서비스를 해주지 않을 수가 없었다. 하지만 재희는 내색하지 않으며 어깨를 으쓱였다.

"오늘만큼은 초특급 서비스 제공해 줄게."

그러자 다정이 허리를 덥석 끌어안았다. 재희는 다정을 안아주며 한 손으로는 등을, 다른 한 손으로는 뒤통수를 쓰다듬어 주었다.

"음, 그럼 잠들 때까지 노래도 불러주세요."

재희는 배에 닿아 있던 다정의 얼굴을 떼어내 바라보았다. 사람 눈이 이렇게 초롱초롱할 수가 없었다.

"어리광이 점점 는다?"

"흐음. 저 오늘 너무 너무 피곤해요. 힘이 하나도 없어……."

다정이 어깨를 축 늘어뜨리며 한껏 불쌍한 표정을 지었다. 정말 당해낼 수가 없는 표정이었다.

"알았어, 알았어."

뭐, 자주 해달라고 하지만 않는다면 한 번쯤 해줘도 나쁘진 않지. 그다지 어려운 일은 아니니까.

재희는 다정을 거실에 남겨두고 욕조에 물을 받기 위해 욕실로 향했다. 물을 받는 동안 욕조에 넣을 입욕제를 챙기고, 수납장에 넣어두었던 페퍼민트 아로마 향초도 꺼냈다. 점점 차오르는 욕조의 물 온도를 체크하고 입고 나올 샤워가운까지 꼼꼼히 챙긴 후

문득 돌아서서 거울에 모습을 비춰본 재희는 저도 모르게 피식 웃고 말았다.

정재희, 진짜 변해도 너무 변한 거지.

뜨끈뜨끈한 거실 바닥에 나란히 누워 얇은 이불을 사이좋게 나눠 덮은 재희와 다정은 이어폰을 한쪽씩 나눠 끼고 사흘 전에 갓 믹싱을 마친 재희의 새 앨범을 듣고 있었다.

"이거 진짜 좋다."

"그래?"

다정이 고개를 끄덕이자 재희는 팔꿈치를 접어 손으로 머리를 괴고 다정을 내려다보았다. 입을 옷이 없어서 자신의 커다란 옷을 입고 양손을 가슴 위에 반듯이 모은 채 두 눈을 꼭 감고 연주에 푹 빠져 있었다.

앨범에 수록된 열네 곡 중 여덟 곡이 메이저(Major : 장조) 곡이었다. 3년 전에 발매한 앨범에 수록된 열두 곡 중 열 곡이 마이너(Minor : 단조) 곡이었던 것과 정반대인 것이다. 우울함과 슬픔, 분노, 고통, 차가움, 격정, 아슬아슬함으로 표현되는 곡을 주로 작곡했던 재희가 환희, 사랑, 아름다움, 평온함을 위주로 곡을 만들었다는 것에 벌써부터 평단에선 말들이 많았다.

하지만 이번 앨범은 그럴 수밖에 없었다. '나도 로맨틱한 곡을 만들 수 있다!' 라는 오기로 지난 2년간 곡을 만들어왔고, 최근에 들어서 누구 덕에 그 로맨틱함이 최고조에 달했기 때문이다. 특히 타이틀로 뽑은 곡의 영감이 되어준 건 다름 아닌 김다정이었다.

"어! 소풍이다."

드디어 그 곡이 흘러나오기 시작했다. 앨범 〈소풍〉의 타이틀곡 〈소풍〉. 다정이 직접 멜로디언 세션으로 참여한 그 곡.

"연주가 정말 기가 막히네요."

재희는 다정의 말에 빙긋 웃으며 두 눈을 감고 선율을 따라갔다. 눈앞에 펼쳐지는 한 편의 수채화가 손을 뻗으면 닿을 듯 또렷하게 그려졌다.

오솔길을 따라 길게 늘어선 나무들은 하나같이 하늘 높이 솟아 있고, 바람결을 따라 하늘하늘 떨어지는 나뭇잎을 밟으며 재희는 자전거를 타고 있다. 물론 뒷자리에 다정을 태운 채. 힐끗 돌아보면 햇살보다 더욱 환한 미소로 웃고 있는 다정의 얼굴이 보이고, 고개를 숙이면 허리를 꼭 움켜쥐고 있는 다정의 작은 손이 보인다. 고개를 들면 거짓말처럼 맑고 높은 푸른 하늘이 펼쳐져 있고……

곡이 끝나자 재희는 눈을 뜨고 다정을 바라보았다. 그새 잠이 든 건지 다정의 입술 새로 고른 숨이 새어나왔다. 재희는 다정의 동그란 이마를 덮고 있는 머리칼을 걷어내고 살며시 고개를 숙여 입을 맞추었다. 그리곤 길고 곧은 손가락으로 눈을, 코를, 입술을 조심스레 만져 보았다. 꽤 깊이 잠이 든 건지 다정은 깨지 않았다.

재희는 한참 동안 그 모습을 바라보다 조용히 일어나 거실 불을 끄고 다정이 잠에서 깨지 않게 조심스레 안아 들어 방 안 침대로 옮겼다. 그리곤 방문을 꼭 닫고 나와 거실 한가운데 놓인 피아노 앞에 앉았다. 어둠에 익숙해진 두 눈은 어렵지 않게 피아노 건반을 찾았다. 재희는 건반 위에 손을 올려두고 잠시 허공을 바라보다 이내 다짐한 듯 연주를 시작했다.

녹음을 하지도, 노트에 옮겨 적지도 않았다. 어쩌면 다신 기억해 내지 못할 곡이 될지도 모른다는 걸 알면서도 재희는 연주를 멈추지 않았다.

지금의 연주는, 오로지 눈부시게 아름다운 지금 이 순간을 영원히 기억하기 위해서기 때문이다.

다정은 재희의 작업실이 위치한 건물 지하로 향하는 계단에 걸터앉아 아까 낮에 사무실에서 황 팀장에게 건네받은 시나리오집을 다 읽고 난 후 가방에 넣고, 안에 들어 있던 드라마 대본도 꺼내보았다. 검지로 입술을 톡톡 두들기던 다정은 곁에 내려두었던 생수병을 열어 목을 축이고 다시 대본을 읽어보았다. 주황빛 계단 조명에만 의지하기엔 눈도 아프고, 잘 읽히지도 않았지만 이런 거 저런 거 가릴 처지가 아니었기에 글을 읽을 수 있을 정도의 조도만 된다면 무조건 읽어야 했다.

영화 촬영 당시 감독님과 친분이 있어 촬영장에 놀러 오셨던 한 감독님께서 오늘 사무실로 시나리오를 보내주셨다. 유쾌하면서도 음흉스러운 블랙코미디 장르가 마음에 쏙 들기도 했지만 다정의 눈길을 끈 부분은 블랙 슈트 차림을 고수하는 캐릭터였다. 단 한 번도 해본 적 없고, 다른 여배우들이 한 것도 많이 보지 못했기에 뭔가 재미있을 것 같았다. 시나리오집 맨 앞장에 끼워둔 감독님이 생각하시는 여주인공의 이미지 그림이 머릿속에 콕 박힌 참이었다.

그리고 또 하나의 작품은 로맨틱 코미디 드라마였다. 썼다 하면 시청률 30%를 보장한다고 해서 일명 30%라고 불리는 국내 최정상의 작가가 집필을 맡아 벌써부터 화제가 되고 있는 이 작품에는 연기라면 빠지지 않는 유명 배우들이 주연 자리를 두고 이미 캐스팅 물밑작업에 한창이었고, 나머지 배역들은 다음 주부터 본격적으로 비공개 오디션이 진행될 예정이라고 했다. 물론 다정이 응시할 분야는 서브 주연, 혹은 조연급이었다. 사실 단역도 감지덕지하지만, 황 팀장이 이건 J미디어의 자존심이 걸린 것이라며 극구 반대를 했던 것이다. 거기다 이 작품은 J미디어에서 처음으로 제작하는 드라마 작품이기도 했기에 황 팀장이 그런 반응을 보일 만하긴 했었다.

전혀 다른 두 개의 작품 중 꼭 하나를 골라야 하는 것은 아니었다. 물론 일단 오디션에 통과를 하고 나서 고르든 말든 해야 할 테니까. 만약 두 작품 모두 오디션에 통과하게 되고 스케줄이 겹치지 않는 천운까지 따라준다면 더할 나위 없이 기쁘겠지만 그런 일은 확률상 일어나지 않을 테니 다정은 헛물은 그만 켤 생각이었다.

기분 좋은 상상을 갈무리하고 MP3의 액정화면에 비친 제 얼굴을 들여다본 다정은 휴대폰 화면에 띄워진 시계를 확인하고 짧은 한숨을 내쉬었다. 3개월 단발 계약이었던 음료 광고를 운 좋게도

6개월간 계약 연장을 하게 되어 그에게 얼른 자랑을 하고 싶은데, 지금 그는 라디오 생방송 중이라 전화를 걸 수가 없었던 것이다. 문자메시지 사연을 보내자니, 피디님과 메인 작가가 단번에 눈치를 챌 것 같아서 보낼 수도 없었다.

대본 리딩을 도와주신 연기 지도 선생님께 늦은 밤까지 연기 수업을 마친 다정은 그냥 집으로 가려다가 요즘 자꾸만 숨기는 게 많아진 그가 수상쩍어 그의 작업실에 오게 되었다. 라디오 생방송에 간 틈에 잠입을 하려 했으나, 디지털 도어록 비밀번호를 작업실에 출입할 때마다 바꾸는 재희였기에 다정은 들어가지 못하고 계단에 쭈그리고 앉아 그를 기다려야 했다.

요즘 뭔가 새로운 작업을 하고 있는 게 분명했다. 앨범 작업은 모두 끝이 나서 이틀 후면 발매가 되니 그것일 리는 없고, 새로운 작업을 시작한 것 같은데 도통 알려주질 않고 있었다. 밤을 꼴딱 새고 낮에도 내내 작업실에 붙어 있을 정도로 몰입하고 있는 걸 보면 꽤 중요한 것일 텐데.

—2부 마지막 곡, Adele의 〈One And Only〉 띄워 드릴게요. 3부에서 다시 뵙죠.

드디어 기다리던 멘트가 흘러나왔다. 다정은 귀에 꽂아두었던 이어폰을 빼고 잽싸게 그에게 전화를 걸었다. 아주 잠깐의 시간 동안에 불과하지만, 전화 걸 때마다 잔잔하게 흘러나오는 통화연결음은 들을 때마다 사람 가슴을 설레게 만들었다.

[내가 통금 시간 9시라고 했지. 1시 8분 전이라는 거 알고 있어?]

"와! 밖인 거 어떻게 알았어요?"

전화를 받기가 무섭게 다그치는 재희 때문에 다정의 두 눈을 더할 나위 없이 커졌다. 그의 타박에 시계를 확인한 다정은 혀를 내두르며 고개를 가로저었다.

[바보. 거짓말도 못하네.]

낚인 것이다. 다정은 입술을 삐죽 내밀고 다리를 계단 아래로 쭉 뻗었다.

"저 지금 오빠 작업실 앞인데 들어가 있어도 되죠? 비밀번호 좀 알려줘요."

[6129210. 돌아다니지 말고 당장 안에 들어가 있어. 방송 마치고 바로 갈 테니까.]

이상하네. 절대로 들어가지 말란 소릴 할 줄 알았는데 그는 너무도 순순히 비밀번호를 알려주었다. 혹시 숨기는 게 없는 걸까? 아니면 절대 못 찾을 곳에 꽁꽁 잘 숨겨둔 걸까?

다정은 번호를 잊어버리지 않기 위해 휴대폰에 급히 번호를 적다가 저도 모르게 빙긋 웃고 말았다. 6129210. 한글 3*4 키패드로 누르니 그 숫자들이 '다정'이 된 것이다. 다정은 아무렇지 않은 척 입술을 꾹 깨물고 웃음을 참았다.

"알겠어요. 3, 4부 잘 듣고 있을게요."

[신청곡은?]

"박새별 〈REMEMBER ME〉 부탁합니다!"

[알았어.]

통화를 마친 다정은 비밀번호를 눌러 디지털 도어록을 해제하고 작업실 안으로 들어섰다. 환하게 불을 밝히고 가방을 테이블 위에 내려둔 다정은 재킷을 벗어 던지고 두 팔을 걷으며 어깨를 으쓱였다.

"뭐부터 열어볼까."

다정은 아주 작은 단서도 놓치지 않겠다는 듯 눈동자를 반짝이며 주변을 기웃거리기 시작했다. 하나 소심하게도 선뜻 뭔가를 만지진 못했다. 혹시 잘못 만져서 사고라도 칠까 봐 두려워 간이 콩알만 해진 것이다. 이렇게 소심해서야 원, 어떻게 탐정을 할 수 있을지.

다정은 큰맘먹고 그의 노트북을 열었다. 부팅을 시킨 후 떨리는 손을 맞잡고 입술을 질끈 깨물던 다정은 각종 음향 장비와 연결된 메인 컴퓨터도 켜볼까 어쩔까 하다가 아무래도 저건 건들면 큰일이 날 것만 같아서 지레 포기해 버렸다.

"여기 감춰뒀나?"

조심스레 문서함을 열었지만 그곳에는 그간 맡았던 작품들과 발매했던, 혹은 참여했던 앨범들의 폴더만이 수두룩했다. 좀 더 깊숙이 침투해서 파일함을 뒤적였지만 찾기가 만만치 않았다. 그곳에도 역시나 이미 발표된 곡들의 영감을 주는 곡들이나 소스로 짐작되는 파일들만 있지 새 작품에 관한 것은 없는 듯했다.

"아! 노트북이 두 대지."

그러고 보니 그가 늘 가지고 다니는 노트북이 아니었다. 젠장. 들고 나간 모양이다. 하는 수 없이 악보라도 찾자 싶어 피아노 앞을 어슬렁거리던 다정은 늘 지저분하던 피아노 뚜껑 위에 악보 한

장이 없자 긴 한숨을 내쉬며 허탈함을 감추지 못했다.

"어디에 숨겨둔 거야."

다시 소파로 돌아와 털썩 주저앉아 버린 다정은 혹시나 시나리오라도 어디 잘 뒀을까 싶어 테이블 아래와 소파 뒤편 책장까지 꼼꼼하게 살폈지만 그 어디에도 없었다. 쿠션을 옆구리에 끼고 비스듬히 기댄 다정은 다시 이어폰을 귀에 꽂고 그의 방송을 들으며 아까 읽다 만 드라마 대본을 꺼내 읽기 시작했다.

"하아, 궁금한데."

아무래도 그가 작업실에 오면 잠시 그를 따돌린 후에 다른 노트북을 열어봐야겠다고 생각하며 느릿하게 눈꺼풀을 끔벅였다.

"흐음……."

아침부터 밤늦게까지 너무 오랜 시간 쏘다닌 탓에 솔솔 잠이 몰려왔다. 잠을 이기지 못한 눈꺼풀은 천근만근이 되었고, 다정은 옆구리에 끼고 있던 쿠션을 슬쩍 머리로 가져갔다.

작업실에 들어서자마자 재희의 눈에 들어온 건 소파에 늘어져 잠에 빠진 김다정의 모습이었다. 재희는 피식 웃으며 소파로 다가가 다정의 귀에 꽂힌 이어폰을 빼고 전원을 껐다. 그리곤 다정이 손에 꼭 쥐고 있던 대본집을 살짝 빼내 테이블 위에 올려두었다. 대본에 적힌 제목을 보고 휘리릭 넘겨보던 재희는 작가명을 확인하곤 종잇장을 넘기던 것을 멈추고 옅게 웃으며 고개를 저었다.

"언제 왔어요?"

그때, 다정이 간신히 눈꺼풀을 밀어 올리며 눈이 부신 듯 눈매를 찡그렸다.

"입 돌아간다. 집에 가서 자."

"오랜만에 오빠 작업하는 거 구경하려고 왔죠."

하품을 감춰보려 애썼지만 새어나오는 하품을 막을 재간은 없었다. 다정은 두 손으로 얼굴을 감싸고 하품하지 않은 척 천연덕스럽게 굴었다.

"일어나. 데려다 줄게."

"한번 들어봅시다, 좀. 나한테 숨기는 거 있죠?"

"왜 그렇게 궁금한데?"

"왜 말 안 해주는 건데요?"

집요하게 캐묻는 다정 때문에 재희는 하는 수 없이 다정의 옆에 앉았다.

"이십대의 열정이란······."

"삼십대의 음흉함도 만만치 않거든요?"

"어쭈, 자꾸 대든다?"

"대든다니요. 오빠랑 제가 사제지간이나 부녀지간도 아닌데, 대든다는 표현은 적절하지 않아요."

한마디도 지지 않으려 해도 그런 모습까지도 예뻐 보이니 이거야 원. 재희는 웃으며 손가락 끝을 튕겨 다정의 이마에 땅콩을 선물했다.

"새로 작업 들어간 거 있어. 됐지?"

"아무도 모르게 비밀리에 진행해야 하는 그런 거예요?"

"그런 건 아닌데, 너무 많이 알면 나중에 재미없어지니까."

이해해 보겠다는 듯 다정이 고개를 끄덕였다.

"진작 말해줬으면 좋았잖아요. 저 오늘 여기 염탐하러 온 거란 말이에요."

재희가 다정의 머리칼에 손가락을 넣어 흐트러뜨렸다. 귀밑에서 찰랑이던 머리칼이 어느새 제법 많이 자라 있었다. 비슷한 또래의 여자들처럼 다정에게도 발랄함이 엿보였다.

"들려주면 안 돼요?"

안 될 건 없었다. 어차피 듣는다고 해서 알아챌 수 있는 것도 아니었기 때문에 재희는 고개를 끄덕이곤 파일을 찾아 열어주었다.

재희가 들려준 곡은 프롤로그 곡이었다. 영화의 시작을 알리는 프롤로그. 앞으로 어떠한 이야기가 전개될 것인지, 어떠한 분위기로 진행될 것인지를 알려주는 중요한 테마였다. 도입부에서 잠을 뒤척이던 남자주인공이 여자주인공의 또각대는 구두굽 소리에 온 신경을 곤두세우는 장면에 삽입될 예정이었다. 바이올린 두 대의 날카로운 연주로 빠른 속도감을, 묵직한 한 대의 첼로 선율로 무게감을 주면서도 공간을 둬서 묘한 긴장감을 유지하며 첫 장면부터 눈과 귀를 동시에 확 사로잡게 될 것이다.

"아직 50%도 완성 안 된 거야. 편곡이랑 녹음 다 다시 해야 해."

부족한 음악에 재희가 설명을 더하자 음악을 가만히 듣고 있던 다정이 고개를 끄덕였다.

"어때?"

"어떤 장르인지 알 것 같아요! 미스터리 스릴러 맞죠?"

용케도 단번에 알아낸 다정이 참으로 기특했다. 재희는 웃음을 참으며 고개를 끄덕였고, 그러자 다정이 만족스러운 듯 어깨를 으쓱였다.

"이거도 들어보면 안 돼요?"

다정이 가리킨 파일은 여자주인공의 메인 테마라고 적힌 폴더였다. 어젯밤 즉흥으로 연주한 곡을 오늘 낮에 악보에 옮겨 적고 시험 삼아 피아노만으로 녹음을 했던 곡이었다. 저녁때 작업실로 찾아온 은우에게 조금 들려줬더니 반응이 나쁘진 않았다. 이중생활을 하는 여주인공의 순수하고도 어딘가 서글픈 또 한 면을 부각시키기에 좋겠다는 은우의 설명에 재희도 동의했었다. 실은 여주인공이 아닌 김다정을 떠올리며 만들었던 곡이기에 잘 어울렸던 것 같았다. 편곡에 많은 공을 들이면 곡이 잘 빠질 듯했다.

"좀 더 만들어서. 지금 들려주기엔 너무 어설퍼."

다정은 쉽게 받아들였다. 아마도 음악에 대해서는 자존심이 남다른 자신을 잘 이해하기 때문인 듯했다. 재희는 그런 다정이 고마워서 다른 곡을 더 들려주었다.

"우리 영화랑 잘 어울리겠다."

아쉬운 듯 입술을 삐죽이는 다정을 구경하는 건 언제나 즐거웠다. 처음부터 계속 말을 해주지 않을 생각은 아니었다. 그저 좀 더 매끄럽게 완성을 하고 난 후 들려주고 싶었는데, 그러다가 어느새 자꾸 숨기게 되어버렸다. 엔딩 크레디트에 적힌 음악감독 정재희를 보며 깜짝 놀라는 김다정의 모습을 보고 싶은 못된 마음일 수도 있고, 그렇게 되면 다정이가 미리 알고 있는 것보다 훨씬 더 기뻐하지 않을까 하는 마음 깊은 곳에서부터 우러난 배려일 수도 있다.

"이제 궁금증 다 풀렸지?"

다정이 마지못해 고개를 끄덕이자 재희가 웃으며 노트북을 닫았다.

"자, 이제 집에 가자!"

재희는 다정을 억지로 일으켜 세우고 재킷을 입혀주었다. 그러자 다정이 주섬주섬 가방 안에 대본과 시나리오집을 넣으며 쭈뼛쭈뼛 걸음을 내딛었다.

"그 둘 중에 하나 하는 거야?"

"오디션에 붙으면 할 수 있겠죠?"

재희는 고개를 끄덕이며 빙긋 웃었다. 어쩌면 차기작이 빠른 시일 내에 정해질지도 모른다는 예감이 들어서였다.

✳

CD로 음악을 듣는 건 정말 오랜만이었다. 나름 음악을 사랑하고 무척이나 많이 듣는다고 자부했지만 어느 순간부터는 정말 소장하고 싶은 앨범이 아니면 구매를 하지 않고 앨범에 수록된 마음에 드는 곡 몇 곡만 다운을 받게 되었다.

음악인의 연인으로서 이러면 안 되는데.

다정은 지난 금요일에 발매된 그의 앨범을 닷새째 미친 듯이 계속해서 듣고 있는 중이었다. 보고 또 봐도 전혀 질리지 않는 표지를 보며 오늘도 어김없이 입을 헤벌리고 빙긋 웃었다.

그의 앨범 표지는 그가 직접 찍은 사진들과 그가 자필로 쓴 영감이 된 이야기들이 수록되어 있어서 다정이 큰 애착을 가지고 있었다. 여자보다 더 섬세하고 예쁜 손글씨를 손끝으로 매만지며 마치 그가 날 위해 남긴 편지라도 되는 양 두 볼을 붉히기까지 했다.

"테이프였으면 벌써 늘어났을 거야."

"내가 CD도 늘어나는 기적을 보여주겠어."

운전석에 앉아 운전을 하고 있던 선호가 고개를 가로저으며 혀를 끌끌 찼다.

"그렇게 좋아?"

"당연하지."

첫 번째 트랙부터 마지막 트랙까지 어느 곡 하나 소홀한 곡이 없고 좋지 않은 곡이 없었다. 다정은 이미 달달 외워 버린 음을 흥얼거리며 차창 밖을 내다보았다. 봄이 오긴 오는 건지 여전히 강물은 차가워 보였고, 해가 떨어지고 난 도로 위는 싸늘하기 그지없었다. 미등을 켠 차들이 옆을 휙휙 지나칠 뿐, 아직 봄의 온기는 전해지지 않았다.

다정은 지금 〈그루터기〉 녹화장에 가는 길이었다. 그는 오늘 녹화에서 발매한 음반의 곡을 가지고 직접 무대에 오른다고 했다. 그 진귀한 광경을 직접 두 눈으로 보고, 두 귀로 듣고, 머리와 가슴에 꼭꼭 담아두기 위해 그에게 미리 말도 하지 않고 녹화가 진행될 공개홀로 향하고 있었다.

"어으, 떨려."

"떨려도 형님이 떨리지 네가 왜 떨려?"

"몰라. 손에 땀나고 입이 바싹 마르네."

참지 못하고 생수를 벌컥벌컥 들이켠 다정은 손바닥으로 가슴을 쓸어내리며 심호흡을 했다.

"능청스럽게 잘하실 거야."

"그렇겠지? 내가 너무 설레발치는 거지?"

끄덕이는 선호의 뒤통수를 보던 다정은 마음을 진정시키고 시트 깊숙이 상체를 기댔다.

예상대로였다. 그는 늘 그랬듯이 태연하고 능청스럽게 녹화를 진행하고 있었다. 첫 번째 게스트 공연과 사연을 소개하는 코너인 〈재희의 유혹〉까지 순조롭게 진행되었고, 두 번째 게스트가 공연을 시작할 무렵 다행히 조연출을 맡은 스텝에게 안내를 받아 그가 대기하고 있는 세트 뒤편 대기 장소에서 재희를 만날 수 있었다.

다정은 불빛 하나 없이 어두운 세트에 그와 덩그러니 서서 손을 꼭 잡고 눈부시게 환한 무대를 바라보았다. 이 공연이 끝이 나면 무대 위에 피아노가 세팅될 것이고, 〈그루터기〉의 마지막 게스트인 정재희의 공연이 시작된다.

얼마나 멋질까. 상상만 해도 심장이 쿵쾅거렸다. 지금 곁에 서서 손을 잡고 있는 그가 저 무대의 주인공이란 게 가슴이 뻐근할 정도로 뿌듯하고 자랑스러웠다. 다정은 재희를 슬쩍 올려다보았다. 자다가도 문득, 밥을 먹다가도 문득 그와 연애를 하고 있는 지금이 꿈은 아닐까 생각하곤 했었다. 지나치게 현실감이 없는 이 연애. 남들과 다르지 않은 연애인 것 같으면서도 가끔씩 그의 존재감을 확인할 때면 잊고 지냈던 현실을 실감하게 되었다.

"흐음, 좀 떨리네."

너무도 멀쩡해 보여서 그의 말이 거짓말 같았다. 다정은 들고 있던 생수병 뚜껑을 열어 그에게 내밀었다. 그리고 그의 옷매무새를 만져 주며 혹시 뭐가 묻어 있진 않은지 꼼꼼하게 살폈다. 그러는 사이 드디어 무대 위의 공연은 끝이 났고, 박수갈채가 쏟아졌다. 그때, 건장한 남자 스텝들이 우르르 달려가 피아노를 무대 위로 옮겼다.

"잘 들을게요."

웃으며 숨을 크게 한 번 고른 그가 무대 위로 올라갔다. 다정도 세트 뒤를 돌아 무대가 보이는 곳으로 나갔다.

"그루터기의 세 번째 손님은요, 음. 이분을 칭하는 여러 가지 수식어가 있어요. 영화음악계의 굶주린 표범…… 이건 아마 섹시한 몸매 때문인 것 같구요. 또 있습니다. 손이 아닌 마음으로 피아노를 연주하는, 현존하는 가장 잘생긴 피아니스트."

듣고 있기 낯 뜨겁고 손발이 오그라드는 말을 그는 눈도 깜짝 안 하고 잘도 해댔다. 물론 그게 그의 매력이기도 하지만 말이다. 이미 객석에선 마지막 게스트가 누구인지 간파하고 어마어마한 환호와 박수를 그에게 퍼부었다.

"정재희 씨의 무댑니다."

아이돌 부럽지 않은 터질 듯한 환호성이 홀 안을 가득 메웠다.

그 환호성 속에 다정도 한몫 단단히 하긴 했다. 그는 허리를 구부려 객석을 향해 인사를 하곤 피아노 앞에 앉았다. 분위기가 진정되길 잠시 기다리던 그는 조심스레 건반 위에 손을 얹었다.

숨 막힐 듯 정적이 흘렀다. 고요한 그 가운데, 그가 연주를 시작했다. 앨범의 타이틀곡인 〈소풍〉. 앨범 표지에 적힌 곡 소개 글에 그가 적은 글의 숨겨진 의미를 알고 있는 다정으로선 이 곡을 들을 때마다 가슴이 터져 버릴 듯 벅차올랐다.

〈······사랑한단 말 한 번 해주지 못한 그 사람에게 이 곡을 선물합니다.〉

다정에겐 언제 들어도 짧아서 아쉬운 그의 연주가 끝이 났다. 객석에서 보내는 뜨거운 반응에 머쓱했던지, 그가 피아노 의자에서 내려와 마이크를 들고 멋쩍게 웃었다. 관객들이 하나둘 웃음을 터뜨리자 그는 입술 위에 검지를 얹으며 웃지 말라고 정색했다. 그제야 정재희다웠다.

"인터뷰해 줄 사람이 없으니까 좀 이상하네요. 방금 연주한 곡의 제목은 〈소풍〉입니다. 지난 금요일에 출시된 제 새 앨범의 타이틀곡이구요, 사랑하는 사람을 생각하며 만든 곡인데, 혹시 느껴지셨나요?"

'네'라는 대답이 홀 안을 쩌렁쩌렁하게 울렸다.

"어, 이번 앨범은 기존에 제가 해왔던 분위기에서 좀 벗어나서 정재희도 러블리한 곡을 쓸 수 있다! 라는 모토로 구성을 해봤어요. 2년 정도 곡을 쓰면서 계속해서 고치고 또 고치고 하다 보니까 발매까지는 3년이 걸렸네요. 다음 앨범 언제 또 나올지 모르니까 이 기회에 장만하세요."

재희의 능청스러운 말에 관객들이 기분 좋게 웃었다.

"보통 게스트 나오시면 10분 정도 토크를 해야 하는데 이건 뭐 어쩌란 건지. 피디가 너무 대책이 없네, 무례하고. 그럼 이쯤에서 두 번째 곡 들려 드리면서 〈그루터기〉 마치도록 하겠습니다. 늦은 시간까지 함께해 주셔서 감사하구요, 다음 주에 다시 찾아뵐게요. 저는 정재희였습니다."

그는 허리를 꾸벅 숙여 인사를 하고 다시 피아노 앞으로 돌아갔다. 꽤 늦은 시간까지 녹화가 진행되다 보니 뒷자리엔 빈자리가 속출했고 피아노 연주에 관심 없는 관객들은 하나둘 조심스레 눈치를 보며 일어나기도 했다. 하지만 그는 괘념치 않았다. 매번 녹화할 때마다 빈번하게 반복되고 있는 일이기 때문이라고 말했었다. 그러나 다정은 아직 적응이 되지 않은 탓인지 그 모습을 지켜보기가 서운하고 씁쓸했다.

원망스러운 듯 빠져나가는 관객들의 뒷모습을 지켜보던 다정은 다시 무대 위의 그를 바라보았다. 짧게 숨을 고르고 연주를 준비하던 그가 이내 연주를 시작했다. 비로소 어지러웠던 마음이 정리가 되었다.

다정은 처음 이곳에서 그를 보았을 때가 불현듯 떠올랐다. 진행 중간중간 눈만 마주쳐도 심장이 미친 듯이 뛰던 그때. 오래 지나지도 않은 일인데 왜 이렇게 아득하게만 느껴지는 건지 우습기도 했다.

✳

  벚꽃이 피니 이제야 진짜 봄이 온 것 같았다. 재희는 집 안의 모든 창을 활짝 열고 아직까진 선선한 봄바람과 따스한 봄볕을 집 안 깊숙한 곳까지 들였다.

  "어때요?"

  2층 테라스가 보이는 시어터 룸에 나란히 앉은 재희와 은우는 방금 영화의 최종본을 본 참이었다. 지난 한 달 내내 폐인처럼 지내며 쉬지 않고 작업에 매달린 은우 덕에 최종본은 나무랄 곳 없이 훌륭했다.

  재희는 고개를 뒤로 젖히며 물고 있던 담배를 손가락 사이에 끼우고 길게 연기를 내뿜었다. 이제부터 재희는 본격적으로 음악 작업을 시작해야 했다. 화면에 음악을 맞추고 세부 편곡도 마무리 지은 후 녹음을 해서 영화에 입히는 가장 까다롭고 중요한 후반 작업이 남아 있었다.

  "한 달이라……."

  개봉까지 남은 시간은 한 달 반 정도였다. 급할 땐 보름 만에도 뽑아내 봤으니 그에 비하면 촉박하진 않지만 여유가 있는 것도 아니었다.

  "생각했던 것보다 훨씬 빠듯하네."

  보통 촬영을 마치고도 배급이 안 돼서 몇 달에서부터 몇 년까지 무작정 기다리기 일쑤인 독립영화 가운데 이렇게 파격적이라고 말할 수 있을 정도로 빨리 진행된 건 운이 좋았다는 것 말고는 설명할 방법이 없었다. 아무리 작품성이 뛰어나고 독립영화 중 흥행력까지 갖췄다는 작품들도 이렇게 꽃길을 걷는 경우는 손에 꼽을 만큼 적었다. 돈이 될 만한 상업영화가 먼저 개봉하는 게 당연한 이치인데, 혹시 영화시장 비수기라 버리는 카드로 일찍 던지는 건가?

"영화제 초청 가능성이 있다고 말이 좀 돌아서 그런지 제작사에서도 많이 밀어주고, 배급사가 일찍 나섰어요. 억세게 운이 좋았죠. 다음 주에 포스터 촬영하면서부터 바로 홍보 시작할 거예요."

재희는 담배를 입에 물고 영화를 다시 처음부터 재생시켰다. 은우와 수도 없이 상의해서 어느 장면에 어느 음악이 들어가야 하는지 이젠 완벽하게 외울 수 있었다. 인(In) 점과 아웃(Out) 점을 체크해 둔 노트에 의미 없는 낙서를 그려 넣던 재희는 김다정의 색을 완전히 버린 배우 김다정을 바라보며 두 눈을 끔벅였다.

"형, 왠지 잘될 것 같지 않아요? 제작 때부터 투자도 잘돼, 배우 연기 잘해서 촬영 때 제작비도 오버 안 돼, 배급도 빨라, 결정적으로 음악감독 정재희야. 이건 뭐, 안 되는 게 이상한 거 아닐까요?"

농땡이 부리지 말고 음악 작업에 전념하라는 은우가 건넨 당근이었다. 재희는 고개를 가로저으며 피식 웃었다.

"그래, 평론가들 입 열기 전에 지금 이 기분 실컷 만끽해 둬."

호불호가 극명하게 갈릴 확률이 높았다. 잔인한 펜에 난도질당

할 수도 있고, 딱딱한 키보드로 그 어떤 것보다도 뜨거운 사랑을 받을 수도 있다. 뚜껑을 열어보면 늘 예상치 못했던 변수가 튀어나오게 마련이었다.

"근데 너 꼴이 그게 뭐야. 폐인이 따로 없네."

"형, 형은 그게 될지 몰라도 전 절대로 안 돼요."

은우의 몰골은 말이 아니었다. 면도도 제때 하지 않은데다가 옷도 꼬질꼬질하고, 절로 미간이 구겨졌다. 아무리 바빠도 말끔한 외관을 유지하는 재희와 정반대의 모습이었다.

"영화제 초청 확실히 가능성이 있긴 한 거야? 어딘데? 혹시…… 칸?"

"다음 주에 칸 국제영화제 집행위원회에서 초청작이랑 상영작 발표 있으니까 귀 쫑긋하고 계셔보세요. 되면 좋고 아님 말고 뭐, 그런 거죠."

은우가 말은 그렇게 쿨하게 뱉었지만 표정은 그다지 쿨하지 못했다. 재희는 그런 은우를 놀리듯 입술을 비죽이며 웃었고, 은우는 끝까지 자존심은 구기지 않았다.

칸이라. 설마…….

장시간의 포스터 촬영으로 넝마가 되어버린 다정은 벽에 등을 기대고 주저앉아 넋을 놓고 있었다. 과장되게 부풀린 헤어스타일 때문에 목을 꼿꼿이 세우고 있어야 해서 목 디스크가 올 것 같았지만 잠깐의 휴식을 포기할 순 없었다. 발목이 떨어져 나갈 것만 같은 높은 하이힐을 벗어 던지고 발가락을 꼼지락거리던 다정은 달콤한 초콜릿 한쪽에 분위기를 전환하며 코디와 담소를 나누었다.

"다정아!"

그때, 선호가 사색이 되어 대기실로 뛰어들어 왔다. 손에 들고 있던 최신형 스마트폰을 바닥에 떨어뜨린 줄도 모르고 손을 덜덜 떨고 있던 선호가 귀신이라도 본 사람처럼 성큼성큼 걸음을 옮겼다.

"깜짝이야. 왜 그래? 무슨 일 났어?"

다정은 자리를 털고 일어나 선호에게 다가갔다. 선호의 눈앞에서 손을 휘휘 젓던 다정은 갑자기 숨이 막힐 정도로 꽉 끌어안는 선호를 떼어내기 위해 온몸을 버둥거렸다.

"숨 막혀! 케켁!"

"다정아…… 흐흡."

다정은 간신히 선호를 품에서 떼어내고 얼굴을 바라보았다. 눈시울이 빨갛게 물들더니 금세 눈물이 차올랐다. 후드득 눈물을 쏟아낼 무렵 다정은 선호의 어깨를 토닥토닥 두들겨 주며 소매 깃으로 눈물을 닦아주었다.

"말을 해. 왜? 무슨 일인데?"

선호가 바닥에 떨어뜨렸던 휴대폰을 집어들어 다정에게 내밀었다. 다정은 선호와 휴대폰을 번갈아가며 바라보다 저도 모르게 미간을 팍 구기고 휴대폰에 띄워진 기사 한 줄을 읽고 또 읽고 계속 반복해서 읽었다.

〈5월 16일 개막하는 제65회 칸 국제영화제 경쟁 부문에 이은우 감독의 〈Pang〉과 권해영 감독의 〈재〉가 공식 경쟁 부문에 초청됐다. 칸 국제영화제 집행위원회는 19일 오전(현지 시간) 기자회견을 갖고 〈Pang〉, 〈재〉를 포함한 경쟁 부문 초청작 등 상영작을 발표했다. 일찌감치 아시아 영화의 강세가 점쳐졌으나 한국영화 두 편과 일본영화 한 편이 초청되는 데 그쳤다.〉

"말도 안 돼……. 이거, 이거, 우리 영화 제목 맞지? 그치? 우리 감독님 이름 맞는 거지?"

선호가 고개를 끄덕이자 다정의 눈가도 어느새 촉촉하게 젖기 시작했다. 두 시간 넘게 공들여 한 화장 지워질세라 티슈로 눈 밑을 꾹꾹 눌러 눈물을 닦아내던 다정은 주먹을 불끈 쥐고 발을 동동 굴렀다.

"얼른 전화해 줘. 기다리고 있을 거야."

"감독님……."

귀에 익은 음성에 뒤를 돌아보니 간식거리가 가득 담긴 비닐봉투를 양손 가득 들고 은우가 환히 웃고 있었다.

"감독님, 축하드려요!"

"축하는 무슨. 나 혼자 한 거 아니잖아. 다 같이 자축해야지. 수고 많았어. 우리 귀한 여배우를 내가 너무 막 굴렸지?"

다정은 고개를 절레절레 저으며 환히 웃었다. 분명 웃고 있다고 생각했는데 눈가에서 뭔가가 흘러내렸다. 다정은 씩씩하게 눈물을 훔쳐 내고 선호가 건넨 휴대폰에서 아빠를 제외하고 지금 이 순간 가장 먼저 떠오른 사람에게 전화를 걸었다.

[축하해.]

"오빠……."

자랑을 하고 싶었는데 그만 잘 참아왔던 눈물이 팡 하고 터져버렸다. 아직 촬영이 남았는데 화장은 이미 눈물에 얼룩져 엉망진창이 되어버렸고, 입을 틀어막고 두 눈을 꾹 눌러보아도 눈물은 멈출 줄을 몰랐다. 수화기 너머에서 다독여 주는 그의 음성이 건너오긴 했지만 귀에 잘 들리지도 않았다.

[누가 보면 칸 여우주연상 탄 줄 알겠다. 그만 뚝 해.]

그의 타박도 듣기 좋았다. 지금은 누가 뭐라고 해도 꽃노래처럼 들릴 것만 같았다. 내가 출연한 작품이 영화제에, 그것도 무려 칸에 초청되었다니……. 이건 감히 상상할 엄두도 내지 못했던 것이었다.

촬영을 하는 동안 얻었던 상처들은 흉터를 남겼고, 그 흉터들은 지금 이 순간 훈장이 되어주었다. 많은 사람들을 가슴 아프게 했던 그 흉터가 이젠 그 사람들에게 기쁨을 줄 수 있다고 생각하니 눈물이 멈추질 않았다.

그간의 노력이 헛되지 않았구나. 그저 바보처럼 열심히 살아도, 결국 볕 들 날이 오는구나. 다행이다. 정말…… 다행이야.

다정은 휴대폰이 마치 재희의 품이라도 되는 것처럼 손에 꼭 쥐고 옅게 웃었다.

꺽꺽대는 울음소리가 한동안 이어졌지만 재희는 더 이상 다그치지 않고 가만히 들어주었다. 다행히도 주변 사람들이 다정을 달래는 듯한 목소리가 건너왔고, 재희는 짧은 한숨을 내쉬며 어서 스튜디오 안으로 들어오라는 막내 작가의 손짓에 마지못해 걸음을 옮기며 이따 다시 전화하겠다는 말을 남겼다.

안 그래도 인터넷 뉴스를 통해 사실을 확인한 메인 작가에게서 방금 소식을 들은 참이었다. 일단 2부 방송이라도 갈무리한 후에 전화를 걸려 했는데 그새를 못 참고 다정이 전화를 걸어와 서둘러 멘트를 정리하고 광고부터 낸 재희였다.

"정말 잘됐다! 이게 웬 경사래?"

"그러게요. 우리가 김다정 씨에 대해 너무 모르고 있었던 것 같아요. 에이, 더 잘해줄걸."

메인 작가와 담당 피디의 대화에 재희는 그저 웃기만 했다. 그리곤 자리로 돌아가 앉아 휴대폰 액정화면에 띄워진 다정의 얼굴을 손끝으로 매만지며 입술을 꼭 깨물었다.

지금 이 기분을 뭐라고 설명해야 할지 복잡하고 묘했다. 기쁘면서도 울컥하고, 감격스럽고, 가슴이 벅차고, 하여간 온갖 감정들이 마음을 정신없이 헤집어놓았다. 다정을 처음 보았던 그날 새벽부터 포스터 촬영이 있다며 환히 웃던 오늘 아침까지의 모습이 파노라마 필름이 되어 머릿속을 빠르게 지나쳤다.

기억하는 한, 이렇게 씩씩하고 기특한 여자를 본 적이 없었다. 너무 예쁘고 사랑스러워서 가끔씩은 이런 거 저런 거 따지지도 못하고 와락 안아버릴 만큼…….

광고가 끝날 무렵 재희는 귀에 다시 이어폰을 꽂으며 메인 작가가 부랴부랴 써준 원고를 건네받고 숨을 골랐다.

"기쁜 소식이 있네요. 우리 〈WITH〉 수요일 코너 〈사랑, 그 쓸쓸함에 대하여〉 코너지기인 김다정 씨의 출연작 영화 〈Pang〉이 다음 달에 열릴 칸 국제영화제에 경쟁 부문 공식 초청이 되었답니다. 〈WITH〉 청취자 가족들 많이많이 축하해 주세요."

멘트가 끝나기가 무섭게 이미 언론의 보도로 소식을 전해 들은 청취자들이 축하 사연을 끊임없이 보내주었다.

"방금 김다정 씨에게 연락을 받았어요. 이미 목소리는 여우주연상 수상한 사람 같더라고요. 그렇죠, 꿈은 크게 가질수록 좋은 거겠죠? 후훗. 다시 한 번 축하드립니다. 음, 2부 마지막 곡은 축하의 의미로 김다정 씨가 평소에 가장 좋아하는 가수 정엽의 〈그대라는 말〉 띄워 드릴게요. 잠시 후 3부에서 다시 만나요."

노래가 시작되고, 재희는 쭉쭉 올라오고 있는 문자메시지 사연을 꼼꼼하게 읽어 내려갔다. 마치 자기 식구 일처럼 함께 기뻐해 주고 축하해 줘서 너무나 감사했다. 그래서 재희는 2부와 3부 사이 잠깐 동안 주어지는 휴식을 포기한 채 빠짐없이 사연을 읽었다.

다정은 시간이 흐를수록 마음을 숨기는 법을 잊어갔다. 원래

부터 그런 것 따위는 알지 못했던 아이지만, 한 번쯤 밀고 당기기를 시도할 만도 한데 다정은 미련스러울 정도로 감정에 솔직했다.

집으로 향하던 재희는 지금 당장 얼굴을 봐야 한다며 작업실 앞에서 기다리고 있다는 다정의 전화를 받고 곧장 차를 되돌렸다. 그나마 작업실과 집이 채 1㎞도 떨어지지 않은 곳이라 지체하지 않을 수 있어서 얼마나 다행인지.

작업실 근처에 도착한 재희의 눈에 후드티를 폭 뒤집어쓰고 제자리에서 콩콩 뛰고 있는 다정의 모습이 들어왔다. 재희는 차를 주차하기 위해 건물 주차장에 진입했고, 다정은 그새를 못 참고 차에 바짝 다가와 어서 문을 열라고 창문을 똑똑 두들겼다. 덩달아 마음이 급해진 재희는 서둘러 차 키를 빼고 문을 열어 차에서 내렸다.

"헛!"

차 문을 닫기가 무섭게 다정이 팔짝 뛰어 품에 안겼고, 재희는 그런 다정을 냉큼 받아 안다가 휘청거리며 차에 기대고 말았다. 하루 종일 포스터 촬영을 하느라 피곤하다 콧소리를 내던 그 김다정이 맞는 건지 의심스러울 정도로 기운이 넘쳤다.

"일단 들어가는 게 어때?"

다정의 얼굴에는 '나 지금 흥분했소!' 내지 '나 지금 너무 신나!'라고 적혀 있었다. 간신히 품에서 떨어진 다정은 환히 웃으며 고개를 주억거렸고, 재희는 다정의 손을 폭 잡고 작업실로 내려갔다. 계단을 내딛는 발소리마저 유쾌했다. 재희는 힐끗 뒤를 돌아보았고, 그 순간 다정의 말캉한 입술이 순식간에 닿았다가 떨어졌다. 재희가 어이가 없다는 듯 고개를 가로젓자 또 한 번 키스가 날아들었다. 이번엔 좀 전보다 길었다. 그 작은 두 손으로 뺨을 꼭 감싼 채 숨도 안 쉬고 입을 맞춰왔다. 계단을 쩌렁쩌렁하게 울릴 만큼 민망한 쪽 소리가 요란하기 짝이 없었다.

"진정해."

"진정이 안 되는데요?"

이 팔팔한 청춘을 어찌하면 좋을까. 재희는 잽싸게 작업실의 문을 열고 안으로 들어섰다. 불을 켜고 테이블 위에 차 키와 지갑을 내려두기가 무섭게 다정이 또 한 번 저돌적으로 달려들었다. 재희는 이번에도 못 이기는 척 안아 받았다.

따뜻한 숨이 입술 새로 건너왔다. 떼어내는 게 곤혹스러울 정도로 부드럽고 사랑스러운 입술을 간만에 만끽하며 재희는 다정의 머리를 덮고 있던 모자를 뒤로 밀어냈다. 그때 갑자기 다정이 재킷의 지퍼를 내렸다. 깜짝 놀란 재희가 입술을 떼어내자 다정이 두 눈을 동그랗게 뜨며 순진한 표정을 지어 보였다.

"그런 거 아니에요! 그냥 좀 거치적거려서……."

재희가 눈매를 가늘게 하며 노려보자 그제야 다정이 쑥스러운 듯 볼을 붉히며 배시시 웃었다. 재희는 그런 다정을 꼭 끌어안아주며 등을 가만히 쓸어주었고, 다정은 맞닿은 가슴팍에 고양이처럼 얼굴을 비볐다.

"수상 여부를 떠나서, 인정받은 거니까……. 축하한다."

"직접 듣고 싶었어요. 이렇게 오빠 품에 안겨서, 나한테만 들려

주는 목소리로요."

"기특하기도 하지."

작고 탐스런 엉덩이를 토닥여 주자 다정이 새치름한 표정으로 올려다보았다.

"왜?"

재희가 능청스럽게 묻자 다정은 대답 대신 재희의 엉덩이를 똑같이 톡톡 두들겼다.

"야!"

"왜요? 안 돼요?"

재희는 어이가 없다는 듯 헛웃음을 지으며 고개를 가로저었다.

"안 되긴, 원한다면 얼마든지."

재희의 대답이 마음에 들었는지 다정이 웃으며 또다시 엉덩이를 토닥였다. 재희 역시 지지 않고 다정의 엉덩이를 토닥였다. 한참을 반복하던 두 사람은 결국 웃음을 참지 못한 채 자잘한 입맞춤으로 아쉬움을 달랬고, 재희가 먼저 소파에 앉자 다정은 냉큼 재희의 무릎 위를 차지하고 앉아 또다시 재희의 품에 안겼다. 잠시도 떨어지는 걸 용납할 수 없다는 듯 다정은 끊임없이 재희의 품을 파고들었다. 마치 엄마 품을 파고드는 아이처럼.

"포스터 촬영은 잘하고 온 거야?"

"당연하죠!"

의기양양한 표정에 담긴 넘치는 자신감이 귀엽기만 했다. 재희는 다정의 머리칼을 흐트러뜨리며 다정을 잠시 소파에 내려두고 냉장고로 향했다. 차가운 물 한 잔이 절실히 필요했기 때문이다.

한껏 달아오른 마음을 다독여야만 했다. 시도 때도 없이 가슴에 불을 붙여대는 다정 때문에 재희는 요즘 제어가 잘 안 되고 있었다. 그 사실을 아는지 모르는지 다정은 절제란 걸 할 줄 몰랐다.

"가자."

"어디로요?"

반짝이는 두 눈에서 뭔가를 기대하고 있단 걸 눈치챘지만 재희는 애써 모른 척했다.

"어디긴, 너네 집이지. 집에 안 갈 거야?"

마지못해 일어난 다정이 발끝으로 바닥을 툭툭 차며 어깨를 배배 틀었다. 재희는 그런 다정을 향해 눈썹을 찡그리며 단호한 표정을 지었다.

"쬐끄만 게 엉큼해 가지고."

"누가 뭐랬나? 칫."

재희가 빙긋 웃으며 앞장서자 다정이 마지못해 뒤따랐다. 작업실 문을 잠그고 건물 밖으로 나가는 내내 다정은 불량한 발걸음으로 지금의 감정을 숨기지 않고 그대로 드러냈다.

"그냥 오빠 연주가 좀 듣고 싶어서 그런 거예요."

"앨범 들어."

"오빠 집에 있는 그 피아노로 들어야 훨씬 좋은데."

하긴, 수억 원을 호가하는 스타인웨이인데 좋기야 좋지. ……하는 생각을 하며 다정의 말에 설득당할 무렵, 재희는 정신을 바로 잡았다.

"자꾸 앙탈 부리면 놓고 간다?"

조수석 문을 열어주고 어서 타라고 턱짓을 하자 다정이 입술을 쭉 빼물고 뭉그적거리며 차에 올랐다. 재희는 차 문을 닫아주고 냉큼 운전석에 올라 차에 시동을 걸었고, 그제야 다정은 포기한 듯 안전벨트를 매고 창밖으로 시선을 던졌다. 주차장에서 차를 빼낸 재희는 그런 다정의 뒤통수를 보며 잠시 고민하다가 이내 결심한 듯 애초에 마음먹었던 방향으로 차를 몰지 않았다.

"어……."

방향을 확인한 다정이 목적지를 알아채고 빙긋 웃었다. 한 번쯤은 못 이기는 척 넘어가 주는 것도 나쁘지 않겠다는 생각에 재희는 무심한 척 차를 몰았다.

"연주만 듣고 가는 거다?"

"네!"

과연 그럴 수 있을까.

이젠 김다정이 그럴 수 있어도 정재희가 그럴 수 없을 듯했다. 하지만 재희는 일단 연주를 해보고 마지막에 결정하겠단 다짐을 하며 옅게 웃었다.

칸 국제영화제 경쟁 부문 초청이라는 타이틀은 예상했던 대로 첫 언론 시사회부터 대단한 힘을 발휘했다. 당초, 조용히 자체 시사회를 진행하려 했지만 결국은 이렇게 대규모 언론시사회까지 열게 되었다. 물론 다정의 소속사인 J미디어의 입김이 조금이나

마 더해졌다는 것도 부인할 수 없는 사실이었다.

수많은 취재진들이 객석을 가득 메웠다. 시사회를 진행해 주는 사회자의 안내에 의하면 5분 후면 영화가 상영될 예정이었다. 심장이 타들어가는 것만 같았다. 숨이 턱턱 막히고 손바닥 가득 식은땀이 차올랐다. 다정은 초조한 눈빛으로 주변을 두리번거렸다. 다정이 앉아 있는 바로 뒷줄에는 든든한 극단 〈캥거루〉 동료들과 〈다비드〉 동료들, 그리고 J미디어 관계자들까지 버티고 앉아 있어주었지만 정작 다정의 옆자리는 비어 있었다. 정재희의 자리. 하나둘 객석에 암전이 되고 평론가들과 기자들의 손이 바빠질 무렵, 다정은 들릴 듯 말 듯 긴 한숨을 내쉬며 입술을 질끈 깨물었다.

얼마 전 최종 편집본을 보긴 했지만, 그래도 지금 상영될 이 영상이 세상에 그대로 나오게 될 거라는 것이 지금도 믿어지질 않았다. 저 화면 속에 담긴 내 모습이, 내가 연기한 한 사람의 인생이 사람들에게 보여진다는 것이 설레기도 하고 입술이 바짝 타들어갈 정도로 긴장하게도 만들었다.

그가 손을 잡아주면 좀 나을 텐데, 라는 생각을 끝내기가 무섭게 그가 옆자리를 채워주었다. 안도감을 주는 그의 향기가 코끝에 닿는 순간 다정은 왈칵 눈물이 솟구쳤지만 눈꺼풀을 빠르게 깜박이며 눈물을 밀어 넣었다. 왜 이렇게 늦었냐는 투정을 부릴 여유도 없었다. 그저 제때 와준 게 고마워서 손을 내밀어 그의 손을 꼭 쥐었다. 그 순간 객석은 완벽하게 암전이 되었고, 그 어둠이 너무 감사했다.

스크린에 제작사의 타이틀 영상과 로고가 나오고 드디어 영화가 시작되었다. 뒤이어 배급사와 투자사순으로 타이틀 영상과 로고가 나왔고, 감독 이은우의 이름을 시작으로 핵심적인 스텝들의 이름이 하나둘 자막으로 비쳐졌다.

"어?"

순간 다정은 저도 모르게 그의 팔을 꼭 움켜쥐고 말았다. 어둠에 익숙해진 두 눈은 금세 그의 눈동자를 찾아냈고, 희미하게 웃는 그의 얼굴이 눈에 들어왔다.

"설마……"

귀에 익숙한 음악이 흘러나옴과 동시에 음악감독 정재희란 자막이 떴다. 스크린과 재희의 얼굴을 몇 번이나 번갈아가며 보던 다정은 결국 피식 웃고 말았다. 첫 신과 어우러진 그의 음악. 또각또각 하이힐 소리에 맞춰 묵직하게 무게감을 주는 첼로 음과 잠을 뒤척이는 남자주인공의 심경이 고스란히 담긴 날카롭게 파고드는 두 대의 바이올린 소리가 상영관을 가득 메웠다.

작업 중이라던 작품은 바로 우리 영화였던 것이다. 그는 옅게 웃으며 얼른 화면을 보라고 고갯짓을 했고, 다정은 벌어진 입을 다물지 못한 채 우는 것도 아니고 웃는 것도 아닌 이상한 표정을 짓고 말았다.

다정은 결국 고개를 떨구고 손등으로 입술을 가린 채 벅차오르는 가슴을 다독이느라 애를 써야 했다. 뺨을 타고 흐르는 눈물을 성급히 닦아내고 아랫입술을 꾹 깨물며 스크린을 바라보았다. 그 순간, 핏빛보다 새빨간 입술과 대비되는 종잇장보다 창백한 얼굴로 휘청거리며 걷는 배우 김다정의 모습이 비쳤다. 아무리 입술을 질끈 물어뜯어 보아도 눈물은 멈추질 않았다.

　그때, 그가 조용히 손수건을 건넸다. 공들여 한 화장이 모두 지워지기 전에 서둘러 눈물을 닦아낸 다정은 고맙다는 말을 대신해서 맞잡고 있던 그의 손을 들어 손등에 입을 맞추었다.

　다행히도 시사회 후에 진행된 간담회에선 대답하기 까다롭고 어려운 질문들은 감독님에게 집중이 되었다. 다정에겐 캐스팅된 계기나 맡은 캐릭터의 설명, 촬영 중 힘들진 않았는지, 이 감독과의 작업은 어땠는지와 같은 지루하고 따분하기 그지없는 틀에 박힌 질문들이 들어왔고 다정은 준비한 대로 매끄러운 대답을 할 수 있었다. 밤새 황 팀장과 머리를 맞대고 답을 만들어온 보람이 있었다.

　건너 온 질문들로 짐작컨대 반응은 괜찮은 것 같았다. 간담회 분위기도 딱딱하지 않고 화기애애했고 날카로운 지적이나 비꼬는 말도 오고 가지 않았다. 하지만 감독님은 저 사람들 속은 알 수가 없다며 내일 올라오는 기사들을 모두 확인할 때까진 긴장의 끈을 놓아선 안 된다고 말씀하셨다.

　한 시간 가까이 진행된 간담회를 마친 다정은 근처에서 기다리고 있다는 그를 만나기 위해, 다리가 후들거려서 당장 집에 가서 눕고 싶은 본능을 초인적인 힘으로 억누르며 그에게 달려갔다. 지금은 그를 만나는 게 더 급했기 때문이다. 시사회가 진행되었던 영화관 건물을 빠져나와 길을 건넌 다정은 코너를 돌아 멀찌감치 주차해 둔 그의 차를 발견하곤 더욱 빨리 달렸다. 어찌나 빨리 달렸는지 숨이 턱 끝까지 차올랐다.

취재진들이 모두 빠져나간 것을 확인한 후에 건물을 나섰지만 혹시나 하는 마음에 주변을 두리번거리던 다정은 조수석 문을 열고 차에 올랐다.

"오빠 진짜 음흉해요."

다정은 살짝 말아 쥔 주먹으로 그의 팔을 툭 치며 노려보았다. 그러나 그는 대답 없이 빙긋 웃으며 차를 출발시켰다.

"왜 숨겼어요?"

"말할 타이밍을 놓쳤을 뿐이야."

능청스러운 그의 대답에도 그가 전혀 밉지 않았다. 슬금슬금 뻗어오는 그의 손을 못 본 척하던 다정은 얄미운 그의 손등을 톡 때린 후 짐짓 삐친 척 창밖을 바라보았다. 유리창에 비친 그는 지금 웃고 있었다.

"좋으면서 그런다."

그의 말은 부인할 수 없었다. 지금 다정은 창문을 활짝 열고 소리를 지르고 싶을 만큼 기쁘고 행복하기 때문이다. 첫 작품이 드디어 세상 밖에 나온 탓도 있지만, 그토록 염원하던 꿈이 이루어졌기 때문이다. 지금 이 순간이 모두 꿈이라고 해도 서운하지 않을 만큼 다정은 너무나 행복했다.

"그다음 꿈은 뭐야?"

"네?"

"김다정 작품에 정재희가 음악감독 해주는 게 꿈이었다며. 그 꿈 이뤘으니까 이제 다른 꿈을 이뤄야지."

다정은 못 이기는 척 은근슬쩍 재희 방향으로 틀어 앉았다.

"음. 김다정다운 배우 김다정으로 남는 거요."

김다정의 모습을 잃지 않고 계속해서 배우 생활을 하는 것이 또 다른 꿈이었다. 그리고 여러 모습의 인생을 사는 배우 김다정은 스타가 아닌 진짜 배우로 남고 싶었다.

"그리고 힘이 있는 배우가 되고 싶어요. 투자도 잘되고, 스텝들이 더 맛있는 것도 먹으면서 일할 수 있게요. 꿈이 너무 거창하죠?"

그래서 모두가 더 좋은 환경에서 일할 수 있게 만들어줄 만큼의 힘을 가진 배우가 되고 싶었다.

"그럼, 배우 김다정 말고 여자 김다정의 꿈은?"

여자 김다정의 꿈은 새해 첫날 떠오르는 해를 보며 빌었던 그것이었다. 오래토록 그의 곁에 머무는 것. 더욱 뜨겁게 사랑도 하고, 온 세상이 부러워할 만큼 그와 행복하게 사랑하는 것. 그럴 수만 있다면 영원히 그와 함께하는 것이었다.

"몰라요."

다른 날 같았다면 숨기지 않고 곧장 줄줄 말했겠지만, 다정은 새침하게 웃으며 다시 창밖을 보았다.

"난 알 것 같은데."

"오빠가 어떻게 알아요?"

다정이 되물었지만 그는 대답 없이 웃기만 했다. 여자 김다정의 꿈을 그는 분명 알고 있었다.

다정은 재희의 길고 곧은 손가락 사이에 제 손가락을 밀어 넣고 빈틈없이 손깍지를 꼈다. 맞잡은 손과 그의 얼굴을 번갈아가며 보던 다정은 수줍게 웃으며 그의 단단한 어깨 위에 머리를 기댔다.

✳

시사회 후 좋은 평가가 연일 쏟아지자 여주인공에 대한 관심이 증폭했다. 그 탓에 다정의 과거가 하나둘 가십거리가 되어 연일 포털사이트의 연예뉴스란을 장식했고, 대중들은 이상한 데에 포커스를 맞춰 김다정이란 여자에 대한 엉뚱한 호기심을 품었다. 오래되지 않은 김다정의 인생을 드라마틱한 인생으로 과장되게 부풀렸고, 갑작스러운 데뷔에 출처를 알 수 없는 의문을 갖거나 빈정대고, 시기와 질투 같은 것을 하기도 했다.

인터넷 기사를 읽던 재희는 창을 닫아버렸다. 그나마 J미디어에서 거르니 이 정도지, 그렇지 않았더라면 더 많은 추측성 기사들이 쏟아져 나왔을 것이다.

"오빠, 안 들어가요?"

그리고 보니 벌써 방송 시작 3분 전이었다. 재희는 커피가 담긴 텀블러를 들고 스튜디오 안으로 들어갔다. 오늘 함께 방송할 다정은 아직 도착하지 않았다. 인터뷰가 길어져서 조금 늦는다고 연락이 오긴 했었다. 시사회 후 다정은 매우 바빠졌다. 하지만 다행히도 특유의 밝음을 지키며 잘 이겨내고 있었다.

자리에 앉아 원고를 뒤적이는데 다정이 헐레벌떡 들어왔다. 옆은 화장에 예쁜 옷까지 차려입은 모습은 영락없는 배우였다. 그동안 보지 못했던 새로운 모습이 조금 어색하긴 했지만 점점 더 예뻐지고 있으니 재희는 만족하기로 했다. 재희는 손을 흔들며 웃어 주는 다정을 향해 빙긋 웃었다.

"〈감성 충전소—WITH〉, 정재희입니다."

시그널 음악 흐르고, 숨을 고른 재희가 입술을 떼었다.

"오늘 하루 종일 봄비가 내렸어요. 봄비. 봄비란 말 뭔가 귀엽고 싱그럽지 않나요? 그러고 보면 봄, 여름, 가을, 겨울 모두 뒤에 비가 붙어도 참 근사한 말이 되는 것 같습니다. 봄비, 여름비, 가을비, 겨울비. 가을비랑 겨울비는 좀 쓸쓸하긴 하네요."

숨을 돌린 재희는 속으로 셋을 세고 다시 입을 열었다.

"어렸을 땐 비가 내리면 발목을 덮는 노란 장화를 신고 투명한 우비를 입고 물이 고인 웅덩이를 힘껏 밟으며 뛰어다녔지만, 점점 시간이 흘러 머리가 굵어지고 나이가 들면서 비가 오면 부침개와 막걸리를 찾게 되고, 몸 곳곳의 관절이 쑤신다며 집 밖으론 도통 나가질 않죠. 물론 저처럼 낭만을 아는 사람들이라면 내리는 빗방울을 바라보며 따뜻한 커피 한 잔을 음미하기도 하긴 하지만요. 오늘 여러분은 봄비를 보며 어떤 생각을 하셨나요? '우산 쓰기 귀찮은데' 하면서 투덜대셨나요? 아니면 '올해 풍년을 위해서 이 정도의 비는 필요하지' 하는 건전한 생각을 하셨나요? 옷이 젖는 게 싫어서 밖을 나설 때마다 미간을 구기진 않으셨는지 모르겠네요. ……모든 것엔 이유가 있게 마련입니다. 비가 내리는 것에도 이유가 있고, 우리가 세상을 사는 것에도 이유가 있습니다. 누군가 당신에게 왜 사냐고 묻는다면, 어떤 대답을 하시겠습니까? 설마, 그저 웃으시진 않겠죠?"

오프닝 멘트가 끝남과 동시에 음악이 흘러나왔다. 귀에 꽂았던 이어폰을 빼고 다정에게 안으로 들어오라 손짓했고, 재희는 폴짝 뛰며 들어오는 다정을 가만히 바라보았다. 뭐가 그리 좋은지 맞은편에 앉아 내내 생글거리며 웃는 다정의 모습에 조금 욱신대던 가슴이 점점 진정되기 시작했다.

"첫 곡 너무 좋다. 제목이 뭐예요?"

"〈Marry Me〉."

다정이 수줍게 웃으며 볼을 붉히자 재희도 멈칫하고 말았다. 그저 노래 제목을 말한 것뿐인데 이상하게 분위기가 묘해진 것이다.

"어우, 친절하셔라."

다행히도 순발력이 좋은 다정의 능청에 스텝들이 웃어넘겼다.

"저 오늘 추천 곡 에피톤 프로젝트 〈오늘〉이에요."

"넵! 접수 완료!"

메인 작가에게 곡을 알려주고 난 다정이 주섬주섬 가방 안에서 뭔가를 꺼냈다. 생수병과 알약. 재희의 미간이 절로 구겨졌다.

"밥은 먹었어?"

"그럼요. 오빠가 밥 꼭 챙겨 먹이라고 신신당부를 하셔서 때 되면 배 안 고파도 먹고 있어요."

선호에게 귀에 인이 박히도록 반협박 잔소리를 해둔 보람이 있었다. 재희는 노래가 끝나가자 귀에 이어폰을 꽂았다.

"수요일 코너 〈사랑, 그 쓸쓸함에 대하여〉. 오늘은 〈WITH〉가

배출해 낸 여배우 김다정 씨의 사랑 이야기, 혹은 쓸쓸한 이야기를 들으실 수 있습니다. 오늘부터 김다정 씨를 여배우 대접을 좀 해드리려고요. 그동안 우리가 너무 여동생 취급을 한 경향이 없지 않아 있었던 것 같아서 뒤늦게라도 아부에 들어가기로 했습니다. 청취자 여러분들도 오늘만큼은 김다정 씨를 깍듯이 여배우로 모셔주세요. 혹시 압니까? 칸에서 수상이라도 하게 되면 우리 〈WITH〉 가족들에게도 감사의 인사를 전할지? 광고 듣고, 이어서 우리 여배우님의 추천 곡까지 듣고 오겠습니다."

광고로 넘기자 다정이 놀란 눈을 하고 재희를 바라보았다. 이 모든 것이 대본에 없는 내용이기에 놀란 것이다.

"하고 싶은 이야기 있으면 여기서 하고 가."

"오빠……."

"내가 도와줄 테니까 걱정하지 말고."

다정이 연일 쏟아지는 지나친 관심에 힘들어하고 있단 얘길 선호에게 전해 들은 터였다. 티를 안 내려고 안간힘을 쓰고 있는 게 눈에 훤히 보여서 더는 모른 척할 수가 없었다. 그래서 재희는 담당 피디와 상의 끝에 직접 기회를 만들어주기로 한 것이다. 진짜 김다정의 이야기를 할 수 있게 말이다.

음악이 끝나자, 스튜디오에 있던 모든 스텝들이 두 손을 모은 채 다정의 입에서 나올 그녀의 이야기에 집중했다. 용기라도 건네려는 듯 따스한 눈빛과 작은 끄덕임으로 기운을 주며 모두들 숨을 죽였다. 코너 시그널 음악이 잔잔히 흘렀고 다정이 희미하게 웃었다. 그리곤 용기를 낸 듯 침을 꿀꺽 삼키며 꾹 다물고 있던 입술을 조심스레 열었다.

"낮에는 아르바이트로, 밤에는 연극배우로 살아가던 스물두 살의 김다정에겐 꿈이 있었습니다. 그 꿈은, 언젠가 배우가 되면 영화음악감독 정재희가 내 작품의 음악감독이 되어주는 것이었어요. 그가 진행하는 라디오를 들으며 기운을 얻고, 희망을 보았던 스물두 살의 김다정. 김다정이란 인간이 내세울 수 있는 무기는 씩씩함뿐이었습니다."

잠시 숨을 고른 다정이 마른 입술에 침을 바르고 다시 입을 열었다.

"아버지는 하루 온종일 세탁소에서 일을 하시고 늦은 밤에는 대리운전기사 일을 하셨어요. 헌신이란 단어가 가장 잘 어울리던 아빠는, 지난겨울 엄마가 계신 하늘로 떠나셨습니다."

유난히 힘겨웠던 가을과 겨울을 보낸 다정을 누구보다도 잘 알고 있는 스텝들은 다정의 말에 그때를 떠올리며 안타까운 한숨을 쏟아내기도 하고, 입술을 질끈 깨물기도 했다. 눈시울이 촉촉해진 다정을 지켜보던 재희는 따뜻한 눈길을 보냈다. 시선이 마주치자 옅게 웃던 다정이 다시 가슴을 들썩이며 숨을 골랐다.

"세상에서 제가 가장 아프고 불쌍한 사람이라고 생각했어요. 빚 갚느라 학교도 마치지 못했고, 늘 손이 부르트도록 일을 해야 했고, 부모님마저 일찍 제 곁을 떠나셨으니까요. 하늘을 원망하기도 했습니다. 왜 하필 나에게 이런 일들이 생기는 건지 받아들이고 싶지 않았어요. 하지만 받아들이지 않는다고 해서 없던 일이 되는 건 아니니까……. 그리고 제겐 반드시 이루고픈 꿈이 있었기에 아무 일도 없었던 것처럼, 다 잘될 거라던 아빠의 말씀을 가슴 깊이 새기며 다시 씩씩한 김다정이 되었습니다."

애써 미소 짓고 있었지만 다정의 눈시울은 붉게 물들어 버렸다. 다정의 바로 옆자리에 앉아 있던 메인 작가가 결국 참지 못하고 울음을 터뜨렸고, 다정은 오히려 그런 작가의 손을 꼭 쥐며 달랬다.

"이런 제 모습이 누군가에겐 하찮아 보일 수도 있고, 누군가에 겐 그저 운 좋은 사람으로 보일 수도 있을 겁니다. 하지만 혹시나 단 한 사람이라도 그런 절 보면서 '그래도 난 저 사람보단 행복하구나. 나도 저렇게 씩씩하게 살아볼까?' 할지도 모른다고 생각해요. 감히 누군가의 꿈이 될 그릇이라곤 생각하지 않지만, 자그마한 희망 정도는 될 수 있다고 생각합니다."

우락부락한 피디마저 결국 등을 돌렸다. 흔들리는 커다란 어깨를 바라보며 재희는 휴지 한 장을 건넸고, 눈물보다 빠르게 흐른 콧물을 닦아내며 긴 한숨을 내쉬었다. 반면 다정은 씩씩했다. 울먹이지 않으려 피가 하얗게 흩어지도록 주먹을 꼭 쥐고 있었다.

"지금, 삶에 지쳐 눈물짓고 계신가요? 끝이 안 보이는 현실에 가로막혀 허덕이고 계신가요? 아주 작은 꿈을 꼭 붙잡고 그 꿈을 이루기 위해 밤낮없이 최선을 다하고 계신가요? ……다 잘될 겁니다. 여러분, 반드시 그럴 겁니다."

힘을 주어 또박또박 말을 잇던 다정은 고개를 슬쩍 돌리고 입술을 질끈 깨물었다. 피디의 신호에 음악이 흘러나왔고, 늘 무표정이던 엔지니어는 손등으로 슬쩍 눈물을 훔쳤다. 메인 작가는 결국 참지 못하고 엉엉 소리를 내며 울어버렸고, 막내 작가 역시 말아 쥔 주먹으로 입술을 가린 채 하염없이 눈물을 떨궜다.

다정에게 당장 달려가 안아주고 싶었지만 재희는 참고 또 참았다. 씩씩하게 환히 웃고 있는 다정이 너무도 기특하고 자랑스러워서 재희도 그런 다정을 보며 환하게 미소 지었다.

영화음악감독 하길 참 잘했다는 생각이 들었다. 그저 주어진 임무라고 생각했었다. 형을 대신해서 시작한 일, 어차피 같은 음악이니까 하는 거라고. 어느새 의무처럼 무감하게 곡을 만들었고, 음악은 일이 되어버렸다.

그런데 서서히 생각이 변했다. 정재희가 음악감독 해주는 게 꿈이라던 김다정의 말을 듣고 난 후 누군가의 꿈이 될 수 있다는 사실에 정신이 번쩍 들었다.

무엇보다도, 만약 이 일을 하지 않았더라면 이렇게 예쁘고 사랑스러운 배우를 만나지 못했을 테지.

재희는 따스한 시선으로 다정을 바라보며 여러 가지 감정들로 헝클어진 마음을 차분히 가다듬었다. 앞으로 정재희가 김다정의 곁에 머물며 이뤄야 할 꿈들에 대해······.

"아빠, 나 왔어."

환히 웃고 있는 아빠의 사진을 보며 다정도 미소를 지었다.

"너무 예쁘게 입고 와서 못 알아볼 뻔했지?"

오늘은 영화의 개봉일이자 칸 영화제 참석을 위해 프랑스로 떠나는 날이기도 했다. 공항패션은 자고로 꾸민 듯 안 꾸민 듯 자연스러우면서도 예뻐야 한다며 황 팀장이 몇 날 며칠을 고심해서 골라준 옷이었다.

"짠! 이거 보여주려고 왔어."

다정의 손에 들려 있던 것은 다름 아닌 영화티켓 두 장이었다. 다정은 아빠에게 자세히 보여주고 싶어서 유리에 티켓을 바짝 갖다 대었다.

"촬영하는 거 지켜보고 있었지? 그 영화가 오늘 개봉해. 엄마랑 손잡고 가서 보라고."

정말로 아빠와 엄마가 손을 잡고 영화를 보러 오면 얼마나 좋을까. 두 분이 얼마나 기뻐하셨을까.

코끝이 찡해진 다정은 일부러 더 활짝 웃었다.

"아빠, 나 오늘 어디 가는 줄 알아? 프랑스 칸에 가. 믿어져?"

사흘 전부터 가슴이 떨려 제대로 잠을 이루지 못했지만 컨디션은 최상이었다. 잠이 안 온다고 투정을 부린 탓에 재희는 덩달아 잠들지 못했고, 컨디션이 엉망인 쪽은 그쪽이었다.

"가문의 영광이다. 그치? 뭐, 아빠 심심하면 같이 가고. 어차피 아빤 비행기 값 안 들잖아."

눈물이 금방이라도 후드득 떨어질 듯 위태롭게 매달려 있었다. 다정은 손등으로 눈물을 훔치고 맑게 웃었다.

"안 되겠다. 이제 가야겠어. 다녀올게."

다정은 아빠를 향해 손을 흔들었다. 마치 아빠도 잘 다녀오라며 손을 흔들어주는 것만 같았다. 다정은 마지막으로 아빠에게 손 키스를 날려주곤 뒤돌아섰다. 그리곤 다시 돌아보지 않았다. 멋진 모습을 보여주고 싶은 마음에 씩씩하게 걸음을 내디뎠다.

#12

"휴, 덥다."

평소 같았다면 에어컨을 빵빵 틀었겠지만 오늘 무대에서 노래
를 불러야 했기에 어쩔 수 없이 목 관리 차원에서 부채 하나에 의
지해 더위와 싸우고 있었다. 더운 건 딱 질색이었다. 한없이 짧아
진 봄날 덕에 6월이 되기도 전부터 한낮엔 여름을 방불케 할 만큼
푹푹 찌고 햇살도 뜨거워 재희는 스케줄이 아니면 아예 밖을 나가
질 않았다.

카메라 리허설을 마치고 대기실로 돌아온 재희는 인이어를 빼
테이블 위에 올려두고 재킷을 벗어 의자에 걸쳤다. 그리곤 소파
에 한껏 기대앉아 소매 끝에 채워둔 단추를 풀러 팔 위로 걷어 올
렸다.

"김다정 어디까지 왔대?"

마음 같아서는 얼음물을 벌컥벌컥 들이켜고 싶지만 재희에게
허락된 건 미적지근한 물이었다. 마지못해 생수병의 뚜껑을 연 재
희는 조연출에게 큐시트를 건네받으며 아쉬운 대로 미지근한 물
로 목을 축였다.

"삼십 분이면 도착한답니다."

오늘은 다정이 귀국하는 날.

프랑스 칸으로 떠났던 다정은 프로모션과 시상식 일정을 모두
마치고 일주일 만에 귀국을 하게 되었다. 안타깝게도 수상까진 이
어지지 못했지만 현지에선 무척 뜨거운 반응을 이끌어내 프랑스,
독일 등의 유럽 국가를 비롯한 북미 국가에도 판권을 수출하며 수
상보다 더욱더 값진 수확을 얻게 되었다.

수상은 실패했지만 영화뿐 아니라 배우 김다정에게도 좋은 경
험이 되어주었다. 배우로서의 존재감을 알린 계기가 된 것이다.
그 덕에 J미디어 매니지먼트 사무실에는 김다정 앞으로 도착한 엄
청난 양의 시나리오들과 대본들이 거짓말 조금 보태서 천장에 닿
을 만큼 수북하게 쌓였고, 광고 제의는 물론 언론사들마다 인터뷰
일정을 잡아달라며 연일 전화를 걸어댔다.

이러한 소식을 다정에게 직접 전해주었지만 다정은 그다지 실
감이 나지 않는 건지, 아니면 거짓말인 줄 아는 건지 별로 관심이
없었다. 인천공항에 발을 딛자마자 수많은 취재진들을 두 눈으로
직접 확인해야 믿을 것 같았다.

아주 잠깐 반짝하고 말 관심일지라도 재희는 이러한 현상이 반

가웠다. 라디오에 나와 담담하게 자신의 이야기를 꺼내던 다정에게 사람들이 관심을 가져주고, 기특하다 말해주고, 예상대로 그런 다정을 통해 용기를 얻는 사람들이 생겼다는 것이 참으로 기뻤다. 시간이 흐르다 보면 점차 왜곡된 시선도 파생될 수 있겠지만 그때도 김다정은 늘 그랬듯이 김다정만의 방법으로 슬기롭게 헤쳐 나갈 거라고 믿어 의심치 않았다.

다정은 영화제를 마치고 귀국하자마자 첫 스케줄로 여러 언론들과의 인터뷰 대신 〈그루터기〉를 선택했다. 물론 이제 막 걸음마를 뗀 신인배우이지만, 최고의 배우가 되면 다시 나오겠다던 약속 대신 '저 이만큼 해냈어요!' 하고 자랑하고 싶어서 나오겠다고 한 것이다. 귀국하자마자 녹화가 잡혀서 몸이 많이 힘들지 않을까 걱정했지만 본인이 하겠다고 대책없이 우겨대니 말릴 수가 없었다. 다정이 〈그루터기〉에 그만큼의 애착을 갖는 걸 이해하기 때문이었다.

재희는 휴대폰 액정화면에 띄워진 다정의 사진을 보며 빙긋 웃었다. 환히 웃고 있는 사진만 봐도 기운을 얻을 수 있었다. 일주일 동안 보지 못해 기분이 다운되어 있었지만 삼십 분만 더 참으면 드디어 볼 수 있고, 안을 수 있다는 희망이 재희를 웃게 만들었다.

재희는 의자에 걸쳐 두었던 재킷을 끌어당겨 안주머니에 손을 넣고 얌전히 잘 있는 걸 확인하곤 옅게 웃었다. 이걸 받고 기뻐할 다정의 표정을 상상하며, 재희는 오늘 연주해야 할 악보를 훑어보았다.

＊

정신없이 쿵쾅대는 심장 언저리에 손을 얹고 심호흡을 하던 다정이 재희를 바라보았다. 그러자 들고 있던 생수병을 건네주곤 슬쩍 손가락 사이에 깍지를 끼우며 빈틈없이 꽉 잡아주었다.

"어떡해요. 머릿속이 하얘졌어요."

"잘할 거면서 엄살은."

다정이 발을 동동 굴렀지만 그는 눈도 끔쩍하지 않은 채 큐시트만 바라보았다. 게스트의 음악에 맞춰 발을 구르며 고개를 끄덕이던 그는 무척 태연한 표정을 짓고 있었다. 지금 이 순간 조명이 단하나라도 들어오면 손을 꼭 잡고 있다는 것이 발각될 텐데도 그는 전혀 긴장도 하지 않았다.

귀국 후 첫 스케줄로 〈그루터기〉 출연을 자청했다. 마침 귀국하는 날이 녹화날인 화요일이기도 했고, 잘 다녀왔다고 인사를 하고 싶은데 다른 방송에 출연하는 것보단 그가 진행하는 곳에서 인사를 드리고 싶었다. 물론 피곤할 것이란 걸 간과한 덕에 정신이 오락가락하고 긴장감 탓에 속이 울렁거리긴 하지만 말이다.

다정은 혹시 누가 볼까 싶어 주변을 두리번거렸다. 빛 한줄기도 비치지 않는 무대 뒤편인데다가 스텝들 모두가 분주한 관계로 크게 관심을 가지고 지켜보는 사람이 없었다. 어찌나 다행인지. 다정은 그에게 더욱 바짝 다가섰다.

"이제 괜찮지?"

다정은 고개를 끄덕이며 그를 올려다보았다. 일주일 내내 보고 싶어 죽는 줄만 알았다. 잠깐의 통화가 너무나도 아쉬워 느끼한 프랑스 음식보다도 더욱 괴로웠다. 하고 싶은 말이 너무도 많았지만 얼른 녹화를 마치고 밤새 이야기를 나눌 생각에 벌써부터 심장이 두근거렸다.

두 번째 게스트의 공연이 끝나고 두 번의 앙코르 공연까지 마친 후 드디어 세 번째 게스트가 무대 위로 오를 시간이 다가왔다. 그 세 번째 게스트인 김다정은 후끈 달아오른 객석 분위기에 자신의 등장이 찬물을 끼얹는 건 아닐까 걱정되었다. 하지만 어깨를 토닥여 주는 그의 환한 표정에서 용기를 얻은 다정은 먼저 무대 위로 올라가는 그의 뒷모습을 지켜보며 크게 숨을 돌렸다.

"정재희의 〈그루터기〉. 마지막 손님을 모셔보도록 하겠습니다. 어, 정확히 8개월 전에 〈그루터기〉를 찾아주셨던 분이에요. 그땐 게스트가 아닌 방청객으로 이곳에 오셨습니다. 정재희가 음악감독을 해주는 게 소원이라던 꿈이 참 컸던 연극배우. 이젠 영화계의 샛별이 되어 돌아온, 칸이 주목한 여배우 김다정 씨입니다. 박수로 환영해 주세요."

그의 멘트가 끝나기도 전에 귀가 찢어질 듯한 환호와 박수 소리가 홀 안을 가득 메웠다. 어안이 벙벙해진 다정은 이것이 과연 날 위한 함성이 맞는 걸까 싶어 어리둥절해하며 무대 위로 올라섰다. 그 순간, 진심으로 반가워하는 관객들의 표정이 하나둘 눈에 들어왔다. 믿을 수가 없었다. 연일 기사가 나고, 이해할 수 없는 분위기가 조성되고 있다는 소식을 전해 듣긴 했지만 반은 지어낸 이야기긴 줄 알았다. 이 정도일 거라곤 감히 상상도 하지 못했었다. 실감이 나질 않았다.

내가 뭘 어쨌다고. 난 별로 한 일도 없는데 왜들 이러지? 내가 이렇게 예쁨을 받아도 되는 건가?

그가 박수를 치며 무대에서 비켜섰고, 덜덜 떨리는 손에 힘을 꽉 주고 마이크를 잡은 다정이 객석을 향해 허리를 숙여 인사를 건넸다. 그사이 스텝들이 우르르 올라와 잽싸게 의자와 피아노를 세팅했고, 다정은 의자에 앉아 피아노 앞에 앉은 그와 마주 보았다.

"휴우."

마음의 준비를 마치고 길게 한숨을 내쉬자 그가 눈을 맞춰왔다. 고개를 끄덕이는 그의 신호에 맞춰 연주가 시작되었고, 다정은 오로지 그에게만 의지한 채 조심스레 입술을 떼었다.

이렇게 많은 사람 앞에서 노래를 한 건 난생처음이었다. 음악프로에 나와서 노래를 안 할 순 없었기에 그와 긴 상의 끝에 곡을 결정한 참이었다. 다행히도 그가 추천해 준 노래는 어렵지 않았고, 객석의 반응도 나쁘진 않았다. 조연출이 두 팔을 머리 위로 들고 손을 흔들자 객석에서 관객들이 따라서 손을 흔들어주었다. 다정은 가사가 떠 있는 모니터와 관객들을 번갈아 보며 떨리는 가슴을 다독이며 끝까지 노래를 불렀다.

노래가 끝나자 또 한 번의 환호가 쏟아졌다. 쥐구멍에라도 숨고 싶을 만큼 쑥스러웠다. 얼굴은 터져 나갈 듯이 빨개졌고 다정은 습관처럼 그를 먼저 찾았다. 그가 지켜보고 있어야만 안심이 되는 듯했다. 무대 위가 다시 세팅되는 사이 물을 한 모금 마시고 얼른 무대 위로 올라오는 그를 바라보며 다정은 점점 안정을 되찾아갔다.

그와 마주 보고 앉자 드디어 녹화가 다시 시작되었다. 긴장을 풀어주려 환히 웃는 그를 보며 덩달아 웃던 다정이 눈을 한 번 질끈 감았다 뜨면서 입술을 깨물었다.

"반갑습니다, 김다정 씨. 정식으로 인사 부탁드릴게요."

다정은 자리에서 벌떡 일어나 다시 한 번 객석을 향해 고개를 꾸벅 숙였다.

"안녕하세요, 김다정입니다. 반갑습니다."

기운이 불끈 솟는 환호성에 다정이 맑게 웃으며 손을 흔들었다.

"김다정 씨가 오늘 공항에서 막 도착하셨어요. 많은 분들 알고 계시지만, 김다정 씨가 주연으로 출연한 영화 〈Pang〉이 칸 국제 영화제 경쟁 부문에 초청되었거든요. 박수 한 번 주세요."

환호와 박수가 쏟아졌다. 그도 박수를 건네며 어깨를 토닥여 주었다. 다른 사람들 눈에는 그저 격려의 스킨십으로 보였겠지만 다정에겐 모든 사람들이 보는 앞에서 건넨 그의 스킨십에 짜릿함마저 느껴졌다.

"수상은 하나도 못하고 빈손으로 오신 거예요?"

"안타깝게도 그냥 왔어요."

다정이 멋쩍게 웃자 관객들은 더 큰 박수를 보내주었다.

"아까도 말씀드렸지만, 김다정 씨 꿈이 제가 김다정 씨 작품에 음악감독이 돼주는 거라고."

"맞아요. 배우가 되어야겠다고 생각했을 때부터 제 꿈이었어요."

"근데 그 꿈을 생각보다 빨리 이루셨어요."

"제 첫 작품에 음악감독 맡아주셨잖아요."

"금의환향하셨네요."

"네. 다 정재희 씨 덕분이에요."

"그럼요. 알고 계시다니 참 다행이네요."

그의 우스갯소리에 다정이 팔꿈치를 접어 그의 팔을 툭 쳤다.
사소한 스킨십이었지만 의외로 스릴이 넘쳤다.

"아! 그러고 보니까 축하할 일이 하나 더 있네요. 오늘이 바로
김다정 씨 생일이래요. 박수 한 번 더 주세요."

"감사합니다."

다정은 축하한다고 외쳐 주는 관객들에게 또 한 번 고개를 숙여
인사했다.

"혹시, 뭐 받고 싶은 선물 있어요?"

"어. 말하면 진짜 주시는 거예요?"

"그럼요, 당연히 드려야죠. 이분이 제가 진행하고 있는 라디오
에서도 맹활약 중이시거든요. 요즘엔 김다정 씨가 고정게스트로
나오는 수요일에는 평소보다 사연이 두 배나 더 많이 들어와요.
이젠 김다정 씨가 제 은인이세요."

능글맞은 그의 멘트에 다정이 피식 웃었다.

"저 정재희 씨 노래 듣고 싶어요. 피아노 연주도 같이 해주시면
더 좋고요."

그가 마치 빼려는 듯 고개를 갸웃거리자 관객들이 야유를 보내며 연신 '노래해! 노래해!'를 외쳤다. 약속한 대로 흘러가고 있는 상황에 만족하며 다정이 어깨를 으쓱이자 그가 큰 인심이라도 쓰듯이 거드름을 피우며 자리에서 일어나 피아노로 향했다.

"아유, 불러 드려야죠. 어떤 노래 불러 드릴까요?"

그가 피아노 옆에 놓인 스탠드에 마이크를 끼우자 다정만큼이나 관객들도 무척 좋아했다.

"가장 불러주고 싶은 곡으로 불러주세요. 전 다 좋아요."

"음, 그럼……."

피아노 앞에 앉은 그가 잠시 허공을 올려다보며 뜸을 들였다. 이내 아주 느리게 연주가 시작되었고, 다정은 녹화 따윈 잊은 채 그가 있는 방향으로 완전히 돌아앉았다.

그가 꺼낸 곡은 들국화의 〈매일 그대와〉였다. 그의 피아노 연주만으로 시작된 노래는 어쿠스틱 기타의 연주가 더해지면서 한없이 따뜻해졌다. 다정은 애써 태연한 척하고 있었지만 감격스럽고 너무 고마워서 자꾸만 울컥했다. 지금은 방송 중이라는 이성의 끈을 꼭 붙잡은 채 간당간당 바닥을 드러낸 인내심을 있는 힘껏 감추며 박자에 맞춰 고개를 끄덕였다.

그는 참 아름다운 사람이었다. 음악을 대하는 순간에는 늘 순수하고 솔직했다. 그런 남자가 내 연인이라는 것이 지금도 믿어지질 않았다. 열에 머물 수 있는 자신을 백까지 끌어올려 준 고마운 사람. 돌아보면 항상 그 자리에서 머물러 주고, 좀 더 나아

가라고 힘을 주는 사람. 함께 있는 것만으로도 용기를 주는 사람.

연주가 끝나고, 엄청난 박수갈채가 쏟아졌다. 다정도 박수를 치며 그를 반겼다. 그가 자리로 돌아와 앉으며 손을 내밀었고, 다정은 얼떨결에 그가 내민 손을 잡았다.

그 순간, 뭔가가 손으로 들어왔다. 엄지 손끝으로 조심스레 그것을 쓸어보던 다정은 그것의 정체를 알아차리고 말로 표현할 수 없는 격한 감정이 복받쳐 입술을 질끈 깨물어야 했다.

그것은 분명 반지였다.

"너무 감동받으셨나 봐요. 말씀을 잇지 못하시네요."

능청스러운 그의 말에 다정은 손등으로 입술을 막고 애써 웃었다.

"정말 감동적이네요."

목이 메어 길게 말을 할 수가 없었다. 그러자 그가 웃으며 등을 토닥여 주었다.

"생일 축하합니다, 김다정 씨."

그의 맑은 눈을 바라보며 다정은 힘겹게 고개를 끄덕였다. 지금 이 순간, 오로지 그 사람밖에 보이지 않았다.

"고맙습니다."

잊지 못할 순간을 만들어줘서 너무 고마워요.

내 생에 가장 빛나는 순간을 선물해 줘서 고마워요.

다시 태어난다 해도 이런 행복을 가질 수 있을까요?

지금 이 순간이, 내 인생의 하이라이트가 아닐까요.

다정은 손안에 들어 있는 반지를 꼭 쥐고 환하게 웃으며 나머지 한 손으로 그의 뺨을 감싸고 그대로 입을 맞췄다.

✳

〈단독보도! 김다정, 음악감독 정재희와 12월 24일 전격 결혼 발표!

2012년 6월 5일 W일보 임은영 기자.

2012년 단 한 편의 영화 〈Pang〉으로 국내는 물론 세계적인 영화제를 통해 호평을 받으며 혜성처럼 등장한 충무로의 신예 김다정이 영화음악감독 정재희와의 결혼을 공식 발표했다.

김다정의 소속사 J미디어는 각 언론사에 배포한 보도자료를 통해 이 같은 사실을 처음으로 밝혔다.

국내 최정상의 영화음악감독이자 GBS 라디오프로그램 〈감성충전소—WITH 정재희〉와 심야 음악방송 〈정재희의 그루터기〉의 진행자인 정재희는 현대미술의 거장 정하겸 화백과 멜로의 전설로 칭송받는 스타작가 정은미 작가의 외동아들로 알려졌다.

정재희의 측근에 의하면 두 사람은 작년 가을에 처음 만나 조금씩 가까워졌고 시간이 흐르면서 자연스럽게 연인 사이로 발전했으며, 가까운 지인들은 이미 두 사람의 사이를 오래전부터 알고 있었다고 한다.

실제로 김다정은 정재희가 진행하는 라디오 〈감성충전소—WITH〉의 수요일 코너에 고정게스트로 출연하고 있으며, 김다정의 데뷔작이자 주연작인 2012년 가장 큰 화제를 모았던 영화 〈Pang〉에서 정재희가 음악감독을 맡은 것으로 알려졌다.

결혼 후의 활동 계획에 대해서 김다정 소속사 측은 '결혼 후에도 변함없이 작품 활동을 이어갈 예정'이라고 밝히며 속도위반으로 인해 갑작스럽게 결혼을 발표한 것이 아니냐는 의혹을 일축했다.

김다정이 게스트로 출연한 지난 3일 〈정재희의 그루터기〉 녹화에 참여했던 관객들의 SNS를 통해 이날 두 사람이 녹화 도중 깜짝 키스를 했다는 이야기가 빠른 속도로 퍼지고 있지만, 해당 제작진들은 그런 일은 절대로 없었다며 단호한 입장을 밝혔다.

한편, 김다정은 12월 24일 서울 K호텔에서 영화음악감독 정재희와 비공개 결혼식을 올린다.〉

〈최서한─김다정, 2012년 네티즌 선정 최고 남녀 배우 영예!

2013년 2월 12일 T신문 한경택 기자.

배우 최서한과 김다정이 제10회 A무비 최고 배우상 수상의 영광을 안았다.

지난 1월 4일부터 31일까지 A무비 홈페이지에서 진행된 최고의 영화상 선정은 2012년 국내 개봉한 한국영화와 외국영화 총 398편을 대상으로 총 76만 421명의 네티즌 관객의 참여로 이루어졌다.

그 결과 영화 〈그대〉의 최서한이 20만 5,606표로 최고 남자배우상을, 영화 〈Pang〉으로 김다정이 17만 8201표로 최고의 여자배우상을 수상했다.

이번 투표는 영화를 관람한 실관객들을 대상으로 이루어진 만큼 대한민국 관객들이 직접 선정하고 수여한 상이란 점에서 의미가 깊다.

영화 〈Pang〉은 칸 국제영화제에 이어 모스크바 국제영화제, 베니스 국제영화제 등 해외의 유수 영화제 경쟁 부문에 초청되었고, 김다정은 작년 청룡영화제와 대한민국 영화대상에서 신인여우상과 여우주연상을 동시에 휩쓸기도 했다.

한편, 이외에도 제10회 A무비 최고의 영화상 수상자에는 영화 〈Pang〉과 영화 〈옆집 남자〉의 김도진 감독이 작품상과 감독상 수상자로 이름을 올렸다.〉

〈단독보도! 김다정 엄마 된다!

2013년 7월 16일 E뉴스 송민주 기자.

작년 12월 24일 웨딩마치를 올린 정재희―김다정 부부가 올 여름 2세를 맞는다.

김다정의 소속사는 '김다정이 현재 임신 중이며 7월 말 아기를 출산할 예정'이라고 뒤늦게 밝혔다.

이어 '김다정의 출산을 앞두고 남편 정재희는 물론 시부모님이신 정하겸 화백과 정은미 작가 모두 설레는 마음으로 아기의 탄생을 기다리고 있다'며 '결혼 당시 이미 임신 2개월'이었던 것으로 알려졌다.

정재희의 한 측근은 정재희가 최근 지갑에 초음파 사진을 넣고 다니며 주변 지인들에게 자랑을 하고, 영유아용품 쇼핑에 부쩍 관심이 늘었다고 전했다.

  한편, 지난 4월 영화 〈기방〉의 촬영을 모두 마친 김다정은 현재
출산을 앞두고 안정을 취하고 있다.〉

 #에필로그

5년 후.

"아빠! 내가 꼼짝 말라고 했잖아!"

"피아노 치는 거 그려준다며. 연주하는 모습 그리는 거 아니었어?"

"아냐! 손 올리고 가만히 있어!"

작품 세계가 무척이나 깐깐한 화가였다. 미세한 움직임도 용납하지 않는 철두철미한 화가. 건반 위에 손가락을 얹은 채 오 분쯤 버티던 재희는 손목에 쥐가 날 것만 같아 아주 작은 소리로 연주를 시작했는데, 그것이 화가의 심기를 건드린 것이다. 전속모델인 재희는 하는 수 없이 화가가 요구하는 포즈를 유지한 채 침을 꿀꺽 삼켰다.

"얼마나 그렸어?"

"쓰읍!"

자신의 작품을 의심하는 모델에겐 가차없는 화가는 미간을 구
기며 엄한 표정을 지었고, 재희는 다시 입을 다물었다.

아버지가 지원의 손에 붓을 들려줬을 때 말렸어야 했다. 두 돌
이 되었을 무렵, 중남미를 유랑하던 아버지가 손녀를 보자마자 가
장 먼저 건넨 건 본인이 가장 아끼던 붓 한 자루였다. 하늘색 수채
화 물감을 묻혀 건넨 붓 자루를 쥔 지원은 새하얀 도화지에 거침
없이 선을 그었다. 그저 아무 뜻 없이 죽죽 그어댄 그 낙서를 보고
아버지는 현대미술계를 뒤흔들 천재가 태어났다며 입에 거품을
무셨고, 그저 자기 아이 천재란 소리에 장단을 맞추고 있는 김다
정을 보며 재희는 어처구니가 없어 웃기만 했었다.

그런데 점점 시간이 흐를수록 지원이는 그림에 재능을 보였다.
고작 만 다섯 살이긴 하지만 예술가 집안 출신답게 배움의 속도도
빠르고 창의력도 남다른 듯했다. 물론 이런 얘길 남들에게 하면
어련하겠냐는 듯한 표정을 짓곤 한다.

단풍나뭇잎 같은 지원이의 앙증맞은 작은 손에는 늘 크레파스
물이 들어 있었다. 제 엄마에게 아무리 꾸중을 들어도 지원이는
작품 활동을 멈출 생각이 없는 듯했다. 새하얀 것이라면 그 어느
것이라도 지원이에겐 도화지가 되어주었다.

"정지원!"

오늘 지원이의 도화지가 되어준 새하얀 것의 정체를 확인한 다

정이 허리춤에 손을 얹고 지원의 이름을 우렁차게 불렀다. 하지만 지원의 창작 활동을 멈출 순 없었다.

"괜찮아."

"괜찮긴요! 오빠가 자꾸 감싸니까 지원이가 더하는 거예요!"

지원이가 손에 들고 있던 수성 펜을 내려두고 고개를 돌려 다정을 바라보았다. 작품 활동을 방해한 죄, 엄히 꾸짖겠다는 듯한 눈빛이었다.

"엄만 이따 그려줄게."

"말 돌리지 마, 정지원. 엄마가 그림은 어디다 그리라고 했지?"

"스케치북."

의심할 여지 없이 지원이는 역시 총명한 아이였다. 재희는 뿌듯한 듯 고개를 끄덕이며 굳어버린 팔을 주물렀다.

"하지만…… 오늘은 여기에 그리고 싶었어."

지원이가 완성한 그림을 들어 다정에게 보여주었다. 뭐랄까. 말로 설명할 수 없는 지극히 추상적이고 몽환적이면서도 아방가르드한 느낌의 그림을 단 하나의 검은 수성펜으로 표현했다는 게 믿어지질 않았다. 이 작품을 지금 당장 아버지에게 보내 드린다면 기쁨의 눈물을 흘리시며 당장 알래스카에서 서울로 날아오실 것만 같았다.

"그 옷 네 아빠가 가장 아끼는 셔츠잖아."

그렇다. 오늘 지원이의 도화지가 되어준 것은 다름 아닌 재희의 하얀 셔츠였던 것이다. 등판에서부터 이어져 가슴 판에까지 엄청난 작품을 그린 지원은 그게 뭐 대수냐는 듯 어깨를 으쓱였다.

"아빠 방송할 때 입으라고 내가 특별히 그려준 거라구. 엄만 잘 알지도 못하면서."

"그러게. 잘 알지도 못하면서."

지원의 편을 들자 다정이 눈매를 가늘게 만들며 눈썹을 찡긋거렸다. 비상사태가 선언되기 직전이란 뜻이었다.

"정지원 아빠, 진짜 저 옷 입고 녹화할 거예요? 말해봐요. 진짜 입고 갈 거예요?"

"당연하지."

비록 다정이 기가 차다는 듯 피식 웃으며 고개를 저었지만 재희는 정말로 저 옷을 입고 나갈 생각이었다.

다정이 지원을 출산하고 난 후, 그 이듬해에 일가족은 영국 런던으로 떠났고 지난겨울 4년 만에 귀국했다. 오랜 시간 영화음악 감독으로 남기 위해서 재충전의 시간이 절실히 필요했던 재희는 영국에서 하고 싶었던 음악 공부를 실컷 할 수 있었다. 오스트리아에서 유학 생활을 하다가 형의 사망으로 학업을 중도에 포기했던 재희는 늦게나마 영국에 정식으로 영화음악과 현대음악 공부를 마무리 지었다.

오늘은 재희가 4년 만에 방송 복귀를 하는 날이었다. 물론 보름 전부터 라디오프로그램에는 복귀를 했지만, 마땅한 후임자가 없어서 긴 시간 동안 사라졌던 〈정재희의 그루터기〉가 오늘부로 다시 부활하게 된 것이다. 그때 그 연출진과 연주 팀이 다시 모여 말 그대로 부활하게 된 〈정재희의 그루터기〉의 첫 녹화에 앞서 어젯밤부터 깊이 잠을 이루지 못했던 재희는 오늘 입고 방송할 옷에 지원이가 그림을 그려준 덕에 긴장하지 않을 수 있을 것만 같았다.

"정말로 저걸 입고?"

확인사살을 하듯 되물었지만 이번에도 역시 고개를 주억거리며 확고한 신념을 표했다. 그러자 다정이 더 이상 말하기도 귀찮다는 듯 손사래를 치며 한걸음 물러섰다.

"엄만 너무 잘 삐쳐."

"그치? 우리 지원이를 너무 질투하는 것 같아."

지원이 진지한 표정으로 고개를 끄덕였다. 그 모습을 지켜보던 재희가 웃음을 참지 못하고 옅게 웃었다.

"지원이가 그린 거라고 사람들한테 얘기할 거야, 아빠?"

"어. 우리 딸이 그려준 거라고 자랑할 거야."

"신난다. 헤헷."

입고 있던 티셔츠를 훌렁 벗고 지원의 작품 세계가 고스란히 담긴 하얀 셔츠로 갈아입자 지원이 어깨를 배배 틀며 기쁨을 감추지 못했다. 재희는 그런 딸아이를 번쩍 안아 들고 입술을 삐죽 내밀고 서재로 향한 다정을 찾아 걸음을 옮겼다.

다정은 늘 그랬듯이 산더미처럼 쌓인 대본과 시나리오들을 일일이 다 읽고 있었다. 영국에 머물며 지원이의 양육과 연기 공부를 병행했던 다정은 영국 로맨틱 코미디 영화에서나 보았던 것처럼 사는 게 무척 즐겁고 행복하다며 향수병 따윈 없다고 오랫동안 런던에서 머물자고 했지만 그것은 오래가지 못했다. 잠시 동안 배우였던 시간을 잊고 지원이 엄마로 살겠다던 다짐은 결국 오래가지 않아 한국으로의 귀국을 재촉했다. 지원이를 낳기 전보다 연기에 대한 열정이 더욱더 부글부글 끓기 시작한 것이다.

영국에 머물 때에도 다정의 책상 위엔 시나리오와 대본들이 산더미처럼 쌓여 있었다. 두 편의 영화와 한 편의 드라마로 수많은 화제를 불러일으키며 스타 대열에 올랐던 다정이 갑작스러운 출산 소식과 함께 일 년 가까이 모습을 드러내지 않자 영화계는 얼마 지나지 않아 다정이 복귀를 할 것이라고 점쳤다. 하지만 다정은 뜬구름과도 같은 인기 같은 것에 연연하지 않고 일가족과 함께 돌연 영국행을 선택했다. 그 후 언론들은 혹시 은퇴가 아니냐는 추측성 기사를 쏟아내긴 했지만 그럼에도 불구하고 다정을 향한 제작사들의 러브콜은 끊이지가 않았다.

드디어 4년여 만에 귀국을 하게 되었고, 더 많은 양의 작품들이 다정에게 구애의 손짓을 보냈다. 첫 작품을 함께했던 은우가 보낸 시나리오에서 석 달째 눈을 떼지 못하던 다정은 결국 오랜 시간 망설이다가 출연을 결정지었다. 아마 오늘 오후쯤에는 다정의 소속사에서 각 언론사에 보도자료를 돌려 이 같은 사실을 알릴 것이다. 그렇게 되면 몇 날 며칠은 시끌벅적해질지도 모른다. 4년 만에 돌아온 김다정을 향해 대중은 어떠한 반응을 보내올까?

"후회하지 않겠어?"

재희의 말에 다정이 옅게 웃으며 눈매를 가늘게 떴다. 그 와중에도 화가 정지원 선생은 미처 그려 넣지 못한 어깨 부근에 슥슥 수성펜으로 그림을 그려 넣었고, 다정은 못 말리겠다는 듯 한숨을 내쉬며 읽고 있던 드라마 대본을 다시 바라보았다.

이번에 다정이 맡기로 한 은우의 작품은 전보다 더욱 독하고 강렬한 작품이었다. 이은우란 인간 자체가 어둡고 습한 건지, 아니면 다정의 취향이 독특한 건지 잘은 모르겠지만 두 사람이 코드가 잘 맞는 건 사실이었다. 다정과 함께했던 〈Pang〉 이후 긴 공백기를 가졌던 은우는 다음 작품도 무조건 셋이서 함께해야 한다며 생떼를 부리곤 했다.

"한 살이라도 젊었을 때 해야지 이런 역할 언제 또 해보겠어요."

다정의 말대로 한 살이라도 젊을 때 해야 하는 배역이긴 했다. 맞수가 없을 정도로 극에 달한 공력의 무사 역할이니 말이다. 사극 느낌이 물씬 나는 시나리오의 제목을 읽고 혹시나 하고 기대했던 게 우스울 정도로 다정은 작품 안에서 늘 피를 묻히고, 허공을 가르며 칼을 휘둘러야 했다.

"근데 우리 너무 세트로 붙어 다니는 거 아냐?"

"사람들이 좀 배 아파 하겠죠?"

재희의 차기작 역시 동일 작품이었다. 사극 액션물은 해본 적이 없었던 터라 은우의 제안에 도전 의지가 불끈 솟아 냉큼 오케이 사인을 날렸는데, 그 시나리오가 다정의 손에도 들려 있었던 것이다. 은우의 생떼가 현실로 이루어졌다.

"지원이랑 녹화 보러 올 거지?"

"봐서요."

대본을 덮은 다정이 치렁치렁한 머리칼을 한데 모아 정수리 부근에 묶고는 재희의 품을 차지하고 있던 지원을 떼어냈다. 작품을 마무리 짓지 못한 아쉬움에 지원이 한숨을 내쉬며 유유히 서재를 빠져나가자 새치름하던 다정의 표정이 조금은 풀어졌다. 재희는 그런 다정의 곁에 바짝 다가가 책상 모퉁이에 걸터앉아서는 슬쩍 팔을 뻗어 낭창한 허리를 욕심껏 끌어안았다.

"왜 이래요."

재희는 대꾸하지 않고 다정의 작은 등에 이마를 기댔다. 그러자 다정의 자그만 손이 재희의 손등 위에 살포시 내려앉았다.

쉽게 찾아오지 않는 둘만의 시간을 오래토록 만끽하고 싶었지만 허락된 시간이 그리 길지 않았다. 그래서 재희는 단 1초도 허투루 보내지 않겠다는 일념하게 더욱 세게 다정을 안았다.

"라디오 녹음 먼저죠?"

"어. 오늘의 신청곡은?"

"이따 사연 보낼게요."

오래전 그날처럼 다정은 여전히 매일매일 사연을 보내주었다. 그럴 때마다 아득하게 멀기만 한 시간 저 너머에 여전히 존재하는 그때 그 김다정과 소통하는 기분이 들었다. 이렇게 품 안에 안고 있어도, 곁에서 새근새근 잠들어 있어도, 우리가 함께 낳은 아이에게 밥을 떠먹여 주고 있어도 재희에게 김다정은 한결같은 존재였다. 내일을 꿈꾸며 환히 웃는 씩씩한 그 김다정.

"이러다 늦겠어요."

다정의 재촉에도 못 들은 척하던 재희는 다정이 억지로 꽉 움켜쥔 손을 떼어내자 마지못해 자리를 털고 일어섰다. 아쉬운 마음에 다정의 손등에 연신 가볍게 입을 맞추던 재희는 빙긋 웃으며 아랫입술을 질끈 깨무는 다정을 보며 어서 하루가 지나 밤이 되었음 싶다는 검은 생각을 했다.

"이따 지원이 데리고 공개홀로 갈게요."

재희는 고개를 끄덕이곤 마음을 다잡고 다정의 손을 꼭 잡은 채 서재를 나섰다.

녹음 시작 5분 전.

대기실에 앉아 여유롭게 음악을 듣고 있던 재희는 메인 작가가 건넨 원고를 들고 부스 안으로 향했다.

"딸바보 나셨네."

"아냐. 그냥 바보야, 바보."

셔츠를 보고 한마디씩 거드는 담당 피디와 메인 작가의 대화에도 아랑곳하지 않고 재희는 태연하게 자리에 앉았다. 오래전 〈감성 충전소—WITH〉의 막내 작가였던 홍은이가 메인 작가가 된 뒤로는 머리가 굵어져서 겁 없이 잘도 대들었다. 입맛에 맞지 않는 커피를 타온 죄로 엄청난 괴롭힘을 당했던 걸 잊지 않고 기억하고 있는 모양이다.

"막내, 너 많이 컸다?"

"막내라니요, 저 이제 6년차거든요?"

"건방진 것."

재희의 말에 홍은이 피식 웃으며 재희의 입맛에 딱 맞는 달큰한 커피를 내밀었다.

"근데 다섯 살짜리가 그린 거치곤 나쁘진 않네요."

"잘 그리지 않았어?"

"문제는 어떤 물체를 그린 건지 알 수가 없다는 거죠."

"이게 바로 선과 도형의 유기적인 나열이라고. 미술을 너무 모른다."

재희의 타박에 홍은이 혀를 끌끌 차며 고개를 가로저었다. 그때 재희의 휴대폰으로 기다리던 메시지 한 통이 도착했다.

[지원이가 아빠가 저한테 만들어준 그 노래가 듣고 싶대요. 민망하겠지만 그 곡 부탁해요.]

"첫 곡 〈반가워〉로 틀어줘."

〈반가워〉는 지원이가 우리에게 와준 걸 환영한다는 의미에서 다정이 임신했다는 소식을 들은 그날 밤 재희가 단숨에 작곡한 피아노 연주곡이었다. 뱃속에서부터 그 음악을 들어왔던 지원이는 지금까지도 늘 그 음악을 즐겨 들었고 좋아했다.

"넵, 알겠습니다. 녹음 시작할게요."

오랫동안 재희의 복귀를 손꼽아 기다려 온 청취자들은 그동안 이 방송 저 방송을 기웃거리며 방황을 해야 했다. 조금 도도하지만 청취자 조련에 일가견이 있는 디제이 정재희의 귀환을 너무도 많은 사람들이 기다려 왔고, 그 때문에 재희는 영화 작품보다 라디오를 먼저 찾았다. 비록 전에 진행하던 프로그램 이름을 가지고 복귀하진 못했지만, 두 시간 빠른 시간대에 새로운 프로그램을 맡게 되었고 낯익은 스텝들과 함께하게 되어 복귀에 있어서 망설이지 않을 수 있었다. 무엇보다 재희의 디제이 복귀는 다정이 가장 바라던 것이었다. 런던에서 지낼 때도 가끔씩 지난 방송분을 인터넷으로 찾아 듣곤 했을 정도니까.

담당 피디의 손짓에 〈지금, 음악이 필요한 순간〉의 시그널 음악이 흘러나왔다. 깊은 밤 지치고 아픈 영혼들을 달래기에 부족함이 없는 따뜻하고 달콤한 시그널 음악은 김다정을 만난 후 정재희에게 일어난 음악적 변화를 귀로 확인하게 만든 곡이기도 했다.

오프닝 멘트를 시작하기 전 숨을 고른 재희가 원고 첫 줄을 손끝으로 스윽 훑으며 천천히 입술을 뗐다.

"〈지금, 음악이 필요한 순간〉. 정재희입니다."

속으로 다섯까지 헤아린 재희는 고개를 끄덕이며 다시 입을 열었다.

"바람이 심상치가 않네요. 아무래도 여름이 시작된 모양입니다. 봄은 역시 카디건의 계절이라며 열심히 카디건을 사 모으던 어떤 사람에겐 참으로 슬픈 소식일 수도 있고, 바라만 봐도 가슴이 뻥 뚫리는 바다를 향해 달려갈 준비를 마친 어떤 사람에겐 참으로 반가운 소식이 될 수도 있겠죠. 여러분에게 오늘 이 바람은 어떤 의미로 다가갔을까요? 개인적으로 전 여름을 너무 많이 타는 체질이라 벌써부터 두렵습니다. 에어컨 빵빵하게 튼 작업실에 콕 박혀서 두문불출할 시즌이 오고야 말았네요. 그런데 조금 설레기도 합니다. 여름은 제게 좋은 일들이 많이 일어났던 계절이기도 하거든요. 사랑하는 사람을 만났던 계절도, 아이가 태어난 계절도 모두 여름이었어요. 그리고 보면 가을도 가을 나름대로 좋은 추억을 많이 주었고 겨울도, 봄도, 사계절 모두 다르지 않습니다. 변화하는 계절을 보며 떠올릴 수 있는 추억이 있다는 건 참 행복한 일인 것 같아요. 한 십 년쯤 시간이 흘러서 올 여름을 떠올린다면, 어떤 순간들이 기억되어 가슴을 설레게 해줄까요? 그때 여러분은 어떠한 기억을 떠올리고 싶으세요? 그해 여름도 어김없이 더웠네, 혹은 비가 많이 왔네, 이 정도로만 기억하고 싶진 않으시겠죠? 그 정도는 기억도 잘 안 나잖아요. 무진장 더웠던 게 작년이었나? 재작년이었나? 하고 가물가물할 겁니다. 그러니까 우리 올 여름엔 수많은 시간이 흘러도 기억에 남을 일을 해봅시다. 짝사랑하던 사람에게 고백을 하거나 두려워서 가장 하고 싶지 않았던 일을 도전해 보는 일요. 차여도, 이뤄져도 기억에 남겠죠. 실패해도, 성공해도 기억에 남을 거고요. 우리 한번, 해보지 않을래요?"

오프닝 멘트가 끝나고 귀에 꽂아두었던 이어폰을 뺀 재희가 옅게 웃으며 손끝으로 입술을 매만졌다.

"흠."

올 여름을 떠올릴 먼 훗날, 우리에겐 어떤 순간이 찾아와 있을까?

그때쯤이면 아버지는 유랑 생활을 정리하시고 어머니의 곁에서 얌전히 머물고 계시겠지? 다정이는 더욱더 멋진 배우가 되어 있을 테고, 지원이는 한창 어른이 되고 싶은 소녀가 되어 있겠구나.

그럼 정재희는 어떤 모습하고서 오늘을 기억하게 될까? 영화음악을 하면서 그때도 여전히 디제이를 하고 있을까?

다른 건 확신할 수 없지만 단 하나 분명한 건, 그때도 지금처럼 세상에서 가장 김다정을 사랑하는 남자의 모습을 하고 있을 거란 것.

　재희는 지원이가 셔츠 왼쪽 가슴 위에 커다랗게 그려준 찌그러진 하트 그림 위에 손을 얹고 옅게 웃었다.

The End

함께한 음악들

Nancy Sinatra 〈BANGBANG〉

옥상달빛 〈하드코어 인생아〉

브로콜리 너마저 〈보편적인 노래〉

정재형 〈사랑은 이제 싫다〉

Fiona Apple 〈Across The Universe〉

메이트 〈난 너를 사랑해〉

Don Percival 〈One More Kiss, Dear〉

조원선 〈나의 사랑 노래〉, 〈아무도, 아무것도〉

Maroon 5 〈Moves Like Jagger〉

에피톤 프로젝트 〈그대는 어디에〉, 〈오늘〉

이루마 〈River Flows In You〉

캐스커 〈꼭 이만큼만〉

Adele 〈One And Only〉

박새별 〈Remember Me〉

정엽 〈그대라는 말〉

브라운아이드소울 성훈 〈Marry Me〉

들국화 〈매일 그대와〉

영감이 되어준 음악들

베란타 프로젝트 〈괜찮아〉

토마스쿡 〈청춘〉

김동률 〈감사〉

유희열 〈공원에서〉, 〈딸에게 보내는 노래〉

작가 후기

   이 이야기를 구상하게 된 것은, 제 청춘에게 선물을 건네고 싶은 마음에서부터였습니다. '수고 많았다. 그래, 다 잘될 거야.' 그런 의미였어요. 다정이만큼은 아니지만, 꽤나 팍팍한 시간을 보냈고 돌아보면 지긋지긋하게 일만 했던 불쌍한 청춘이었거든요.
   저와 같은 시간을 보냈던 분들, 계시겠죠? 그분들에게도 두 사람의 이야기가 작은 선물이 되었으면 좋겠습니다.

   재희는 조금은 도도한 키다리아저씨였어요. 많은 분들이 이름 탓에 정재형 님을, 또는 라디오와 방송 때문에 유희열 님을, 혹은 정엽 님을 떠올리시며 혹시 정재희가 세 사람의 이름을 딴 그 정재희가 아니냐고 하셨는데요. 편하신 대로 마음껏 상상하셔도 무방합니다. 제겐 다른 모

델이 있었거든요^^

　다정이는 참 기특한 아이였어요. 참 잘 웃고, 눈물을 잘 참고, 마음을 숨길 줄 모르는 심성이 고운 아이……. 제 머릿속에서 다정이는 늘 재희 곁에 서서 그를 올려다보며 맑게 웃고 있습니다. 아마도 그 모습이 오랫동안 떠나지 않을 것 같아요.

　Thanks To.

　연재하는 동안 함께 해주신 연재사이트 독자님들과 카페 독자님들에게 감사의 인사를 전합니다. 다른 어떤 이야기보다도 많은 소통을 했었던 것 같아요. 음악 이야기, 살아가는 이야기 등등. 함께 나누었던 이야기들 덕분에 연재하는 내내 무척 즐거웠습니다. 다시 한 번 감사드립니다.

　그리고 수정하는 내내 함께 고생해 주신 이수민 님을 비롯한 청어람 관계자 분들에게도 감사드려요. 수고 많으셨습니다^^

　언제나 응원해 주는 가족들과 친구들, 늘 고맙고 사랑하고요.

　첫 장부터 마지막 장까지 함께 해주신 독자님들께도 진심으로 감사인사를 전합니다.

　모두 다 잘될 겁니다.

　꼭 그럴 거예요^^

　　　　　　　　　　　　　　　　　　　　　　　지은이 김선민.